〔美〕H. F. 莫谢尔　著
Howard Frank Mosher

李智微　译

译林出版社

献给我的儿子——

杰克

第一章

Thurisaz

ᚦ

事隔多年之后，摩根·金内森会得出这样一个结论：当初使他和哥哥皮尔格林卷入麻烦之中的，也许就是因为他们对阅读的嗜好。家住金顿山的金内森一家，是非常了不起的读者，他们读莎士比亚的戏剧，读《天路历程》，读《失乐园》。他的母亲经常开心地给兄弟俩读起奥斯汀和狄更斯的作品。他的父亲，奎克·米汀·金内森，总是手捧一份波士顿、华盛顿或者费城的日报和周刊，坐在家里大声地朗读。皮尔格林在离开金顿山去哈佛念大学之后，常常寄些书籍回家给弟弟摩根阅读。这些书籍，包括有皮尔格林的老师兼朋友——生于瑞士的自然学家和冰河学家——路易斯·阿加西教授写的，还有康科德[1]的自由思想家爱默生、梭罗写的；而他最近阅读的一本书，是那个奇怪的英国人达尔文写的，这本书与摩根之前所读过的书截然不同。

当然，居住在佛蒙特州的金内森一家也阅读《圣经》。摩根有一位年长的表姑，在摩根父亲很小的时候就常常搬到他们家里住。有了摩根之后，待摩根稍稍年长，这位表姑就开始给他讲《圣经》。她总是带着一种欣悦和满足的神情，给摩根讲述由于复仇而引发的大洪灾，以及天降流火的经文，这些流火烧毁了所有邪恶的城市，也同样烧毁了

---

① 康科德，美国马萨诸塞州东部小镇名。

被孩子们用吊索制伏的邪恶的巨人，当然还将那些稍有些不安分的女人烧成了盐；还有无数的人在这次永不停息的烈火中呜哭哀鸣，用一种特有的方式反复祷告。“从《圣经》中获取有用的东西，其余的则可忽略。”皮尔格林教导摩根，“就像你对待其他书籍一样。这是一本滋养了我们祖先生命的书，它也有好的地方。”

“这是一本伴随着我成长的书。”这位经常搬来同住的表姑这样说道。她名叫麦塔贝，不过，皮尔格林和摩根称她为“表姑安息日学校”。她很不高兴皮尔格林这样说。“这部书对我大有裨益，也将有助于他。”——指的是摩根——“好，在对摩根的未来进行判断时，我最后的预言就是，他将会经历一段短暂而苦难的生活。他将知道为什么他会被委以重任。我向你保证，他再也不会像以前一样闲适地在小溪里捕鱼，或在那儿日夜闲逛了。”但是，摩根到底会在什么地方被委以重任，这位表姑从来没有确切地说过。

“听起来就像传道士拿着硫磺恐吓一个人，硬是威胁这个人接受他的想法，”皮尔格林说道，“孩子们，你们要长期不断地努力的。努力吧，否则慢慢地就会感到越来越困难。”

“我们将会看到我们将要看到的。”麦塔贝说。

“至少在很大程度上，我们都可以同意这些看法。”摩根的父亲说道，他希望借此结束这场讨论。

“对，”这位“表姑安息日学校”说道，“我们可以同意。”

在金内森家庭的所有成员中，比摩根大五岁的皮尔格林，对书籍的阅读总是如饥似渴，是这个家庭中最痴迷的读者。他曾研究过医学、树木、动物和岩石等多种门类和学科的书籍，直到去参加战争之前，他还在哈佛大学为成为一名医生而努力学习。他甚至花了整整一年时间，在苏格兰著名的格拉斯哥医学院，与约瑟夫·李斯特一起，研究外科手术。在离家去哈佛大学之前，他教过摩根许多关于金顿山地区动物、植物和鸟类的知识，他还教摩根如何用亨特式滑膛枪进行射猎。

皮尔格林那把老式火药滑膛枪，是从他们外祖父的燧发枪改装而来的。虽然摩根迅速成为了一个好射手，但皮尔格林仍然是家中最棒的神枪手，甚至在他已经完全停止狩猎和杀生之后，他仍是摩根所见过的最厉害的射手。而摩根的天赋在于，他有一种超常的自然森林感，这是自从他被允许自己进入森林之后，所磨炼出来的特殊技能。就像有时他父亲所说的那样，你即使用两头牛，也不能把这个男孩从森林里拉出来——虽然这个男孩在私下也贪婪地阅读的各种游记，主要来自于马可·波罗和詹姆斯·库克船长那样的探险家。至于摩根所受的正规教育，则是结束于一段不切实际的小插曲之后。

从某种程度上来讲，也是金内森一家为阅读而狂热的激情，给皮尔格林带来了麻烦。在战争打响的第三年，皮尔格林参军，成为了联邦军队的一名战士。他的父亲奎克·米汀，负责佛蒙特州最北端的秘密组织“地下铁路护送站”[①]的工作。皮尔格林像他的父亲一样，也是一名废奴主义者，但皮尔格林离开大学去参军是由于与阿加西教授的不和。而导致他们不和的是达尔文的《物种起源》。尽管那时皮尔格林和他的父母因为他和曼侬·泰堡在一起的事情已有过一些争吵。但摩根认为，这些事情都不能成为其原因。你不能停止阅读，就如同你无法阻止自己坠入情网一样。不过，摩根也不得不承认，至少对于他来说，阅读是最主要的原因，对他来说的确如此，对皮尔格林来说也一样。如果他从来没有阅读过这些旅行的书籍，如果不是皮尔格林在宾夕法尼亚州一个叫做葛底斯堡的地方失踪，他可能永远不会产生去冒险进行长途旅行这样伟大的构想。

---

① “地下铁路”指美国南北战争时期的黑人奴隶从美国南部逃往加拿大寻求自由的秘密路线，“护送站”是这条线路上自愿护送奴隶平安到达目的地的居民家庭。

在皮尔格林离家上学后的一段时间里，摩根曾一度害怕前往他和哥哥昔日常去的金顿山。在那里皮尔格林曾经教过他在哪些地方可以等到一只前来饮水而不慎滑倒在小溪中的雄鹿。他们也曾在小河里，捕捉那颜色华丽、活蹦乱跳的野生小鳟鱼，这种鳟鱼几乎生长在金顿山的每一条小溪中。那里还有个大湖泊，也就是曼夫里马哥湖，它向北延伸二十五英里，直抵加拿大法语方言区；他们曾见过许多雪鹅；成千上万的雪鹅，在家族的召唤下，四只、五只、六只……宛如厚厚的云层，有时游向北部的巴芬湾，有时游向南部的切萨皮克湾。有一次，当他和皮尔格林划着桦树做的独木舟在湖泊上拖钓时，摩根钓到了一条巨大的深水鱼，那可能是一条湖鳟，但也可能是一条鲟鱼。在用嘴咬断摩根自制的红白诱饵前，那条鱼拽着他们的独木舟，在超出水面三千英尺的陡峭的高山之间的水面疾驰，将他们拽出边境将近一英里。

兄弟俩喜欢在金顿山顶峰上露营过夜，越过林梢，放眼望去，可以看到四个州，还可以看到加拿大境内深处的景色。一天晚上，他们与堂兄道尔顿·金内森在山顶安营露宿。道尔顿与皮尔格林年纪相当，这个小伙子长得像一头大熊，他的思想却不如摩根成熟。他们看到，由于北部城市灯光的照射，使得北部的整个天空闪耀着蓝色、绿色、红色、银色、黄色、粉色的光芒。皮尔格林给他们讲述加拿大的旅客们，那些戴着五颜六色的御寒帽和腰带的毛皮商人，在宏伟的舰队中，划着三十英尺长的独木舟，从蒙特利尔出发到达亚大巴斯卡河，以及一个名字动听的叫弗林弗伦的地方——这一行程，有两千五百英里的路程，然后还要沿路返回。在寒冷的冬季里，他们竞相击打着乐器，唱着激动人心的划桨歌，穿越从前没有任何人曾去过的荒野，沿途吸引了一些零散的克里族乐队。在十二岁、十三岁和十四岁的时候，摩根非常渴望跟随这些勇敢的冒险家去北方。

摩根和皮尔格林以及道尔顿，曾带阿加西教授到山顶去研究冰河漂砾。这些冰河砾石是被巨大的冰盾从遥远的北部地区携带下来的。

他们向阿加西教授展示了那块平衡漂砾，一个像他们的农舍那样大的圆形巨石，屹立在一个比它更小的平顶巨石上。这块平衡砾石上面雕有鲸鱼、海象和驯鹿等象形图案，在这些图案的旁边，还雕刻着一些教授称之为“神符”的奇怪的符号。教授认为，这些象形文字画和符号可能是几百年前挪威的探险家雕刻的，但这只是猜测，无论是他还是其他任何人都无法肯定。唯一可以肯定的是，它们的历史都非常古老。有时，摩根和皮尔格林就在那块平衡砾石上，玩一种有趣的盲人摸象的游戏，他们把眼睛闭上，然后伸手去触摸巨石，再睁开眼睛看看自己最频繁地触摸到的那个符文是什么。甚至当他们刻意不去触摸，摩根经常碰到的还会是“ ᛦ ”这个符号，皮尔格林的则是“ ᛟ ”这个符号。

自从皮尔格林在宾夕法尼亚州失踪之后，所有这些曾经给他们留下欢乐和美好回忆的地方，都让摩根感觉到可怕的孤独和心灵的阵痛。几个星期前，他就在心中定下了计划。在皮尔格林出外参加战争之后，尽管他未曾给父母写过信，但与摩根的通信从未间断过。他在信中告诉摩根，在精神上，他们两兄弟仍然像从前一样亲密，因为他们都热爱着那座山上相同的一些地方。皮尔格林喜欢开玩笑，把摩根称作“士兵”或者“那提”,“那提”源于费尼莫尔·库柏小说中虚构的童子军“那提 · 邦波”。摩根的父母平常很严肃，所以不太爱开玩笑。至于年老的表姑，在她的生活中，也似乎从未开过玩笑。

“拿撒勒的主耶稣会不会与他的好友围坐在柴炉旁边说俏皮话呢？”她说，“他会吗，表哥？”

“我想他不会这样做。”摩根的父亲表达了自己的看法。

“我也相信他不会这样做，”麦塔贝很坚决地说，“拿撒勒的主耶稣，在生活中从来不笑，一次也没有。保罗也没有。”

“玩笑，不是耶稣生活中的一部分。”摩根的父亲赞同道，“从我知道的有关保罗的故事来看，它也不是保罗生活的一部分。”

“他们知道，玩笑是一种罪过，”麦塔贝说，“玩笑丑化了上帝的创造，因此我很厌恶玩笑。”

老妇打开她的日记簿，在这本日记簿中，她记载了她所讨厌的所有事物的详细名目。从摩根父亲所订阅的公报中摘下来的犯罪剪辑和暴行选录，也保存在这本日记簿中。“你看看，”她一边拿起两个星期前从《华盛顿间谍》中摘下的一张剪报，一边说道，“你觉得这可笑吗？你会笑吗？”大标题写着“五名冷酷杀手逃离纽约州监狱”。标题下面的小字写道：“一家四口发现被吊死，据说凶手在南逃。”

此时，“表姑安息日学校”已津津有味地将这篇文章大声地朗读了三四遍。这篇文章令金内森的家庭成员感到极度痛苦，因为奎克·米汀的弟弟约翰·金内森上校是监狱的指挥官，并且在这次犯人集体越狱中，他的妻子被一个杀手枪杀了。文章报道了，那些本应在当天上午被处决的凶手们，是如何在令人难以置信的暴力事件和胆大妄为的行动中逃出埃尔迈拉联邦监狱的。文章接着报道说，五名逃脱的战犯，是各个州之间冲突所催生的最恶劣的渣滓。他们当中包括一个奴隶杀手，一个儿童谋杀者，一个被免职的牧师，还有一名被取消执业资格的军医——这位军医对自己所负责救治的伤兵，不但不帮助他们治疗伤病，反而对他们实施了残忍的活体解剖。据推测，他们第二天将要谋杀的家庭，与地下铁路护送站有关。这一点让麦塔贝感到兴奋。麦塔贝曾长期反对地下铁路护送站，并以以色列儿童拥有奴隶这一事实为依据，而坚定地反对废奴主义，而像摩根的父亲和皮尔格林这样的废奴主义者，有什么权利反对亚伯拉罕和以撒上帝都认同的传统？

“告诉我，”麦塔贝要求，“亚伯拉罕和以撒是在什么地方告诉摩西解放他的奴隶的？告诉我，耶稣是在什么地方下令罗马人释放他们的奴隶的？”

事实是，麦塔贝老表姑从另一个老表姑那里，继承了伯灵顿附近一家女棉内衣工厂一半的产权。不幸的是，工厂最近因为战争而破产了。因为这个不幸，她总是指责废奴主义者，尤其是摩根的父亲。当然，她也指责摩根。自从皮尔格林离开佛蒙特去哈佛就读，之后又参军当了医疗副官以后，摩根就一直独自引导旅客越过边境抵达加拿大。

就在这天下午——1864 年 3 月的这个阴沉的下午——摩根就在做着这件事情。这时的摩根虽然还未满十八岁，却长得高大健壮，长着一头浅色的头发，一双大眼睛，那眼睛的颜色就像夏天风暴来临前大湖泊所显示的颜色。他正在引导一个单身旅客[①]——自从总统在一年半前发布了解放黑奴的公告之后，旅客就比以前少多了——爬上一座名为金内森威乐 · 派克的大山，这座大山位于金顿山东部的山脉上。对于他所带领的这名男子，摩根了解得不多，他只知道这名男子叫杰西 · 摩西。他要带领这名男子前往到达加拿大之前的最后一站，位于大山背面的一所季枫糖营房。皮尔格林曾为这所房子取了一个名字，叫比拉兰地。他们打算就在那里休息，并拿出摩根的母亲装在他们旅行包里的冷食，解决当天的晚饭。然后，摩根将带领杰西 · 摩西穿越加拿大森林，走完余下的路程，到达梅戈格，并打算在第二天早晨把他送上去蒙特利尔的火车。摩根的父亲也已经给蒙特利尔地下铁路站站长奥古斯特·肖托发了电报，告诉他一名来自南方的旅客将抵达那里，以便肖托能够在终点站找到杰西。

摩根和皮尔格林曾多次做过这样的引导行旅，所以当摩根跋涉在高山之巅那深深的积雪中时，耳畔总是回荡着哥哥的声音。哥哥对他说，阿加西教授的巨大冰盾，从北部地区滑落下来，在地表上划刻出那个湖泊，并在周围地区形成一个俗称“北部大峡谷”的广阔的沼泽地；皮尔格林还告诉他一些北部的植物的名称，这些植物屹立在山上，高度超过一般的树木，像这样的植物在拉布拉多南部的其他地区极为罕见；哥哥还告诉他，鸟类是如何从蜥蜴进化而来，以及人类是如何从极有可能是猴子那样的动物进化而成的。关于人类进化的问题，正

---

① 这里的“旅客”是指沿着既定的路线向北逃亡的奴隶。

是导致皮尔格林与他的老师争吵的原因。这位教授先生对达尔文的猿猴进化论持反对态度。他和皮尔格林在对这件事情的看法上，产生了激烈的争吵，当时他俩正在南地——田纳西州和北卡罗来纳州之间的边远的山上——一起度过工作假期。这次争吵标志着他们友谊的结束。现在，皮尔格林失踪了。根据摩根的叔叔约翰·金内森上校的判断，毫无疑问，皮尔格林是被埋葬在葛底斯堡一个不知名的万人坑里了。但摩根并不相信。他认定一个事实，那就是皮尔格林还活着，但他知道这是绝对不能说出来的。他只是默默地等待，就像他所知道的那样：在金顿山，万物萧条的冬天过后，必定是生机勃勃的春天，夏天虽然很短暂，但它也将追随春天的脚步如期而至。

当杰西·摩西抵达金内森家时，正是北部地区的晚冬季节，他单薄的穿着抵挡不住寒气的侵袭。他没有大衣，只有一条破了个洞的烂毯子，将手臂、头部以及褴褛的衣衫一同裹住了，毯子一直裹到他穿着靴子的脚部。摩根的母亲给他添置了几双羊毛袜、几件衬衫和几条尺码偏大的裤子。那天清晨，雪又纷纷扬扬地下起来了，道路上的积雪也更厚了一些。看着雪花从暗淡的蓝灰色的天空降落，飘飘洒洒笼罩着整座大山，摩根仿佛闻到了雪在凛冽的北风中飞舞时的气味。他带上了他的老式火药帽和亨特式滑膛枪，以便在偶然遇到提前爬出洞穴的熊时可以自保。杰西脖子上挂着一个麻袋，身穿红色的羊毛外套，脚上是一双摩根很早以前就穿不了的毡靴。摩根很高兴看到杰西能够穿得暖和，但当他把小时候的衣服送给杰西时，心里还是有一丝舍不得。那件红色的外套，以前是皮尔格林穿的，后来哥哥把这件衣服送给了他。即使衣服的纽扣扣到了喉咙的部位，杰西仍在瑟瑟发抖。摩根觉得，他这个样子，更多是源于恐惧而非寒冷。这位黑人男子不断地往后回顾。

“他们来了。”杰西说。

“谁？”摩根说，“谁来了？”

“我猜想，他们来了。”杰西又重复了一遍。

他们翻过山脊，朝着枫树果园的方向往下走。山北坡的荒地长着枫树，枫树可产品质不错的糖浆和砂糖，这儿的树液酝酿得比较迟，一般要到 4 月上旬才开始流出来。这种糖浆呈浅琥珀色，而糖的颜色则像美丽的金发，比摩根的头发的颜色还要淡一些。以前在枫树液开始流出来的时候，摩根和他的母亲会在枫糖房子里待上好几天；在黎明的曙光中，摩根跟在一头红牛后面，穿越漆黑的枫树林；由于整天扛着满满的树液桶，他的肩膀有一种灼烧感；他看到漆黑的林子里闪着红色的火花，那是母亲正在那里熬糖；摩根觉得，那时候的自己，就像一个捕完海豹返回家的爱斯基摩人。他喜欢枫树产糖的季节，今天下午，他引导着杰西 · 摩西走下山坡时，还在寻找春季和制糖季节到来的痕迹。黑云杉林中，一只蓝色的松鸡，在这个晚冬季节啾啾地啼鸣。这是他所观察到的唯一迹象。

大雪开始轻轻地飘落下来，有些雪粒儿落在光秃秃的枝丫上，有些则穿过树枝飘落到山坡上。当摩根来到一个地方，他发现有个什么东西从雪树林中冲出去，并穿过了那条运输古道。这是一只巨大的分趾蹄动物，看上去像牛——但是，在不到糖丰收时节的时候，一头牛会在这么远的山坡干什么呢？而且，假如是牛的话，那么牛的腹部将会在雪地里拖出腹沟，但是，这只动物并没有在那个地方留下腹沟的痕迹。摩根意识到，这是一只驼鹿。猎人的强烈欲望，诱使他开始追踪、驱逐这只驼鹿。他的祖父金内森娶了一个阿布纳基族的女人，然而，摩根浅色的头发和肤色，以及他冰灰色的眼睛，似乎是继承了这个家族所有的印第安血统。而拥有深色肌肤、看起来比他更像一名印第安人的皮尔格林，是一个学者型的兄弟，他能够说出驼鹿的学名。而摩根现在只是想猎取这只动物。

“比拉兰地”小木屋的木材供应很充足。摩根一般会在上一年的秋天，砍伐几堆木材放在这里，以备来年春季制糖季节之用。他从露天院子里的一棵花楸浆果树下经过。这棵花楸浆果树上面，刻着一个读音为 Thurisaz 的符号“ᚦ”。很多年前，当摩根的父亲还是一个小男孩时，有一个本身就是地下护送站导路人的黑人，将这个象征符号深深地刻在那棵树上。山顶上的那块平衡砾石上，也有一个与之类似的符文。皮尔格林的老师曾表示，这个符文的意思是“关口”，这似乎讲得通，因为金内森家的地下护送站，是进入加拿大的关口。

摩根打开木门的门闩，走进屋里，在火炉上的引火柴上倒了一些煤油，将炉火点燃。

杰西·摩西开始解开他借来的外套。“我会把这件温暖的红色外套还给你的，高个子男孩先生，”他说，“这让我想起了那件约瑟外套[①]。”

摩根被杰西的一句“高个子男孩先生”逗笑了。他为自己当初不情愿让出一件对他来说已没有用的东西的自私而感到羞愧。“这件衣服你还是自己留着吧，先生，”他说，“我穿着有点儿小。”

外面突然传来“啪！”的一声巨响，不堪积雪重负的枝丫，从枫树上折断下来，响声就像手枪射击一样响亮。杰西吓了一跳。“没事，”摩根说，“一根老枝断了而已。”

摩根无法抑住对哥哥的思念。皮尔格林并不喜欢农场里艰苦的体力劳动——收割干草，脱燕麦粒，砍木柴——但他喜爱制糖的季节，喜欢来到这里的营房，帮助人们庆祝春天来临时这第一件令人兴奋的事情。

当摩根从他的背袋里拿出火腿、面包、烤豆和馅饼，并把它们摆放在营房未经刨光的粗糙桌面上时，他的视线快速扫过摆放于窗台上的各种书籍的名称。这些书大多数都是皮尔格林的。格雷氏的《解剖学》、《莎士比亚戏剧全集》、乔叟的《坎特伯雷故事集》，还有那位教授的有关冰川研究的伟大著作。

“我们要一直待在这里，等到有人来找我吗？”杰西·摩西问摩根，

---

① 出自犹太歌曲：约瑟在他的外套破旧后，用这旧外套做成了一件夹克，当这件旧夹克缝缝补补多次后，他又把它改成了背心；背心不能再穿后，他又把它做成了一条领带。直到这件外套再也没有可改的余地。

"会有人来吗？"

摩根想，这一切对于杰西来说，是多么的可怕：云集的暴风雪，深不可测的北部森林，仿佛与世隔绝的简陋的山间小木屋。他想告诉杰西，总统发布的有关释放所有奴隶的公告，在一年前就已经生效了，他们现在离最近的奴隶州大概还有四百或五百英里，正如奎克·米汀常说的那样，他现在就像上帝手掌中的蟾蜍一样安全。但是，从杰西的眼睛里，还是可以看出他的惊慌和恐惧。

摩根微笑着对他说："明天这个时候，杰西先生，您将在蒙特利尔。"

"在哪儿呢？"杰西·摩西问道。

"加拿大。"摩根答道。

"希望之乡。"杰西·摩西说。

"是的，希望之乡。"摩根答道。

"不久前，是不是有一个年龄和你差不多的少女也路过这里？一个长得像花瓶一样精致漂亮的女孩，她正在逃跑，身边还带着个小男孩？"

摩根摇了摇头。

"我希望你能和我待在一起，"杰西说，"并且你爸爸也希望你和我在一起，一刻也不要离开。我会告诉你一些事情，这些事情很重要。"

摩根还在想关于驼鹿的事情，他说："我会回来的。最迟在傍晚之前就能回来，也许马上就能回来。"

"我想告诉你……"

"我不会离开很久，在这儿没有人会找到你的。"

摩根明白，他应该留下来陪伴这个内心恐惧的男人。而且，他想，如果这个时候去追踪驼鹿，自己是否将有可能被即将来临的暴风雪困住，不能返回营房？但是，他要在天色还没有变暗之前跟上那只动物的行踪。当他第一眼看到驼鹿留下的踪迹时，他的激情立即被点燃，就在他离开杰西，追随着那只驼鹿跑进山林里时，就注定了他后来没能成功护送孤身一人留在"比拉兰地"小木屋中的杰西。他以前从来没有机会射猎到驼鹿。那里的原住民，即法裔加拿大猎人，有时会用长矛穿着许多毛皮去金顿科恩城出售，那种毛皮就是驼鹿皮。如果逮到这只驼鹿，把它的肉储存在冰库里，那他的家人就可以靠它生活一整年。他想象他们拥有了那只驼鹿时的情景，感觉非常良好。因此，他在心里告诉自己，他们需要那只驼鹿。

“我会在天黑后一小时之内回来，”他对杰西·摩西说，“我保证。”

老人对摩根勉强地笑了笑，并伸手拍了拍他的胳膊。摩根也回敬了他一个微笑。然后，他出了门，冲进了纷纷扬扬的细雪之中，雪下得正紧，预示着将有更大的暴风雪即将来临。他的视线穿过黑色的枫树树干，紧盯着前面的山路，根据他的判断，离天黑还有半个小时。他开始沿着驼鹿留在地上的痕迹小跑。

摩根真后悔没有带上他的雪鞋。在 3 月份，这里的积雪仍有四英尺深，原住民进入的话，需带一双雪鞋。摩根从“比拉兰地”往山上攀爬，此刻他正循着雪地上的踪迹小跑，他感觉他看到在前面的某个地方，有一只熊，从悬崖下垮塌巨石中的熊窝里爬出来，来调节一下北方漫长的冬季生活，然后又爬了进去。在路旁的黄桦树树梢上，有一只鹧鸪正在啄食树上新长出的嫩芽，它上下活动着愚笨的小鹰头，看起来很像庭院里一只正在啄食的母鸡。有一次，他和皮尔格林，还有他们的堂兄弟道尔顿，在摩根射下来的一只雄鹧鸪的嗉子里，发现了一百六十二枚桤木叶，一片片整齐地折叠在一起。摩根之所以知道那只鸟体内桤木叶的确切数字，是因为道尔顿在计算叶片数量时，故意大声地数。他那种专注、认真的神情，就好像一个刚刚学会数数的孩子在数到一百和超过一百时的样子。“你真是一台优秀的计数器，道尔顿。”皮尔格林对道尔顿说道。道尔顿被堂兄赞扬，开心地点了点头。当皮尔格林应征入伍后，道尔顿也试图参军，但因为不符合兵役条件，他曾两次被拒绝，一次是在佛蒙特州，一次是在奥尔巴尼。道尔顿决定待在纽约州，因为在那里他与战争的距离更近，兴许还可以找到其他参军的路子。

摩根来到驼鹿穿过的那条运输通道上，他判断，驼鹿在全力逃离。他看到山坡上驼鹿经过的地方，有几棵高约二十英尺的枫树上留有一些斑纹，原来从积雪到离树干八九英尺高的位置，枫树皮已被啃掉了。据此可以推断，当时那只驼鹿正在啃食树皮，当它听到摩根和杰西向它靠近时，一定是因为受到了惊吓，突然冲过那条运输小道，用身体冲开前面的一堆本可以跃过或绕道而过的积雪，奔逃而去，留在雪中的痕迹的体积是普通大雄鹿的三倍。

“感觉很像一只驼鹿。”摩根在渐渐暗下来的天色中自言自语。驼鹿是怎么想的呢？驼鹿会思考吗？除了条纹枫树皮之外，它们还吃什么？它将去哪儿寻找它的下一顿食物？

这只驼鹿似乎是冲下山坡，朝教授称之为冰斗湖的“三号池”方向去了。摩根离开驼鹿留下的踪迹路线，再次奔跑起来。他打算在山脚下堵住驼鹿，在它到达比冰斗湖更远的冰冻的峡谷之前，切断它的去路，因为一旦到了那个地方，驼鹿将可能轻而易举地逃脱摩根的追猎。如果驼鹿不再啃食峡谷沿岸的雪松和桤木树枝，那就算它运气好了。如果他足够幸运地杀死了这只动物，他就得借父亲的红色达拉姆牛轭，装上驼鹿，绕过山脚，将它拉回家去，要么拉回家处理，要么就在他射击驼鹿的地方宰割它，将鹿肉塞满旅行背包。他美美地想着。但首先他要能够射中这只驼鹿呢。他加快了速度，穿着毛毡靴的两腿跑得飞快，脚下的积雪被两只小铲般的靴子向后甩出，活像一只冬天的野兔在一堆堆高高的积雪中奔跑。如果冰斗湖之外的峡谷有一道出口，那么，驼鹿将可能围绕湖边盘旋出去，那样的话他仍然可以在天完全黑之前截住它。雪下得更大了，摩根体内猎人的血液在向上涌，他跑得更快了。打猎已成为了一场追逐。

摩根身高已有五英尺十一英寸半，并且他仍在不断长高，他长着两条长腿，活像一匹赛马。他的视力敏锐如鹰。在丰收日这天在金顿公地举行射击火鸡比赛，在连续三年的比赛中，他用亨特枪，百步之内，将子弹射入公牛的眼睛，五发五中，他相信，只要天空中还有一丝光亮，可以看清射击目标，他在百步之内就能够击毙那只驼鹿。这对他来说是至关重要的。当他跳过一根排污管，靴子踢到雪地里的一个隆起的褶皱时，他发现，那儿有一条小溪顺着山坡斜斜地往下流，他瞥见黑色的水在山脚下流淌，黑水顺着水槽顺流而下，最终注入水池。看！那是水！他相信，他也希望，驼鹿会避开一年中这个时候的寒冷的无冰水域。雪花在空中旋转飞舞，雪下得更大了，挡住了摩根的视线，使他看不清冰斗湖更远处的峡谷。空气中散发着一种火药味，像湿草焖烧的气味，像有更大的暴风雪要来临。

摩根隐约感到他听到了教堂的钟声，但这里是山的背面，根本不可能听到钟声，虽然他曾经在山顶听到过——那次风向恰好是西南方向，教堂的钟声就从公地向这边飘来，那声音微弱而神秘。但是，他不得不承认，他确实听到了音乐声。他甚至可以听出曲名，法语名叫Sucre d'érable——也就是《枫糖》——这音乐也许是在类似于他母亲所拥有的那种齐特琴上弹奏出来的。他一边奔跑着去拦截驼鹿，一边想着教堂音乐，他感到在《枫糖》那明快、狂野的教堂音乐中，一群瘦骨嶙峋的驼鹿正在贪婪地啃咬着一群肥胖的驼鹿，就像约瑟梦中的黄牛一样。一年前，在安息日学校教堂盛会上，他在教堂里当着所有与会者的面，背诵了约瑟的故事。接着，他以尖锐的语气，直截了当地对他们说：如果他像约瑟那样，被他那些无能而又心存嫉妒的兄弟推到深坑里去让野兽吃掉的话，他会想方设法逃出来，然后，除小弟本杰明之外，他会将那些兄弟们一个个抓起来，然后以同样的方式收拾他们。摩根这些大胆的言辞，令众人惊骇不已，尤其是严肃的老牧师与保守的修女表情更加惊恐。那些老修女与麦塔贝有着同样的主张，而这些主张是摩根这一类人需终身学习的。事实上，他是故意激怒他们的，他以此来报复他们，因为他们迫使他的父母——并不是因为他父母需要他们逼迫——阻止皮尔格林与法裔加拿大天主教徒曼侬·泰堡结婚，而他们的借口是他俩这种结合将会遭受无穷的苦难。曼侬的父母——金顿公地格林山脉的圣母教堂的成员，他们与皮尔格林的父母态度一样，扬言如果女儿继续与皮尔格林在一起，就送她去魁北克市的修道院。皮尔格林入伍之后不久，曼侬在悲伤之余，溜达到了那个峡谷，后来就消失了。

那次盛会以后，摩根的父母不再让他参加安息日学校，也不再让他去教堂，因此，在星期天里，当完成了仓棚里的一些琐碎劳动后，他就整天去打猎、捉鱼。他计划的第二件事情就是，告诉那些道貌岸然的老牧师和老修女，他会在约瑟那里，将他那些背信弃义的兄弟从圣地里一个个地抓起来。当然，在说这些话的时候，他是非常认真的。也许约瑟生来就不指望正义得到伸张，但摩根不一样，在他这里，正义是一定要得到伸张的。

他来到冰斗湖北端的雪松沼泽地边沿，发现在峡谷沿线沼泽地积水处，留下了驼鹿的踪迹，并且在冰面之上、落雪之中，有一只很像黑熊的巨大的动物，正在快速地朝一个长着雪松的岛屿冲去，那儿的冰已经融化了，峡谷已开始流出水来。它沉重笨拙地大步向前移动，与鹿那种跳跃式的奔跑完全不同，它逃出了亨特枪射击的范围，在雪松林里消失了。太可惜了，如果早到五分钟，他就能得到一个近距离侧面射击的绝佳机会。

透过厚厚的积雪，他注意到一座海狸穴突兀地立在雪松岛这边的沼泽地里。这个洞穴顶呈球形，像他的一本旧地理书中所介绍的爱斯基摩人住的冰房子屋顶。洞的旁边是一条从冰川流往峡谷的水道，在它的对面矗立着一棵枯死的松树；这棵松树在许多年前被闪电击中，闪电从树梢往下螺旋式地劈到了树干的底部，并将树干撕裂出了一条螺旋式的折痕，露出了树心。松树的顶部，有一个鱼鹰巢，被遗弃在荒凉的冬季里。这个由枝干搭建起来的鸟巢，几乎有一个干草垛那么大。摩根研究着这个海狸穴和鱼鹰巢，心里琢磨着，驼鹿下一步将会做些什么呢？他推测，在这种情况下，一头普通的鹿会卧在松树林里，等待暴风雪停下来，等雪停了，它接下来就会出来觅食。他猜测驼鹿可能也会这样做。于是，他决定明天早上天亮之前，再回到这儿等待这只动物。今晚他打算与杰西一起待在枫糖营房里，待到黎明时分，再到这里守候驼鹿；然后，他将亲自带着杰西去梅戈格，并将他送到铁路站。

隐约中，他似乎又听到了在沼泽地上空飘扬的钟声，他发誓，他真的是听到了，这音乐似乎有些阴森怪诞，令人心里发毛。他想这一定是《万古磐石歌》，乐声忽远忽近，飘忽不定。“我有一些事情要告诉你，一些非常重要的事情。”摩根突然想起出发前杰西对他说过的这句话。杰西到底想跟他说什么？摩根想不出来。正当他开始转身要返回山坡时，他听到了一声枪响。天空中下着雪，枪声听起来沉闷而模糊，随后几秒钟，又传来了第二声枪响，接着又传来了一声。

他急速奔回山上，在他的脚下有一条足迹，沿着杉树和雪松覆盖着的狭窄小路延伸。他发现在那条路上，有两名尾随他的男子的脚印，脚印前进的方向与他们的方向一致。前面的运输通道有两个分叉小道，左岔道一直往西延伸到达西边的大湖，然后折向北方；右岔道则通往枫糖营地。很难判断他想追踪的那两名男子究竟往哪条路上去了。不断飘落的积雪几乎已经掩盖了他们的足迹。但是，对于摩根来说，无需根据雪上留下的足迹，仅仅根据倾斜的凹痕，他——这个根据岩石上的苔藓留下的细微的痕迹，或是被咬掉的虎耳草花或蹭掉在拉布拉多茶树上的毛发就可以追踪熊或鹿的人——就可以断定，那两名男子是往枫糖营房方向去了。曾几何时，当他和皮尔格林在玩一种他们叫做“追逐”的跟踪游戏时，皮尔格林就教会了他，如何观察一片被压弯的剑叶草，一根被牛蓟草刮扯掉的羊毛线，或是留在沼泽地里的半个脚后跟的印迹。无论春夏秋冬，摩根都像皮尔格林读书一样，阅读着这片森林，从里到外，周而复始。

摩根在雪地里快速奔跑。他非常肯定，他将很快追上那两名男子。他还抱着一线希望，希望在那两名男子到达枫糖营地之前，追上他们。雪停了，透过薄薄的云层，他看到月亮升起来了。

山顶上的平衡砾石，在初升的月光下，像一个巨大的水晶球，折射出耀眼的光芒。摩根闻到了前面一股木材燃烧的气味。借着朦胧的月光，他看到烟笔直地从枫糖营地的烟囱里冒出来。他抬头寻找北极星，借以判断时间，当他的视线穿过营房门外那光秃秃的花楸浆果树漆黑的树枝时，他大吃一惊——他看到了杰西被悬挂起来的尸体，他的脚正好垂在摩根的头顶。杰西 · 摩西，被吊死在花楸浆果树上!

营房的门突然打开了，摩根迅速藏到树后。在微弱的星光下，他看到一只黑熊直立在门口，朝雪地里撒起尿来。不，这不是一只熊。这是一个穿着熊皮的体型高大的男人，整个熊皮是完整的，包括头部的熊皮，也套在这个巨人的头上。这个男人的整个胸脯都被这件毛茸茸的熊皮大衣蓬松地包裹着，两只手也蓬松地套在熊皮里，熊掌看起来有牛奶桶的底部那么大。一定是这个穿着熊皮的男子把杰西 · 摩西吊死在花楸浆果树上的。也许，当他在做这件事的时候，他杀害杰西时的轻松和活跃，并不亚于自己追猎驼鹿时的愉悦。摩根这样想着，举起亨特枪，朝那名男子开火。男子捂住自己的左肩，惊恐地号叫起来，连滚带爬地退回木屋里。摩根迅速把枪举高，再次瞄准。

“怎么回事？”枫糖营房里一个声音叫道，“你看见了那个黑奴荡妇了吗？看在上帝的分上，请不要杀她。”

木房子门“砰！”的一声关上了。摩根又跑回山下，朝雪松沼泽地跑去。

黎明时分，鲁狄·图循着摩根的脚印，无比轻松地走下山坡。整个东方的天空挂着一道彩虹。穿着熏黑色熊皮的鲁狄，在他的击弦扬琴上奏起了《向佐治亚州前进》这首曲子。他是把一个洗板钉在一个长方形的弹药盒上制作成这件乐器的。在他工作过的那间黑暗的教堂里，这件击弦扬琴充当钢琴伴奏的角色。扬琴用栗木做弦钮，黑色樱桃木做音板。精心削刮过的弹药盒里，放着一条响尾蛇，它在里面自由爬行，使乐器产生了颤音和鸣音。他用一根汗水浸出污迹的骡子缰绳做的宽带子将扬琴穿起来，挂在脖子上。他用两根黄色的杨木槌击打着琴弦，在森林里的所有树木当中，郁金香树能够在风暴中产生旋律最优美的音调。噢，扬琴演奏出来的乐声，犹如行军队伍正在奔赴沙场。通过这把扬琴，鲁狄可以演奏出小提琴如泣如诉的曲调，班卓琴银铃般的音符，以及西班牙吉他那深情的流露；他还可以模仿定音鼓、黄铜喇叭、短号和长号等不同乐器发出来的声音。除了他这个音乐家自己，没有人知道，他是如何用这个自制的山区乐器，魔术般地演奏出如此丰富、美妙的音乐。即使左肩受了伤——摩根的滑膛枪子弹，穿过并撕裂了他的肌肉，还擦伤了他的左肩骨——他仍是一个出色的音乐家。据说，鲁狄在老家山区的小海湾或山洞里，就可以将躲藏在月桂树灌木丛中的野兔引诱出来，也可以让一个少女怦然心动；这个行吟乐手还可以将鱼儿从小溪中引到他的煎盘里，能使鹌鹑自动落入他用马鬃做的网中，也能像创世纪中的主耶稣一样，使一场风暴平息；鲁狄·图还可以通过它的音乐，让水蛇吐出毒液，让吝啬鬼掏出钱财，让鼓吹者保持沉默，让两个最好斗的仇敌握手言欢。如果阿诺·多米尼要找的那个荡妇，正躲在附近的某个地方，他毫不怀疑自己能用他这把富有魔力的扬琴，将她从藏身之处召唤出来。

鲁狄不仅是神奇的音乐家，也是射击高手。他用他那后膛装弹的“黄孩子”牌卡宾枪进行的射击瞬间，常常令人拍案叫绝。带着“黄孩子”，他曾在梅森和狄克逊，指使过三百多个联邦和非联邦的士兵服从他的命令。今天上午，按照无比仁慈的耶稣的意愿，他打发掉了一个惯于旅行林地者，那个人是昨晚在小木屋掩护他的人。此外，不在这之前，那么就在这之后，他将可以追捕到那个女孩并胁逼她。在把她交给阿诺·多米尼之前，他也许可以独自享有她，是的，很有可能。但是，他必须让那位疯狂的医生远离她。鲁狄所能做的就是，在他们把那位黑人吊在树上引出那个女孩之前，阻止那位活体解剖的医生用他那可怕的、闪闪发光的器具，残忍地挖掉那个老黑鬼鲜活跳动的心脏。鲁狄下定决心，当他们抓获那个荡妇，他就在外科医生脑袋上给他一枪。

鲁狄携带的另一件武器，是一把二手枪，它类似于骑兵有时佩带的那种长马枪。但与之不同的是，长马枪只有一个枪管，而它却有两个并列的枪管、两个击铁和两个扳机。其中一个枪管用来发射大号铅弹，另一个枪管用来发射重达四盎司的子弹，这种子弹的穿透力，能够直接穿过一扇橡木门。鲁狄用人肠做成的绳索将武器挂在自己的脖子上，那有裂缝的胡桃木枪托，和从扬琴上抽下来的多余的琴弦绑在一起。枪管上刻着一些魔鬼脸谱。

“黄孩子”卡宾枪上安装了一个细长的望远镜，通过这个望远镜，鲁狄可以观测到下面结冰的沼泽地的动静。早晨晴朗的阳光，照着绵延数英里的沼泽地。他认为这样的光线有利于射击，尽管只要有可能，鲁狄更愿意背对阳光进行射击。此外，他也喜欢单独行动，这就是他将那个畸形足留在后面小木屋里的原因。外科医生曾希望与他一同前往，但今天上午鲁狄有重要的事情要做，他不想让一个跛脚的医生跟在自己后面。在一路逃亡的过程中，为什么金·乔治非要带着这个畸形足，还有那个演员和那个先知，对于鲁狄来说，这些都还是一个谜。他和乔治完全可以轻轻松松地处理好他们手头的事情。

除了一条黑色的水流之外，整个沼泽地都被白雪覆盖。这里零星地分布着许多岛屿，岛屿上长着常青树。最大的那个岛屿大约仅有八英里，它的面积，不会超过一头骡子从日出到日落所能犁的耕地面积。在污水附近的岛屿，矗立着一棵枯死的松树，树的顶部有一个大鸟巢。在岛屿与遭雷电劈过的松树之间，有一个用枯枝搭建起来的海狸穴，突兀地坐落在冰冻沼泽地上。鲁狄不能很确定，但是他相信，他所跟踪的足迹靠近了海狸穴，并且足迹到这儿就消失了。“这样更好了。”他这样想着，往“黄孩子”的枪膛里上了一发子弹。

摩根在山脚下度过了一晚，直到拂晓，他的作战计划才构思完整，从山上传来的幽冥般的旋律仍旧很微弱，当他穿过冻结沼泽地，并沿着开口峡谷边沿行进时，他知道他还有时间。他走近海狸洞穴，将枯枝从海狸穴的一边掀去。然后，他再踩着自己来时的足迹往后退，一直退到峡谷旁的一个树桩处。他脱去了靴子和羊毛袜，并将裤腿卷到了膝盖以上。他毫不犹豫地蹚进了水中。水没到了他的膝盖上，他感到刺骨的寒冷。他屏住呼吸，双脚在水下的淤泥里摸索着向那棵被闪电击过的松树蹚去。

他穿上靴子和袜子，然后爬上从松树主干上伸出来的枯树桩。他用手向上攀爬，令他惊叹的是，这棵树的螺旋纹伤口竟深深地切入了大树的主干。他将鱼鹰巢里的雪掏出来，将身子藏进鸟巢里。然后，他小心地把枪倒过来，从袋子里往滑膛枪管里倒了一些火药，用推弹杆把火药推到了顶端，让它落入弹头中；他又推了一次，在鹅颈形状的击铁下，盖上了一个铜帽。他拉回击铁，然后把鸟巢里的雪再舀出一些，为自己挖出了一个洞穴。又一次让他感到极为惊讶的是，他发现在鸟巢的底部，有一条四英尺长的鱼骨架，而且，在鱼的下颌骨处，有一个已经褪色的红白相间的自制诱饵，这正是多年以前他失去的东西。当时，他和皮尔格林正在大湖泊上拖钓，他钓到了一条大鱼，这条大鱼把他们乘坐的独木舟一直拖到了加拿大境内。那三个挂着诱饵的钓钩已经生锈了。摩根不知道，与皮尔格林一起外出钓鱼这段奇妙的回忆，对他来说可能意味着什么。他也无法想象鱼鹰是如何将这个重达三十多磅，甚至更重的鱼，搬到它的巢穴里来的。但是，现在有一个人正在从山脚下的树林里走出来。他身穿熊皮，弹奏着挂在他脖子上类似齐特琴的乐器。摩根把身体挤进了鸟巢的更深处。

摩根一直这样等待着，等音乐家走近海狸穴；等他举起步枪，进行了一阵雷鸣般的扫射；等他把机关炮的两个枪筒对准海狸穴扫射。然后，摩根开火了，那个步兵跌坐在雪地里，半边侧躺着，用半身支撑着身体。

“你要杀死老鲁狄了，小北佬。”鲁狄·图一边按住他流着血的手，一边说道，“死猪！你砸碎我的乐器了，该死的冷灰眼！你瞎眼了吗？”

“你杀死了杰西·摩西。”摩根说。他不喜欢鲁狄注意到他眼睛的颜色。他伸出手，越过鲁狄的大脑袋，拿起那个奇怪的有两个枪管的手枪。

“我是一个笨拙的枪手，”鲁狄说，“把双管枪还给我，我要完成我的任务。”

摩根把大手枪踢回给鲁狄。这个凶手立即把它捡起来，一边说摩根是一个幼稚而拙劣的游击战小子，一边扳起两个枪管的击铁，把枪对准了摩根，并扣动扳机。

他打出来的是空枪，摩根早就料到结果会是这样。他看到并听到了鲁狄用他的两个枪管同时朝海狸的洞穴射击。即便如此，有一个人在六英尺的距离内，端着这样致命的武器对着他，也是非常可怕的。

“真该死！”鲁狄喊道，并有气无力地把枪扔给了摩根。枪掉在摩根的脚下，他把枪捡起来，用枪上的绳索把它挂在脖子上。

“好吧，那么，”鲁狄说，“我已经束手就擒了。来个了断吧，大男孩。朝我脑袋上开一枪，我不在乎在这个严寒的要塞失血而亡。听着！在离开这个世界前，让我为自己唱首赞美诗。”

鲁狄把手伸进他的熊皮大衣口袋，掏出了他的杨树木槌，敲击着有点破裂的扬琴，弹奏起了《万古磐石歌》中的一节。

“‘让我在你这里来，’[①]”这个流浪的音乐家用颤抖的声音说道，“来吧，孩子，加入进来，我们来个二重奏。”

他顿了一下，又接着说：“看在耶稣被上帝耶和华庇护的分儿上，朝我的胸膛开一枪吧，孩子，我求你了。朝我胸膛开一枪，然后把我的乐器拿过去，为我演唱一曲魂归西天的歌谣。结束我的性命吧。小伙子，只是请你先告诉我，‘黑奴的石头’在哪里？是在那个女孩的手上吗？”

摩根盯着他。

“没关系，”鲁狄说，“阿诺·多米尼将会弄到它。当老阿诺·多米尼找到那个荡妇时，他会想办法弄到它的。”

山顶上西边的天空，再次乌云密布，大片的雪花从天空飘落下来。

摩根说：“把你的子弹带扔给我。”

“嗯？”

“你的弹药。”

鲁狄慢慢地解开他的熊皮大衣，解下交叉地挂在胸前的子弹带，并扔给摩根。他的血流得越来越多了。

摩根拿起“黄孩子”，将其竖在旁边的雪地里，并在鲁狄的子弹带上取了一颗子弹重新装进去，他把步枪直直地顶在一棵松树上，用他的滑膛枪对准鲁狄，以防鲁狄突然抢夺已经装上子弹的步枪并对准他。他说：“我在枪里给你留了一颗子弹，你自便吧。”

“你让我怎么扣动扳机？”

---

① 赞美诗《万古磐石歌》中的一句诗词。

摩根跪在音乐家的脚边，脱下了鲁狄右脚上的靴子和袜子。

“摆动你的脚趾。”

“什么？”

“摆动你的大脚趾。你的脚趾有知觉吗？”

鲁狄动了动跟他的靴子一样脏的脚趾。

“就是这样。”摩根说完，开始向雪松岛方向后退，他手中的滑膛枪指着鲁狄。

“你个臭小子，我诅咒你，一直诅咒到你们祖孙七代。”

摩根退到岛上的松树林中，急忙拐向另一条道路，他开始朝着山脚下的方向奔跑起来。雪花有他的手掌那么大，而且下得更紧了。一分钟后，他隐约听到身后传来一声枪响。

西北风吹刮着他的左脸颊，他来到了山脚下的一个隐蔽处。他想重新返回营房，处理掉另外一名男子——昨晚天黑之前，他在山上见过这名男子和鲁狄的足迹——但他的脚和小腿上的水在结冰。他只好暂停计划。他去黄桦树上扯下一些松散脱落的树皮，击落并收集云杉树枝上一些将要枯死的枝条，然后把它们堆在一起生火取暖；否则的话，他的脚就要冻坏，他不能冒这样的险。如果说在接下来的几周里，摩根身上什么东西对他来说是至为重要的话，那么无疑就是这双脚了。

第二章

Raido

R

第二场暴风雪，是一场名副其实的大风雪。这场雪几乎持续了整整二十四个小时，牵制住了山上所有的生物，摩根所能做的唯一的事情，就是在山脚下那块沼泽地的边沿，捡拾一些枯树干枝维持这堆篝火，等待一天一夜，等到雪停下来。

在等待中，摩根想起了他中学的老师多古德。一年前的一个星期六的晚上，教室里正在举行一场拼写大赛。摩根和多古德是最后上去拼写的两个参赛者，他们要拼写的那个单词是“vengeance(复仇)”。

多古德身材高大，但骨瘦如柴，是一个爱打架和欺负别人的人。他被学校聘请，并不是因为他的知识有多渊博，而是因为他能够用他的拳头维持秩序。有传闻说，他付了两百四十美元给他的一个在新罕布什尔州的表弟，让他代替他去参军。他宁愿在孩子们的教室里横行霸道，也不愿意为保卫联邦去打仗。多古德先上去拼写，“Vengeance，V–E–N–G–A–N–C–E，Vengeance。”

“不对。”拼写大赛负责人奎克·米汀·金内森说道。

然后他转过来看摩根。“Vengeance。就是耶和华说过的‘复仇(Vengeance)是属于我的’那句话中的那个‘Vengeance’。”

“Vengeance，”摩根念道，虽然他很讨厌他人生中在学校里度过的每一分钟，因为这使他不得不离开他心爱的树林，但他还是记得很牢，“V–E–N–G–E–A–N–C–E。”

“正确。”奎克·米汀说，“那么，Vengeance 是属于？”

“属于上帝的。”摩根回答道。但被自己的学生公开羞辱的多古德，显然有不同寻常的想法，他在心里盘算着，事后该怎么收拾这个让他颜面丢尽的学生。时机很快就来了。一天晚上，因为奎克·米汀要去帮助一个生病的邻居，所以摩根要帮做父亲留在仓库、牲口棚里的事情，第二天早上来到学校时，他未能完成自己的功课。多古德在他桌子后面的石板上画了一个小圆圈，命令摩根弯腰站在那个小圈内，用硬木教鞭抽打摩根。被鞭打了十多下之后，摩根终于忍无可忍，他转过身来向老师发起挑战——就在那个星期五的晚上，在教室里，摩根要赤手空拳与老师进行一番格斗。然后他走出了教室门。

多古德老师要与年轻的叛逆者摩根·金内森在教室里打架的消息，像蔓延的山火一样迅速传开，每一个在金顿县城闲逛的人，都涌到现场观看，多古德光着上身赤膊上阵，背带从他那破旧的哔叽裤上垂落下来，他挥起拳头对着他的学生。摩根叫他的堂兄道尔顿做支援。多古德没有援手，但他举着拳头，装出一副令人畏惧的架势。他抬起胳膊肘，举起拳头，拉着一张冷酷的马脸，马脸夹在他那高低不平的两肩之间。

“不准用头撞，不准用手抠，不准用嘴咬，直接进攻，战而胜之。”基特里奇老人咆哮着，摩根朝那个老师冲过去，猛力一击。这一击足以将一头公马击倒在地。

多古德一闪，躲开了摩根的攻击，同时迅速出手向摩根猛戳过去，这一戳就像一只大黄蜂蜇过来，正好戳到了摩根的左眼。他的右手猛击摩根的前额，然后，他在摩根的胸骨上重击一拳，这一拳就像驮马一踢，“嘎吱”一声将摩根打得两脚悬空，趴倒在地。

“踢死这小杂种，老师。”有人喊道。

当把踢摩根的脚收回时，多古德的嘴唇上满是白色的唾沫，就像餐桌上的食盐。在多古德快要把摩根的肋骨打断的时候，道尔顿·金内森一把把多古德抱住了："我认为今晚已经够了，教员先生。"然后，他把这个喜欢殴打人的老师从教室的地板上拉了起来。

道尔顿把多古德稳住，然后去走廊里提回一只饮水木桶，他把桶里的水全部冲到摩根·金内森的脸上，摩根对着膝盖，气喘吁吁。道尔顿咧嘴笑道："你今晚做得很好，老弟。一个真正的男儿有时必须学会以恶治恶，你基本已经做到了一半，但还不够彻底。"

现在，摩根孤身一人待在风中，风从森林的四面吹来。他想到杰西·摩西正挂在山上小木屋门外的花楸浆果树上，那个疯子音乐家毫无疑问，必然像沼泽地里的一截枯木桩一样，以坐着的姿势死在雪地里了；而另一个人，也像一个杀手，在附近逃亡着。他第一次感到自己是被追杀的人，而不是追猎者，想到这点，他感到很害怕。然而，他明白自己生命的安危，取决于他是否能保持镇定。

摩根把手伸进夹克衫的口袋里，他在口袋里摸到一个光滑而又坚硬的东西。他掏出来一看，原来是一块浅灰色的椭圆形石头，这块石头和他的手掌一般大小。石头顶部钻了一个小孔，一根皮革绳穿过小孔，系在石头上。一个侧面上雕刻着"杰西的石头"几个字。在这几个字的下方有一条锯齿形的上下波动的路线，这条路线勾画了从南到北的山脉的走势，中间被十几个奇怪的小图画隔开来。这些小图是：一个已经荒废的堡垒；一条高高停泊在树上的小船；还有一个图案，看起来好像是山洞的入口；另外还有一幢柱形的牧师住宅坐落在山顶上，附近有一架风车和一架水车，以及一片盛开着鲜花的土地。每个小图旁边都配有一个象征符号，这些象征符号很像平衡砾石上的那些神符。石头的另一个侧面，初看起来好像很光滑，但是当他凑近仔细查看时，他看到许多像古硬币上的文字一样的象征符号，这些符号磨损得几乎难以辨认。

摩根继续盯着这些雕刻的图像看，直到它们开始全部连起来。他无法想象这块奇怪的石头是怎么跑到他的夹克口袋里来的，除非是在小木屋里时，杰西把它藏到这儿来的。那个穿着熊皮大衣的凶手曾经提到过一块石头——他说的“黑奴的石头”，难道指的就是这块石头吗？它到底意味着什么？还有，那个杀手也曾经提到过一个女孩，那个女孩是怎么回事？小木屋内传出来的那个声音，提到了一个荡妇，杰西也问起过一个离家出逃的女孩，说她和自己的年龄差不多，漂亮得像一个画中美人。她可能是谁呢？要是当初他和杰西一起留在营房里，听这位老人把他想说的事情告诉自己该多好啊！

他把系在神秘石头上的皮革绳拉开，穿过自己的头顶往下套在脖子上；然后，再次把柴火加大。整个晚上摩根都在不停地添火，并考虑他的打算。待到黎明时分，暴风雪已经停止。他数了数钱包里的钱，只有六美元，这是他在冬天里卖陷丝挣到的钱。他计划了几个月的长途冒险即将开始。不过，他首先必须返回那个小木屋，去完成前两个晚上，也就是他打伤鲁狄的那天晚上，想要完成的任务。

当摩根站起身来的时候，他瞥见了一个貌似老巫师的人，身穿黑色披风，头戴一顶宽帽檐的黑色大帽子，步履蹒跚地从白雪皑皑的半山腰走下来。这个男人拖着装在一个黑色大盒子里的左脚，手持一支后膛为黄色的卡宾枪，这支卡宾枪很像鲁狄的“黄孩子”。他从摩根隐藏的灌木丛背后渐渐走远，走出了摩根滑膛枪射击的范围。这时一个[illegible]想法闪过摩根的脑际：如果这个拿着步枪的瘸腿去到他家附近，那会怎么样？

他意识到必须将这个持枪者引诱到树林深处，远离他的家人。摩根对着男子高喊，让他停下脚步，并把枪放下。这位黑衣人立即躲闪到一棵云杉树的后面，并朝灌木丛开了一枪。摩根虽然无法射击到黑衣人，但他还是用他的老式滑膛枪还击了。然后，他开始朝北奔跑。子弹在他周围穿梭，发出“嗖嗖”的响声，被击断的常青树树枝纷纷落下。摩根尖叫了一声，他好像是中弹了；他抽出鹿角刀，割下了一块夹克衣袖的毛边，并把它撕成了两条然后又绑成一条，然后迅速地将这布条交叉着绑在他裸露的前臂上，鲜血立即从他的手臂上渗出来，滴在雪地上。他又叫了起来。他身后的追逐者停下来，重新往枪膛里上了一颗子弹。当子弹再次飞来时，摩根全速冲上了山坡。

摩根身后，留下了一条斑斑血迹，它朝北通往加拿大。他及时跑上了一条被雪球压得非常紧实的运输小道上。在那里，摩根碰到了一个乡村牧师，他坐在一辆由两匹枣红色骏马拉着的漂亮雪橇里。

“你去哪里，我的孩子？”牧师问摩根。

摩根抬头看着他，这个老人一脸慈祥，用好奇而友好的眼神注视着摩根。他雪白的教士服衣领，与庄严的黑色教士袍，形成了鲜明的对比。

“你受伤了，”牧师说，“你是怎么弄伤手臂的？”

“一处擦伤，”摩根说，“在树林里发生了一个小意外，没什么。”

“上来，上来吧，你的伤必须好好处理一下。”牧师说道，并点头示意他坐在旁边的位置上。摩根爬上雪橇，两匹骏马拉着他们，默默地朝北滑行而去。摩根不时回头看看他们已经走过的路，在冬日的景象里，看不到一个人影。

“你在找什么吗？”牧师问，“魔鬼吗？”

“很有可能。”摩根说。

“嗯，他往往会在我们的前面出现。但如果这样的话，我们要说，‘撒旦——’”

“‘到我们后面去吧’。”摩根说。

“啊，”牧师说，“你熟知圣典。但是，说正经的，你要带着这些武器去哪里呢？去参加美国的战争？我必须告诉你，你走错方向了。”

摩根看着牧师，说道："我希望我能直接去地狱。"

牧师笑了。"那是一条曲折的道路，而不是直的，"他说，"告诉我，是什么使你说出这样的话？"

摩根无望地盯着外面的雪地，然后扭头向后看了看。道路如月光般空旷。

"嗯，我的朋友？"牧师说。

"你看见过一个黑人姑娘吗？"摩根说，"她身边可能还带着一个小男孩。"

牧师摇摇头。他瞥了一眼摩根，这个时候，老人和这个年轻人的目光交汇了片刻。

"我的天啊。"牧师轻声说。之后他们再也没有说话。黄昏的时候，牧师让摩根在梅戈格的一个火车小站下了车；然后，他朝着小镇北边一座黑石头教堂的方向去了，教堂高耸的尖塔套在锡金属里。

在火车站，摩根向站长借来了钢笔、墨水和纸，写了下面这封信：

亲爱的父亲、母亲：

我不得不痛苦地告诉你们，在上周二的时候，由于我的一个草率而无意的决定，致使你们委托我护送的那个名叫杰西·摩西的地下乘客，被一个疯狂而无情的杀手谋杀了。当我到达谋杀现场的时候已经太晚了，我的任何援助都无济于事。不过，幸好我能够追到凶手，并引诱他进入了我的埋伏圈。我向你们保证，他再也不可能会杀人了。尽管如此，对于已经逝去的杰西来说，这仅仅是一点可怜的安慰罢了。

至于我这封信的第二部分内容，是想告诉你们，这段时间以来，我心里一直有一个决定，就是去南方寻找我亲爱的哥哥皮尔格林。虽然我说不出他可能在什么地方，也无法解释，为什么我们至今仍没有他的任何消息，但是，我一直坚信，他仍然活着。而且我现在，以及将来，会一直坚守这个信念的。

爱你们的儿子，
摩根·金内森

摩根把这封信递给站长，并付了一个先令，让他在信件上盖上了“邮资已付”的印章，然后把它寄了出去。“一个身穿古怪的黑衣，左脚上拖着一只奇丑的黑盒子的男人，不久就会来到这里，”摩根说，“他不是一个好人。麻烦请你告诉他，我登上了去哈利法克斯[①]的夜间火车。”

站长盯着摩根看了一会儿，然后点了点头。

两天后——他花了两天时间，艰难地穿越了边境地区的穷乡僻壤，在这期间，他只是偶尔抓紧点时间在干草垛里睡上一两个小时不安稳的觉，或是在某个废弃的学堂里闭上眼睛打个盹——摩根继续逼自己不停地赶路，使身体精疲力竭，以此来减轻他因抛弃杰西而产生的负罪感。他没有看到一个带着小男孩逃跑的女奴的任何迹象，也没有看到那个瘸腿的黑衣幽灵的踪迹，但是，他知道那个戴着宽边帽、拖着一条腿的神秘男人，也许就端着他的“黄孩子”卡宾枪，正潜伏在某个玉米仓库或户外的某个厕所后面。还有，鲁狄曾经提到过的那个叫阿诺·多米尼的男人是谁？摩根感觉到，他也许与那些不久前从埃尔迈拉联邦监狱逃跑的杀手们有联系。

在他艰难跋涉的第三天晚上，下了一场冻雨，他想起皮尔格林在几年前曾对他说过的话：“记住，我的兄弟，无论你身上多么的寒冷和潮湿，只要带上打火石、钢铁和引火物，你总会感觉到温暖和干燥的。”他来到一棵镂空的枫树旁，眼前是一条他无法跨越的南北走向的大河。

① 哈利法克斯，加拿大一个省会城市。

摩根在倒塌的马棚处收集到一些湿木板，生了一堆火取暖。他既没有食物，也没有胃口吃饭，更无法肯定他是否有力量和勇气，能再多坚持一天。他蜷缩在腐烂空了心的老树干里，思家的情绪像野草一般拼命地疯长。他担心自己的决心会慢慢动摇，担心可能使他的计划半途而废的，不是鲁狄·图和那衣着奇特的畸形足，而是他自己内心深处可怕的孤独感。然而，没有找到皮尔格林，他怎么能回家呢？不仅对父母说过，也对自己说过，他一定要找到他的哥哥。而且，他现在还有什么选择呢？他还能去哪儿呢？随着火的温暖逐渐渗入他的骨头，上千种奇思怪想在他的脑海里涌现，而且一个比一个怪诞。他可以逃到海上去；他也可以虚报年龄去参军；还可以改去北部哈德逊湾附近未被破坏的大森林做陷丝买卖。他想到了那个逃亡的漂亮女孩，并且猜测那个小男孩是否是她自己的孩子。他盘坐在空心树里，伴随着火焰噼里啪啦的响声，以及河流湍急的流水声，进入了梦乡。

当滚动我的球的时候，我的球。
当滚动我的球的时候。①

黎明时分，在河上升起的薄雾中，一艘长长的载货独木舟，朝着摩根刚待过一晚的枯老的枫树驶来，并在枫树下面的石砌栏杆抛锚，划船的是六个服饰色彩绚丽的男子，他们正唱着法语民歌。头桨手的那名男子，身穿一件蓝色的羊毛衫，头戴黄色御寒帽，腿缠鲜红的绑腿，脚穿装饰着明亮珠子的鹿皮靴，腰间系着一条醒目的绿色大腰带；他跳下独木舟，用手使劲地拖着船，把它系在栏杆上。

“您好！”他用法语朝岸上的摩根喊道。

当摩根用英语向他回敬“您好”时，绿腰带男子立即改用英文与他交谈。他说，他们来黎塞留河招募人，参加即将在蒙特利尔举行的

① 加拿大法语区的一首民歌。

一年一度春季加拿大船夫集会。他邀请摩根与他们一起吃早餐。摩根还没来得及想，这些划桨者就开始给他沏了一壶滚烫的茶水，绿腰带男子递给他一张刚刚加热过的馅饼。他接过热气腾腾的馅饼，狼吞虎咽地吃起来。

当摩根吞食第二张热乎乎的猪肉馅饼时，绿腰带男子问道："你有多久没吃东西了，我的朋友？"

摩根耸了耸肩。然后，看着手中的馅饼屑，幽默地说道："五秒钟。我上次吃东西是在五秒钟之前。"

绿腰带男子大笑，摩根却因为自己的玩笑话感到惊讶，在经历了最近发生的这么多事情之后，他竟然还能开玩笑，即使是一个非常蹩脚的玩笑。此外，他为自己在一个陌生人这里进食感到羞愧。

绿腰带男子是一个瘦高个儿，一头乌黑的卷发从他的杜克帽中垂落下来，一双黑眼睛密切地注意着周围的任何事物。他从腰带上解下一只木杯，并把它浸入冰冷的河水中，然后提起来递给摩根。这是一只奇特的杯子，摩根猜测它是用白雪松木打造的，在杯子的四周，雕刻着一只驼鹿、一条跳跃的鳟鱼、一只浮水的潜鸟，以及一个船夫划着独木舟朝一个印第安姑娘驶去的画面。杯子上独木舟的船头上，刻着"ᚦ"这个符号，摩根从平衡砾石上见过这个符号。

"这是你刻上去的吗？"摩根问。

绿色腰带男子耸了耸肩："我只刻了其中的一小部分。我的父亲是我们家族中最后一个真正的雕刻者。"他伸出手，说道："我叫奥古斯特·肖托。"

当他们紧握双手的时候，摩根告诉了这位年轻的法国人自己的名字。他指着那个饮水杯上的象征标志，说："我相信你知道我的父亲。他叫奎克·米汀·金内森。在'Thurisaz'那个标志的地下护送站。"

"啊，"绿腰带男子说，"其实，是我的父亲，就是那些图案的雕刻者，他知道你的父亲。他的名字也叫奥古斯特。但是，你瞧，金内森先生，你真得与我们一起去北部。带着你的武器,你将成为我们的猎手,好吗?有人说这将是伙伴们最后一次在休渔期集体出发。加入我们的行列吧,它将使你成为一个真正的男人。克里族的姑娘们，也将会使你成为一个真正的男人。”

奥古斯特·肖托的黑色眼睛转向他的船员们，他们已经将烹饪器具和茶壶收拾起来，放进了狭长的独木舟中。他用法语反复地说着克里族姑娘，船夫们也与他善意地逗笑，并招呼摩根加入他们的行列。摩根受到了诱惑，哦，非常大的一个诱惑，如果和他们一起走，他就可以抛开所有的顾虑、承诺和责任，去追求一种无忧无虑的狩猎生活，并与美丽的印第安姑娘们缠绵、做爱，与好伙伴们宴饮作乐，尽情地享用海狸尾巴、驼鹿肉排，还有鳟鱼和许多叫不出名的北部湖泊里的水产美食。

“以后吧,”摩根对奥古斯特说,“目前如果你能帮我渡过这条河，我将非常感谢你。”

肖托耸了耸肩。“以后，很可能为时已晚，我的朋友。我想克里族的姑娘们一定会很伤心的。但是，好的，我们会把你带到河对岸，并将这个小小的饮水杯送给你。我可以花一两个晚上再刻一个。你看，看见杯子上面这些骑士和年轻女子们的图案了吗？这个杯子也许将会给你带来爱情，把它送给你心爱的姑娘吧。这是你的爱情信物。”说到这里，他的眼中再次闪现出光芒，“这也是加拿大蒙特利尔市的奥古斯特·肖托送出的祝福。”

那天上午稍晚的时候，快到达尚普兰湖北岸时，他比以往任何时候都感到更加绝望。为了尽力使自己忘记在枫糖房子那儿看到的令人惊骇的一幕，他掏出了杰西的石头，并试图再次去认识和理解它。在石头的顶端，雕刻着两幅图画——岩块剥落的堡垒和一艘停泊在树上的小船，同时还有一个符号“ ᚠ”刻在一只海狸的图画旁边；摩根注意到，奥古斯特·肖托送给他的雪松杯上，同样也有这样一个符号；石头的底部，是皮尔格林曾在平衡砾石上，最频繁地触摸到的那个象征符号“ᛟ”，符号的旁边是一幅非常奇怪的一条腿的简笔人物画。如果这是一张地图的话，这张地图上并没有出现一个带着孩子的女孩这样的图画，也没有摩根曾经常在平衡砾石上触摸到的那个符号“ ᚾ ”，尽管他认为自己识别它，更多的是通过用手去触摸石头的背面，而不是通过用眼睛看。皮尔格林曾经认同教授的一个观点，即狂热的北欧航海人，有可能在哥伦布之前冒险到达美洲大陆，并且在金顿山的平衡砾石上留下了这些神奇的符号。摩根相当确定，一定是杰西悄悄地把这个心形的石头塞进他的口袋里，阻止那些杀手们得到它。皮尔格林一定知道它在地质学上的物质构成。而摩根所能知道的就是，这种石头既不是花岗岩也不是板岩，它的原产地不是佛蒙特州。

在尚普兰湖汇入黎塞留河的湖湾西侧，坐落着一座只建了一半的堡垒，其敞开的大炮口般的入口俯瞰着整个海湾。摩根想，这也许就是杰西的石头上面所描绘的那个被摧毁的旧城堡。在小河湾的入口处，一个戴着蓝色三角帽的高个子老人，站在一条平底的木船上，正在往水里戳刺着什么东西。他身穿制服，用竹篙撑着平底船，沿着海岸边的香蒲和芦苇前行，他不时地停下来，放下竹篙，拿起干草叉改造成的三齿渔叉。他正在用叉子刺着梭鱼，举起叉到的鱼，并将他们扔进船里。奶白色的鱼白和明黄色的鱼蛋，像金珍珠一样从叉破的小孔中涌出。当他将一条长着尖刺胡须和鳍的角状虎鲨鱼扔进船上的鱼篓中时，这条虎鲨鱼就像青蛙一样“吱吱”地尖叫。当他又一次用三齿渔叉，猛地刺进水中的时候，他刺到了一条很大的北梭鱼，这条鱼扭动着的身躯，足足有摩根的手臂那么长。

每往倒霉的鱼身体上猛刺一次，瘦高的老船夫都会尖声叫着，大发诅咒：“刺死你，约翰！刺死你这南部叛军！还有你——你——你也逃不了，统统刺死你们。”当叉起一条疯狂扭动的长梭鱼时，他大声吼道：“最后审判的时刻到了，杰弗逊·戴维斯[①]，你会以叛国罪被吊死的。”

这位疯狂的老船夫的蓝色燕尾服外套上，溅满了鱼的血肉和内脏，挂着一列破烂的碎片——闪闪发光的锡碎片，五彩的玻璃碎片，色彩鲜艳的碎带子，还有几十个各式各样的徽章，镶嵌在燕尾服的肩部、背部和各个接缝处，甚至在外套的叉形尾巴处。这些徽章当中，有珍珠母贝壳徽章，有锡铅合金徽章，有琥珀徽章，有大黄铜徽章，还有用白骨碎片和黑亮的沥青做成的老式徽章，更不用说钻孔的铜币徽章、银元徽章了，甚至还有几个金色的双鹰徽章。挂在他脖子的细绳上的，是一个孩子玩的锡制小喇叭。几缕雪白的头发，从他的蓝色三角帽下面垂落下来。一把散乱的白胡子垂到了他的腰部。他长着浅蓝色的眼睛。船的前端安装了一个旋转式的大口径短枪，有一架小型的加农炮那么长。船的后面，竖立着一把还剩下一些稻草的扫帚，上面挂着一面破旧的美国国旗，在空中迎风飘扬。

这位捕鱼手，扔下他的三齿渔叉，拿起竹篙，撑着船穿过了参差不齐的芦苇，来到了布满卵石的岸边。他的小船停靠之地，离摩根站着的地方，只有几英尺远的距离。

“上船来吧，海军少尉，”渔夫用一种军人特有的、响亮而自信的声音命令道，“现在，如果我们去收回那个堡垒，我们一刻也不能失手。停止前进，走进船来！你要像纳尔逊勋爵一样，等着别人用笛子召集你上船吗？好吧。”

白胡子老人举起那个锡制喇叭，放到他的嘴唇上，吹出了一声响亮而刺耳的喇叭声。

---

① 杰弗逊·戴维斯，美国军人，政治家，因于美国内战期间担任美利坚联盟国首任也是唯一一任总统而知名。

摩根直接步入船头，并且坐在船首离大口径短枪不远的横坐板上。

“不，先别走那么快，”老人说，“当北方的海军将领和你说话的时候，小伙子，你要向他致敬，你要以耶和华的名义向他致敬。不然我让你爬到船底，用鞭子抽打整个舰队并返航。”

摩根忍住笑，给他敬了一个礼。与此同时，这位海军将领，紧紧抓住他的三齿渔叉，在水中戳刺另一条“鱼族的叛徒”，并把它扔进船底的“叛乱分子”堆里。

“如果他们愿意让我入伍的话，这就是我怎么对付那些叛徒的方式。”这位海军将领喊道，并用他的撑船竹竿用力敲打着呼吸困难的鱼，一会儿左，一会儿右。在他狂乱的击打中，他差一点儿击中了摩根的头。

突然，船夫开始哭泣起来。“哦，孩子，他们杀害了我的两个儿子。”他痛哭流涕地说，“你明白吗？他们杀了我的两个孩子，我们一定要重新夺回萨姆特，并重建世界的正义，就像战争之前，我的孩子们不会去参军，不会死在战场，一切都跟原来一样。”

他指着俯瞰整个河湾的石头堡垒下面的湖泊，说道：“她就伫立在那里，”他说，“萨姆特，我每天早晨都会重新攻占她一次，目的是为了带回我的孩子们，你一定能理解我。你看，海军少尉，在切萨皮克海湾上，这只方头平底船上的枪，将可以把那些占据在堡垒中的南军士兵送入地狱。你和我，我们一起，将重新把她夺回来。”

当他们靠近那个空城堡时，这位北军将领告诉摩根，这是当地知名的一个“错误城堡”，因为它是美国人在1812年的战争之后，错误地在加拿大的土壤上建立起来的堡垒。前方正好有一群野鸭在水中嬉戏，它们在湖面上激起了一圈圈美丽的水纹，像彩绘木雕做成的漂亮诱饵。“嘎嘎，嘎嘎，”海军上将学鸭子大叫起来，“你看见它们了吗，小伙子？萨姆特堡垒里派出了一群散兵，在水里铺设地雷。嘎嘎，嘎嘎，嘎嘎！”这个老战士，用他的铁包头船篙，用力地在水中一推。他一跃，跳过了拱起的鱼堆，从摩根的侧面走过，来到船头，与此同时，嘴里不停地发出“嘎嘎”的声音。这位海军上将，用一个木头做的面粉勺，从一个矮胖的小圆桶里，舀出重达一英镑的马蹄钉、螺丝、螺栓、螺帽和金属碎片的混合物，将它们统统倒入那架正在旋转中的切萨皮克短枪的枪膛里面。他以古时炼金术士的精确态度，往枪膛中倒入药粉，并盖上了盖子，盖子像他放在击铁下面的弯曲的黄色大拇指那么宽，然后他扑倒在船底那堆蠕动的鱼儿上，并用枪瞄准前方。他闻到了一股久未洗过的身体、湿羊毛袜、鱼鳞污垢、火药等混合物散发出来的难闻的气味，同时也感到绝望。

“海军少尉，”他说，“我们开船前进，朝那群散兵开去。”

摩根走到船尾，拿起了竹篙，并划动船只，使它靠近鸭子；鸭子“哗啦”一声展翅飞向空中。大口径短枪开始向它们射击，发出了一声惊人的咆哮声。一束橘红色的火舌，从平底船上的枪口喷射出去，天空中像下雨一样，纷纷飘落着鸭子身上掉下来的亮丽的羽毛，灰色和白色的鸭子纷纷掉下来，同时还伴随着鸭子们“嘎嘎嘎——”的叫唤声。海军上将鼓着腮帮，吹响了悬挂在他脖子上的儿童喇叭，发出向前冲锋的信号。他一把从摩根手中夺过撑篙，并将船推到了死伤惨重的野鸭之间。在这场不顾一切的拙劣的肉搏模拟战中，老人开始用棍棒击打野鸭，并高喊着“格杀勿论，不留情面，绝不怜悯”等口号，同时命令摩根收拾那些已经死了的鸭子，并把它们扔进船底的鱼堆里。

摩根听到了平底船上短枪的爆炸声。在炮声中，海军上将的命令，听起来遥远而微弱。“我们将遵循纳尔逊的指点，孩子，拿起武器，勇往直前吧。该死的花哨的演习。”太阳出来了，当海军上将模仿纳尔逊勋爵，撑向“错误城堡”时，他的徽章、玻璃以及金属碎片，在太阳光的照射下，发出耀眼的光芒，就像他河湾的湖面上的波浪，虽然摩根知道，这个堡垒中并没有人，但他还是禁不住地想：大炮随时都可能向他们开火，他将被击回金顿公地，再也不能去寻找皮尔格林了。方头平底船顺着北风徐徐地朝堡垒滑去，摩根禁不住想，如果追捕他的人就趴在堡垒城墙后面伏击他，将会怎样呢？

海军上将叫道："嗨，孩子，再来一次，急转弯。改变位置！"他像杰克·肯德斯迪克那样敏捷地跳进船头。摩根迅速跳回船尾，拿起撑船的竹篙。那个疯子老人又往大口径短枪里叮叮当当地倾倒金属碎片混合物，然后向城堡开火。石头碎片从大炮关口顶的栏杆上飞溅下来。海军上将跳起来，并用手护住眼睛。他脱去蓝色三角帽，银发在风中飘散飞舞，他把帽子举过头顶，在空中用力挥舞，并大声欢呼。

"他们已经降下军旗了，"他欣喜若狂，"萨姆特又是我们的了，海军少尉，你看到了吗？它依然如旧，像什么也没有发生过一样。时间可以抚平一切创伤，而我的孩子们仍将活着。他们会转身回家，回到母亲的花园里。当我回到家的时候，他们将会在那儿等着我。现在我马上护送你上岸，我希望你能守住那个堡垒。如果反叛分子再次起来造反，毫不留情地搬起石头去砸他们，让他们躺倒在你的剑下。时光将倒流，我的孩子们正在家中的花园里铲土，明天我们将一起去采摘黑莓。"

这个老人又开始哭泣了，他流着泪对摩根说："快走吧，走到岸上的那个草丛中去，孩子。勇敢地上去，去占领那个堡垒，并让所有的现实回到它们从前的样子。"

摩根说："我需要走湖泊下游的另一条近路。"

"你必须服从上级的命令。"这个疯子老人咆哮道，"你敢和一个军官顶嘴吗？你再这样，小心我一枪毙了你。现在，你愿意坚守堡垒，并让时光倒流吗？"

老人眼中布满了红色的血丝，眼睛看起来好像裂碎了一样。"你没看见吗，孩子？"他哭着说，"整个战争就像这个堡垒一样，是一个巨大的错误，你和我能做的就是将她重新夺回，因为今天晚上她将塌陷，而时光会重新飞到上帝的时间轴上去。哦，亲爱的孩子。上周，他们从村子里到这儿来找我，把我捆在一张网里，试图把我带走，但我像姜饼娃娃一样逃跑了。他们像捕鱼一样将我网在了一张密网中，我因此失去了我的孩子。”

他又往平底船上的短枪里，倒入了一些咔嗒作响的金属混合物。摩根拾起一只死野鸭，走到了湿地草坪中那丛野草上，他感觉脚下的草丛在颤抖，他跳到了另外一个草丛里，然后跨出草丛，走到废弃城堡前面的碎石上。摩根举起滑膛枪，一步一步向后退行。他不敢保证这个北部的海军上将，不会用那架大型的切萨皮克湾短枪向他射击，并把他击成两半。这位海军上将本人，可能是那些杀手中的一位吗？但是，这不可能，这位伤心欲绝的父亲，正艰难地将船撑回到湖泊中去，船底正在风中发出“呼啦啦”的响声。太阳已经落山了。这时，寒冷的雾气正在从空中低矮的云层降落，一群雪鹅飞来了，它们在风中向北飞去，在翅膀内侧白色的羽毛边沿点缀着一些黑色的羽毛，当穿越呼啸着的寒风时，它们鸣叫着互相鼓励，奋力向前。

“炮艇！”海军上将咆哮道，“它们企图从我们的右边对我们进行侧面攻击。”

他疯狂地往上转动平底船上的短枪，将它对准正在飞行的雪鹅队伍，并发动了一阵猛烈的炮火攻击，各种铁钉和金属碎片呼啸着从枪口飞出去。当这位海军上将在失去亲人的悲痛中撑船在波浪上行进时，空中的雪鹅纷纷掉下来。

摩根拾了一些浮木，从口袋里取出了一小把白桦树树皮来点火。他用燧石和钢铁互相击打取得火种，并在城堡的避风处点燃了火，开始用火烤那只从船上捡来的野鸭。他一边拔野鸭的毛，一边想着那位神经错乱的海军上将。当地的人们怎么会允许这个疯子对无辜的生灵进行如此极端的劫掠，灭绝一切在湖中浮游的动物和在湖上飞过的鸟禽？

摩根花了很长的时间，将鸭子烤得嗞嗞冒油，但他还不想吃没有完全烤熟的野生禽鸟。他背靠着城堡，打起了瞌睡。他梦见自己在学校里，被老师点名去黑板前背诵课文，但是他对自己要背的课文一无所知。当他从梦中惊醒时，发现自己出了一身的汗，并且觉得头晕目眩。好像有什么东西被烧着了！噢，原来是野鸭，它已经被烧焦了，而且还在冒着火焰。这只野鸭太老太硬了，以至于他几乎一口都咽不下。他寄希望于翅膀上的肉，虽然翅膀上的肉烤得只剩下一点儿了，也许这点肉能给他吃下去的勇气，但最终，他放弃了，并将这具烧焦的尸体扔进了火堆中。他掏出了杰西的石头，石头上那个“错误城堡”图形旁边，是一个“Ʀ”的符号。这里应该有某种密码，摩根也许可以破译，但他目前还没有任何头绪。他背靠城堡坐着，又睡着了。

摩根感到颈后有个冰冷、潮湿的东西。他猛地跳了起来，转过身去，摸起鲁狄的机关炮手枪；他抬头一看，看到了一张大象的冷峻的灰脸。摩根曾经现场看到过一次活大象，那是“赛克斯兄弟动物旅游团”来金顿公地表演时，他看到过一头营养不良、有些病态的动物。那时他还是一个小毛孩。现在这头大象，是赛克斯兄弟的那头大象的一半大，它比摩根以前所见过的任何动物都要大。他不知道这头大象是否也属于某个马戏团。它身上套着一个金光闪闪的挽具，挽具上镶嵌着一些彩色玻璃，背上是一张绘织着各种图案的紫色挂毯，这些图案精美绝伦、惟妙惟肖，其中有七色的彩虹图案；有用面纱蒙住半边脸的舞女；有手持弯剑、骑在骆驼上奋勇杀敌的武士；有长颈鹿、河马；甚至还有一只张开嘴的鳄鱼，在鳄鱼的嘴中，还站立着一只小鸟。大象长着一双黑色的小眼睛，短短的眼睫毛又粗又硬。摩根惊讶地发现这头大象在哭泣。从大象流着眼泪，长长的脸上露出悲伤的表情——这是摩根迄今为止，从人类或兽类面容上所见过的最悲伤的表情。

“你怎么了？”他对哭泣的大象说道，“你看上去好像是刚刚失去了最亲爱的朋友一样。”

摩根猜想这只动物可能是饿了。他问自己，大象是吃什么的呢？如果他能为它找到一些干草的话，也许这头大象会吃干草。

这头哭泣的动物，用它鼻子的末端，轻轻地卷起摩根的手腕，并用力地拽着他，就像拽着一条咬钩的鱼儿；然后又握住摩根的手腕，开始朝城堡敞开的大门走去。那一刻，摩根在想，也许这头大象是因为自己过度疲劳产生的幻觉，但是他真真切切地闻到了这只动物身体上所散发出来的麝香味，感到了他手腕上的大象鼻子的湿润感，还看到大颗的泪珠从大象脸上悄悄地滑落下来。这只动物的存在，就像他自己的存在一样真实。

大象放开了摩根的手腕，并走到了摩根的前头，它偶尔回头看看摩根，就像一条聪明的狗，要向主人展示什么东西一样。“是什么？”摩根说，“你想带我去看什么，我的朋友？”

在城堡里面一个空荡荡的练兵场中间，停着一辆用红色帆布笼罩的蓝绿相间的马车，其车辐和车舌部位是淡黄色的。车的侧面上，写着一行黑色的字：“萨巴蒂·泽比。预言家和先知。算命五美分。预测凶卦十美分。预测吉卦二十五美分。”这些字迹已经褪色，字的下面刻着符号“ᚱ”和单词 Raido。

从马车里传出一阵呻吟声。“是谁，哈里发？”一个声音问道，“是谁？谁到这儿来了？毫无疑问，是哥萨克人来索我的性命来了吧。”

“我是从佛蒙特州金顿山来的摩根·金内森，”摩根·金内森对里面喊道，“是大象把我带到这儿来的。”

车内没有传来回答的声音。摩根揭起车后的帘子，并向里面张望；他看到车里面一个吉卜赛老人躺在一堆稻草上，用手捂着肚子，并不断地滚动着。老人长着一头灰白的长发，一只耳朵上戴着一个银耳环。一条扯过来的破烂的棉被盖在他的腿和肚子上。在他旁边，放着一只旧箱子，箱子的盖上画着一幅已经褪色的油画，画的是一个妖怪正从魔瓶中逃出。

“我在一分钟之内就会死去，”吉卜赛老人对摩根说，“因为你那可恶的战争，它释放了一切。”

摩根看着萨巴蒂·泽比，然后说：“这不是我的战争。”

“听我说，”萨巴蒂接着说，“在我和哈里发游历到这儿的北部乡村，同时一路招揽我的算命生意时，突然，一个驾着精致的雪橇，全身上下穿着黑色衣服，戴着貂皮帽的畸形足追了上来，他看到我车上的‘Raido’标记，问我这个字的意思，我自己编造了一些吉普赛人的谎话来应付。他用黑色的眼睛阴险地盯着我，我知道他并不相信这些话。然后，他问我是否看到了一个穿着饰边夹克、留着浅色长发的高个子男孩。”

摩根顿时感觉到背部一阵寒气袭来，他问：“这个人是否带了武器？”

吉卜赛老人耸了耸肩。“我不知道，或许带了吧。他那冷酷的眼神让我感到害怕，因此，我对他说我病了，必须去看医生，因为我肚子里有一个恶性肿瘤，它正在蚕食我的生命。他说我运气太好了，他就是医生。他从四轮马车上取下一个旅行袋。他说，他正好有治这个病的药，可以为我治疗。他按住我的肚子，我马上尖声叫着假装很痛苦的样子。然后，他又问我，有没有看到一个从佛蒙特州来的、肩上挎着滑膛枪、脖子上还挂着另外一支枪的男孩；或有没有看到一个长腿的黑人荡妇。我一边摇头，一边装作痛苦地呻吟着。畸形足说他要给我的胃做个检查，然后他从他的袋子里，抽出了一把医用手术刀，然后对我下手做下了这些。”

吉卜赛老人拉回被子，他的另一只手抱着从他的肚子上的长裂口里流出来的一大截肠子。“你看看，”他哭着说，“这个所谓的医生，把我的肚皮剖开了，并拉出了我的肠子，用他那黑色的大铁鞋踩踏。”

摩根感到触目惊心，他吓得往后退，但吉卜赛老人伸出手紧紧地抓住他。“是哈里发把我带到这里来的。在这个城堡我还叫做‘Raido’。

哈里发，它受伤了吗？”

摩根意识到萨巴蒂指的是大象。“我看它没有受伤，但是它哭了。”

“他是在为我——他的兄弟而哭的。大象也是有灵魂的，就像吉卜赛人一样。它们会流泪，它们会用眼睛微笑。它们是我们心爱的朋友。它们也像吉卜赛人一样，记住我。它们是令敌人畏惧的动物，它们永远不会忘记复仇。巴格达的哈里发和我在一起已经三十年了，我们一起沿街叫卖我们的货物，一起运送我们的黑人朋友。现在，我被一个畸形足杀害了，他把我的内脏挖出来，拖到地上，用他那铁匠的铁砧一般的长筒靴踩踏它们。如果他找到你，他也会杀了你的。”

“不，如果让我先找到他，他杀不了我。我去为你找个医生来。”

“不要医生！”萨巴蒂·泽比尖叫道，“就是驱着肥胖大马、驾着漂亮雪橇的医生，将我的肚皮剖开，掏出我的内脏。”

“那些马，”摩根说，“是什么样的马？”

“那些马有四英尺高，长着鬃毛。马是什么颜色呢？噢，是枣红色。”

“啊……我的天啊！”摩根大叫。他震惊地意识到，他不仅将第二个杀手带出了冰冻峡谷，来到萨巴蒂·泽比这里，而且毫无疑问他还使背着“黄孩子”卡宾枪的畸形足杀害了那个捎了他一段路程的慈善的牧师。

“给我一点儿水，”吉卜赛老人说，“渴死是一件可怕的事。”

这个垂死的老人，向挂在马车尾部的一个木桶无力地点了点头。摩根一把抓过桶，向湖边奔去，提了半桶水回来。他用雪松饮水杯，为吉卜赛老人舀了一杯水，老人接过杯子一饮而尽。

萨巴蒂狡黠地看了他一眼。然后，他要求摩根再给他舀点水，但这次他没有一饮而下。当他说话时，脸上仍挂着狡黠的神情。“萨巴蒂，你可以告诉我，既然你能预测未来的事件，你为何无法预测被疯狂的畸形足攻击呢？”

摩根从不相信有人能够预测未来，算命对于他来说，几乎就像主日学校一样，是一个巨大的谎言。而这次他向吉卜赛老人抛出了这个问题。

吉卜赛老人摇了摇头，“我不会预测未来，只会揭示一个人的性格。我觉得你没有什么特殊之处。”

尽管他经历了这一切——奄奄一息的吉卜赛老人，哭泣的大象，杰西的死亡，他的看似毫无希望的使命，以及那第二个杀手，也许还有其他杀手正在向他靠近——他觉得自己确实没有什么特别之处。摩根笑了，“你说得对，”他说，“现在，我去找个医生来。”

“不，你只要在这儿看着我就好了。等我离开这个世界以后，你可以从那个旧箱子里拿走任何你想要的东西，然后，点一把火，将我和我的车一起焚化。现在你发誓，你会按照我说的去做，并且你会将哈里发送给一个你所了解的最善良的人。请你发誓。”

“我会做到的，我保证你的大象会得到很好的照顾。”摩根说，“还有，你知道这个东西吗？”

他掏出了杰西的石头，并把它交给吉卜赛老人。萨巴蒂的黑眼睛突然紧紧地盯着这块石头。“在哪里？”他说，“你是在哪里找到它的？”

“一个叫杰西·摩西的黑人把它交给我的。”

“听着。你必须把这块石头扔掉，扔到湖里去，扔得越远越好。它很危险。现在，和我待一小会儿。你应该感谢我，因为我没有向畸形足透露你的行踪。是的，我三天前就看到你往这儿来了。我可以预测现在和过去。不要睡着，我的生命征程很快就要结束了。另外，在那个疯子带着他那长长的手术刀返回之前，你和哈里发必须离开这儿。并且，一定要将这个石头扔到湖里去。你能作出承诺吗？”

“我会在这儿守候着你，为你办妥一切的。”摩根说完这句话，立即感到有些后悔。以现在这样的速度，他什么时候才能找到皮尔格林？不过，因为曾经没有成功履行送杰西·摩西安全到达火车站的诺言，所以他决定在这儿守候这个吉卜赛老人，履行自己许下的诺言。

“如果他到这儿来找你——我是说那个医生，”萨巴蒂说，“你去找大伊娃。她会保护你，她在巴克伊特斯山里的亨利哈德逊河上，一个刻着‘Laguz’标记的地方。看见了吗？石头上边这个标记，离我的标记‘Raido’的南边不远的地方。”

“‘Raido’？这是什么意思？”

“旅居者。就像所有吉卜赛人一样，他们都是旅居者。我现在马上要经历另一趟旅行了，这是我们每个人，一生都只经历一次的旅行。请你替萨巴蒂·泽比向哈里发告别。”

“萨巴蒂，”摩根紧张地呼喊了老人一声，他在垂死的老人手掌上，画下了神符“ᚾ”，“这是什么？这个符号怎么念呢？”

“Nauthiz。”吉卜赛老人说。

“这个词是什么意思？”

“去问在巴克伊特斯山上的大伊娃。”吉卜赛老人对他说，然后他闭上了眼睛，没有再说话。

摩根整夜都在守着萨巴蒂·泽比，直到快天亮的时候，他才睡着。当他醒来时，他握着的那只手已经变得冰冷。天色渐亮，新的一天即将到来，随之而来的可能是那个走火入魔的医生。他必须尽快离开这个堡垒。

摩根开始整理吉卜赛老人的遗物。有一盏他已经点亮了、还剩半瓶油的煤油灯，有一些锅碗瓢盆和一个火盆，还有一些玻璃饰品、一袋伪造的黄铜硬币、几根彩色的发带和发叉。那个盖子上漆有妖魔的箱子里，放着一幅已经框裱好的组画。画面上的第一幅图，画的是耶稣在山上送别布道者时的情景，另一幅是摩西在凝望着希望之乡，还有一幅是雅各与他的天使摔跤的场面。另外，箱子里还有几个小瓶子，里面装着一些黄色液体，瓶子上标着“加利利海水”的字样。除此之外，还有一个圣彼得的书写笔袋，一块圣保罗的长袍被烧焦后的破布，一些用来钉死盗贼而不是基督的十字架碎片。最后，还有一盒蓝色棒头的硫化火柴，以及一把长约半尺的寒光四射的匕首。这把匕首的刀柄是圆形的软木柄，刀的顶部镀着一层闪闪发亮的银。所有东西中，唯有这把匕首是摩根想要的。

摩根看着大象，它又在哭泣。"我理解你，"他说，他用手抚摸着大象腿上那布满尘土的粗糙的褶皱，充满了爱怜和抚慰，"我理解你，哈里发先生。"

摩根从煤油灯里倒了一些油，喷洒在吉卜赛老人身上，并且在马车内部各个地方也都洒了一些。他在亨特枪管上划着了一根硫化火柴，并将火柴丢进马车里。"嗖！"的一声，伴随着摩根与大象的悲伤，整架马车燃起了熊熊的烈焰。然后他带着哈里发，从"错误城堡"出发，沿着湖向南行去。

太阳慢慢地从一水之隔的山后升起。摩根的面前出现了一只闪闪发光的鸟儿，它足有辛巴达[①]的巨鸟那么大。湖边有一棵垂柳，在春风的吹拂下刚刚长出了红色的嫩芽，这只巨鸟就栖息在垂柳下面的粗枝上。冉冉升起的太阳所散发出来的炽烈的光芒，照耀在巨鸟那多彩的羽毛上，使鸟的全身闪耀着炫目的光芒，刺得摩根一时睁不开眼睛去看清它。大象也发出了一声长长的吼叫声，然后避开柳树上这只神秘的鸟。摩根揉揉眼睛再看时，发现树上根本没有什么鸟，只有北部海军将领那上百个闪亮的徽章，在深红的旭日下闪闪发光。这些徽章，被那位海军上将的三齿渔叉串在一起，然后钉在柳树上。他那已经抛锚的木船就漂浮在附近的湖面上。切萨皮克湾短枪和每天都要重新攻占萨姆特城堡的海军上将，一同消失得无影无踪。

---

① 辛巴达，《天方夜谭》中的人物。

自从三天前离开“错误城堡”以来，除了在路上用棍棒猎到一只小豪猪之外，摩根再没有吃过什么东西了。这时，他看到一只红色毛皮的松鼠，正在一棵枫糖树树梢的嫩枝上跳跃，吮吸着向外流出来的树液。他用鲁狄的机关炮打下那只松鼠，但这只松鼠身上的肉少得可怜，连一把餐叉都叉不满。他只给大象喂过两次食物，一次是在一个破败的农场，一个农夫卖给了他一百斤潮湿、霉黑的干草，还有一次是在一个木材基地，那里的干草确实大部分都是秸秆和营养价值丰富的木屑。他穿越那个小山村时，主要经过了一个锯木厂、十几幢方木材料的住房和一排看起来像校舍的房子。他向人们打听，去亨利哈德逊河流的源头应该怎么走，人们含糊地指向南方连绵的雪山方向。似乎没有人听说过大伊娃，也没有人看到过身穿黑衣、令人畏惧的畸形足的任何行迹，但摩根心头有一种无法驱散的感觉：他就在不远处，也许正在戏弄着他，这个畸形足可能为了自己的某种目的，正在与他玩猫捉老鼠的游戏。当然，如果现在回到城堡，这个活体解剖者要杀他，就像杀那位海军上将一样容易。

当他经过一排破旧的小屋时，一些孩子和游手好闲的人，向他和哈里发扔泥巴、雪块、松球、腐烂的马铃薯、结了冰的马粪和牛粪。悲伤的大象只顾低着头往前走，无视这些飞弹。陡峭的山坡上覆盖着许多被砍倒的铁杉树，杉树的树皮已被剥光，光秃秃的白色树干，横七竖八地散落在山坡上，就像一些已经灭绝的巨大物种，在很久以前经历了一场内部的战争后，被彻底歼灭留下的巨大白骨。然而，摩根认为，这个阿迪朗达克山脉，或按照吉卜赛老人的叫法，称它为巴克伊特斯山，是属于他心目中的伟大英雄约翰·布朗[①]的，因为他曾经帮助过许多地下乘客，从这个要塞出发，安全地抵达了加拿大。当他向令人望而生畏的山峰深处挺进时，他想起布朗的英雄事迹，然后他有了继续前进的勇气。摩根希望这样能够躲避那个挖出吉卜赛老人内

① 约翰·布朗，美国白人，坚定的废奴主义者。

脏的杀手，并且他也毫不怀疑，那个杀手用北部海军上将的三齿渔叉，将可怜的将军刺死了。摩根的父亲曾告诉他，布朗曾通过掌控堪萨斯州的法律，把已为父亲和丈夫的男人们，从家庭中召唤出来，并致使他们在起义的战场上被劈成了碎块；布朗的行为，违背了他自己要求遵从的上帝的戒律，这一点摩根不得不赞同。但后来他认为，布朗在哈珀尔斯渡口的过失，在于他策略上的过失，而不在于他的信念。尽管他有过过失，但约翰·布朗仍然是摩根最崇拜的公众人物。如果给他机会，他肯定会追随他一起去哈珀尔斯渡口。布朗肯定知道如何对付那个一直追逐着他和哈里发的畸形足魔鬼。

天空中又下起了雪，还夹杂着冰雹和冻雨。大象的头上和身上，以及摩根耷拉下来的帽子上都结了一层冰。他昨天得了一场风寒感冒，现在已转化为疟疾。刚开始只是发烧，后来就开始发抖。他与大象一起走进巴克伊特斯山，一路上不断地咳嗽。大象时不时会停下脚步，用红肿、忧伤的眼睛回望他们来时的路。摩根想，那位吉卜赛老人必定对它相当的慈善，不然，为什么哈里发会如此悲伤地悼念他？

那天晚上，摩根听到群狼的号叫声和一只明黄色的野猫的尖叫声。大象没有注意群狼，但那只黄猫的尖叫声激怒了它，它向黄猫回应了几声吼叫，好像是要将它赶回海湾边的北部森林里。接近清晨时分，在梦里面听见有人在叫他的名字，那声音在黑漆漆的森林上空飘荡。“摩——根——放弃那块石头，摩——根——放弃那个黑人女子。”

他猛地坐了起来。这真的只是一个梦吗？这时，从遥远的树林里传来了一曲怪异的哀歌：

少年摩根的躯体，正腐化为一抔尘土，
少年摩根那沾满斑斑血迹的滑膛枪，正在生锈，

那把医用外科手术刀，已经结束了它的最后一次刺杀，
阿诺·多米尼仍在继续大步前进。

毫无疑问，那个被称作外科医生的幽灵，正在逗弄着他。尽管他被吓坏了，但摩根下定决心，尽一切可能与他拼命。这个医生也许会杀死他，但也一定要让他付出致命的代价。

黎明时分，摩根被该死的咳嗽折磨得万分痛苦。哈里发跪在铺着褐色常青松树针的雪路，用鼻子向摩根招手。摩根小心地越过象身，然后爬到大象的背上。这一天他都骑在大象背上前行。他像头顶正在迁徙的雪鹅一样，凭着自己的直觉，来辨别南北方向，他背朝加拿大，和哈里发沿着伐木的痕迹向南穿过雪树林。他想,那些从南方出逃的人，他们从来没见过雪，又如何穿越这个北方的要塞呢？他推测，他们一定是有一个像约翰·布朗这样的护送者。摩根自己曾经就是一名护送者。现在，他是一名军人。他自己既是士兵，又是队长和将军，还是一名随军小贩，但是他是那样的可怜，因为他和大象几乎都要饿死了。他也是他自己的先遣队和炮兵部队，是他自己的纠察队，是他自己的一支勇往直前的军队。他背负负罪感和疾病，还有一种想从某种他也说不清的邪恶中，完全逃避出来的愿望。很可能他就要死了。

起初，摩根认为，前面山坡上正在发生一场雪崩。当他走到林中道路顶峰的高岗时，低沉而断续的隆隆声，转化为持续而清晰的咆哮声，他看到，眼前有成千上万棵原木，沿着湍急而喧闹的河水顺流而下，在水中翻卷起白色的浪花；数以千万计的原木在水中互相撞击，产生了巨大的雷鸣声;它们在江河中隐隐呈现的黑色大圆石之间，奔流而下。

摩根在大象的背上感觉到了剧烈的震动，然后他来到一个稍微安静一点的地方，这个地方给摩根的感觉，就好像由于一个节日的到来，

所有经历苦难的人们都得到解脱一样。在河流下游的一个弯道处，那里每一片树皮都被冲洗得干干净净的原木，被人堆积到了三十英尺高。而更多的原木，因为碰到横截江河的悬崖被不断地堵塞在河流中，这块黑色的悬崖一直延伸到快接近河对岸的地方，原木紧靠在这块悬崖上不断堆积起来。尽管在几个穿着红衬衫的黑人的木杆引导下，仍然有少数原木，能够穿过那个狭窄而湍急的水流通道，但是堵塞的原木仍靠着陡峭的石墙越积越高。

还有更多伐木工人，也是黑人，正在用一卷长长的绳索缠住的牛轭，试图把一棵已经剥皮的巨大原木拉出来，这棵原木是一棵根部大得惊人的白松树。摩根注意到,每头牛的侧面都打上了“卜”这个符号。牛用尽全力，鼓起眼睛，将松树原木从堵塞堆中往外拉出来。有一个身材高大、肤色煤黑的男人，上身穿着一件红色衬衫，下身穿着一条肥大的裤子，头上戴着一顶五加仑[①]桶那么大的宽边软帽，他正在驱使着牛用力往上拉绳。偶尔，这个巨大如山的堵塞堆，会传出隆隆的声音，然后会随之挪动几下。但这个堵塞堆似乎有着咬定青山不放松的架势，木料最终还是不能滑出来，那松树粗大的根部被牢牢地卡在了悬崖下面狭窄的河道。

那个用鞭子赶牛的高个子黑人，看了摩根一眼，说道:“你来得正巧。我刚才还在说，如果这时候能有一头大象从这儿经过，我们就能结束这种混乱的场面。”

这时，摩根才意识到，那个戴着宽边软帽的家伙不是男人，而是一个肩膀宽阔、身强体壮、个子高大的黑人妇女。“我们完全陷入困境了，”她欣慰地告诉摩根，“驱动器被挂在大伊娃的裤裆上。小伙子们移不开它，而且，与我这个‘工头’相处，没有人不感到愉快。但是跟你说实话，我自己独处时，并不是太高兴。你与老萨巴蒂的大象在

---

① 加仑，是一种容(体)积单位，英文全称gallon，简写为gal，分为英制加仑和美制加仑两种，1美加仑大约相当于3.785升，1英加仑大约相当于4.545升。

一起做什么，孩子？萨巴蒂在哪儿呢？”

摩根将萨巴蒂的命运简单地告诉了她。伊娃把她的手放到了头上，虽然她的表情明显有些吃惊，但是，她说：“我对此并不感到惊讶。”她顿一下，接着说，“在整个共和国全面内战、如此动乱的年代，除了好消息之外，我不能说有什么事情能让大伊娃感到吃惊。听到萨巴蒂不幸的消息，我很难过。作为一个吉卜赛人的他，已经是个十足的大好人了。他曾经无私地帮助过那条线上的无数乘客安全抵达加拿大。”

摩根仔细观察了那些堵塞在一起的木料。“我这儿有好消息，”他说，“我想我可以帮你把木料挪出来。”

“除非你能弄一辆有几达因[①]微量驱动力的旧汽车，否则你办不到。我们已经尝试过了所有男人和女人能想到的其他方法。在北部山区每一根看起来微不足道的木料，都要被运送到南方，所以我们能够炸毁那帮家伙的桥梁和铁路，同样，他们也可以炸毁我们的。在彼此的较量中炸死双方大批的民众。没有几达因的微量驱动力，‘上帝的牙签’就无法松动。”

“上帝的牙签？”

“我指的是绊住所有其他木料的中央那根松树原木，就是‘上帝的牙签’。这条河流不够宽，像这样大的原木无法漂流下去。”

摩根依旧在咳嗽，他看着那些男人和牛都在拼命用力拉着那根关键的原木。现在他们用一根粗重的金属绳，钩住了捆在那根原木上的链条。那根粗重的金属绳缠绕在一架雪橇的轱辘上，而雪橇又被拴在另一棵树上。大伊娃的伐木工，用手摇动曲柄轴，拉动着已经绷紧的金属绳，金属绳在春天雾气朦胧的阳光下颤抖，在波光粼粼的河水中荡起水滴。但“上帝的牙签”还是纹丝不动。

“木料之间已经形成了稳压力，这样拉它是不会有反应的，”摩根说，

① 达因，一种力学单位，1达因等于10^{-5}牛顿。

“你必须先将那根关键的原木抽出来，而且必须顺着它进去的路线把它抽出来。”

“我很高兴知道这一点，很高兴受教于一个乳臭未干的小毛孩。我们有足够的力量，使整个河床动摇。你凭什么在这儿嚷嚷，小子？你不照顾好自己的痢疾，小心会像可怜的布朗先生一样一命呜呼。你有什么好主意可以疏通这个堵塞呢？”

摩根牵着哈里发走下河岸，来到那个轱辘旁边。绷紧的金属绳在抖动。正如他所料，转动轱辘的拉力，只会将那根巨大的原木更紧地揳入堵塞堆中，而不可能把它松动出来。

“你需要换一个角度，往上游的方向拉它，就是按照它进去时的角度去拉它。”摩根对那个正在旋转轱辘，头发灰白的黑人说。

“我看我们有了一个新的‘工头’，”这位黑人对大伊娃说，“这是好的方面。坏的方面是，他们这些新老板年龄往往都在十二岁左右。我估计，男孩赫苏萨，年轻的主人赫苏萨少爷，在神殿建造那些现在已经长满青苔的、古老的法利赛人神像时，也是这么大。”

“恒稳的拉力不是这样拉，”摩根说，“你需要用更大的力，斜着往上提拉它，这样才能克服它的惯性。我的哥哥曾这样教过我。”

“哦，我明白了，”灰白头发的黑人回答道，“你的哥哥，他真是个大工程师。”

“也许他更是个‘地下铁道’的护送者，”摩根说，“他的名字叫——皮尔格林·金内森。”他用余光看到伊娃对他瞟了一眼，并很快把目光移开了。

当摩根用手向后摇动轱辘，放松金属绳时，那位驱动工头对他说道：“别客气，请自便。”

“我们需要懂一些物理知识。”摩根引用了曾就读于哈佛大学物理学专业的皮尔格林的这句话。不过，伊娃说：“小伙子，我让你每天吃下双倍剂量的盐，那么你这个伟大的想法就不会产生了。”

摩根咧嘴笑了。他喜欢这个高大、好看的女人，对一切事情都能作出响亮而机敏的应答。如果她能告诉他一些有关皮尔格林的事情，或者有关那个女孩——那个漂亮的女孩——那个杀手们正在追踪的女孩的事情，他也不会感到惊讶。当绳缆放到足够松弛时，他牵着大象走进河中，在河水没到大象膝盖处时停下来。他拉过金属绳，将它钩到缠绕在原木上的链条的末端，然后将链条紧紧地拴在大象挽具上的环形螺栓上，并指导哈里发在急流中向上走了几步。链条被绷紧了。

“嗨！嗨伊嗨！”摩根喊道。大象非常棒地猛力一拉，一股强大的力量施加在挽具上，紧接着，那棵巨大的松树树干也被拉了出来。堵塞堆开始移动。摩根继续鼓励哈里发用力拉，大象在激流中缓慢穿行，朝岸边走去，它将那根巨大的原木拉进清冷的河水中，然后像举一根柴火棒一样，用鼻子将它举起后放在干地上。高高耸立的原木堵塞堆，重心开始倾斜，然后自行倒塌，并且慢慢解体；原木再次自由地顺着水流朝亨利哈德逊河的下游奔流下去。

“扎恰斯，来把这棵树拉出来！”那名工头大声说道：“利维坦发话了！”

摩根从大象挽绳上的环形螺栓上解下挂在原木链条末端的铁钩。

“我并没用几达因的微力，”他摊开两手对大伊娃说，“仅仅是用了一头耳朵不灵便的老大象。现在，你能告诉我一些信息吗？有关——”摩根坐在一个树桩上，他感觉呼吸越来越困难。当他朝地面栽倒时，他脑中的最后一个念头就是：如果要你去做一件一生只能做一回的事情，那么，“死亡”是可以很容易做到的。唯一让他遗憾的是，他未能先找到皮尔格林。

“是你该苏醒的时候了。”

摩根睁开了眼睛。伊娃手下那位灰白头发的工头，透过香烟散发出来的缕缕雾气看着他。不，不是香烟，是蒸汽。他躺在工棚里一张用刚折下来的雪松枝搭成的床上，而工棚也是用刚折下来的雪松枝搭建起来的。工头正在将水浇在浅坑中一块烧红的石头上，使屋内产生了更多的蒸汽。蒸汽往上升腾，在雪松树枝蓬松的树冠之间缭绕。一股强大的常青树气味充溢着整个工棚。

大伊娃从工棚侧面的通道走进来。她弯下腰，将耳朵贴在摩根的胸部。然后，她直起身，尽可能不让自己的头碰到头顶上用树枝搭建好的屋顶。“嗓音没有问题，”她说，“你只是在之前得了一次严重的疟疾，孩子。也许只是感染伤寒了。你觉得你躺在这里被照顾了多久？”

摩根坐起来，然后又往后倒。“我的枪。”他说。

“你的枪很安全，别担心。你觉得你在这里待了多久了呢？”

“两天。”

“至少五天。”伊娃说。

但是，伊娃的话音还没落，摩根就已经倒到雪松枝床上去了，他在这张床上又睡了整整一天一夜。当他再次醒来时，已经饿得两眼昏花了。

摩根 · 金内森身体仍然虚弱，但不再咳嗽了，他端起还冒着热气的猪肉和蚕豆，以最快的速度连切带抓地将食物送进嘴中。他还就着猪肉汁，吃完了一块砖头那么大的黄玉米面包。哦，美妙的感觉又回来了。至于皮尔格林，伊娃告诉摩根，她曾通过地下铁路的消息听说，奎克·米汀·金内森的长子在宾夕法尼亚州的战斗中消失了。无论如何，这也是有可能的，但伊娃告诉摩根，皮尔格林并没有经过她的“Laguz”这一站，她也没有看到一个离家出逃或带着小男孩在逃亡的女孩。即使她知道，她也不能如此直接地说出来。对于一个地下铁路雇员来说，是绝对禁止提到任何一个乘客或护送者的名字的，甚至是别的铁路雇员也不许提到。但伊娃劝告他，不要用对自己兄弟一厢情愿的想法，来欺骗自己。当摩根拿出杰西的石头给她看时，她也恳求他将这块石头销毁，她说，这块石头将会危及从田纳西州到加拿大之间每一个站长的安全。“将石头上的内容牢记在心里，然后把它埋进树林里去，孩子，”她说，“要确保将它埋进土壤深处。”

摩根指着石头上他的那个“ᚾ”符号，说：“萨巴蒂称它为‘Nauthiz’。他让我来问你这个符号的意思。”

“它意味着一切比你想象的更难，并且一切事情都是相互联系在一起的。”

“还有这个呢？”摩根指着刻在石头底部皮尔格林常触到的符号“ᛟ”，问道。

伊娃皱起了眉头。“‘Othila’这个词，它意味着离别。而且也许你会在内心里取笑大伊娃，但是，还是请你将这块石头埋进二十英尺深的地下，孩子，然后再回到你自己的家中去。这就是我给你的忠告。”

摩根将他的锡制空餐盘伸向厨师。

“谢谢，先生！欢迎你，先生！”厨师说，“小男孩想吃我们的饭的时候，用某种礼貌的方式表达难道会使他受伤害吗。说‘请’或‘谢谢’。”

“我看他已经挣到了他的食物了，不管用不用‘请’。”伊娃说，“说吧，孩子，你是饿了还是……”

摩根用吉卜赛老人的匕首作餐具，他用刀子小心地往嘴中送食物，不让舌头接触到刀刃。刀子刮到再次盛满食物的锡制餐盘的两壁，发出“咔嚓”的声音。

“你一路南行，要当心他们那些杀手。”伊娃说，“他们一旦看见你，很快会对你和大象下手的。”

摩根站了起来。他向巴格达的哈里发招手，并爬到了大象的背上。“什么杀手？”他问。

“他们那些杀手，”伊娃说，“有成千上万个人。虽然他们中有些人穿着蓝色的衣服，有些人不是穿着蓝色的衣服。但是，他们都是杀手。”

摩根抬手扶了扶他的帽檐，然后，他和哈里发沿着河流向前出发了。一个坚定的男孩和一头悲伤的大象，在 1864 年的早春时节，一起翻山越岭，向南而去。至今为止，他已躲开那个带着致命的外科器械和远程卡宾枪的畸形足杀手。但是，他知道那个时刻就要到来了，而且很快就要到来，那个时候，不是他杀死那个恶魔，就是他自己被那个恶魔杀死。

第三章

Mannaz

ᛗ

“他们说，”斯特普托表示抗议，“我们是邪恶的化身。”

外科医生朝着这个矮小的演说者轻磕了一下他的玻璃杯，说道：“他们说得对。”

先知弗洛伊德轻声地笑了。“嘿，”他说，“老耶利米[①]说过，‘男人的心是狡猾的，而且没得救了。’我们中间，有哪位同胞，能够否认男人所犯下的罪恶，以及男人自身的邪恶呢？然而，我们不是按照上帝的形象造出来的吗？那么，上帝自己本身难道不也是邪恶的吗？”弗洛伊德面带微笑，点头同意自己的想法。后来，他忘乎所以、胡话连篇地沉浸于这种只有他自己知道，或许还有上帝才知道的自言自语中，在他那些庄严的话里，他说在他被神选为大军——不是美国共和国的大军，而是撒旦自己的共和国大军——的救星之前和之后，天使命令他去杀死那么多自己的教徒。

“闭上你的臭嘴！”金·乔治说道。先知弗洛伊德马上闭口不言了。

乔治，也被人称作斯瓦格贝利[②]，背靠窗坐着。他的体形是如此巨大，以至于挡住了大部分照进“荷兰人酒馆”微弱的光线，这家奥尔巴尼市标志性地点的小酒馆显得十分黑暗，以至于让人怀疑是他吸

① 老耶利米，《圣经》中的先知。

② 英文为“Swagbelly”，意指摇晃的大肚子。

收掉了室内其余的光线。他已经是第二十次在想，他怎么会与这群疯子在一起？阿诺·多米尼曾经说过，他需要他们去找回那个女孩。但是，在监狱里，乔治就极想将他们一个个提起来掐它们的脖子，就像掐鳟鱼一样。

那位演说者斯特普托，在他的军事法庭上，自称是间谍组织的首脑，尽管事实上根本就没有哪一方把他当回事，也没有向他透露过任何重要的信息。他还夸口说，他杀死了十几个年轻的女孩，并将她们的尸体存放在宾夕法尼亚州的冰库里，以便于他随时奸污她们。那位先知，弗洛伊德，自称是弥赛亚[1]，一天到晚不停地咕哝着一些莫名其妙的话，并喜欢与毒性剧烈的大蛇嬉戏；他还把自己当成为某个极端愤怒的力量复仇的工具，在这个愤怒的力量面前，严厉的老耶和华也如乔治那白发苍苍的祖母一般仁慈。至于那个自称外科医生的活体解剖者，曾经在六大战役中建立起来的联邦野战医院任首席医疗官，他宣称，他故意将传染病菌植入士兵开裂的伤口上，从而导致许多士兵进行了不必要的截肢手术；并且他还在给士兵开处方药时，开了大量砒霜滴剂，这些剂量足以对人体造成致命的伤害。他通过这种方式杀害的联邦和联盟士兵，比任何十门咆哮的大炮所炸死的士兵还要多。

事实上，乔治在很长一段时间都怀疑那个瞎子至少是疯了一半了。任何一个神志正常的人在提到他时，都把他看作为阿诺 · 多米尼，无论他走到哪里，也好像是去经受端射和末日审判一样。那一天终将会到来，那是肯定的，到那个时候，乔治将拥有阿诺·多米尼的大量黄金。当这一幸福的时刻到来时，他将让那个瞎子，付出生命的代价。是的，上帝保佑，乔治能实现这一切。然后，他也将为其他人这样效劳，这是个瞬间可成但很愉快的工作。

金·乔治用高山雷鸣般的声音，对那三个蠢货说道：“我委派你们，去追回那幅石头地图和那个少女，而不是请你们去让那个男孩杀死

---

① 弥赛亚，犹太人盼望的复国救主。

鲁狄。”

“但我杀死了那个吉卜赛地下护送者。”外科医生以一种备受委屈的语调说道，“那个男孩和那头大象不知用什么办法，逃到大山里去了。”

“你为了给自己娱乐消遣，与他玩‘躲猫猫’的游戏，才让他在那儿逃走了。”乔治说，“现在你最好能回去，找到他和那个女人，然后杀了他，把石头和那个荡妇安然无恙地给我带回来，就像那个瞎子——我指的是阿诺·多米尼——指示你去做的那样。你，”——他用大如一根德国香肠的食指，指着外科医生——“你去运河上。接应你的人是‘布法罗城号’轮船的船长萨格斯。你，传教士，你到埃尔迈拉去，因为那个男孩可能会去埃尔迈拉向他的叔叔咨询。而你，自称斯特普托的年轻人，你到宾夕法尼亚州去，因为宾夕法尼亚是他的目的地。如果你们没能阻挡住他前行，让他行进到超越葛底斯堡一英里的范围之外，或者如果你们伤害了那个女孩头上的一根毛发，我就会亲自来收拾你们三个。或许还有比这更糟糕的，就是让阿诺·多米尼来收拾你们。你们想让他这样的人来收拾你们，让他用他那可怕的绿色护目镜，将你们除掉吗？你们应该不想吧！现在，解散，去完成你们的任务。”

“连大象也一起杀死。”当畸形足外科医生拖着那个装着那条跛脚的黑盒子，跨过小酒馆的地板朝门口走去时，乔治对他喊道。

“大象？为什么要杀？”外科医生不解地问。

“因为我鄙视大象。”金·乔治发出雷鸣般的声音，“现在出发！”

一个单调乏味的磨坊小镇，名叫格伦斯福尔斯，它位于哈德逊河上游四十英里左右，是一个商业航海线的终端。今天，在格伦斯福尔斯这个小镇的历史上，将是一个伟大的日子。因为，今天下午两点，这个小镇将会以最热烈的形式，欢迎美国总统的到来，小镇还将为总统举行一个隆重的庆祝会。格伦斯福尔斯的民众们，至少会尽一切努力帮助林肯登上竞选的峰顶，让他连任总统的职务。每一家店铺前，都悬挂着美国国旗。除了令人期待的烤猪宴会之外，还将有共和党的政界名流，在这里发表讲演。也有传闻说，哈丽特·塔布曼[①]将亲自为民众引见总统。但不幸的是，林肯虽然宣布到这个小镇来发表演讲，但时间只有短短的两个小时。他乘坐他的竞选活动专用轨道车抵达小镇，作一个简短的演讲之后，与他的支持者们吃顿便饭——林肯是一个从乡村走出来的男孩，人们知道，他喜欢吃用猪皮炸出来的咸脆皮——然后，他与参加这个晚间集会的民众告别，依依不舍地回到奥尔巴尼。

下午一两点钟，福尔斯镇人如潮涌，大家都奔向街头，热切地等候总统的到来。在小镇南部，奥尔巴尼市、格伦斯福尔斯镇和普拉茨堡市的交界处有一座凌空架起的立交桥横跨河流。观众们在河流的两岸排好队，每边岸上都排满了三四排长长的队伍，他们在这里等候目睹林肯的竞选专用列车缓缓驶进这个小镇时的情景。摩根根本没有兴趣去观看这名被他父亲出于废奴主义情绪而称为“亚伯拉罕国王”的男人。摩根怀疑，奎克·米汀·金内森会因为皮尔格林的失踪，而在私下里指责林肯和他所发动的战争。他和大象从小镇出发，在向南行进的途中，看到一列北行的火车机车，停在一个木箱旁边取水。整列车只有一节火车头，一节由红、白、蓝三种颜色漆成的乘客车厢和一节守卫车厢。当摩根骑在威武的哈里发背上，从附近走过时，一个身穿黑色旧西装，看起来将近五十来岁的高大的中年男子，从车厢里走下来，开始站在路边撒尿，一股断断续续的尿流射到路边铺着煤渣的河岸上。当这个下车来稍稍放松的男人抬起头来，冲着坐在大象上观看他撒尿的男孩咧嘴一笑时，摩根看到，呈现在这个男人脸上的，是他从未见过的最疲倦的面容。

---

① 哈丽特·塔布曼，十九世纪为黑奴的解放事业和废除奴隶制奋斗终生的美国黑人女英雄。

一个戴着圆顶硬礼帽的粗壮男子，随即从打开的车厢门里纵身跳下来，并对摩根喝道："该死的家伙，你是谁？"

"没事，品克，"总统用略带意外却温柔的声音说道，"这孩子对我们没有危害。"

总统摇了摇身子，对摩根说："你的装备很精良嘛，孩子，我是否可以这样说呢？"

"装备精良！"那名叫品克的男子大声惊叫道，"不要靠近，先生！他身上带了很多武器。快从这动物背上下来，小伙子，把你的手放到我看得见的地方。"

"没事，品克。"总统再次说道。当摩根两腿夹紧哈里发，对它做了一个亲切的调整方向的动作时，林肯微微一笑。他嘴部周围的线条，看上去像一条条深深的冰隙。他一边摸索着自己的裤子纽扣，一边端详着摩根，然后说道："虽然我可以准许以任何一种我能够想象到的棘手的方式，发动一场改选运动，但我客车厢里的冲水厕所不会听我的，它出了点故障，小伙子。"

"什么出故障了？"摩根问。

林肯再次看着他，这回的目光却是敏锐的。然后，这位总指挥做了一件也许在几个月以来都没有做过的事情——他笑了。这是一种遗憾的笑，但毫无疑问是一个真实的笑，虽然他的眼睛和面容此刻依旧带有一些憔悴和疲倦。

摩根认为，这场谈话已经持续了足够长的时间。与此同时，他相信他已经在无意间给了追逐他的人一个机会，这是无法确定的。那个疯子可能就在河流上的山里潜伏着，甚至可能正把枪口对着美国总统呢。

"你，先生，"摩根对直接挡住他去路的品克说，"能给我让让路吗？"

"现在！以上帝的名义可以！"品克说，他的手在他的夹克里摸索着。

"让路，品克先生，靠边站，"总统温和地说，"这孩子对我们是没有危险的。”当摩根骑着大象经过他身边时，总统说道：“上帝保佑你，孩子。”

摩根并不希望从上帝或其他人那里得到保佑，他用食指碰了碰戴在头顶上的宽边软帽下垂的边缘。他想，总统这样一位如此伟大的人物，他用来撒尿的小东西也与常人没什么不同。摩根想，在另一种场合下，他实际上就是一个普通的老头。

“上来吧，你们这些婊子养的长耳朵儿子。醒醒，滚过来，都给我起来，继续往前走，你们这些笨蛋懒鬼。”

一艘被命名为“阁下之舰”的表演游船，即将前往纽约州的尤蒂卡，该船的伙夫正挥动着鞭子，驱赶他的两头在运河拉船的骡子。摩根在拉船道下面一百码的地方，观看那位咒骂骡子的伙夫驾驭他那两头倔犟的骡子。有意思的是，他不是鞭打它们，而是拍拍它们的头，挠挠它们的长耳朵，就像对待两只爱犬一样。无论怎样，这两头倔犟的骡马拒绝作出让步。“阁下之舰”后面的船只已经把运河堵了个水泄不通。

“这里有一条漂亮的通道。”伙夫仍然用温和的语气对他的骡子咆哮，“我们已经被金钱所烦扰——为什么这样说呢？因为，我为它而活，为它而死。嗨！这不是摩根·金内森吗！”

让摩根感到惊讶的是，这个表演游船上的伙夫原来是他的堂兄道尔顿·金内森。两个年轻人惊喜地凝视着对方。

“你究竟在这干什么呀，道尔顿？”摩根说道。

道尔顿给了摩根一个紧紧的拥抱。然后，他解释说，这条西部大运河一直往南延伸到他想去参军的那个地方；几个月前，他在这条表演游船上找到了一份工作，这条鲸鱼形状的游船最吸引观众的地方就是它巨大的头部和两颌，船上有二十个座位，女士们和先生们可以像约拿①一样自豪地坐在船里拍照。在甲板上，有几个黑人船员，在饶有兴趣地看着这两个堂兄弟团聚。

“这是哈里发，堂哥。”摩根说。道尔顿庄重地伸出了手，大象同样郑重地用鼻子接住他的手，并正式地拽了几下。

为了有所回应，道尔顿挥手指着他的船，说道:“这是‘阁下之舰’，摩根。但是这两头骡子一点儿也不听使唤。我说，这样行不行，我会付你五美元，请你的大象小伙子，帮我拉着这艘‘阁下之舰’长途步行到尤蒂卡去。你愿意吗？”

“我愿意，”摩根说，“但是，我不会收一分钱。把船拴到大象身上去吧，堂哥。我有很多事情要告诉你。”

“我也有很多话要对你说。”道尔顿一边说，一边将牵引“阁下之舰”游船的绳索搭钩从那两头骡子身上解下来，然后钩到哈里发的背上。道尔顿意味深长地瞥了一眼这艘表演游船的侧面。在这艘船镀金的名字下面，有一个用黑色墨迹雕刻的符号“ ⋈ ”。“你不会相信，我真的在这儿干，摩根。”

似乎是为了对道尔顿的举动作出回应，哈里发主动伸出它湿润的鼻子，并堵在道尔顿的嘴上，给了他一个大大的吻。然后，摩根宣布立即出发，大象斜视着摩根，冲他高兴地眨了眨眼睛。

这天午后不久，他们来到了一个美丽的地方。在那儿，小路两旁开满了蒲公英花。池塘里有些回水，周围盛开着奶黄色的樱草花。每一个小池塘中，都有一对绿头野鸭在嬉戏。野生的黑樱桃树，开着白色的花，就像刚刚飘落在矮树丛中的雪花一样。前面是一个船闸，运河里的船只，都要通过这个船闸，浮到下一个水位的水道上去。摩根想：在一般的情况下，带着一本他至爱的充满异国情调的旅游书籍，骑着

① 约拿，《圣经》中的一个希伯来先知，其名意为“鸽子”，曾被鲸吞入体内。

大象漫游各处神奇的土地，去观赏一些像运河以及像总统的专用列车那样非凡的奇观，该会是多么辉煌的探险经历。但是他怀疑，在他看过这一切，经历过这一切之后，他再也不想去读什么旅游书籍了，甚至连其他书也不想再碰了。

道尔顿轻声地告诉摩根，这条西部大运河总共有八十三个船闸，运河宽四十英尺，深四英尺，总长三百六十三英里，它从哈得逊河蜿蜒盘旋至海拔高达五百英尺的布法罗市。有十八条切石修成的引水渠，将附近的支流引入运河中。每到旱季，水坝里的水就被引入运河中。其他船只在船闸里等候，每艘船的船首都刻有镀了金的名字，这些船的名字分别是，“卡纳尔船长号”，“伯尔登号”，“拖船岭号”，“水镇号”，“布法罗城号”。道尔顿说，最后那艘浮在那里的船只，是杜松子酒厂的船，这条船的船长是一个臭名昭著的反废奴主义者，叫海根柏森·萨格斯，是个头脑幼稚的侏儒和狂暴的兽奸者。萨格斯，这个身高只有四英尺半的矮胖子在轮船甲板上昂首阔步。他上身穿着一件上面印有黄色和红色鲜花的马夹，戴着一顶蓖麻材料制成的高帽子，下身穿着呢布料的裤子，脚上穿着一双顶部边沿为猩红色的摩洛哥羊皮靴，裤腿塞在光滑的羊皮靴中。他无情地嘲弄道尔顿，取笑他是不是在期盼着一场洪灾的到来，等着用船只收容那些成双成对、远道而来的野兽，或者，是不是船上装了一船的金币，以至于需要一头如此巨大的大象来拉动这条船？这头大象会抬着它的脚从一数到五吗？它会背诵主耶稣的祷文吗？为什么它和希律王同名，而它的耳朵却这么小，鼻子却这么短？道尔顿站在哈里发大象旁边两英尺左右的地方，他的毛织围巾在春风中飘扬，不一会儿，萨格斯便江郎才尽。这时，道尔顿扬起他用来警告低桥上的乘客的喇叭，吹出一声响亮而极度轻蔑的嘘声，作为对他叫嚣的应答。

“还有，你怎么样呢，我的漂亮士兵？”萨格斯冲摩根叫道，“到我的‘布法罗城号’上来吧，我会让你像厨师一样在船上随意参观，小伙子，你可以走上甲板，也可以走下甲板去游览。”

摩根盯着那两头枣红色的马，萨格斯用它们代替骡马拉船。这两匹高大的枣红色的马看起来很眼熟，似乎在哪里见过。他冷眼瞧了萨格斯一眼，然后开始检查自己的滑膛枪和机关炮，确保它们已经装好了弹药，并且已经装满。

当他们在排队等候船只驶进船闸，切换到上游的水道时，道尔顿悄悄地告诉摩根一个秘密，这艘“阁下之舰”游船为尤蒂卡的富翁、废奴主义者格里特·史密斯所拥有，并且，这艘船还经常用来装载一些比死鲸的两颌还要重要得多的货物；目前，他正是在护送五个假扮为船员的地下乘客，去往布法罗市的途中；到了那里，他们将由一艘大轮船护送着，穿过安大略湖，到达加拿大。摩根的堂兄再次意味深长地看着他。这条鲸鱼，他说，仅仅是一种掩护而已。道尔顿·金内森竟然是一个运河上的地下护送者！摩根根本没有想到。

傍晚的时候，他们来到一个叫“缪尔法尔特”的名字雅致的小镇，摩根在那儿给大象喂了一些干草，然后沿着拉船道漫步，在群星闪耀的夜空下，与道尔顿交谈。与此同时，一个甲板水手正在操纵着小船的舵柄。萨格斯的“布法罗城号”挤满了杜松子酒的饮酒狂欢者，他们正要前往尤蒂卡，参加一年一度的春季狂欢节。这条船跟在道尔顿的船后，与他们的船保持着两三百码的距离。当杜松子酒船在苍白的上弦月照耀下的夜空中缓缓前行时，船上那红色和绿色的灯笼所投射出来的光芒，映照在运河黑色的水面上，形成了色彩斑驳的倒影。

道尔顿也听说了皮尔格林在葛底斯堡失踪的消息，但对有关皮尔格林可能死亡，且埋葬在宾夕法尼亚州的坟坑里的传言，表示嗤之以鼻。“那么机智、老练、经验又丰富的皮尔格林，不可能被杀，这是一个再自然不过的事实了。”他说，“我知道他还活着。”

“我也是这样想的，堂哥。但有时候，还是会有一丝怀疑悄然袭上心头。”

“以前在家的时候，老牧师经常对我们说什么来着，摩根？他说，没有怀疑的信念，是一文不值的。如果你放弃坚持不懈地寻找你的兄弟，那怀疑就毫无意义。永远别放弃。你想象一下，弟弟，假设那个失踪的人是你，你觉得皮尔格林会放弃寻找你吗？我想他不会的。现在，我有一个迷惑不解的问题，需要去问一个智者，是关于这场战争的问题。”

“我并不是太关心这场战争，道尔顿。”

“噢，不去关心它，那么，你正好为我回答了这个问题。他们说，战争的起因不是奴隶制度，而是为了维护国家的正义。”

“我也这样听说过。”

“那好吧。那么，你告诉我，摩根。维护国家的正义是去做什么呢？”

“我觉得应该是，分离。”

“为什么要分离？出于什么要分离呢？”

摩根笑了，“好吧，伟大的询问家，出于奴隶制。”

“那为什么说这场战争，不是关于奴隶制的战争？”

“我想它是关于奴隶制的战争。”

“我也认为它是。”道尔顿说，“那么，你不会放弃坚持不懈地去寻找皮尔格林的！”

摩根再次笑了，他摇了摇头。午夜时分，在一条无生命的鲸鱼和一头活大象的陪伴下，摩根与道尔顿这个运河工人兼地下护送者，一起进行了一场哲理性的讨论和推理。而当道尔顿的个人逻辑让摩根迷惑不解时——他将战争的原因 x 与战争的原因 y，与令他必须找到皮尔格林等同起来——他堂兄道德情操上的正直却毫不令他迷惑。他也认为，他一定要不断地寻找皮尔格林，只要不断地寻找也许能够维持他心中的信念，即他的兄弟仍然还活着的信念。至于战争，他完全赞同这个观点，即奴隶制这个有史以来人类所发明的最邪恶的东西，终将要结束。但是，他一直觉得，长期以来的冲突导致了人们生活的不断恶化。皮尔格林因为战争失踪了。摩根不愿意卷入战争中去，他唯一关心的是，让自己活得更长一些，使他可以去寻找他失踪的哥哥。

后来，道尔顿告诉他，据他的雇主格里特·史密斯说，船上的标志“ᛗ”，代表“Mannaz”这个词，是“起点”的意思。这条运河，是去加拿大的主要通道之一，它是“阁下之舰”游船上逃亡的乘客走向新生活的真正起点。

摩根在心里琢磨着道尔顿刚才所说的这些话。与此同时，在微弱的月光下，他注意到水道上那艘“布法罗城号”，与他们的船之间的距离已经缩小了一半。那两头拉着驳船的枣红色的大马，正在疾步向前小跑。

“萨格斯想在‘黄杰克沼泽地’那边，赶超到我们前面去。”道尔顿扭头向后看着那艘正在靠近的驳船说道，“他想用他们船上的长柄大镰刀，割断我们的船缆。你的大象小伙子能跑吗，摩根？我们要不要和这个老笨蛋赛跑，押赌注赢他的钱？”

“大象能，”摩根说，“我们也可以。嗨，哈里发。跑！快跑，男孩！”

大象开始笨拙地小跑起来。“阁下之舰”游船，沿着闪着月亮微光的运河水面，颠簸着前行。萨格斯在杜松子酒船的舵柄上，吹响了警告的喇叭。牵引着“布法罗城号”的两匹枣红色大马的伙夫，也跳上了其中一匹马，并挥鞭赶它们快跑。一场追逐开始了。

当船只进入广阔的沼泽地带——著名的“黄杰克沼泽地”时，“布法罗城号”继续在向他们逼近。甲板上的饮酒狂欢者，继续欢呼。萨格斯用喇叭吹出了一声刺耳的鸣响，紧接着，伴随着一声恐怖的巨响，一股刺眼的橘红色火舌，从船首喷射而出。飞溅的金属物向“阁下之舰”游船的船尾和左舷扫射过来。在月光下，摩根依稀可以辨认出，切萨皮克湾海军上将的短枪那闪闪发光的枪管，架在“布法罗城号”的船首。

有人疯狂地为这架致命的武器填充弹药，看起来就像一只展翅的大蝙蝠，他的超大型帽子像海盗船帆的颜色一样黑，他就是从佛蒙特州的冬日沼泽地来的外科医生畸形足！“统统把手举到头顶！黑鬼和黑鬼盗贼也一样！”外科医生尖叫道。

摩根把滑膛枪扔给道尔顿，并大声对哈里发喊：“跑，跑，快跑！”摩根也突然快速地奔跑起来，他径直朝着后面的“布法罗城号”跑去，并且直接朝着那架正在对准他去路的切萨皮克平底船短枪的枪口跑去。当外科医生用大拇指，向后拉动那个鹅颈状的击铁时，摩根拿起鲁狄的双管机关枪，将枪上的绳子越过头顶，挂在肩膀上。他跳过了平底船短枪正在发射的枪口，躲开了那些要命的飞弹，并谨慎地向前移动，他爬上了“布法罗城号”的前甲板，用手中的机关炮朝外科医生砸去。惊恐的马匹吓得往后退，船头撞在护道边上。船舱的顶部一桶高酒精含量的杜松子酒被击落下来，易挥发的酒液倾洒在甲板上。酒桶倾倒的瞬间，摩根猛地跳过甲板。他用机关炮的一个枪管，在夜色中疯狂地扫射，击中了一个摇晃的灯笼，灯笼被击得粉碎，掉落在甲板上，点燃了甲板上流了一地并正在蔓延的杜松子酒。

萨格斯从轮船低舱的拐角处冲出来，手拿着一根十英尺长的防御杆，他将防御杆举过头顶朝摩根狠劈下来。摩根迅速向旁边一闪，萨格斯两脚一滑，跌倒在燃烧的甲板上，身体也立即被点燃了，好像他一生中所喝掉的几吨杜松子酒，此时点燃了他，将他燃烧。当燃烧着的船长萨格斯跳入运河时，摩根也从这条船上跳出去。装载在船舱里的一桶桶杜松子酒，就像一个个火药桶一样，炸了起来。那个黑衣人已经解了一匹枣红色的马逃离而去。船上那些寻欢作乐的酒徒们，也都逃回到护道下去了。

“布法罗城号”燃烧到吃水线位置的时候，另一桶杜松子酒爆炸了，接着又炸了一桶，然后第三桶又爆炸了起来。不一会儿，只能听到春天里青蛙“呱——呱——呱”的合唱声，以及一只在夜空中飞翔的孤独的鹞鸟的叽叽鸣叫声。

然后，一阵不知来自何处，但又无处不在的令人颤抖的啼叫声，在耳畔响起。“摩——根——摩——根——那个女孩，摩——根——那个女孩在哪里——？”之后是一阵令人毛骨悚然的笑声。然后就变得一片寂静。

破晓时分，东北部天空的曙光，像是被激怒的人在皮肤上抓下的红色条纹。低空的乌云在头顶飘过，摩根和哈里发沿着狭道，沉重而缓慢地向西行进。道尔顿操控着游船的舵柄，游船的颚骨指向前方的道路，它那蓝白相间、雅致却华而不实的装束，成了一堆废木料。两名地下乘客已在前一天晚上的战斗中丧生，他们被从平底船短枪射击出来的飞弹击中；其他两个人受了重伤，已经被一辆路过这儿的运木材的货车司机先行送往前面的尤蒂卡市，进行治疗。在这之前从未丢失过一个逃亡乘客的道尔顿，此时有些心烦意乱。摩根则把责任归咎于自己，此时他也自责不已。导致那个疯狂的杀手直接攻击“阁下之舰”游船并让这个杀手最终落逃的人是自己。他想，自己该往何处呢？他给所有帮助过他的人，带来的只有死亡和毁灭。

在前面的曳船道上，有一个卖鹅姑娘，正在将二十多只图卢兹[1]地区的灰鹅和几十只火鸡，驱赶到集市上去。道路上布满了这些家禽排下的大量绿色粪便。当摩根从这个俏皮、消瘦的长腿姑娘身边经过时，她淫荡地向摩根示意，并突然狂野地大笑起来。她穿的衣服，是用鹅毛和鹅绒胶粘在一个马铃薯口袋上做成的。她的小腿，在阳光的照耀下，呈现出与泥泞的运河水一样的褐色；她的脚和脚踝，由于粘上了鹅和火鸡的粪便，而成了铜绿色。这些鹅和火鸡发出来的喧闹声，在半英里之外就可听见，一阵连续不断的嘈杂的长鸣声、咕噜声、啄

① 图卢兹，法国南部城市。

食声所汇合成的声音，喧闹不止。当她赶着它们沿着旁道往前走时，这个调皮的小丫头，也用一种奇怪又神秘的声音回应这些家禽，这声音与它们的声音非常接近。

尤蒂卡这个地方，就坐落在西部大运河与塔格河的交汇处。塔格河发源于一个名字叫做林柏罗斯特的地区，这里气候阴湿，密集地分布着许多云杉树和铁杉树。太阳初升，照耀着小镇的码头和码头前的流水。街上挤满了农村来的乡民和小镇里的居民，他们为“尤蒂卡春季狂欢”而聚集在一起。平日里即使是再严肃、冷静的男人或女人，在这个约定俗成的喧闹的狂欢节上，都会尽情释放。那种节日盛况是一种罕见的奇观。码头被捕鱼小船、运货船只、娱乐游船等各种船只挤得爆满。一个喝醉酒的马车驾驶员，挥鞭驱赶着马匹，在仓库房、职员办公楼、妓院等房子之间那泥泞的街道上奔跑。在把哈里发从“阁下之舰”游船上解下来的码头上，摩根看到了三起正在火热进行的打架斗殴事件。卖鱼妇女们的尖叫声从临时摊位传来，农民们临时圈出了一个牲口圈，里面挤满了咩咩叫的春季小羔羊和哼哼号叫的小猪。袒胸露乳的女人们，将一块醒目的招牌挂在运河边一家妓院的上窗外，招牌上用猩红的油漆写着这样几个令人心惊肉跳的大字：“哈伯德嬷嬷院里的漂亮姑娘们，令你们精神振奋”。

道尔顿已经开始对他的表演游船进行滔滔不绝的讲解。他站在鲸鱼的下颌骨位置，对着他那锃亮的黄铜喇叭喊道：“尤蒂卡大都市的女士们和先生们，西部大运河和纽约州的朋友们，只要付两美元，您就可以随意坐在这条鲸鱼船的大下巴里，并留下一张难忘的摄影纪念。来吧，所有来自纽约州的约拿们。当您坐在这里享受拍摄的过程时，这是属于您的最真实的一刻,这一刻将给您留下美好的回忆。道尔顿·金内森讲解员将指导您参观这条鲸鱼，来看看它的完美构造，它的精液，这条长须鲸的胡须，还有它的蓝色皮肤，以及其他许许多多奇妙的地方。我们邀请您来近距离地仔细观赏‘阁下之舰’。如果您发现它不是一条真正的鲸鱼，它也不听话的话，我们会高兴地将钱返还给您，同时您仍可以带走您的照片。”

有人拽着摩根配有流苏的夹克衣袖，他以为是前一天晚上的攻击者，在对他进行突然袭击。摩根猛然转身，用吉卜赛老人的匕首顶住对方的腰带，原来是那位赶鹅的小姑娘。“如果你想占有我，并为拥有我而讨价还价，那么，请参加今天下午在贫民院举行的拍卖会，大象男孩先生，我会在每个晚上和第二天早上分别与你做一次。但是你来了之后，我首先会告诉你其他一些有趣的事。”

这个女孩的名字叫鹊鸣，她领着摩根和大象，朝着搭建在大草坪上的一个崭新的白色木制演讲台走去。三四十个年轻男子挤在演讲台周围，听一个戴着蓝色丝绸帽的战争招募员在那里高谈阔论，讲述着南下士兵的种种独有的快乐。招募人员用讨好的、口齿不清的语言，大肆鼓吹参军的好处。他在演讲台上来回地走动，就像一个着了魔的人一样不停地吼叫着。“为了我们一生的荣耀，还有谁来报名，先生们？是的！北部地区的神枪手军团只有绅士才能够参加。这对于那些希望离开熟悉的家乡，去经历另一种新鲜、丰富、刺激生活的男子汉来说，是一个绝好的机会。是的！我们的夏季军服是绿色的，是上帝喜爱的青草的颜色，而冬季军服的颜色是米勒喜爱的灰色。我们没有对于语言和学历的限制，但是会进行精心的挑选，我们优秀的士兵王子就在你们之中产生。”这个招聘人员用他喇叭的末端指着摩根问道：“你愿意为了你一生的荣耀，在这儿签下你的名字吗，男孩？”

摩根摇了摇头，但其他几个年轻人，都拼命涌到演讲台旁边的桌子前去报名。在桌子旁边坐着三个穿着军装，负责征募新兵的少尉。其中一位招募人员已经失去了双腿，他像一只正在孵蛋的母鸡一样，坐在一个大竹篮里处理他的工作。另一个征募者，似乎是在他当兵期间，弄坏了一只眼睛和一只耳朵。第三个人仅有一只胳膊，显然另一只遗失在南方的战场上了。

与此同时，道尔顿临时租了一辆车，让司机送他去见格里特·史密斯先生，去向这位传说中的慈善家和地下工作者，汇报前一天晚上他的游船被袭击的情况。摩根同意晚上在运河旁边一家叫做“强盗客栈”的小旅馆与道尔顿会合。然后他和鹊鸣，带着笨重的大象，走在去贫民院的路上，那里的春季拍卖即将举行。摩根走得飞快，他很想知道鹊鸣是否就是那个被杀手们追逐的女孩。但是应该不是，杀手们寻找的是一个年龄更大一些的女孩，一个黑人逃亡者，并且还很漂亮。昨天，当他向道尔顿询问起那个漂亮的逃亡者时，他堂哥还很无情地戏弄他，但最终，他不得不承认，他没有看到过一个女孩，无论带没带小男孩。对于摩根来说，她仍然是一个幻象，一个美丽的幻象。

在编号为“54”的船闸附近，也就是从城镇往西一英里的地方，耸立着一个可以俯瞰四野的乌黑的石头建筑，它是尤蒂卡镇一个年代久远的贫民农场，如今更像砖厂一样荒凉，却是各种不幸的贫苦之人的容身之处——没有亲人照顾的老贫民，像鹊鸣这样无家可归的流浪儿，伤残军人，低能而又精神失常的老百姓，所有在这个广阔的世界里无处容身的赤贫的群体。每年春天，贫民农场名册上一些体质不算太弱的人，会被周边农村地区的农民和小商人招去，他们会在某个好天气里被雇主带走，为他们干体力活，这不仅可以得到免费的食宿，还可以换取几美元的收入。雇主所分配的任何最轻的活儿，都不会像站在田地里挥动胳膊驱赶前来偷食的乌鸦那样轻松。每年的贫民拍卖，很像一场正在进行的有着显著差异的标价销售。贫民农场的雇工委托人，是那样的完全不负责任，那样的道德败坏，那样的令人讨厌。慈善的雇主会给当地的乡绅和户主支付一部分介绍费，然后带着自己雇用的人离开小镇几个月，佣工往往不是跟着出价最高的雇主去了，而是被出价最低的那个带走了。

“刚才你为什么不逃走呢？”摩根问鹊鸣，“今天上午，你在运河下游十英里的地方，赶着你的鹅的时候，为什么不逃呢？如果那时你跳上一条去东部的船只，并且再也不回头，又有谁会知道或注意你呢？”

“这样做，面临的将是严酷的审讯。他们为了防止我们乘船逃走，已经在尤蒂卡布置了很多监视人员。如果被捉到的话，他们就会让我们孤苦伶仃地饥渴而死，并称我们是逃亡的叛逆者。如果我们有谁逃跑了，他们会派出一些爪牙去追捕我们，然后用铁链把我们拴在狗窝里，而且不会给我们任何食物，更别奢望面包和水了。”

“你怎么会成为一个孤儿的？”摩根问她，“你一个家人也没有了吗？”

“在这个世界上已经没有了。”女孩用颤抖的声音说道，她说“世界”一词时，带有浓重的爱尔兰人的口音，“我的爸爸妈妈，以及年纪还很小的弟弟约书亚·乔纳森，已经在那场叫做霍乱的瘟疫中丧生。那场霍乱从都柏林城蔓延出来，几乎席卷了整个广阔的海盐地区。这事已经过去两年多了。两年以来，我一直都是依靠自己生存下来的。大约六个月前，我被两个横行霸道的大男孩奸污了，然后他们把我卖到‘哈伯德嬷嬷’妓院做童妓，我必须为男性提供性服务。是格里特·史密斯先生，将我从妓院嬷嬷那里，从被奴役的状态中解救出来，并把我安置在贫民院，但这并没有多大的改善。你必须把我买下，亲爱的，你一定不会后悔的。否则我又将被卖回到‘哈伯德嬷嬷’妓院，卖到那个恶毒的老妓女那里去，继续做童妓。嗬！他们升起了红旗，拍卖会马上就要开始了。”

摩根无奈地流下了泪水，除了流泪之外，摩根还有很多事情需要去做。首先是一头具有幽默感的大象需要照顾，然后，是一个从天而降的孤儿，更何况还有一个畸形足杀手需要对付。即使是现在，那个杀手也有可能趴在某座房子倾斜的蜂箱上或躲在某个仓库的屋顶上，用他的“黄孩子”卡宾枪，瞄准摩根两肩之间的胸口部位。他非常期望日夜兼程，早点到达葛底斯堡，但是，在路途中，似乎总是会碰到一些令人发狂的延误。尽管如此，他的计划已经成竹在胸。如果要找出皮尔格林现在所在的位置，可以确定的是，他一定是在从事某种军事活动。有一种可能是，出于某种需要，他到敌后战线中去了，因此行踪必须尽可能的隐蔽，只能通过类似大象和孤儿等这样的中介，来传达某些信息。因此，在紧急情况下，他必须做好重新调整战略计划的准备。如果幸运的话，他还可以帮助小鹊鸣，并在这期间，履行其对吉卜赛老人的承诺，为哈里发找到一个好的归宿。然后剩下唯一的事情，就是去对付那个杀手。这是一项非常复杂的工作，战士摩根·金内森正在努力，希望在这方面能有所精通。

尤蒂卡救济院的房顶上，一面深红色的信号旗在春风中招展。拍卖人穿着一件深绿色的外衣，戴着一顶天鹅绒的高帽子，脚上翠绿色的长筒靴裹到了膝盖下。他站在一辆马车尾部的车厢上，聚集在他周围的怪癖的贫困者和救济院的渣滓们，或蜷缩在一起，或单独站立，他们的目光空洞而无神。审查严格的农民和他们同样挑剔的妻子，运河船只上的船长，吝啬的店主，以及自称无所不知的商人等，都在冷静地评估这些被拍卖的人物。摩根站在拥挤的人群后面。

“嗨，嗬，让开一下，我们要开始了。”拍卖人嚷道，“谁愿意付三美元，带着这个好东西去度过整个夏季？”

他用手指着一个干瘪的瞎眼老太婆，这个老太婆，被肮脏的亚麻条捆绑成了一个弯曲的胡桃木摇臂。她连同固定在她身上的椅子一起，在马车的车厢上，大幅度地摇摆着。她那暗淡无光的眼睛，似乎在凝视着太阳。“她是个令人惬意的报时员，也是一个好人，而且她的椅子会随着她的身体一起摇动。假如在星期日的黄昏时分安排她开始摇摆，那么你只需要在两周后再给她上紧发条就行了，也就是说，她就像是一个为期两周的时钟。她的头始终都面向着太阳，你可以通过观察她的头与地面的角度，来计算时间。她比广场上的时钟还要准时。我们叫她，也就是这个‘人式座钟’，为米莉。你只需要每三天喂她一小点儿煎炸的米糊，并踢她一脚，就可以保证她还活着，她就会很正常地自动运转。谁愿意支付三美元，就可以带走她，直到秋季来临前返回。噢，有位先生问，如果她不能过完整个夏季那该怎么办？为什么不能呢？你口袋里还剩下些什么？她的食物非常的简单易得，先生们。”

“这个丑婆子能做什么？”一个戴着宽边太阳帽的高大女人质疑道，“她的腿残废了，眼睛又瞎了，除了做一只蝙蝠外，她还有什么用处呢？”

“为什么这样说呢，哈伯德嬷嬷？”拍卖师说，“她能将两种毛料编织在一起，还会用反针刺绣，而且不会漏掉一针。她还会在烟囱的角落里，喃喃地为你讲述一个发生在冬天里的令人毛骨悚然的故事。她的功能很多，而且非常实用，但是维持生存的费用极少。把她放到你的菜园子里，她还可以起到驱除鬼怪避邪的作用呢！”

“你为什么不用石头把我砸死呀？”被捆成摇臂的老太婆，突然发出了低沉而嘶哑的声音。

“我愿意出六美元要她，一分钱不少。”戴着宽边太阳帽的妇女说。

“成交！”拍卖人说道。

下一个被拍卖的人是一个笨头笨脑的老头，他的下巴上挂着一个和大头菜一般大的紫色甲状腺肿瘤，这个老头被一个农民用七美元搪塞着买走了。接下来，要拍卖的是一个家庭，这个家庭包括一位母亲，一个十岁或十一岁的瘦小儿童，还有一个吃奶的婴儿。母亲和婴儿被拍卖给了一个农场主的妻子，但那个瘦小的孩子，却被一个戴着黑色假发的糟老头以两美元的价格强行带走了。这个老头买走男孩的目的，是想要这个小男孩代替他最近刚刚死掉的一头山羊，为他踩踏车板。当这个孩子被人从他母亲的身边拽走时，他发出了撕心裂肺的哭喊，他的母亲也极其痛苦地尖叫和哀叹。但拍卖人安慰他们，应该庆幸自己不是查尔斯顿的非洲黑人，如果在查尔斯顿，他们的命运肯定会比现在糟糕得多，至少那个吃奶的婴儿将毫无疑问，会被人强行从他母亲的乳房上拉走。

二十个任人摆布的男孩，按照签订的契约的规定，去了一家漂洗工厂。几个无家可归的十几岁的女孩，被安排去做洗衣妇或在运河的船只上做厨师助手。然后拍卖会的主持人，示意鹊鸣和他一起站到马车后面的车厢上来。赶鹅姑娘轻巧地跳上了车厢，并将手指放在鼻子下，向摩根发出暗号。她的脚被鹅的粪便染成了绿色，炯炯有神的眼睛像绿玻璃一样坚硬而不软弱。她的头发的颜色与仓库涂料的颜色一样。“这个小东西虽然有点瘦小，但她已经开始有了女人味。你只要给她一点点惩罚，剥掉她的衣服，用鞭子抽打她，她就会是一个非常好的委身于你的女子。她去年在运河上，为尼亚加拉·奎恩服务了整个夏天。她可以牵骡子，钓鳗鱼，做热乎乎的早餐，还可以温暖你的床。实现这一切只需要你对她施加一点儿惩罚。我们继续了，嗨！嗬！有谁愿意付五美元带走她？”

“我估计没人愿意出价要她，”一个手拿挂钩的老年伙夫，用极为自信的声音告诉摩根，“像她这样年纪轻轻的女孩，却已经有了一个败坏的名声，恐怕没有一个品行端正的户主会愿意要她的。”

“我愿意出一美元带走她，而且她也会得到所有必要的惩罚。”哈伯德嬷嬷说。她用肩膀顶开左右两旁的人群，走上马车车厢，来到鹊鸣身旁。她伸出手在鹊鸣的裸腿上按捏，就像在市场上估量一块刚切下来的鲜肉一样。鹊鸣的反应犹如一条斗牛的獒犬，她突然抓住那位老妇人的手腕，低头用洁白、锋利的小门牙，在老妇人的大拇指上狠狠地咬了一口。

嬷嬷尖叫起来，疼得上蹦下跳，她举起流着鲜血的拇指，怒吼着要无条件给这个婊子一点儿颜色看看。

“拍卖师先生，”摩根喊道，“我愿意为她付给你两美元。”

“什么？你是什么人，小子？难道你是个大财主吗？”拍卖师感到很惊讶，他瞄准目标，一脚将鹊鸣踢下了马车，“把她带走，然后去受诅咒吧。”他一把抢过摩根手中的钱，爽快地说道。

“你和那个泼妇都是牛的内脏，小子。”哈伯德嬷嬷冲着摩根怒骂道，“你们会像腐烂的牛内脏一样慢慢死掉，我要亲眼看到这一天的到来。”

摩根示意大象跪下，并让鹊鸣爬到它的背上去。然后，他带着哈里发和骑在它背上的女孩，在老泼妇粗俗、下流的谩骂声中，穿过哄笑的人群，离开了这个小镇。

当他们沿着护道向前行进时，摩根又开始考虑他现在的处境。他需要改变方向，向南朝着埃尔迈拉的方向走，去那里见他的叔叔约翰，了解更多关于皮尔格林失踪的事情，他的叔叔曾参加过葛底斯堡的那场伟大的战役，也许还能告诉他更多关于那些从联邦监狱逃跑的杀手们的情况，尤其是那个畸形足医生。而他的堂兄道尔顿目前所需要的并不是南下。然后，还有一个孤儿，年幼的鹊鸣，她像运河里的蚂蟥一样，已经完全依附于他了；还有哈里发应该怎样安排。除此之外，就是可能在完全意外的情况下，遭遇那个可恶的外科医生了。他的计划几乎准备就绪。

当夜幕降临之时，春季狂欢在“阁下之舰”游船停靠的码头上，在哈伯德嬷嬷的妓院里，在运河街尽头的小客栈里，如火如荼地进行着。啤酒帐篷已经撑起来了；露天的餐饮大排档里，正在用枫糖浆炖红烧排骨；产自哈德逊河上的牡蛎已经剥开了半边壳；圆形圣糕也在冒着腾腾的热气。投环游戏和抛硬币游戏的摊棚摆在了道路两旁，还有猜体重和年龄的江湖骗子，小修小补的皮匠，自始至终都在不停地叫卖布料、剪刀、纯银汤匙和黄铜制品等小商品的一群小贩，还有踩着高跷的舞者。在哈伯德嬷嬷妓院门前的泥潭，即横卧运河之上的旋转桥附近，有一批戴着假面具的人，穿着各种颜色的斗篷在摇曳多姿的街灯下，将自己伪装成一条长有羽毛的巨蟒。哈伯德嬷嬷妓院的一些妓女们，欢蹦乱跳地蹚入泥浆之中，她们一律戴着礼帽和旧时强盗拦路抢劫时所戴的那种眼罩，除此之外身上没有其他衣物，护卫她们的绅士，穿着色彩淡雅、质地轻薄的长袍。一个穿着雪白色制服、体形魁梧的男管家，沿着街道迈着庄严的步伐，将黏液流体均匀地洒在路上。明亮的翡翠绿液体，从长颈的曲颈瓶中，倒入狂饮作乐者高高举起的晶莹剔透的高脚酒杯中。一些司仪神父戴着铂金纸花冠。还有很多烂醉如泥的男人和女人，在指手画脚地做着一些极为滑稽和夸张的动作。他们的行为完全地放荡形骸，似乎丝毫没有人在乎摩根身边大象的不同寻常。总而言之，这种壮观、可笑的场面，倒是让摩根想起了一本名为《怪异故事集》的书中所描绘的场景，它们是那么的相似。那本故事集是皮尔格林在两年前送给他的生日礼物，作者是一个名叫E.A.坡的人。

道尔顿坐在啤酒帐篷外的长椅上，两只手各提了一个高约两英尺的啤酒瓶，这是两瓶高品质的琥珀黄啤酒。他冲着小心翼翼提着的这两瓶啤酒，露出了一个超级憨傻而灿烂的笑容。“摩根，”他喊道，“你看到那个西班牙哑巴了吗？那个投掷飞刀的人？你肯定不会相信那个家伙的身手有多厉害。他可以蒙着眼睛在三十英尺之外的距离，将一只绿头大苍蝇从一个胖男人的屁股上射下来。”

摩根听到这个酩酊大醉的人，对趣事进行如此细致的描述，忍不住笑了起来。道尔顿倾斜地拿着啤酒杯——由于手晃动，剩下的半杯啤酒在杯中荡漾，一部分酒荡出杯子洒到他的夹克上——对着大街上一群同样喝醉酒的盛会参加者。这些参加者聚集在一名身穿黑色披风，头戴死亡面具，站在最后一盏街灯前的男子周围。这名男子带着一盏自制的火炬照明灯：一团浸透了煤油的已被点燃的破布，紧紧地裹在一根尖头犀利的长矛上，长矛的一头插进了街旁的泥土中。一个木制的长矛斜靠着燃着火焰的长矛，这个长矛是一种古老的装备，摩根曾经在皮尔格林送给他的一本旅游书上见过，他知道这是梭镖投射器。锋利的矛头刚好穿过了正在燃烧的破布球。

正当摩根和鹊鸣牵着大象向这边走来时，那个戴着死亡面具的西班牙人，正手捏着飞刀，高高地举过头顶，准备投掷。三个锃亮的刀片，在火炬的照耀下闪闪发光。每次投掷前，他都会将刀片抛到头顶上空，飞刀在空中迅速下降，当降到眼前时，他在空中利索地接住刀片，然后瞄准目标猛力一掷，飞刀以百分之百的命中率，射进了哈伯德嬷嬷妓院外屋门上一幅油漆画的血红的牛眼睛靶子上。

“万岁！”其他戴着面具的围观者喊道，“阁下的脑子和身手真是绝妙！”

“你再表演一次吧，费尔南多哑巴，”一个上身穿着红色紧身衣，里面穿红色背心，脸上蒙着一个长着两只红角的山羊面具的人喊道，“再表演一次吧，我给你一个双鹰金元。”

哑巴摇了摇他那戴着一脸邪恶表情面具的头，好像不屑于重复刚才所表演过的任何一个动作。但他指着挂在摩根腰带上的吉卜赛老人的软木柄匕首，他好奇地看着这个匕首，也许是想试着用这个匕首做为下一场表演的投掷器。摩根将匕首解下来，递给他。这个西班牙人捏着匕首，从自己肩上往后猛力一掷，那动作比家庭主妇炒菜时撒盐的动作更干脆，匕首准确地插进了在牛眼睛之中的三个银刀片聚集的靶心。

人群中爆发出了一阵热烈的掌声，人们纷纷解囊掏出叮当作响的硬币投给表演者。但是，当摩根向靶子走去，去取回他的匕首时，那个哑巴突然喊道：“请等一等，年轻的先生。这里的钱都给你，只要你告诉我那个黑奴少女在哪里。”

然后，外科医生扯掉了他的死亡面具，将手伸进旅行袋，取出他的巫士帽，扣在头上。与此同时，摩根迅速抓起挂在他脖子上的机关炮的枪托。正当摩根将枪举到头顶准备射击时，这个杀手从袋子里抽出了一把长长的手术刀——就是那把曾经用来切开许多可怜士兵心脏的刀——以一个惊险的侧投动作，将手术刀在瞬间投掷出去，并将摩根的枪柄连同他的鹿夹克流苏衣袖一同钉在外屋的门上。

外科医生拔起那根燃烧的长矛，把下端插在梭镖投射器上，并朝摩根掷去。摩根躲开了这根火焰长矛，但是当这个杀伤力极强的导弹飞速从他身边擦过时，它割伤了他的耳垂并拽住他的长发，将他的头紧固在大门上。当摩根挣扎着试图摆脱正在燃烧的矛头时，那个医生尖叫道："现在感受如何，我年轻的哈布萨龙[①]？"他接着恶狠狠地说："还不快交出黑奴的石头？"

摩根被衣袖和头发束缚在墙上，动弹不得，他挣扎着伸出左手去拿他的机关炮手枪。外科医生再次把手伸进袋子中，这一次摸出来的是他自己设计制作的战斧。他把这个战斧称为分裂斧，因为他曾用这把斧子，穿着布满鲜血的手术长袍潜伏进战场，分裂了十几个受伤的联邦军和联盟军士兵的脑袋。他把斧头往高空中一扔，斧头呈弧线坠落，他接住斧头柄，抽回他正要投掷的胳膊，叫嚣道："我来送你进地狱吧，摩根·金内森！"

"哈里发！"摩根急切地喊道。正当医生要掷出斧头之时，一头庞大的象阴森地朝他逼近。大象提起巨大的后腿，像铁塔压下来一般朝外科医生踩踏过去。它将它所有惊人的体重和力量，都用来践踏足下这个可恶的杀手。它再次像轰然倒塌的城墙一样，踩在不断痛苦扭动和翻滚的活体解剖者身上。大象发出了愤怒的尖叫声，这种声音不同于之前所听过的任何一种世俗的声音，也不同于在可恶的运河小镇上听到的任何一种声音。大象暴跳如雷，倾注全力对脚下这个凶手进行了第三次的踩踏。

---

① 哈布萨龙，男子名，来源于希伯来语人名，含义是"圣父+和平"(father+peace)。

然后，当摩根脑海里重现外科医生的死亡的情景时，他想起了吉卜赛老人的警告："大象是可怕的敌人，它是永远不会忘记复仇的。"他只能猜测，哈里发记住了挖出它主人内脏的恶魔的声音。尽管已经把那个医生碾磨成一团几乎难以辨认的血肉之糊，但只要他的遗体还尚有一点人形，大象仍会继续吼叫着践踏。摩根用力地将他被钉在门上的衣袖扯下来，同时用手抓着自己的头发往外拽，使脑袋离开燃烧的长矛。一束烤焦了的暗金色的头发，被长矛固定在门上。

当周围戴着面具的围观者纷纷散去之时，鹊鸣高声尖叫，猛冲过去抱住摩根。只听一声枪响，道尔顿正在向他们跑来。在混乱中，摩根用两臂紧紧抱住他的堂兄："大象就交给你照顾了，道尔顿。它可以帮你拉船，我知道你会好好对待它的。"

"摩根！"道尔顿抓紧摩根的手叫道。

"当我想见你的时候，我会见到你的。"摩根说完，便带着在他身边蹦蹦跳跳的鹊鸣，穿过旋转桥。与哈里发分开，他很难过，但可以肯定的是，他已经离它而去。按照他对吉卜赛老人的承诺，他把大象交付给了一个他所了解的最善良的人。

摩根向后回望，那个包住外科医生畸脚的可怕的铁盒子，掉在哈伯德嬷嬷妓院前的街道上，它静静地躺在那里，显得很无辜，像修鞋匠陈列窗中的一只被遗弃的靴子。也许唯有这只铁盒子才能证明，它的主人曾经存在过，否则，那个人在世间将无所遗留，因为他的遗体在第二天早晨将会被煤铲铲入运河中。

当摩根与挽着他手臂的鹊鸣一起在黑夜里穿行时，他心里在想他已经解决了两个杀手。他想知道街上那只尺码超大的黑鞋子命运将如何。他还想知道在这个世界上漂泊不定的自己，未来将会怎样。他拿自己漂泊的经历，与E. A. 坡所写的那个看似普通的故事中最荒诞的情节作比较。他开始默数自己的步子，希望借此将自己带回到如今还记忆清晰的在家乡佛蒙特州的生活。在那儿他数的是母鸡蛋的个数和黄油重量的磅数，而不是消灭杀手的个数。他似乎不能触及那两个已经逝去的人，首先是鲁狄，现在是医生，总共是两个。

他想到皮尔格林可能在葛底斯堡事件之后向北逃到加拿大去了。或者已经返回格拉斯哥，正与李斯特一起在做研究。不管如何，即使他现在想往回走也不能回头。他只能继续前行。

第四章

Perth

ᛈ

破晓时分，摩根和鹊鸣来到一个偏僻的小村庄，一间废弃的荒凉的小木屋，像一个饱经风霜的老人，孤零零地伫立在阴郁、灰暗的光线中，这种灰暗的颜色，让人感觉时间已经静止，一切悄无声息的沉闷，就如希望本身似乎在这片土地上已经被消耗殆尽了。另一个地方，北部的纽约州此时正值春季，醒目的新笋都已破土而出，会点头的水仙花也开出了娇艳的花朵，树木上长出了预示着新季节来临的金丝芽。而在尤蒂卡和埃尔迈拉两地之间的腹地地区，看起来还是如此的沉闷和萧条。小山不够高，以至于不能叫做山；小溪两岸太狭窄，水流太缓慢，以至于不能叫做真正的河流；农场里的黄牛像法老梦中的牛一样瘦弱。这个地区之所以被叫做“贫瘠之地”，不是因为它是一片饱受战争蹂躏的土地，而是因为它的荒芜。在这片荒芜的土地上，生长着曼陀罗、河桦木、杜松子和伏牛花。破旧的房屋和摇摇欲坠的谷仓的砂石地基的岩块在脱落，分布在四处的令人沮丧的国家商店里的煤油、发霉的奶酪、马的涂抹液和粪便，散发着一种难闻的气味。“贫困岭”、“愚人山”、“回头客”、“冥河”这些名字，胡乱地涂写在摩根一路所经过的参差不齐的路标上，这些文字本身，就很好地向摩根诉说了这个“贫瘠之地”的故事。那里有一些眼睛深陷的妇女，由于战争的原因，她们在二十多岁的时候就成了寡妇，现在才三十多岁的她们，却骨瘦如柴、憔悴不堪。她们目送着摩根和鹊鸣从她们的庭院前走过。而那个地方的孩子们，看起来好像是得了寄生虫病和佝偻病。从北部呼啸而来的寒风无孔不入，每走一英里，摩根就觉得挂在自己脖子上的滑膛枪和机关炮更重了一些，尽管如此，他仍无法停止对战争的思考。

那些在尤蒂卡争先恐后参军的新兵们，有些年龄几乎比他还小。很快，他们将看到的是一场场血腥的战斗。他与鲁狄以及外科医生的交战，与他们所面临的战斗的血腥程度比起来，似乎只算得上是校园里的两场打斗；然而，从他们穿上蓝色制服的那一刻起，他们的思想就将受到控制，他们常常在某个居于城堡的胡子灰白的上级的命令下，远离城堡去执行任务。这些上级在生命垂危的时候，也能够躺在自己的床上进行指挥，而身旁围着的是自己慈爱的亲属们。没有一个人会像士兵一样为他去死，或者为他去杀人。摩根想到这里时，他认为他处于道义上的不利地位，因为除了听从自己的意志之外，他没有接受任何人的指示。不过，至今为止，他还没有真正尝试过在战场上与某派敌军作殊死的斗争。他怀疑自己在这种情况下是否有足够的勇气，并且也想知道，抱着各种原因对参军充满热情的士兵们，在同样的情况下，是否会有足够的勇气。他唯一能够确定的是，他还没有真正经历过这种战斗场面，如果他会经历的话他不知道自己会如何应对。他所读过的许多书中说道，人的游历可以增长自己的知识。现在看来，他的旅居生活会有更多更大的不确定性。

鹊鸣是一个很在行的小偷，她常常可以轻松地偷到一些鸡、鸭、蛋，甚至连晾衣绳也偷。这孩子像只小猫，脑子里根本没有所有权的概念。一天下午，她一脚不慎，扑倒在一只正在孵蛋的母鹅身上，她拧起母鹅那长长的脖子，往自己背上一甩，然后像一只跳跃的狐狸一样，一溜烟地跑了。雄鹅竖起脖子上的颈毛，在后面追逐，并痛苦地“嘎嘎”叫唤着。她一直往前走，直到爬到下一个山顶，然后，当天晚上他们美美地享受了一顿烤鹅肉晚餐。她可以把一个放在农村家庭主妇窗台上的蒸馅饼钩下来，也能诱骗一头正在母羊身上吮吸奶头的小羔羊。一天晚上，他们在小镇附近某个地方，享用了一顿极其美味的羊肉大餐。他们在那里碰到了一个在摩根看来非常可笑的作家，他夸张地向人们描述各种有关自己在旅途中所遇到的印第安人、童子军、拓荒者们的奇闻轶事，还有一些自己构想出来的并不存在的生活和战斗的场景。而摩根曾如饥似渴阅读过的费尼莫尔·库柏写的每一本书里面所描绘的故事却都是事实。当摩根试图讲述《猎人记》的故事时，鹊鸣打断了他的话，说她在生活中从来不会相信任何书本上的话，并且无论在什么情况下，他都不能再对她谈起书籍里的故事。看着她麻利地将油腻的羊排斩成块，放在火上烧烤，摩根怀疑这个女孩一字不识。然而，她对许多事情都充满了好奇，每天竟能问出上千个问题，如果他的回答很诙谐或不能让她感到满意，她还常常会不断地追问。比如，他到底有没有过女人？如果有，那总共有多少个？“有过七个。”摩根幽默地给了她一个肯定的回答。一星期中的每一天，到底有多少男人被杀？他以前是否杀死过女人？他现在年龄多大了？当他与他的第一个情人做那种讨厌的事情时，年龄是多大？然而，由于她轻浮的言语和古怪的行为，摩根觉得鹊鸣身上有一种内在的东西，这种东西使他想到，如果他能为她找到一个合适的落脚点，也许她可以比他更早结束这种漂泊的生活。他不时地扭头往后看，或拨开前面弯道上的茂盛的杂草，看看是否有埋伏。很可能在他找到他的兄弟之前，他会被其他的监狱逃犯杀死，这种可能是让他难以承受的。如果鹊鸣也被谋杀的话，那就更糟糕了。

在库柏镇的南边，他们看到一个醉酒的四轮马车车夫，正运送啤酒花杆去埃尔迈拉；他们请这个车夫搭他们一程。车夫声称自己是一个骨相学的行家。“比如，”他瞥了摩根一眼说道，“我观察到你第二十三块头骨，有欢乐的征象，说明你喜欢有趣的东西，你风趣，也爱开玩笑。但是，我从你耳后的第十一块头骨看出，你也知道如何去挣钱。那么，小女巫多少钱，士兵？”

“小女巫？”

“这个小丫头。你怎么为她打算呢？我估计无论如何你是要去参加战争的，我给你两个滚圆的大银元。”

“你一会儿给我三个银元带她回去。”摩根说。

这时，坐在他们之间的鹊鸣，像一只小鸟一样快乐地欢呼起来。然后，她低声对他说，要尽可能以更高的价格卖掉她，晚上这个车夫睡着时将他扼死，然后他们带着他的啤酒花杆逃之夭夭，变得像公爵一样富有。

每发出一句言论，就要继续拿起酒瓶喝一口酒的骨相学家，开始宣扬啤酒花的优点，他声称在调味啤酒中，它是自人类钻木取火以来，世界历史上最令人赞叹的发现。他说，啤酒花在枝头盛开时，是一种非常美丽的花朵，但这种藤本植物很害羞也很孤僻，它主要在夜间生长，从黄昏到黎明，最多时可以长到六英寸。后来，他又提出付给摩根五块钱，租用鹊鸣一个晚上。

当摩根果断地回绝他时，这个啤酒花的宣扬者咆哮着说：“小子，别惹我生气，否则我缴掉你的枪械，一脚把你踹下马车，再带着这个小淫妇溜之大吉，你又能如何？”

摩根的目光掠过开满粉红色鲜花的仙翁花草甸，停留在小溪对岸远处的一棵桤木树上，桤树枝上悬挂着一个桃篮大的锥形蜂窝。

“你又能怎样呢？”这位醉酒的车夫再次发起挑衅。

“我会这样。”摩根举起他的“亨特”枪，瞄准远处的蜂窝，“原谅我，蜜蜂们。”说着他放出一枪，将那个蜂窝从树枝上击落下来。

“我的大酒瓶！”马车驾驶员喊道，同时勒紧了马的缰绳。两头拉车的马，在枪响的那一刻，受到了严重的惊吓。“但是，你忘记什么了吧，男孩？”

"我怀疑我确实是忘了。"摩根说。

"哦，是的，你真的忘了，"车夫说，"现在你的枪膛里已经空了。把枪交到这里来，然后下车去，不然我就用啤酒花杆击碎你的脑壳，然后让你的尸体直挺挺地躺在这里。"

不等车夫发表完他的令人极不愉快的最后通牒，鲁狄的那把雕刻着狂野恶魔图案的双管手枪的枪口，已经紧紧地贴在他的头部。以同样的手势，摩根拉回了射击枪管的击铁。

"放你一条生路。"摩根说。

"我们拉走他的车，然后把这些啤酒花杆卖了吧。"鹊鸣说，"我们把他踢下去，把他种到土壤里，看看他在夜间会不会长高。"

"我们现在要下去了，"摩根对车夫说，"如果你胆敢再次折回来，或在远处伏击我们，我会像收拾那些蜜蜂一样收拾你。喂，饭桶！"

他在身旁那匹马的臀部拍了一掌，然后马拉着车沿着道路小跑而去。车夫回头恶狠狠地看了他们一眼。摩根举起枪指向车夫警告他，这个被甜酒麻痹的醉醺醺的车夫，一边骂骂咧咧，一边扬鞭策马前行。摩根认为车夫并不是杀手团伙的成员，但是在这种情况下，他们没有办法轻易地分清敌人和朋友。他加倍提高了警惕。每向南走一英里，他就更加谨慎。

他们来到路边一个卖陶器的商店，浅灰色和棕色陶器的四周边缘，绘有雅致的蓝色"勿忘我"字样。店中有一个非常慈善的制陶工人，他是德高望重的行会会员，他邀请两位年轻的路人，来参观他的黏土窑。"钴蓝色的釉和橘纹漆可以放到'二千二百度的高温中进行烧制，一个奴隶主可以吗'？"他突然大声喊道。他情绪激动地说，他保证他的黏土窑的热度比地狱之火的热度还高。摩根和鹊鸣退出来时，经过了一列列的架子，那里摆放着苹果酒坛、醋缸、牛奶罐、枫糖黄油坛，还有装泡菜的深坛子。战争仍在数百英里之外的地方继续。这种疯狂的战事，已经成为一场祸害在整个大地上肆虐。

约翰·金内森上校看着他办公桌对面的侄子和那个女孩。他多希望自己已经回到了埃尔迈拉学校的教室里，那是他战前所任教的学校，他喜欢教室里地板蜡和粉笔灰的味道，这会使他感到欣慰；也喜欢记载着他所熟悉的历史人物老恺撒[1]和西塞罗[2]的书页所散发出来的霉味。还有那淡淡的有些刺鼻的油墨香味，就像在埃尔迈拉漫长而令人愉悦的秋天里飘落的树叶所散发出来的芳香令他喜爱不已，而这两个坐在他办公桌前的孩子，就像两个在课桌前等待他点名背诵课文的学生，"Gallia est omnis divisa in partes tres..."[3]

这两个孩子，面对所有让他们感到陌生的事物，显得一脸的天真无邪。那个绿眼睛姑娘，穿着一件羽毛装饰的宽衣服，就像戏剧中喜欢恶作剧的小精灵。而他的年轻的侄子，让这位司令官几乎无法相信他已经不再是一个小男孩了，他看起来已经是一个成年男人，六英尺的身高，宽广的肩膀，身上还披挂着好几件武器，多得足以使约翰·金内森那从边境战争中回来的老朋友，那个在南方当将军的人大吃一惊。侄子在向他详细讲述的经历，和上校听过的其他惊险故事没有区别。摩根以很小的声音，缓慢而有节奏地讲述着，他谨慎地选择着表达用的词语，以免因用词不当而夸大事实。他一直在讲述着他的惊险、曲折的经历，灰色的眼睛投射出来的是冷静的目光，他的浅色的头发——从外科医生的长矛靶上，挽救出来的一束被烤焦的头发——垂落到他的双肩上，非常像去年司令官蓄意枪杀掉的来自佐治亚和田纳西州的男孩士兵们的。要是在短暂而又漫长的四年前，他是不会相信他侄子刚才所讲述的任何一句话，而现在，他毫不怀疑地完全相信了他所说

---

① 恺撒，古罗马的将军、政治家、历史学家。

② 西塞罗，古罗马政治家、雄辩家、著作家。

③ 此为拉丁语，约翰·金内森想象中的学生背诵的课文内容。

的一切。

对于上校本人来说，他既没有杰西的消息——他只知道杰西·摩西，没有经过埃尔迈拉，但并不知道有关这位老人的其他任何消息——也没有见过一个带着孩子逃亡的年轻女子。之后，他详细地对摩根讲述了他所知道的有关那三个还活着的死刑犯人的细枝末节—— 一个是自称演员、患有恋尸症的儿童杀手，另一个是疯狂的先知，还有一个是奴隶杀手金·乔治——摩根请求他描述一下这些死刑犯是如何逃跑的。司令官停顿了片刻，便开始回忆一个月前，也就是三月份的某个黎明时分发生的事情。当时，他正走出他那间坐落在东山之顶的木质结构农舍，站在门廊上，向下俯视死囚临刑前的监房，日出后不久，那些战争罪犯将在那儿被绞死。然后他接着对摩根和那个小女孩讲述了下面的故事。

这些人将是首批在埃尔迈拉监狱被依法处决的罪犯，约翰·金内森上校也热切地希望这是最后一批。除了金·乔治可能有所例外之外，这些难逃一死的人都像淘金者一样疯狂。无论用上校所能想到的任何标准来衡量，得到的结论都是，他们中的每一个杀手精神都完全不正常。他也不希望对几个精神失常的疯子处以死刑，但是他们所犯下的滔天罪行，实在是恶劣得令人难以形容。他站在门廊之上，在黎明时分的寒潮中，低头俯瞰下面山谷中的监狱，他吞吐着妻子禁止他在家里抽的雪茄烟，小口呷着他们起床后妻子在灯光下为他采摘、制作的菊苣苦咖啡。他思绪万千，得出一个结论：战争使人做出各种疯狂的行为，而他们所做过的令人发指的行为就是活生生的例子。

身兼美利坚合众国军官和长期地下工作者双重身份的约翰·金内森，倚靠在上面刻有象征符号“ᛞ”的木制门廊支柱上。他用单只手拉上了脚下的靴子，还不知道究竟将要如何处理这些恶魔，他也不想因为一刻的睡眠时光而错过他们生命结束前的那个场景。在许多无法回答的问题涌现时，他只是想弄清一个不知道如何解答的问题。不到一年前，他接管了一个令人敬畏的神枪手小分队，这个分队由七名战斗经验丰富的老兵组成，他作为这支小分队的主管军官，一直坚持在宾夕法尼亚州战斗。然后，在战斗时的一个瞬间，他失去了他的左臂。一枚不知从什么地方射过来的燃烧弹，击中了他的胳膊。他突然感到一阵撕裂的疼痛，紧接着发现自己肩膀以下的整个手臂都消失了。作为一种慰藉，他被发配到这个著名的埃尔迈拉战俘营监狱，当了一名监狱的监管者，因为这个地方离他的家很近。由于他所监管的俘虏没有足够的食品和药物，监狱的运营情况非常糟糕。然后，一个星期前，在战争部长明确表示处以他们死刑的情况下，这些杀手被重兵押送到这里，等待最后的行刑。

上校在他喝剩下的大半杯咖啡里，熄灭了他的雪茄烟蒂，将这倒霉东西扔在结冰的天井上。天井里有几朵 3 月的雪莲花，突破坚硬的冰层，妖娆地盛开着。他打算下午去为妻子采摘了几朵美丽的雪莲花。妻子是一个贤淑、坚强的女人，当丈夫离开温暖的家庭奋战在前线时，她不仅一人包揽了他们小农场的所有劳动，而且还承担起了他们的“Ehwaz”地下护送站的任务，为所有到达本站的地下乘客提供避难的场所，并一路护送他们安全地抵达另一个站点，即佛蒙特州的约翰的兄长那里，然后奎克 · 米汀 · 金内森再以类似的隐秘方式将他们护送到加拿大。

当他带着咖啡走出家门，来到门廊上，点燃那支雪茄烟的时候，东山之上的天空还是深靛蓝色，而现在，那片天空已经变成了一个熟透了的橘子的颜色。下山的时间快到了，他该下去主持这个最后的仪式。在过去的几年里，约翰 · 金内森曾目睹过，也曾亲自实施过许多疯狂的行动，他想他现在对这些事情早应该习以为常了。但是，事实上他却没有。

一首《与你亲密无间》的乐曲声，从监狱的木栅栏窗户里传出来，乐声显得哀怨而凄凉。原来那个疯狂的流浪乐师又在敲打着他的扬琴，这种异常悲哀的音调声越来越大，乐声飘出单间牢房的窗户，飘荡在阅兵广场的上空，然后越过周围的碉堡，传到山上越聚越多的观众耳中——此时，该镇镇长来了，他与他的两个年幼的孙儿，坐在他的新四轮马车上——扬琴所弹奏出来的乐章由《与你亲密无间》的曲调平滑而流畅地转换成《万古磐石歌》的曲调，就像黎明转变成白昼一样自然，在你正要说出是如何转换时，曲调又已换成《草坪，家乡绿草如茵的草坪》。

司令官抬头望了一眼农舍上的小山。山顶上出现了四只乌鸦，它们黑色的轮廓在红色天空的衬托下折射出耀眼的光芒。不，天哪，那不是乌鸦——那高大的黑色羽状物上下左右地浮动着，好像是四匹黑黢黢的骏马头上乌黑的鬃毛。没错，那就是黑骏马，四匹马拉着一个长长的载着黑色灵柩的雪橇，四位穿着蓝色制服[①]的骑士护送着灵柩，他们冲过树林奔过来。上校甚至可以听到那金属滑行装置在雪地上摩擦时所发出来的嘶嘶声，而树木阴影下的白雪呈现出蓝色。蓝色的雪，黑色的马，橙红色的天空。当灵车登上小山最高处时，马车驾驶人的模样，在渐渐增强的日光中，开始变得清晰起来，他身上穿的也是蓝色的制服，但他外表令人惊骇的主要部分是脸上那副巨大的翠绿色护目镜。他的护目镜不仅盖住了他一半的前额，而且还盖过了他脸颊下部大部分地方。

现在上校可以听到，鲁狄用扬琴演奏出来的《共和国战歌》悦耳的高音调子，乐声从设有围栏防护的牢房里飘出来。拉着灵柩雪橇快步小跑的马脚上套着尖锥形的冰鞋，冰鞋稳稳地踩在道路银色的冰面上，像在 8 月夏季极其干燥的天气里，马蹄踩在紧实的泥土表面一样稳当。戴着绿色护目镜的驾驶员，看上去像一个在舞会上扮演“死亡”

① 美国南北战争期间，北方联邦军的制服为蓝色，南方联盟军的制服为灰色。

的人。这是多么乏味的景象啊！战争部长的居心何在呢？为什么要为这五个穷凶极恶的杀人狂，煞费苦心地送行呢？他所派来的灵柩，是那么华丽，达到了一个州长所享有的级别。当拉着灵柩的雪橇滑过他的房舍时，约翰·金内森注意到那抛过光的黄铜门环，部分布帘子掩盖下的玻璃面板的侧轨也涂着抛过光的黄铜，他猜想那棺材应该就躺在里面待用。这些被判死刑的人，美联邦最龌龊的渣滓们，他们如何配得上这一整套盛装呢？顶板饰有黑色流苏的灵柩，用金色和红色的绳索系得牢牢的，是一口巨大的乌木棺材。这位司令官猜想，这口棺材一定是为那个奴隶杀手金·乔治准备的，他身高接近七英尺，体重将近四百英镑；所以身躯如此庞大的他，在追捕他要杀害的逃亡者时，总是骑着一匹巨大的佩什尔犁马。怪异的扬琴音乐，马车拖着的灵柩，戴着黑色护目镜的驾驶员——这好像是一个满脸皱纹的丑老太婆为了吓唬孩子，而讲述的某个故事中的场景。

突然，戴着护目镜的男子站了起来。他一只手紧紧地抓住缰绳，另一只手抓住灵柩顶部带饰柱子的左边，大声吼道："快打开大门，你这该死的东西，我是奉长官之命。"

很显然，拉着灵柩的雪橇并没有放慢它前进的速度。被囚徒们称之为"守门狗"的看门人，随即敞开加固的大门。当灵车接近入口时，司令官突然意识到什么地方不对。既然仅仅只是护送一个灵柩，为什么派遣的四个护送者都是强健的骑兵？尤其是在战争中，正是士兵和马极度稀缺的时候，更不应该将资源浪费在这里。甚至在木门敞开让黑色的灵车和黑色鬃毛的马匹进入时，司令官知道这里面肯定有问题。

突然间，发生了一系列惊心动魄的事情。那个戴着绿色护目镜的驾驶员站起来，开始放松马背上的缰绳，双臂向左右两边用力摆动。在前面两个骑兵的指引下，马匹拉着雪橇飞快地越过大门，冲进操场。另外两名骑兵站在他们的马镫上，然后纵身一跃，跃到了他们的马背上，并摇晃着跳到了碉堡旁边的矮护墙上。他们的袭击绩效堪比一整队蓝军的进攻气势，他们击落警卫随身携带的武器，强占了两架回旋炮，并将一个绞刑架和一只脚手架炸得粉碎，然后重新往霰弹筒中装载了弹药，横扫前方聚集的士兵和房屋。

紧接着，另一个穿蓝色制服的人，突然从灵柩顶部的大木棺里坐了起来，他拉开一块黑色的绉纱覆盖物，一架奇怪的机器展示出来。这不是一门大炮，准确地说，也不是类似于架在碉堡里的那些旋转炮。这架机器在初升的太阳下发出耀眼的银光，并有闪闪发光的黄铜做成的漂亮配饰，就像雪橇灵柩上的黄铜配饰一样。它通过侧面的一个曲柄手柄来操纵，以平稳而快速增长的速率，从通风的炮管中喷出子弹，同时一个巨大的旋转炮膛不断地向内填充子弹，它像甲板锤一样在剧烈地颤动着，击倒了围上来的密集的警卫人员，继续向囚房挺进，去解救那些死刑犯人。司令官见状赶紧冲进他的房舍，取出了一支上面标着"亨利大五十号"的武器。它叫做什么呢？与此同时，灵车的驾驶员正鞭打着有羽毛配饰的黑马，绕着操场一圈圈地奔跑，它们践踏着这片小空地上的伤者和垂死的人，马蹄和他的披风一起向后扬起。在禁闭室中的鲁狄，用他的扬琴击奏《稻草中的火鸡》乐曲，他那甜美的歌声，在整个大屠杀的现场响起。"啊……啊……啊……嘻……嘻……嘻……我是稻草中的火鸡，你捉不住我。"一个蓝色制服的骑士正忙于将装着希腊火药的玻璃罐扔向兵营、长官宿舍、物资供应所和医务室。这些罐子瞬间粉碎，磷和硫混合的糊状火药流出来，溅在屋顶和木房子的墙上，火药与空气接触，立即燃烧。只有一只胳膊的指挥官约翰，困难地提着亨利枪，他将枪杆竖起来，用枪管顶住门廊的栅栏，并用双膝夹住枪托，同时用单只手一次上了六点五毫米口径的子弹。他心里咒骂着他那只失去的胳膊，好像是它为了自己意图，恶意地将主人抛弃了。

疾驰的灵车在监狱的牢房前停了下来，一位穿蓝色制服的护送者，从马上一跃而下，并从雪橇里抽出一根沉重的链条。他将链条的一端缠绕在雪橇向上弯曲的熟铁滑行装置上，而铁链的另外一端，则拴在牢房门的环形把手上。黑马犹如被激情点燃，拼尽全力地猛拉那铰链，此时，扬琴乐曲声也更大了，然后乐声又被灵柩上的大银炮扫射出来的另一阵爆破声所盖过。这架该死的炮到底叫什么来着？司令官曾在一本美国陆军部队出版的刊物上，看到过它的图片和介绍性的文字。这个东西是由一个医生所发明的。刊物介绍说，这种新型的超级武器的诞生，预示着军队将在一个月之内赢得北部的战争。这还是在一年多以前看到的。约翰·金内森上校真不敢相信，在这样的紧急时刻，他的健忘症竟突然又犯了，让他感到如此的焦急、烦恼。他在门廊的栅栏上摆稳了装满子弹的亨利枪，并向那两个在灵车碉堡里操控回旋炮的蓝衣骑兵中的其中一个瞄准，射击距离正好在五百码左右的适宜范围。当他用一只手进行射击时，却发现手中的枪令人发狂地难以操纵，它总是一次又一次地往回弹到他的身上。他始终是一个很有天赋的神枪手，完全地集中注意力，当他射击回旋炮右边的那名蓝衣男子时，他几乎没有听到搁在两个肩胛骨正中间的枪里的子弹射击时发出来的声音。他把枪托放在门廊的地板上，然后跪下来，用膝盖夹紧枪托，再上了一发子弹在枪膛里，扶稳了搁在栅栏上的枪支，并朝灵车碉堡上的第二名男子开火。这一次，他没有打中目标。他射到了回旋炮旁边的栏杆，一块一英尺的碎片掉落，并直接飞着穿越了灵柩。一个医生为什么不立志于救治更多的伤病者，而要去发明这样一台残害人类的凶恶的机器。它叫什么？他搁好枪，稳住枪支，通过打开的终端窥视孔瞄准目标——这个宁静的早晨没有风导致的偏差，但是仍需提高一百英尺——并向那个操纵着银色武器的男子射击。五个死刑犯跑出了监狱的牢房，并蜂拥着爬上灵车，拉出“黄孩子”步枪，一边向士兵和路人扫射，一边逃离现场，监狱成了一片火海。如果司令官能够瞄准那个雪橇驾驶员一点点，他都有可能控制住这个场面。其他囚犯也失去了控制，有的穿过收割后的麦田，朝河流的方向逃去，其余的一些警卫人员在向他们开火。受伤的警卫人员和小镇的人们在尖叫。残存的脚手架和绞刑架在燃烧着，囚房也在冒着火光。

马背上的蓝衣骑士，引导拉着灵柩的黑马，朝蹿着火苗的大门冲去。灵车上一个正在射击的枪手突然中弹，跌倒在银色武器上。金·乔治一把提起他，将他高高举过头顶，朝大门附近的栅栏墙上的一个正朝着马车驾驶员瞄准的哨兵扔去。尸体在空中飞出了十五英尺，这个身穿蓝色制服的倒霉枪手，叉开双臂和双腿，重重地撞向墙壁，将墙上的哨兵撞下来。灵车穿过大门时，先知边用栅栏篱笆的尖木条刺向这个跌倒的哨兵边高声喊道："真差劲，过来呀，猪，猪，猪。"就像一个在呼叫猪竞赛的现场呼叫猪的人一样。鲁狄开始弹奏一曲没有歌词的新曲子，曲名叫《星光灿烂》。灵车飞驰着穿过玉米地，朝河边驶去。鲁狄也拿起他的"黄孩子"枪，向他后面的山顶瞄准。那位昔日的司令官瞄准鲁狄正要射击，手中的亨利枪突然爆裂，枪管底端裂成两半。枪托上的裂缝来得如此突然，就像司令官在葛底斯堡战斗时，左臂突然失去时那样的令人出乎意料，那杠杆操作的手柄从上校的头上飞了出去。他手中只剩下破裂的枪管的骨架。起初他以为是枪自动在他手中爆炸的，然后，他再次听到扬琴声传过来。鲁狄已经放下他的步枪，拿起了槌子在扬琴上演奏军乐《当约翰尼行军回到家乡的时候》，这时指挥官才意识到，这位音乐家是在七百码之外的距离，故意将他手中的枪打碎。鲁狄在玩弄他。"乌拉，乌拉！当约翰尼回来时，"更多枪在开火，"嗯，姑娘们会欢呼，孩子们会喊叫……"当载着灵车的雪橇，飞驰着经过江河附近一条路边的小教堂时，小教堂也突然自动着了火。然后，雪橇渐渐隐入河边嫩黄的柳树林中。

"我猜想他们要你下去。"司令官的妻子说道。她站在他身旁的门廊里，手搭在他的肩上。

他轻轻地，几乎是温柔地放下破碎的亨利枪，似乎他放下的是一个刚刚牺牲的亲密战友。"我想他们是需要我的，"说完，他开始走下门廊的台阶，去看看他可以做些什么整顿措施来维持下面这个极度混乱的场面。

在过去的三年里，约翰·金内森上校曾经历过许多惨烈的场面。他亲眼见过，由于炮弹燃烧而引起干旱的森林失火，大火活生生地焚烧着成百上千的弟兄，他们无助地跌倒在熊熊的火焰中。有一次，当他从枪林弹雨跑出之后，他用枪猛烈击退正在前进的敌人，掩护他的部下撤退，那时的他挥起枪杆击退敌人就像在俱乐部里玩战争游戏。在葛底斯堡，当皮克特[①]的士兵朝山头蜂拥而上，朝他的连队冲锋时，他凭着一把双头斧与敌人展开了肉搏战。在战斗的第二天他看到了自己的侄子，他亲爱的哥哥的长子、不属于战斗人员的医生手提医疗袋，也出现在这个“杀戮圈”中，然后又突然消失得无影无踪，毫无疑问他是被炮火从地面击没了，尽管他已经分不清是敌方的炮火还是我方的炮火。但是，从那以后他再也没有见过像现在他所看到的这样惨烈的场景。

加特林机关枪！就是它！他终于想起来了，那架秘密的新武器叫“加特林重机枪”，是以发明它的医生的名字命名的。但司令官明白：既不是它，也不是任何其他武器，能够赢得这场战争；不管谁先投降，这都是一场最终没有人会是真正赢家的战争。当他从山坡上下来，朝监狱走去的时候，他多么渴望喝下一杯苦咖啡，来振作自己的精神。这似乎只是一个小小的愿望。正当越狱囚徒们丢弃灵柩，奔向隐藏在前面一米或更远的河边的马时，他听到丽莎在门廊上呼喊着他的名字，他吃了一惊，同时，他听到远处鲁狄的“黄孩子”发出来的尖锐的枪声，他猛地转过身看到妻子的身体倒下来，头朝结冰的天井，倒在门廊的栏杆上。红色的鲜血飞溅到柱子上，栏杆上，还有他打算当天下午为

① 指乔治·爱德华·皮克特，美国南方邦联军将军，因在葛底斯堡战役(1863年)中领导了灾难性的“皮克特冲锋”而闻名，在此战斗中他丧失了其部队的四分之三士兵。

她采摘的雪莲花上。刚才所发生的这一幕，彻底改变了他的世界。

摩根眼前，就是一个月前被那些越狱囚犯遗弃在监狱南边附近的河边的灵柩雪橇。他盯着这些雪橇，想象着那些用它们来劫狱的囚犯在此分道扬镳。当他细看这辆残破的囚车时，脑中闪现出一个念头。他转身对他的叔叔说："只要用一个锤子、一把锯子和一袋两便士的钉子，就可以把它改成一辆轻便的小型运输工具。"

"你用什么来拉动它呢？"上校说。

"一对船桨，"摩根说，"只需要半个下午的时间，我就可以将它改造成一艘小划艇，像河上行驶的任何划艇一样牢固。"

"没有船！"鹊鸣喊道，"我只看到有水。"

"很快就会有的。"摩根向她表示。

乘这辆改装过的灵车从埃尔迈拉去葛底斯堡激起了他的兴趣，同时也让他觉得很讽刺，他说不出来，讽刺是因为它暗示着他要面对死亡或深陷南方的"杀戮场"，还是因为它暗示着那些他要追击的杀手们的死亡，尽管他们同时也在追击他。事实上，摩根不太会用锤子和钉子——唯有枪是让他握在手中感到舒服的工具——但有他叔叔帮忙，只需要短短的几个小时，拆除这个鬼东西，然后将它改造成一艘非常实用的小船。这船的形状像盒子，而且有点难操纵，但比较适合在希芒河行驶，还适于在水面宽阔、较浅的棕色萨斯奎哈纳河上航行，这条河横穿宾夕法尼亚的三座山脉，流经哈里斯堡[①]，然后平滑地流入马里兰州和巨大的河口。

司令官为他们准备了船桨，一根上面绕着一些细绳和挂钩的长竹竿，还有一封写给南方一个将军的信。这位收信的将军是他的老朋友，他请求将军保护摩根的安全，并且给摩根寻找他哥哥提供一些援助。

① 哈里斯堡，美国宾夕法尼亚州首府。

摩根的叔叔一直以来都认为，皮尔格林在葛底斯堡已经失踪，这对他来说，仿佛是一个难以改变的事实。去年夏天的 7 月 2 号，皮尔格林在那个叫做“杀戮圈”的地方，冒着密集的炮火，救助交战双方倒在血泊中的士兵。他就是在那个时候突然失踪的。想必是像许多其他人一样，他被呼啸的炮弹炸成了碎片。约翰叔叔别无他求，只是恳求摩根回到佛蒙特州。他告诉摩根，就在这个春天，埋葬在葛底斯堡的无名死者将被挖出来，转移到山顶的新公墓中。皮尔格林的遗体一定很快就会被认出来。“不，先生，”摩根说，“我想他们不可能看到皮尔格林的遗体。”

摩根请求他叔叔写信给他父亲，告诉他们他马上出发去葛底斯堡的打算，到那儿他会向家人转达有关皮尔格林的消息，不管他得到的是好消息还是坏消息。并且他还请约翰·金内森告知他的父亲奎克·米汀：第二个杀手，就是那个畸形足外科医生，像第一个杀手鲁狄一样，已经在这个世界上消失了。

关于平衡砾石上的象征符号和杰西的石头上神秘的象征符号，约翰·金内森上校所能告诉他的就是，他认为，在许多年以前，一个黑人男子将符号分配给一些值得信赖的地下工作者，其中包括摩根的祖父——自由思想家金内森。在战争爆发之前，上校搬到埃尔迈拉教书之后，他为自己的小站选择了“ᛞ”这个符号，其实没有别的原因，只是因为他在平衡砾石上看到最多的就是这个符号。

当天下午稍晚的时候，摩根和鹊鸣乘着灵车改造成的小船，离开了埃尔迈拉，让水流送他们一路漂流而下。河水中散发着强烈的鱼、稀泥和春天特有的味道。起初鹊鸣因为自己完全不会游泳，所以心里一直很紧张。他们漂流着经过河畔的农场、磨坊小镇，还经过一个小岛，岛上沼泽地里的枫林刚刚长出嫩绿的新叶，还有一些柳树在春汛期一部分枝条浸没在河水中的柳树，此时，她开始轻松享受这一路的风光美景。

一只鸣鸟飞过，河岸的榆树枝上，闪出一小束耀眼的亮光。鹊鸣朝一只在翻耕过的田野上踱步的红胸鸟大叫，学一只正在交配的蓝鸫发出咕咕的叫声。就在这样一个温暖的傍晚，一个被他母亲称为一年当中最温馨的季节中的傍晚，摩根和鹊鸣顺着河流，漂浮而下。一根榛树条，垂悬在一个冒着泡沫的向后旋转的水流旋涡之上，这旋涡就像他母亲亲手做的酥皮饼，甜甜的酥皮饼的外圈，都被烤成了褐色。一只黄喉地莺，就栖息在这根榛树枝上，那女孩冲着这只小鸟轻轻地发出了几声愉快的挑逗声，然后又回应另一只“噼啵嘀！噼啵嘀！噼啵嘀！”叫唤着的白喉雀。白喉雀在一棵铁杉树尖顶跳跃，铁杉树顶，一条小溪从峡谷奔流而下，注入河中。一只长着红色双翼的鸟，在一棵真正的卷心菜头那么大的臭菘之上的香蒲上鸣叫。它的双肩闪耀着橘红色的彩色斑点，宛如尤蒂卡地区义勇军肩上那令人得意的肩章。“康柯瑞——康柯瑞——”女孩吹着口哨与鸟儿们应和着，“康柯瑞——”，就像鸟儿发出的叫声那样自然。然而，江河也不是天堂，这里同样有普适地球上所有生物的“适者生存”的残酷自然法则。一只白尾田鼠，游过一片小水洼时，在一阵猛烈的喷洒水花中毙命。前面有一对六英寸长的闪着光泽的绿螳螂，在一枝倒垂在水流之上的柳树上交配，“喂！”鹊鸣像个孩子一样兴奋得叫了出来。当小船经过这对浪漫的昆虫旁边时，母蟑螂掉头横向转动她的下颌骨，连一声“对不起”都不用说，就剪断了她的配偶的头。无头公螳螂，竟然还神经麻木地继续进行它的交配。“你好啊，老伙计！”鹊鸣对那只长长的绿色配偶杀手叫道，并报以一阵哗然的笑声。摩根曾极想将这个孩子留给他的叔叔，但他不知道这个老鳏夫能为这个狂野的孩子做什么呢。他知道他不能长时间地保证她的安全，其余逃脱的杀手，此时此刻也许正在追杀他。

日落时分，他们在一伙男孩旁边经过，这群男孩戴纸制士兵帽，正在沿着河岸执行一项侦察任务，将捕捉来的牛蛙、蠕虫、火蜥蜴、明尼鱼和水龟等小动物，全部投入一个装着沸水的铜质洗衣盆中。他们将这个洗衣盆称为“安德森维尔监狱”[1]。摩根想，短短的几年前他大概也和他们一样做过同样的事情。战争除了在这片广袤的大地上演一个个残酷、悲壮的故事之外，它本身又意味着什么呢？皮尔格林写信给他时曾提到过，人们以“病态黑奴制”来形容南方的奴隶制。摩根与鹊鸣在绿色的薄暮中顺着河水漂流，在他看来，人类是地球上所有生物中最具有病态而又最残酷的物种。

随着夜幕的降临，他们远离岸边，将船划到了河中央。在离他们不远的山坡上，有一间小木屋，橘黄色的灯光从糊着羊皮纸的窗户中透出来。他们还荡舟经过了一个有许多大木船停靠在岸边的小镇。在一条木筏上，一群男人围着一个播放音乐的盒子跳起舞来。当摩根在夜幕中划船时，鹊鸣睡得像一个死去的女孩一样。他把一双破了几个洞的羊毛袜套在已经磨起水泡的双手上。接近清晨时分，摩根划着船进入了一条小河的入口处，他们将船停在这个地方，并采了一些芳香的金银花花束，铺在这条灵柩改造成的小船上然后两人并排睡在这个昔日的棺材里，女孩纤细的胳膊搭在摩根的肩上。根据摩根的估算，到第二天晚上他们又航行了四十英里的水路，尽管曾因为他打瞌睡，他们差点冲进了溢洪道。还好他及时醒来，环绕着大坝降低了船的航行水位，才脱离了危险。

不远处，一群头戴前照灯的男子从半山腰的山洞中走出来，他们从这群人旁边经过。一两个小时后，他们来到一个灯火通明的城市，结果发现，那里除了有一个造纸厂之外，根本就算不上一个城市，硫黄和烟雾的臭气，像毒气一样扑鼻而来，紧锁他们的喉咙。河道的拐弯频繁出现，而且每个弯都是那样的陡峭又急剧。摩根集中精神，奋力前进。他没有觉察到他和鹊鸣正在被人追逐的迹象，他想，一会儿

---

① 安德森维尔监狱，是位于美国佐治亚州中部偏西南的，阿梅里克斯市东北偏北的一个村庄。南北战争期间12 000多名士兵死在这个臭名昭著的邦联监狱里，此地现已成为国家历史遗址。

就天亮了，白天的旅行也许会安全些。

如果说，晚上的河流是一个充满奇妙又危险的异域之地的话，那么，白天的世界则是一个完全颠倒的世界。那个地区，有一个迄今为止闻所未闻的巡游牧师，在向人们传播福音，他说他是新美国的弥赛亚[①]，神授予了他一个启示，这个启示是，他的上十万的追随者，将直接被带到一个假想的天球之中，然后像年老的伊利亚[②]一样当场升入天堂，而不需要事先经历痛苦的死亡。尽管新弥赛亚的追随者们，只有几百号人，但他们相信他们的支配地位即将来临。这种征兆不是无处不在吗？在过去的一年里，战争在北部地区的宾夕法尼亚州爆发了。全国各地的民众，像以色列人和非利士人之间一样，发生了强烈的冲突，他们以牙还牙，以子弹报以子弹，彼此之间展开大规模的暴力流血冲突。弥赛亚和他的信徒们，通过以下这些大量存在而又绝对可靠的征兆，预言世界末日即将到来：在奥斯威戈地区，一头黑白两色的奶牛，产下了一只长着两个头的佩尔什小马；在一个名字叫阿勒格尼的小镇，一个小炮弹大小的冰雹，落在一块洋葱地里，打死了一个无信仰嘲笑者，他的名字叫斯威尼·比尔·麦奎尔；在宾厄姆顿[③]，一头早熟的雌山羊欢蹦乱跳地闯入一所舞蹈学院，并用颤抖的声音叫着“为自己的所作所为忏悔吧，因为末日审判即将到来”；一辆漂浮着的灵车，载着两个年轻天使——一个复仇的男子和一个长着翅膀的女精灵，在黎明时的薄雾中，若隐若现地出现在萨斯奎哈纳河面之上。有散发的传单宣

① 弥赛亚，是犹太人盼望的复国救主。

② 伊利亚，是《圣经》中的先知，他忽然出现，不知从何处来，又忽然被神接去，直接升天荣归天家，故有人称之为活神的代表。

③ 宾厄姆顿，是美国纽约中南部一座城市，位于希拉克斯东南偏南的宾夕法尼亚边境附近，1787年建立。

称，在国际劳动节那天，弗洛伊德主义的信徒应用白色床单裹住自己，然后登上绿色的山头；到那时，这个极端邪恶的世界将抛弃不信的人，而信仰者将像彗星划过天空一样被带往天堂。是啊，在赎罪者喜悦的目光面前，未被神选定的人，将被投入到永不熄灭的熊熊烈火之中。

每一个村庄、磨坊小镇，和从西部大运河到梅森—狄克森线之间的河滨城市的人们，都在谈论着全人类即将到来的幸福时代，谈论着太平盛世的到来。5 月 1 日，春机盎然，摩根和鹊鸣一路漂流而下，他们看到弗洛伊德派所在的整个社区人员和许多家庭的成员，身上都裹着一个床单或沙帘，甚至还有人裹着发黄的旧婚纱，按照弗洛伊德这位新救世主的启示，正庄严地登上山头，俯瞰河流。有的人则爬上了他们的屋顶，或登上了教堂那鳞次栉比的尖塔。有些人用方言絮絮叨叨地议论着，有些人在大肆地亵渎其他宗教，声称信仰弗洛伊德才是唯一正确的道路。鹊鸣看到这样的情景，站在一旁笑了起来。而摩根则担心，这一场席卷整个大地的新狂潮，乃是战争对理性和理智进行暴力摧残的另一种表现。当五十万男人在加农炮、葡萄弹、米尼耶子弹的攻击下灰飞烟灭时，当传染病、伤寒、霍乱和其他疾病在整个国土上泛滥成灾时，当大部分分裂的土地像邪恶的俄摩拉城[①]一样被夷为平地时，眼前的这场恶作剧，对摩根而言，仅仅就像一场在人们中疯狂蔓延的传染病。

那位先知的身影似乎无处不在。在升天日的前一天晚上，有人曾见他在卡南代瓜地区附近的一个教堂布道；在阿伦敦[②]组织人们唱赞美诗；在格洛弗斯维尔为一个被魔鬼附身的七岁小女孩驱魔，这个女孩嗓音尖锐刺耳，说弗洛伊德是一个骗子，还说他的使徒们是一群傻瓜。在指定的升天节，即 5 月 1 日那天，这位先知曾敦促他的使徒们

① 据《圣经·创世记》记载，俄摩拉城因居民罪恶深重被神毁灭。

② 阿伦敦，是美国宾夕法尼亚州东部，费城西北偏北部一城市，建于1762年，是一个工业和商业中心，人口105 090。

将自己的金银铸币交给他，并宰杀他们的家禽和牲畜，夷平他们自己的房屋甚至是教堂。因为升天后，他们就不再需要任何金钱，也不需要现世的身躯，更不需要任何世俗的事业。当摩根和鹊鸣向南一路漂流而下时，他们看到沿途的房屋燃起了熊熊大火；盛产的农作物和富饶的森林，四周都被大火包围。一名男子赶着一头长有两只巨大螺纹角的公羊犁田，把盐种在他那长势良好的耕地里；另一位农夫已经劈开了他家用瓦管排水的地窖，并将储存在地窖中的青贮饲料，散发给地上的动物和空中的飞鸟；还有更离谱的是，有人将新鲜的动物粪便，从手推车里铲出来，抛到自己家的客厅里，而他的妻子和成年的女儿则在家里为之欢呼。一个信徒用斧头砍倒了一群他用来做祭品的泽西种乳牛。没有被先知控制思想的户主们，则号召自己的家人武装起来，保卫自己的家园和田地不被狂暴的弗洛伊德派所侵犯。火警的铃声已经响起。山上到处是闹哄哄的朝拜者和白色的破布。一些被抱在怀里的穿着花边连衣裙的婴幼儿，在高山之上享受着春天温暖阳光的爱抚。其他人，有的敏捷地爬上树梢，有的爬上风车房，有的爬上木制的煤矿塔，透过烟色玻璃碎片凝视着太阳，唱着献给弗洛伊德的赞歌。

对他所导演的这一切感到极为满意的那个人，现在正与他的那位演员伙伴，躺在一只偷来的渡河小木筏上，等候目标的出现。这艘小木筏就停泊在新迦南居民区附近河流的一条支流入口处。摩根和鹊鸣刚刚开始从上游进入他们的视线。裹在白布中的先知和斯特普托，翘首期待他们的到来。灵车船模糊的轮廓在暮色中慢慢清晰，它犹如一个软木塞浮动在河面上。当摩根划着船经过那条支流，而那个女孩则坐在船尾，将一只光脚丫放在尾流中时，斯特普托用他的“黄孩子”卡宾枪，瞄准了划艇的小伙子的太阳穴，并扣动了扳机。只听“咔嗒”一声响，击针击进空弹膛中，在寂静的黄昏，就像举着一把锤子朝平静的河面用力一锤。

“你这个蠢猪！”先知遗憾地说道，“你忘了装子弹了。”

"那是她，"斯特普托说，"哦，亲爱的耶稣。那就是我们要找的那个女子。"

"不是她，"先知说，他抓住斯特普托正要上子弹的手，"我们要追寻的婊子皮肤是黑色的，像你的靴子一样黑。"

"我想要这个孩子，无论她是黑的还是白的，是活的还是死的，"斯特普托乞求道，"我必须得到她，而且也一定会得到她的。"

"你确实会如愿的，兄弟，"先知说，"但要有耐心，你一定会如愿的。"

摩根朝支流的方向瞥了一眼。那只木筏隐蔽地藏在河畔的柳林丛中。他没有看到什么意外的东西，眼前只有一排排浓密的柳树。他继续往前划船。

当那条灵车船，驶出他们的视线，拐入另一个弯形水道之后，先知和斯特普托，撑着他们的木筏，满载着从弗洛伊德派信徒那得来的战利品，驶进徐缓的河流中。先知开始唱起鲁狄·图自己谱写的挽歌《在那年十二月》，以示对流浪乐师鲁狄的纪念。

撒旦穿了一只罪孽之鞋。

现在要留意了，摩根，否则它会掉到你头上。

放弃那个女子，男孩，放弃那个石头。

把他们交还给先知，他就不会伤害你。

他们航行在河的下游时，春天里的暮色渐浓，鹊鸣抬起头侧耳倾听，"那是什么？你听到有人在唱歌吗？"

摩根一边摇动着他的船桨，一边仔细倾听。现在他也听到了歌声，听到了他自己的名字，穿过黄昏时分的暮色，顺着河流从上游一阵阵地飘送过来。"放弃那个女子，男孩，放弃那个石头……"接着是一阵歇斯底里的阴森的笑声。

他们来了。

谁来了，杰西？

他们来了。

摩根想起了曾经与杰西的这几句简短的对话。他架起鲁狄的机关炮，并将他那装好弹药的滑膛枪，搁在灵车船的横座板上，然后他开始全神贯注地划着他的船桨。

“我们在天上的父啊。”鹊鸣开始背诵。

“嘘，”摩根对她说，“爬到棺材里去，然后平躺下来。以最快的速度，快进去。”

她按照摩根所说的去做。摩根继续划船。“把他们交还给先知……”歌声消失在漆黑大地的夜色之中，许多年来，这片黑色的大地上，几乎没有什么光亮，或许未来几年还将继续黯淡下去。

在前面黑暗的江河中间，隐约出现了一个狭长的岛屿。迅猛的急流向小岛的西侧奔去，摩根将灵车船划到岛屿东侧水流缓慢的区域，进入了一个泥沼且有枫树林立的小港湾。他和鹊鸣就停在那里，在黑暗中等待着。现在他们又听到了歌声。“明天，在太阳升起的时候，撒旦将会让少年摩根停止言语。”摩根准备好他的滑膛枪和机关炮。月亮在河对面遥远的田野上空升起。在摩根听力所及的范围内，歌声再次消失了。他知道，追杀自己的人已经沿着岛屿西边河流的主渠道走了。他和鹊鸣暂时安全了。他把灵车船拖到一块泥泞的平地上，并拉着鹊鸣的手，沿着一条通往远处一棵大树的小路往前走，这棵树在月光下轮廓清晰，它就生长在该岛的一个小山丘上，在这个山丘上可以眺望岛屿上的其他地方。

当摩根抬起头往树上看时，他注意到一所船只形状的小房子，在离地面大约二十英尺的位置，被绳索和保护罩巧妙地固定在树枝上。船屋的甲板上，站着一个戴着尖帽子的女人。

“喂，”她用友善的声音朝下面喊道，“不害怕一个像戴着眼镜的猫头鹰一样住在树上的避世之人吗。”

“什么样的树？”摩根问。

“一棵栗树，”那个女人说，“一棵枝繁叶茂、向四周大面积伸展的巨大板栗树。在方圆五十英里内，你再也找不到第二棵像它这样的树了。”

“这真是一棵漂亮的树啊，”摩根说，“在我们佛蒙特州可没有这样的栗树。”

“我想你们没有，”那女人说，“我只听说佛蒙特州是靠近北极的一个地方，那里既寒冷又穷困。来，这里！”她从巨大的板栗树脊主干上扔下一把绳梯，“到上面来吧，你和你的妹妹。我们可以一起闲聊，天南海北什么都可以聊。把你的大炮留在地面上吧。我不允许任何武器登上我这艘漂亮的‘珀斯’船。她这里悬挂的永远是中立的旗帜。”

摩根把鹊鸣扶上了绳梯，等鹊鸣穿过舱口，进入了那所船屋之后，他将自己的滑膛枪和机关炮留在大树底下，然后自己也爬上去了。房子里面温暖而舒适，一切都井井有条，女人的家用物品都是木制的，她的服装储存在一个木制的柜子里，一张吊床挂在主枝椽条和四个圆形舷窗之间，白天的好光线正好照在吊床上。被大树枝底板托梁紧固的木甲板，表面已经被打磨出了柔和的光泽。一个厨房用的小型金属板炉灶放置在甲板上，它弯曲的管道伸出了房子的边沿。一盏燃烧的鲸油灯悬挂在桌子之上。在悬挂着的鸟笼里，一只猫头鹰停栖在里面的一根木棍上，它还随木棍一起有趣地来回摆动着。还有一只“咪咪”叫的黑色小猫，鹊鸣逗它玩耍时，它拱起了脊背，嘴里发出“呜呜”的响声。在房子舱口的内部和外部都刻有一个相同的标志，这个标志也在“杰西的石头”上出现过，它被标在石头上一幅树房子的图案上。这个标志就是“ᛋ”。

“我很喜欢这条船，”鹊鸣说，“你以前是个女水手吗，嬷嬷[①]？”

“这条船从来没有离开过这棵树，我就在这条优良的‘珀斯’船里航行世界各地，”那女人答道，“然而，我建造它并没有费一颗钉子，因为，你知道，正是钉子将我们进了天国的救世主，钉在了他的十字架上。”在罗经柜灯[②]的光中，这个居住在树上的中年女人看起来似乎已快接近晚年。她身体很结实，朴实无华的外表，和蔼的面孔上有一双悲伤、善良的棕色眼睛。她全身上下服装的颜色都是阴沉的灰色，头上也戴着一顶灰色的女帽。

“当我的丈夫和我的两个孩子，在纳什的福特战争中被杀之后，我同父异母的哥哥，铁匠约瑟夫·梵得雷特[③]，为我建造了这艘船。你听说过发生在那里的那场战斗吗？交战双方同时有成千上万人被杀，任何一方也不敢宣称自己胜利了。我哥哥逃避我，因为在我的男人们决定出去参加战争之后，我总是拒绝让他们离开。现在轮到我来逃避了，我逃避这个世界，逃避这个埋葬我那死去了的男人们的世界。”

“你的哥哥是什么样的铁匠呢？”摩根问。

“为什么这样问呢？无论他是什么样的人，他都是你最需要的人，孩子。我的哥哥在兰开斯特县，锻造了最一流的马蹄铁，自由转动的壁炉升降机，有强大推力的犁型铲雪机，以及各种枪支——哦！他制造各种可爱的枪支是为了狩猎，而不是为了发动战争。他在不到一周的时间里，为我建造好了这座船房子。当房子建成时，他竟没有用一个钉子，也没有对我说过一句话。然后，他和其他的教友派（Brethren）[④]兄弟们，把我幽禁在这座房子里。但到底是什么让你们年轻人去新迦南呢？”

---

① 在这里，嬷嬷是对妇女的尊称。

② 罗经柜，位于舵附近，用于放置和保护船上指南针的柜子。

③ 英文为Findletter，意为“找到信件”。

④ Brethren：教友，兄弟，同胞。

“我去寻找我的哥哥，皮尔格林 · 金内森，”摩根说，“他在葛底斯堡战争中失踪了。”

“哦，我的孩子，”树女人说，“我担心有许许多多老百姓的兄弟、儿子和父亲们，也在这场战争中失踪了。”

这位名字叫布莱梅嬷嬷的树女人，为他们准备了一顿美味的鱼肉炖蔬菜的晚餐。起风了，风从西边吹拂过来，树船在板栗树粗壮的枝丫之间轻轻地摇晃。鹊鸣睡着了，她的头靠在她盘子旁边的餐桌上，裙兜里还抱着一只正在打鼾的小猫咪。摩根把她抱起来，将她放在妇女的吊床上。然后,他和布莱梅嬷嬷坐在油灯下,向她详细讲述了自己一路的经历,并在杰西的石头上标出了迄今为止他所走过的路线。他走到她的标记“ᛈ”的旁边，并请教布莱梅嬷嬷这个标记叫什么，它表示什么意思?

布莱梅嬷嬷微笑着说:“没有人知道‘Perth’的意思。那是一个秘密，犹如我们短暂的人生。”

当摩根讲述完他的经历之后，布莱梅嬷嬷拿起一支鹅毛笔，蘸了一些用接骨木果汁做成的墨水，在一片干燥的板栗叶上写下些什么东西。她把叶子递给摩根。“这个请交给我的同父异母的哥哥约瑟夫 · 梵得雷特，”她说，“在特劳特伦，也就是哈里斯堡往西南方向约四十英里的地方，有一条东北走向的三英里的河流。这里，我在你的怪石上指给你看。”她指着象征符号“ ᛉ ”，说道 :“这就是 Algiz，它在众多事物当中，表示‘保护’的意思。在必要的时候，我的哥哥他会保护你。”

“你不相信我会找到他，对吗？”摩根说。

“你是说我的哥哥吗？”

“不，我的。”

“我从来没有这样说过。只是有很多好人在战争中失踪，后来从来没有人被找到过。”

鹊鸣静静地躺在吊床上，她的眼睛紧闭。睡得正香呢，她看上去不超过九岁或十岁的样子。对摩根来说，他完全不知道她的实际年龄。那只小猫就蜷缩在她的身边，那种心满意足的样子，只有一只猫才能够做到。摩根清楚地知道，他必须上路了。在那两个杀手意识到他们的错误返回小岛之前，他必须离开。

“嬷嬷，”他说，“你需要有人来帮助你照料花园，修剪树枝。这个孩子需要一个家，你们可以互相照顾。”

突然，鹊鸣睁开了眼睛，她马上坐起来，翻身一跃，从床上跳到了地板上。从她的表情摩根可以看出，她正在被一种两难选择的情感所撕扯着，一种情感是她想继续同他在一起，另一种情感是，想和慈爱的树女人以及她喜爱的“呜呜”叫的猫咪在一起。

“你需要去上学，学习读书和写字。”摩根对她说。

“在这里和新迦南之间有一所学校，”妇女说，“学校一年有五个月的开课时间。”

“我不要去上学！”鹊鸣叫道，“你不能让我像你的猫头鹰一样，整日待在笼子里吧，老太太。”

“以后我会自己用心地教你《圣经》,你必须了解经文。”树女人说道。

“我从来没有在树上生活过。”鹊鸣说。

“我希望你好好照顾布莱梅嬷嬷。”摩根说。

“把机关炮递给我，我会好好照顾你的，”她哭了出来，“难道你看不出来吗，摩根·金内森？我爱你，我真的爱你。我希望你会因为抛弃我得黑死病而死。”

摩根扶了扶他的帽子，对着这个用结实的双臂拥抱他的树女人。她拥抱时，就像他刚刚十几岁，母亲拥抱他时一样。他觉得自己太大而不便于被拥抱，但他并不介意。

“你就待在这里，”当摩根开始走下绳梯时，布莱梅嬷嬷对鹊鸣说，“我会教你一些新知识，用这本书教你认字。”

“如果你有这个能耐，那就让我学吧，试试看，你这个丑陋的老太婆。”鹊鸣在那尖叫。

摩根咧嘴笑了。

“来，你看啊，”女人说，“你看到这个斜叉着两条腿的绅士了吗？还有中间的横木，像一把摘苹果的梯子。这是字母A，它是字母表中的第一个字母。下面一个字母是B，它是你的名字鹊鸣(Birdcall)的第一个字母。”

“它根本就不是，”鹊鸣喊道，“我的名字才不会以在这个世界上存在的任何稀奇古怪的字母开头呢。还有你的A，看起来像一个踩着高跷的醉汉。接下来是什么？在你所谓的字母表里？”

“下一个字母是C，为什么C是下一个字母呢，姑娘。看到这里没有？‘call(鸣叫)’，就像‘Birdcall (鹊鸣)’中的‘call’一样，它是以这个漂亮的字母C开头的。”

“没有，没有，从来没有！”姑娘喊道，“我们不要让这个令人讨厌、鬼鬼祟祟的C跑到我名字里来。”

“我告诉你，你的名字里确实有一个字母C。”树女人坚持这样说。这个善良的女人也像摩根所见过的其他妇女或男子一样，具有坚强的意志。

“那我就改掉我的名字好了。我会去找当地最高地方行政官，然后把名字改成‘尼布甲尼撒’。下一个字母是什么呢，喂？向耶稣祈祷，下面我们将不会再遇到像C这样的字母了。”

想起这个世界，摩根觉得，这真是一个令人悲伤的世界，也是一个让人感到奇妙的世界。东方的黎明正在被打破。河流东岸的大树、灌木、禾苗和疯长的杂草，二十多种不同的绿色阴影，都在河流中留下了倒影。他钻进了灵车船，并开始南下，他的滑膛枪和机关炮都装好了弹药，准备好了放在身边。

第五章

Algiz

ᛉ

这是一个春意盎然的季节，摩根·金内森坐在他那小小的漂流灵车船里，顺着河流缓缓而下，途中经过一片片蓝绿色的云杉和冷杉林，枝叶繁茂的芭蕉林，颜色深浅不一的绿色枫树和浅绿色的橡树林。翠绿色的莎草覆盖在河流两岸的泥土上，茁壮成长的玉米和小麦，像一块块铺在田间的绿色地毯。所有这一切都在蜿蜒曲折的河流中投射出黑色的倒影。他仔细观察了附近的动静，没有发现任何追杀者埋伏的迹象。黄昏时分，他再次掏出杰西的石头进行研究。到目前为止，这块石头没有给他带来一点好处。他越是琢磨它，就越觉得它神秘莫测。然而，有一点是很明确的。那就是，无论他是谁，也无论他来自何方，杰西·摩西绝对不是一个普通的地下乘客。大伊娃曾说过，摩根的符文“Nauthiz”，意味着所有事情比它看起来更难，而且每一事物之间都是有联系的。他对皮尔格林的寻找，最终比他当初想象的要艰难得多。他感到困惑，杰西·摩西和他的石头，与皮尔格林的失踪有着什么样的联系呢？是否那些杀手，正在追捕皮尔格林和他，还有一个神秘的离家出走的黑奴女孩？如果是这样，那又是为什么呢？一年前，在佛蒙特州的家里，摩根偶然看到了一本皮尔格林留下的已经磨损的立体几何的旧课本。在那本书里面，有许多深奥的问题，这些问题涉及圆锥体、圆柱体，还有其他一些只有魔鬼才知道的图形构造。摩根给自己规定了任务，解决书本上存在的每个问题并坚持不懈地去完成它。他之所以要这样做，只是想证明自己的能力。他希望能够解开“杰西的石头”这个谜。

黄昏的时候，他进入一条较长的河流弯道，江河的走势向东勾起，然后向东南方向俯冲下去。他将小船停泊在哈里斯堡上游的一个小岛上。在夏日黄昏的暮霭中，他在浅水域的一块平滑的石头下，放置了一只小龙虾。这只蓝色甲壳的小动物，快速从岩石下面往上爬出来，摩根的手以更快的速度伸下去，将它按了回去。他将一只作为诱饵的喇蛄[①]穿在一个钓钩上，然后将钓钩绑在他叔叔给他的竹竿上，用这支临时做的钓竿钓上一条鱼来。他在水上的一块岩石暗礁上烹调钓来的鱼。钓到的这种鱼相当美味，但它并不比其他一般的鱼更能填饱肚子。当夜幕笼罩着树木繁茂的大地时，河里的青蛙开始呱呱地叫起来了。曾几何时，为了尝到美味的青蛙腿，他和皮尔格林常常用干草叉，自制一种老式的三叉戟，然后沿着北部大峡谷的边缘，用三叉戟刺捕捉青蛙。他从自己的衬衣上割下一小块红布，把它系在渔钩上，然后扔了出去，飞出去的钓钩就像一根在空中飞舞的芦苇。他总共钓了五次，就钓到了五只懒散闲荡的牛蛙。被砍下来的青蛙腿，在约翰叔叔赠给他的煎锅里痉挛和抽搐，像仍然还活着一样。蛙腿的味道很好，但少了点儿盐。要是能往煎锅里洒下足够的盐，加上一大片母亲做的美味面包，最后在面包上涂上大量的黄油，味道一定好极了！

哈里斯堡的灯光，稀疏地散照在河流北侧的山岭上。摩根决定冒险进城去买面包，他轻声哼着一曲歌，曲调不怎么悦耳，因为他的水平简直是太业余了。“撒旦的鞋，撒旦的鞋。”他惊恐地意识到，自己亲耳听到了那幽灵般的歌谣，从河流下游的什么地方传了过来。

摩根赶紧将正在篝火中燃烧的煤块踢入水中，然后快速爬进灵车

---

① 喇蛄，一种淡水小龙虾。

船里。他开始朝着歌声传来的方向努力摇着船桨，歌声一会儿停息，一会儿又升起来。

我们将会把杰弗·戴维斯吊在一棵酸苹果树上。
戴维斯、皮尔格林和那个女子，所有这三个。

这些恶魔是如何知道皮尔格林的呢？城市夜晚的灯光，影影绰绰地映照在河边的小山上。恶魔们的木筏，就停泊在山脚下的码头上。木筏上，载着他们从热情的盛世信徒那里掠夺来的赃物。这些赃物，用一块大帆布遮盖着。可怕的歌声已经停止，杀手们也不见了踪影。摩根在木筏下游一百码的地方停了船。他手握滑膛枪，机关炮用绳子挂在脖子上，然后上了岸，走进了一条黑暗而狭窄的街道，向一家昏暗的小旅馆走去。

这是一个星期六的晚上，在一个标着“Yellow Beaver Tooth（黄色海狸牙）”字样的招牌旁边，挤满了喧哗的人群。“海狸牙”的窝是一个让人感觉沮丧和糟糕的狗窝，像鸡窝那么大，而且里面充斥着肮脏、难闻的气味，它的门是用一排布法罗长袍做成的。如潮水般涌动的人群，在乌黑低矮的天花板下，站在那用粗木板做成的柜台前，柜台的两端被两个内接口的啤酒桶支撑着。突然，一个体型巨大的黑人男子堵住了摩根的去路。

“挂在你脖子细绳上的双猪腿武器，是从哪里弄来的，小伙子？”黑人用非常低沉的声音说道，“我想给你五美元带走它。”

“这个我是不卖的。”摩根说。

那个体型高大的黑人笑了，露出了像钢琴键那般大的牙齿。“请跟我来，我给你看一样你以前从没见过的东西。”他穿着一件蓝色背心，手腕上戴着一根银色的表链。他从宽大的腰带间，拔出了一把海军用的柯尔特式左轮手枪，“这把枪，我只收你一美元。”

"我没有一美元。"

"好吧，无论如何你都应该考虑的是，我掌管着一切，"这名男子伸出他的手，接着说道，"有些人叫我斯瓦格贝利。今晚，我有一个可提出疑问的特权，就是为这个高洁的当权派提供娱乐。过来，小伙子。我想你希望的应该是回到你的家乡去，考虑一下你的个人自由，以及继续接受教育的问题。"

如果不向他开枪，摩根实在想不出什么办法能从这个巨人前面穿过去。他来到另一个地方，身后有一个简易的房间，后面放着一个饲料槽，房间的屋顶向天空敞开，四周被削尖的木桩做成的粗制栅栏围住。一小撮水手和城里的小混混，聚集在一头巨大的白色公牛周围。这头公牛站在高出肮脏的庭院几英尺的地方，鼻子被一条铁匠制作的缰绳拴住。它嘴里吐着泡沫，并发出一声声吼叫。为了看得更清楚，摩根跨步踩到一个倒过来的苹果筐上。一个全身赤裸的黑人女子，被绑在动物身后的一块木板上，她的两腿被叉开捆绑着。皮革牛绳里有一个口子，公牛那肿胀的家伙从口子伸出来，足有三英尺长。

摩根抡起枪穿过拥挤的人群向白色公牛走去，"你并不想这么做的。"他对仍在吼叫的公牛说道。

他将机关炮的炮口顶在公牛的太阳穴上，拇指扣动了扳机，一枚四盎司[①]重的子弹从枪口射出，白色公牛立刻倒地而死。他拔出了吉卜赛老人的匕首，切断了把女子捆绑在木板上的绳索，然后把她拉起来，她低垂着头，随他茫然地站了起来。他用他的夹克裹住了她赤裸的身体。

"你杀了老宙斯！"金·乔治怒吼道，同时伸手去取他的左轮手枪，"交出那个逃跑的女子，你这该死的家伙。她在哪儿？"

正当乔治拔出他的"柯尔特"的刹那间，摩根扬起机关炮那粗大的炮口，他吓得脸色大变，摩根用枪将他重重地击倒在地。

"怎么回事？小家伙，你竟然击倒了老斯瓦格贝利。"一个男子对

---

① 盎司是英制重量计量单位，为一磅的十六分之一，或约等于28.3495克。

他喊道。

摩根大声喊道："今晚的啤酒免费，男孩们，畅饮吧！"他拉着那个踉踉跄跄、身披褴褛衣衫的女子走到一个入口，拐入了一条街道。

"谁？"当他拉着她往小山下走时，身上裹着他夹克的女子，喃喃地说道，"你是谁？"

"一个朋友，"摩根说，"仅仅是一个朋友而已。"话音刚落，他内心里突然涌起一种更加孤注一掷的感觉，他觉得他越来越脱离了自己的朋友和家人。较之自从他发现杰西·摩西被吊死在花楸浆果树上以来的生活和他以前所想的一切，这一刻让他感到更加的绝望和无助。他觉得自己就像是一个在战场上厮杀的人，但不是与穿着不同颜色制服的敌人搏斗，而是与昔日的那个自我搏斗。

当摩根划着灵车船，顺着夜晚的河流缓缓而下时，黑人女子才逐渐恢复了她的常态。她告诉摩根，她的名字叫默西·约翰逊，她是从田纳西州的种植园逃跑的。她原来在北部过着安全、自由的生活，后来被那个巨人奴隶杀手抓获，并强迫她在酒馆里与公牛交配，来自各个地方的禽兽不如的男人们，都聚到她的周围醉酒和作恶。乔治通过在她喝的水里掺入一定量的鸦片，使她一直保持神志半迷糊半清醒的状态，但是今晚她偷偷地把乔治给她的水倒掉了，并向观看她展出的观众乞水喝。她原来打算在那天晚上逃跑，逃回到她的种植园去。"在家里，他们只会对默西苛刻和残忍，"她说，"但他们从不会强迫她和公牛躺在一起。你们北方人比南方奴隶主还要邪恶。你说你会释放奴隶，然后你同样也会以另一种方式利用奴隶。老斯瓦格贝利，也就是金·乔治，希望利用我把表姐引诱出来，我表姐在我逃跑之前就逃跑了。他逼迫我说出表姐的去向，否则他会让老宙斯糟蹋我，直到将我糟蹋至死。"

"你表姐叫什么名字，默西？她逃跑的时候，身边是不是还带着个小男孩？”

“请你别介意，我不能告诉你她的名字，”默西说，“默西要回到家里去。”

“你听我说，默西·约翰逊，”摩根说，“你不必回到南方去了。我会为你找到一个安全的地方，在那里没有人再会虐待你了。你相信我吗？”

她打量着他，打量着挂在他脖子上的机关炮，那支斜靠在船中间横座板上的滑膛枪，还有在他的腰间晃动的那把长长的匕首。

“好吧，”摩根说，“我不要求你相信我，我只是请求你相信自己。你相信你自己吗？”

“相信自己？到目前为止，默西做得最好的一件事就是相信自己。从生活灰暗的种植园逃走，到落入公牛展现场那悲惨、羞辱的境地，都是因为她不愿意出卖自己的表姐。你有什么好主意？”

“你会划船吗，默西？你能划船吗？”

“划船？也许会吧。”

“好极了。我在找一条叫鳟鱼河的小溪流，这条小溪就在这里下去几英里的地方汇入这条江河。我们沿着那条小溪往上走一小段，然后把船隐藏在灌木丛中。到明晚入夜的时候，你划着船回到上游。径直穿过哈里斯堡。穿过我今天发现你的那个鬼地方。正好上游有一个很大很宽的河流弯道。在河流弯道曲面的底部你会看到一个岛屿。白天你就躲在这个岛屿上。到天黑时你再出来，继续划着船往上游走。一直走下去，你将会来到另一个大约有半英里长的岛屿。划着船往东部的平缓的水面那边走。”他停顿了一下，“往那边走，再划船进入岛屿上的一个洞穴，你会发现一条布满荆棘的小路。步行约一百步上山。那里有一棵巨大的老栗树，树上还有一间小房子。你对着房子呼喊布莱梅嬷嬷。你告诉她，是摩根·金内森送你来的。摩根·金内森就是我。她会保护你的安全。”

“相信自己，”默西·约翰逊喃喃地说，“呼喊布莱梅嬷嬷，她住在树上。”

“就这样。”摩根说。然而，摩根陷入了沉思，究竟是一个怎样的联邦政府，致使已经逃亡的人们再次回到做奴隶的命运？究竟是一场怎样的战争，几乎摧毁了整个国家，然后允许那些他所看到的邪恶之事在大地上肆意地泛滥？为什么没有人逮捕金·乔治和他的那帮变态的疯子们？在一个因它的人类文明而享有盛誉的一州之首府，为何竟然没有一个人站出来，谴责强迫一个女人与一头公牛交配的这种残忍、野蛮的行径？

甚至杰西宝贵的符石似乎也是一个骗局。一个逃跑的奴隶被迫与一头公牛交配的象形文字在石头的哪个位置？一个疯子因为失去了两个儿子而疯狂刺杀鱼的图案又在哪里？妇女、儿童和老人在废奴主义中心地区的纽约州被拍卖的图标在哪里？为了见识他们生命中的某些理想的前景，男孩们抓住每一个美好的机遇，远离家乡去参军。美国历史上最血腥的战争，它已经带走了五十多万男人的生命。参军是一个去旅行的绝好机会？这一切是多么的荒谬啊。一切都是徒劳。然而，当摩根有机会结束金·乔治的性命时，他却没有那样做。摩根曾认为自己是一个杀手，事实上他显然不是，虽然他有可能成为一个杀手。那个团伙的人将继续追逐他，直到把他杀了，然后拿走那块石头，或者另一个结果就是，他杀死他们。对于这两种可能，他都毫不怀疑。他下定决心，下一次若是看到追杀他的那些人，他将果断地向他们开枪，不会感觉到内疚也不会有任何的自责之情。

他想再次向默西询问她离家出走的表姐的名字，但他担心这样做只会让她更加怀疑自己。起初他还以为默西也许就是那个被杀手们追捕的逃跑姑娘，但似乎并不是这么回事。他想知道杰西、杰西的符石、漂亮的逃亡者，即默西的表姐，这三者之间有什么联系。这些就像萨斯奎汉纳，像这条他一路漂浮过来的河流一样，充满了神秘感。当他接近葛底斯堡和南部地区时，那些需要他去揭示的奥秘，似乎显得越来越神秘。口袋中只剩下三美元的现金，他拿出两美元递给默西，将她和灵车船留在鳟鱼河与萨斯奎汉纳河交汇处再往上一点的岸边的柳树丛中，然后离去。

摩根走进一个深深的山谷中，这里比他想象的年代还要久远，峡谷中的水流已经自动断流，露出了由红色和黄色砂石地带交替分布的河床。峡谷中的一切都是绿色的——河床中大岩石上的苔藓从崖壁上剥落下来；还有很多蕨类植物，他因为不能够说出它们的名字而感到困扰，这种植物绝对不同于普通食用的蕨菜，皮尔格林可能知道它叫什么；一些常青树傲然生长在悬崖之上。照进了峡谷深处的一小束阳光，也被染成了绿色，犹如一阵雷雨过后的天空。然而，鳟鱼河是一个很好听的名字。它能够让人联想起他和皮尔格林在家时，经常去山上垂钓的长着黑色小斑点的鳟鱼。不过那种快乐的生活，就像离弦的箭一样，已从他的生活中飞逝而去。他很想砍一根树枝做钓竿，然后低头在岩石下面寻找，希望找到一只扭动的蠕虫做钓钩的诱饵。这样，在充满绿意的峡谷中，他就能感受到鳟鱼猛扯钓钩时那令人激动的瞬间，并且他将再次成为昔日那个年少轻狂的小男孩。

头顶之上的高处，有一座天然形成的石桥横跨在峡谷之间。摩根坐在小溪中一块翘起的石灰石岩板上，抬头仰望着那架石拱桥，想象着它是如何形成的。如果皮尔格林也在这里，他肯定知道的，或者至少，他可以请教他的研究地质学的教授，推算出当时可能发生了什么巨变，从而导致了这座桥的形成。这个古老岩洞顶端的石桥，是不是亿万年以前被奔腾的流水冲蚀而成的呢？它看起来大约有六十英尺长，二十英尺宽，六十或七十英尺厚，上面长着许多蕨类植物和枝繁叶茂的月桂树，形成了一个悬挂在天空中的可爱的野生公园。他看到了一幅曾经只属于托马斯·杰弗逊[①]的春季自然之桥的美丽图景。这是威廉·佩恩土地上那座桥的一个缩影，这样壮丽的自然奇观，如果没有离开佛蒙特州，也许他是永远不会见到的。尽管如此，他宁愿拿出许多这样的奇迹，去换皮尔格林仍然健康活着的喜讯，以及杰西已经在加拿大平安生活的消息。

他徒步往上走，走出了峡谷，走进了一个在早晨的空气中散发着香甜气息的世界。被犁过的土地、青翠葱绿的牧草地、鲜花盛开的果园、茱萸树丛上绽开的一簇簇白色的花朵，都是如此的赏心悦目。在各自田地里耕耘的农民一律戴着黑色的帽子。同样穿着黑衣、戴着黑帽的妇女和女童们，在前院的花园里侍弄花草。这些花园，比摩根曾经见过的任何花园，都要更加的绚丽多姿和井然有序。小男孩像他们的父亲一样，也戴着黑色的帽子，样子看起来既滑稽又令人感动。

他在小溪旁边一个十字路口的商铺前停下脚步，想向商店里面的人询问些事。阴湿、狭窄的商铺前部，有一个光线不足的画廊，装饰着几幅散乱的烟草画和人物凝神远望的素描画。商店散发着一股皮革润滑油和酱菜的气味。“请问那些身穿黑衣的农民是什么人？”他问店主，店主是一个系着白色长围裙偏瘦的男子。

“他们互相之间称作‘Brethren’。他们是教友派[②]的信徒，但事

① 托马斯·杰弗逊，美利坚合众国第三任总统，也是美国《独立宣言》（1776年）主要起草人，及美国开国元勋中最具影响力者之一。

② 教友派(Religious Society of Friends)，是基督教新教的一个派别。该派反对任何形式的战争和暴力，不崇拜任何人也不要求别人崇拜自己，不起誓，反对洗礼和圣餐。主张人人生而平等，应当被平等对待。主张任何人之间要像兄弟一样，主张和平主义和宗教自由。该教会坚决反对奴隶制，在美国南北战争前后的废奴运动中起过重要作用。教友派在历史上提出过一些很进步的思想，其中一部分现在仍得到广泛接受。

实上并不是。”店主说，“荷兰人不愿意参加战争，尽管他们都很热情地去推动这场战争的爆发，并帮助人们隐藏逃亡中的财产。现在，他们点燃了火药桶，自己则在一边储藏珍宝，然后让我们这些人去灭火。”

摩根耸了耸肩。“他们看起来是个相当不错的团体。”他说。

当他沿着小溪旁边的道路往前走时，摩根看到一个戴着男士黑帽的男孩，从小溪里钓出了一条肥胖的鳟鱼。男孩解下鱼钩，将鳟鱼扔进了一个柳条编织的鱼篓里。“好鱼！”摩根不禁喊道。

帽檐下，露出了这位少年渔夫浅黄色的头发和蓝色的眼睛。他腼腆地笑了。“谢谢，”说着他把钓竿递给摩根，“试试你的运气怎么样？”

“我想我的运气一定不错的。”摩根微笑着回答他。

“你是去参加战争吗？”

“从某种意义上来说，算是吧。”

“我的父亲说，战争是不好的。”

“好吧，我不能在这与他争辩，”摩根说，“祝你钓鱼有好运。”

“也希望你在战争中有好运。”男孩庄重地说。

小溪在山脚下环绕着树木茂盛的小山流淌。一条铁轨在小山的周围蜿蜒而行，摩根能够听到火车驶来时那响亮的鸣笛声。前面的牧草地上，有一个与那个男孩一样留着浅黄色头发的女孩，她的头发几乎都被黑色的帽子所遮盖，她正牵着一头花斑点的母牛和一头红色的小牛犊朝着弯弯曲曲的铁路护栏走去，挂满绿叶的柔软柳条在风中轻轻摆动，触到铁路的护栏，发出嗖嗖的声音。一个女孩和两头牛，这真是一幅令人愉悦的风景画。当火车的蒸汽进入他们视线，开始围绕着小山循环行驶时，母牛在原地停了下来，因为红色小牛犊在吮吸它的奶。那个放牧的女孩也在那耐心地等待着。摩根追上了她，并扶了扶耷下来的帽子。“早上好，小姐。”

“天啊，”她说，“你是从火车上掉下来的吗？”

“从火车上掉下来？”

“那边那列去参加战争的火车。”她用手中的细柳条，指向正在驶过来的火车头。这时，他们可以清楚地听到火车上男子们的歌声。

当约翰尼再次行军归来，万岁，万岁。

我们会给予他热烈的欢迎，万岁，万岁。

哦，男人们将为之欢呼，男孩们也大声呼喊……

这是一列开往南部的军用火车，二十节摇摇晃晃的车厢里，挤满了穿着蓝色制服的新兵。有些士兵爬到了火车车厢的顶部，他们唱着，叫着，躲避着从火车头飘过来的黑烟。其中有一个士兵，用他的枪朝头顶的天空开了一枪。摩根站在牧草地上远远地看着他们。他们似乎正在度过一段非常欢快的时光。有些人提着酒瓶一饮而尽，留下空瓶在早晨的阳光下闪闪发光。

“我在找一个叫做梵得雷特的地方，”他说，“约瑟夫·梵得雷特，你知道吗？”

“就在山的那边。”姑娘说。摩根猜想她可能是那个捕鱼男孩的姐姐，是不是所有这些荷兰人都有像他自己一样的浅色头发。小牛犊艰难地拉扯着母牛的乳头，母牛转过身来，用头轻轻地顶撞小牛。小牛因为长得太大了，而不能轻松地吸吮到奶。

摩根在那个姑娘面前，又触了触他的帽子。“我想，我会翻过那座小山丘的。火车上那些男孩可能要求我与他们同行，而且还不允许我说‘不’。感谢你给我指路。”

而女士们，她们都会走出家门……

当摩根朝着前面的小树林走去时，他还能断断续续地听到士兵们的歌声。走到半路，他又回过头来，朝那个女孩和男孩挥手，男孩此时正穿过草地向女孩跑过来。火车离母牛和小牛犊很近。一个佩戴着上校肩章的瘦高个军官，站在一个帽子上有四颗银星的年轻上将旁边，将刚刚喝完的空酒瓶扔进小溪里。在摩根还没有看清他的样子时，那个瘦个子军官举起了他的“黄孩子”步枪，朝花斑点的母牛射击，射穿了母牛的心脏。母牛倒在了地上，小牛继续蹭着它的乳头。那女孩站在那里惊呆了。接着，她抓住小男孩的手，朝牧草地篱笆冲去，并一跃跳过篱笆，穿过一片新长出的黑麦田，向家的方向跑去。

穿着蓝色衣服的杀牛凶手，一边疯狂地尖叫，一边断断续续地说着一些语义不清的话。他的年轻的战友，那个上将，接着朝孩子们逃跑的方向开火。浅黄色头发的孩子们，奔跑着穿过了那块刚长出嫩芽的麦田。突然，女孩的黑帽子被风吹掉了，她的黄色头发在空中飘舞。摩根全速冲上山顶，从另一面跑下山，到达了铁轨栅栏的另一处。雏菊、金凤花，以及他母亲称之为火焰草的鲜橙色的山柳菊，点缀着这个牧草地。铁轨在这个美丽的草地上穿越了一百码的路程。

他趴在铁轨护栏的后面，等待着。梵得雷特农场的建筑物就坐落在他左边的草场上，像一幅风景画一样安静。当那个女孩和她的弟弟跑进院子里的时候，一个黄胡子的高大男人从仓房跑出来。火车头冒着滚滚的黑烟，拉着载满军人的车厢，呈弧形移动着绕过了那座小山。在车厢顶的士兵们，在醉酒的上校和上将的带领下，唱着一首节奏缓慢的悲歌。这两名军官，随着歌声和火车车轮的节奏，摆动着手中的武器。

月桂树长得那么翠绿，芸香也是如此，
与你分离，我是多么的愧疚和情非得已。
期待下次欢聚时，我们能够让一切重新开始，
到那时，我们会让绿色的月桂树变成红色、白色和蓝色。

火车顶上的所有人都手拿武器站立着，他们一边歌唱，一边摇动着武器。有些人放声地哭了起来。伪装成联邦军队军官的先知弗洛伊德和斯特普托，为对国家的热爱而号哭，并用带着哭泣的声音，唱着《绿色月桂树》的歌曲。然后，“摩——根，”弗洛伊德喊道，“出来，出来，无论你在哪里，给我出来。”

摩根瞄准了弗洛伊德，并扣响了他的滑膛枪。当摩根的子弹在他的帽子上擦过时，先知吓得大叫一声。两名杀手向弯曲的护栏和树林回击，子弹如冰雹一般飞过来，但摩根已经在迅速地跑开，他穿过前面的牧草地，朝火车奔去，他端起了挂在绳索上的机关炮，将绳索绕过头顶。子弹继续密集地飞来，将铁路护栏击打得碎片横飞。摩根往下跑，直接斜向跑过去，拦截梵得雷特农场前车道上的车厢。列车朝着河流的方向行驶，在下坡的路上，它的速度越来越快。摩根左肩上突然感到一阵灼热，子弹的冲力和剧烈的疼痛，使他的身体旋转了半圈，跌跌撞撞地向后退了几步。他能够听到子弹在他的脑袋周围呼啸而过。列车继续驶下斜坡，越过了鹅卵石地基上的一座风车房和河上几艘蓝白相间的木制帆船。

摩根停止奔跑，用手掌捂住肩膀。一股潮湿、温热、鲜红的血液渗了出来。他倒在白色和黄色的雏菊上，在这片美丽的牧草地上哭了起来，不是因为伤口的疼痛，而是因为如果他死在这里，死在宾夕法尼亚州这片草地上，他将不可能找到皮尔格林，也不可能探知他的命运。

“我们必须送你去南部，男孩，去平息那里的暴乱。我真的相信，你有能力在短短的一个星期之内完成这项任务。”

和他交谈的男子，声音里有着浑厚的男中音特质。他凹凸不平的脸上，挂着一大把盖铲子形状的黄色胡须，胡须从他的颧骨以下蔓延到他的胸膛之间，以至于让人感觉，用浑厚声音说话的，不是他本人，而是他的黄色胡须。他的眼睛是蓝色的，就像矢车菊那样蓝。

摩根朝周围看了看。看到墙上挂着各种各样的枪支。有松鼠步枪，六发式左轮手枪，卡宾枪，还有滑膛枪。在一个工作台上，凌乱地堆满了各种工具，有表面已刨光的棒杆、穿孔机、钻头和子弹模型。工作台旁边有一个巨大的型铁枪砧。摩根想起火车上那些穿着蓝色制服的男孩们，他想自己一定是被俘虏了，然后被押送到某个兵工厂来了。后来，他回想起跑向那个女孩和男孩的男子，他才意识到，自己是在约瑟夫·梵得雷特的枪械店里。他仍感觉到身体剧烈的疼痛。他的左肩疼痛难忍，仿佛有人用铁匠的砧锤，直接在他的左肩上锤钻一样。他赤裸着上身，肩膀被绷带紧紧地包扎住了。

背后传来了络腮胡子发出来的一阵奇怪的声音。铁匠正在低声轻笑。他把手伸进他的围裙口袋里，掏出了一小块金属，把它放到摩根裸露的胸部上。“这是我用钳子从你的肩膀上取出来的，男孩，我给你取子弹的时候，你睡得像死了一样。这是一枚米尼耶子弹。我们不敢叫医生来，因为担心你的行踪被别人知道。但你的伤口是消过毒的，很干净。取子弹的钳子使用之前，在火上烧得又红又热，而且我也用沸水清洗过你伤口周围的肌肤。子弹打入你的锁骨，并穿过了你的肩胛骨，但我不是第一次修补你这样的两腿动物了。你是否打算去参加战争，对抗整个联盟军队呢？不管怎样，你现在必须躺在这里别动。同时，我很感谢你保护我的孩子。你是一个勇敢的男孩。我看见你袭击了火车，那是一个非常壮观的场面。”

“我很愤怒。”

“我希望接下来的消息不会让你愤怒了。你看报纸了吗？”

“最近没怎么看。”

摩根用手指触摸着他胸前已冷却的子弹。它的重量不到一盎司，圆柱体的形状，上面似乎有个沟槽，子弹射入他的锁骨和肩膀后尾部被弄平了。

“你为什么这么严肃呢？笑一笑嘛，你知道，笑是生命之糖。”

摩根点点头，但他感到困惑。这样一个善良、快活的人，怎么会抛下他自己的妹妹？

“听着，”约瑟夫·梵得雷特说，“下面是来自今天上午刚刚发表的兰开斯特电报的内容：

本周二，上午九点十五分左右，一大批叛乱袭击者，袭击了一列行驶在鳟鱼河附近的军用列车，车上人员受到伏击。胆怯的叛乱分子，埋伏在弹指山的山脚下等待袭击列车，他们从多个隐蔽的地方，朝手无寸铁的新兵密集地射击，一阵冰雹似的致命的轻型武器的火力，从铁轨篱笆后面的隐匿处扫射而来。然后，胆小的叛徒企图一窝蜂地涌上列车，他们从轨道两旁冲上来。个个身强体壮，人数估计为一百多个。他们恐怖、叛逆的喊叫声，远在西部的兰开斯特都能听见。在一名上校和一名上将——这两名在纽约下车的军官——的指导下，一些在车厢顶部的勇敢的男孩们，与叛徒们进行了顽强的抗击，直到火车穿过了在比卢普斯弯的过河栈桥。该团伙的大部分人已被消灭，其余少数幸存者，目前正在追捕中。

附录。这些亡命之徒的叛逆领袖，在对我们的军队采取军事行动之前，还在鳟鱼河附近的商店逗留过。在那里，他实施了一个前所未有的胆大妄为的行动，他用枪控制住了商店的经营者和当地几个德高望重的元老，并试图胁迫他们与他进行联盟宣誓，但最终没有成功。根据目击者描述，他很年轻，蓬乱的浅色头发垂落到肩膀，一身全副武装，身高六英尺多，并且身强力壮，一双灰色的眼睛露出疯狂的眼神，还长着一副极端凶残的面孔。印有他肖像的通缉令，已由兰开斯特县高级警长派发下去了。

摩根强作笑颜。妄图叛国并在佩恩的土地上肆意谋杀，像摩根·金内森这样著名的无法无天的暴徒，曾经真的存在过吗？然而，他深感关切的是，那两个杀手已经在纽约下了火车。即使是现在，他们也可能在这个地区彻底搜查他和那两个教友派同胞的孩子。但是，约瑟夫·梵得雷特摇了摇头。“你在这里是绝对安全的，”他说，“从来没有人发现过 Algiz。”

铁匠在工作台上面的窗口前点了点头。雕刻在窗玻璃上的符号是“ ᛉ ”，这个符号摩根在杰西的石头上见过。摩根向窗外望去，他看到了苍翠茂密的树梢，Algiz 坐落于森林的深处。

“这是我的枪械店，”梵得雷特说，“我不再卖枪了，但是，我仍然偶尔会来这里制造它们。我就是制造枪支的。你是做什么的？你是军队里的人吗？”

“我不是军人。你没看过挂在我脖子上的这块石头吗？你的标记在上面很明显。”

“年轻的先生，从来没有看过。除非你离开这个世界，否则，无论是我还是我的任何家人，都不会骚扰你的财物。我们不打架，我们也不偷窃，我们更不会去窥探他人的财产或隐私。”

摩根解下挂在他脖子上的石头，然后默默地递给了约瑟夫·梵得雷特。当蓝色眼睛的铁匠专注地研究刻在石头上的符号和图案时，摩根闭上了眼睛。他谈累了。他的肩膀轻微地动了动。在这个隐秘的枪械店里，他呼吸着醉人的金属、火药、木砧、焦炭炉中死灰的气味。此外，他也闻到了屋外苍翠茂密的树林的气息。

“你是从哪里得到它的？”铁匠终于开口说话了。

“从一个名叫杰西·摩西的黑人那得来的。”摩根认为他从约瑟夫的眼睛里看到了一种似曾相识的东西在闪烁。“你妹妹让我到这里来的，”摩根说，“布莱梅夫人。”

“我已经不再有妹妹了。”

“不，你有，约瑟夫·梵得雷特。你对她所做的一切是完全错误的。为什么要她避开自己的家庭？你这样做，就好比慢慢地将一个人折磨至死。在我的挎包里，有一封用树叶写成的信，上面的字是为你而写的。它是你妹妹的亲笔，你仍然还有一个妹妹。”

“不可能。”

“是真的。你相信耶稣吗？”

“当然。”

“耶稣隐避谁没有？没有。隐避是我所听说过的最残酷的惩罚。”摩根顿了顿，又说道：“如果有一个高个子男人和一个矮个子男人，来到这里——他俩脑子都有点问题——请立即通知我。还有，也帮我留意一下，附近有没有一个体形巨大的黑人出现，他的脸像炉中的煤灰一样黑。无论怎样，你都不要让他接近你的孩子们。我要闭上眼睛休息一会儿了。”

当他再次醒来的时候，已经是晚上了。他感到浑身软弱无力，而且口很渴，但是高烧已经退了，他想他大概要康复了。当他睁开眼睛的时候，他看到一脸严肃凝视他的人，不是铁匠和他那会说话的胡子，而是从牧场上的那个女孩。一盏牛眼灯，在她身后的工作台上，发出微弱而温馨的光，在柔和的灯光中，她看起来非常美丽。

“他们抓获了那个袭击火车的胆大妄为的反叛分子团伙了吗？”摩根说。

“报纸上说的不是实情。我来这里帮你换药。另外，我还给你带来一些滋补身体的汤。我父亲说，他在短时间内不便再来这里了。他认为，那些搜寻‘叛党’的当局，可能正在监视他。或者，更糟糕的是，监视他的人是你曾提到过的那两个男人。”

当女孩为他拆除旧绷带，清洗伤口，并用床单撕成的布条，重新将他的肩膀包扎起来时，摩根说道，“我见过你的姑姑，她生活在树上。”

“是的。”女孩答道。

“你的父亲将她抛在一边。”摩根说道。

“我知道。请不要动。我的名字叫格蕾特尔。”女孩说道。

“你的话很少，格蕾特尔。”摩根说道。

“祸从口出。搬弄是非和斗嘴最容易引起战争。我这样告诉我的孩子。”女孩说道。

“你看上去，不像是已经有孩子的年龄。”摩根说道。

“我是说我那些学生。我是一个老师。”女孩说道。

“你这么小，看上去也不像一个老师。”

“下个月，我就十六岁了。到那个年龄，我就可以结婚了，然后我也会有我自己的孩子。我的父亲，他是个铁匠，也是个马医，他从你肩膀上清除子弹的技术非常出色。他也为我们做过很多这样的手术和治疗——我的意思是指，他为我们教友会的同胞们。”

“他是一个好人。也许他救了我的命,但他不应该抛下自己的妹妹。”摩根说道。

“也许是不应该吧，”她表示同意，同时收紧了绷带，“但是你不应该开枪打人，即使他们是坏人。我教我的孩子们，首先是去说出事情的真相，然后再去实践仁慈之心。我们要爱我们的敌人。”

“在他们没有向我们射击时，这很容易做到。”摩根说道。

她噘起了嘴唇，说道：“战争永远是错的。我一直是被这样教育的。所以，我也这样教育我的小学生们。”

摩根说：“如果你了解我的敌人，你可能就会改变你的想法。他们向你射击，格蕾特尔，还向你的弟弟开枪。他们杀死了你的母牛。”

女孩说道：“既然如此，我们必须为他们祈祷，让他们认识到自己的错误，并知错能改。”

摩根问道：“我会把这个职责交给你的。你看还要多长时间，我才可以继续旅行？”

女孩答道："三个星期，也许四个星期吧。"

摩根可等不了那么久，说道："四天还差不多。"

她非常倔强地摇了摇头。摩根希望她能够脱下帽子，好让他能再看到她头发，但他估计她的帽子是和衣服连在一起的。她双手在他的肩膀和脖子上移动，那被晒成棕褐色的匀称的双手，温暖而轻柔。她的嘴角始终挂着浅浅的笑容，仿佛是因为摩根为保护她和她的弟弟与敌人战斗这件事而暗暗高兴。她很苗条但不失丰满。摩根想知道假如她不是教友会的信徒，那她会是怎样一个人。他不知道自己是否有爱上这个女孩的可能，或有爱上任何一个女孩的可能。毕竟他还没有完成他的使命，而且他必须继续去完成它，那么他怎么配得到一个女孩的爱呢？

平躺在铁匠的枪支锻造间里，摩根发现自己非常渴望有书可读，并将这种对阅读的渴望视作一个好兆头。但是，有什么书籍可以供他阅读呢？那些教友派的同胞们，除了《圣经》之外，基本上不阅读其他的书籍。摩根请求格蕾特尔将刊登着他袭击军队列车故事的公报拿给他，他拿着公报如饥似渴地阅读起来，就像在阅读一本自己最喜爱的旅游书籍。在历经了一个多月没有书籍的生活之后，即使是报纸上的广告他也读得非常认真，如牙痛药膏的广告，马具广告，一种新播种机的广告等等，还有一些为逃亡的奴隶提供悬赏的通告：

一个名字叫斯莱德尔的女奴，从她的主人那逃跑了，她大概 17 或 18 岁的年龄，黄色皮肤，长得非常高挑，机灵敏捷，但极端傲慢。如有人发现这个逃犯，并将她押送到田纳西州的格雷斯河，把她交给阿瑟·丁威迪，主人将愿意支付 500 美元的美国流通货币作为奖赏。

佛蒙特州的报纸上从来都不会刊登这样的通告，这则通告使摩根再次燃起去参军的决心，他决定找到皮尔格林后就去参军。

在接下来的几天里，摩根的身体恢复得很快，比以前更强壮了。约瑟夫·梵得雷特说，他是一个很好的医疗师，比如他曾经医治过的某些骡子，由于他依照自己的方式来治疗，它们的疾病才没有拖延太长时间。“也就半斤八两吧，”摩根打趣地说，梵得雷特笑了。因为教友派的孩子们需要在农忙的时候回家帮助家人干农活，所以格蕾特尔也从学校回到家里过暑假了。她搀扶着摩根，在她父亲的农场里缓慢地行走。在教友派同胞这儿的大地上，许多物件的做法都与别处很不一样。砂岩仓房的屋顶，盖着褐色的稻草，厚实的双层墙壁中间填满了碎石，无论在什么样的天气情况下，它都是坚不可摧的；仓房里面的气温始终保持着冬暖夏凉的特性，并且全年都整洁而清香。格蕾特尔向他展示了石头仓房上那茅草屋顶的制作方法，首先是将黑麦秸秆，捆绑成若干小把，然后将它与穿过椽条的褐色榛树藤条一起编织。她还向他展示了纺线的全过程。首先将亚麻泡在水里软化棉子外层的硬壳，然后用锯齿形的铁钩，穿过清棉板向外抽动，同时将抽出来的棉丝，捻成纺纱线。她说，由于棉花是由奴隶种植起来的，所以梵得雷特家人，只穿羊毛织品或亚麻做成的亚麻布衣服。她用自己种植出来的各种染料，按不同比例进行混合搭配，做出了丰富多彩的颜料，并用这些颜料染的布缝制出了一床精美的被褥。在格蕾特尔的个人花园里，盛开着黄色的金盏花，生长着茜草红的甜菜和蓝色的菘蓝。她也认为欢乐是生命之糖，当他们沿着垂钓的溪流，采摘野生小草莓之时，格蕾特尔也会温柔地戏弄他。他们整整一个上午采摘到的草莓勉强只够做一个酥饼。“我希望你能够留下来，成为我们的一员，”她对他说，“你读过《圣经》吗？”

“读过。我从《圣经》中汲取我认为有用的东西，而忽略其他无用的东西。”

“这听起来，很像是自由思想。”

“对于我来说，像是思考。当我打开《圣经》的时候，没有一刻停止过思考。”

在仓房前面的空地上，修理马车轮子的约瑟夫·梵得雷特，朝这两个年轻人看了一眼。他逐渐喜欢上了这个来自佛蒙特州山区的坦率的男孩，他决定进一步盘问摩根。

这天晚上吃晚饭时，约瑟夫说:“摩根朋友，我们教友派的兄弟之间，有一条战争的谚语：‘非正义的和平远比正义的战争要好。’”

“我的哥哥，皮尔格林，很可能会同意你的看法，但我不会。”

“好吧，”约瑟夫说，“我们还有一个谚语。‘真理是一剂良药，但它必须用在适当的时候。’这个问题我们以后再讨论吧。无论我们同意与否，你都是一个好青年，摩根，你保护了我的孩子。”

“我们必须遵从天父的意愿，”晚饭后，格蕾特尔，目光有些呆滞地对他说道，“无论是在天堂里的天父，还是他的代表。我姑姑经常和我父亲争吵。”

“隐避是错误的，格蕾特尔，”摩根说，“我知道，你也知道，战争毫无疑问是错的，但有时也可能是必要的。我相信，国家的这场战斗也是必要的。约翰·布朗理解这一点。林肯总统也理解。”

那天晚上，他躺在老式枪支锻造车间里那张狭窄的帆布床上，借着微弱的灯光，仔细打量杰西的雕刻石头。他猜想他的父亲，也许还有皮尔格林，比曾经在这方面给过他一些帮助的其他人，更懂得符文体系。显然，位于金顿山山顶上那巨大平衡石之上的古老而神秘的象征符号，已经给了这些神符某种特别的启示。摩根不明白，是否整个计划都是皮尔格林，运用他那超凡的讽刺和模仿天赋，与他开的一个巨大的玩笑？摩根没有机会听到，他那聪明的哥哥用教友派兄弟那古老而庄严的“thy”[①]和“thou”[②]，与他们交谈。皮尔格林还可以模仿吉卜赛老人、伊娃和小鹊鸣，还能将小鹊鸣话语中的尖刻和内心的善良模仿出来。有时，皮尔格林会模仿摩根果断的神采和坚定不移的意志力。皮尔格林总是可以使他笑。现在，摩根在微弱的烛光下，研究皮尔格林的象征符号“☋”，这个符号显示在大雾山的迷雾中。他看这个符号的时间太久了，以至于当他去吹灭蜡烛时，他仍然可以看到“☋”在他的帆布床之上的木板墙上舞动。他又凑近一些去看。原来这不是幻觉。有人在铁匠铺的墙壁上刻下了他哥哥的符文。

摩根盯着这个符号，由于新发现的喜悦而颤抖，这时，一个计划开始在他心中形成。在诡诈和敏锐方面，说皮尔格林是伟大的英雄奥德修斯[③]，可谓是当之无愧的，尽管摩根无法想象狡猾的奥德修斯，或是皮尔格林，会通过胆怯的斯特普托和先知让自己受伤。那天晚上，他做了一个梦，梦见他回到了家乡的金顿山，他和哥哥在山上钓鳟鱼。“你还在等待什么，士兵？”皮尔格林在梦中对他说，“你会不会带上你的行动计划继续前进来找我？”

清晨醒来时，他的计划已构思完成。他将迅速采取行动，因为摩根知道他待在这里，必定会给约瑟夫和他的家人带来巨大而可怕的危险。他必须尽快离开这个地方。他希望得到更多有关他哥哥的消息，他也想找到一种更好的自我保护方式。对于他要前往的地方，仅依靠那只古老的短射程的枪，或许已没多大用处。

“请为我检查一下我的绷带，格蕾特尔，”摩根在第二天早上说，“看这里，它擦到我肩膀的哪个地方了？”

她弯下腰，一缕金色的头发从她的帽子里垂落下来，清晨的阳光

---

① “thy”是旧式用法，意思是“你的”，thou的所有格。

② “thou”是旧式用法，意思是“汝”、“尔”、“你”。

③ 奥德修斯，古希腊荷马所作史诗《奥德赛》中的主人公，伊塞卡国王，在特洛伊战中献木马计。

穿过刻着“Algiz”标记的窗户照在她的秀发上。摩根悄悄伸出他那结实的胳膊抱住她，并将她的头移近，然后吻她。

“噢！不，”她叫道，并条件反射地跳了起来，“你怎么啦，摩根·金内森？”

“没什么，除了我这个受伤的肩膀。”他说。

格蕾特尔在摇头，而摩根却笑了。从他刚才轻轻地用自己的唇贴住她的唇的时候，他知道，这个女孩，不管她是教会派的或不是教会派的，也或多或少地感觉到了某种激情。

在来自佛蒙特州北部山区的摩根·金内森看来，教友派弟兄土地上的这片中心地带，是一派美丽、祥和的景象。当他和格蕾特尔手牵着手在她的花园里穿行时，他不知道，那些着装极其单调的人们，那些克己而奉行至高德行的人们，那些生活如此严于律己的人们（其自律程度远远超过了基督本人），那些在乡村道路上经验丰富的老人们（他们爱在婚礼上喝葡萄酒，并与他们的捕鱼老友谈论逸闻趣事），这些人是如何种出如此美丽的鲜花的？他母亲也会培育花卉，但不像格蕾特尔培育出来的深红色牡丹那样整齐，不像散发着香料味的鸢尾花[①]那样高大，罂粟花的颜色也不像产卵期鳟鱼腹部的那种橙黄色，这里的羽扇豆不仅仅是单一的蓝色，而且兼有了彩虹的每一个色调。

摩根和格蕾特尔以及那个男孩，年幼的约瑟夫，在横卧鳟鱼河之上一座巨大的石拱桥下面深绿色的河水中游泳，兄弟会的人称那个石拱桥为“雅各的天梯”。溪流中冰冷泉水的刺激，比格蕾特尔用毛巾为他热敷更有助于摩根肩膀上伤口的愈合。

“让我帮你把头发剪了。”格蕾特尔说。

---

① 鸢尾花，一种鸢尾属植物（株高，叶长而尖，开紫色或浅黄色大花）。

“只有当你剪你的头发时，我才会让你剪我的。”

“那要等到我结婚的时候。那时，我必须把头发剪了。”

“如果你嫁给我，就不用等了。”摩根说道，姑娘害羞得笑了，她的脸颊变得绯红，一如她自己种的六月玫瑰。但是，就在当天下午，铁匠把摩根叫到一边，对他说：“如果我为你制造一支步枪，你会远离这里并且再也不会回来了吗？”

“是的。”摩根说完，突然觉得有点儿憎恶自己。

约瑟夫点点头。“好极了,那么,你一定会帮助我一起制造步枪的吧。我们两个人一起做，将在一个星期内完成。到那时，你应该就有足够好的装备再度旅行了。”

当他牵着牛走近使锻造车间顶上的大风箱转动的踏车时，约瑟夫说道：“我们要造的新枪，将由你的旧枪改造而来，就像我们的上帝将陈酒转化成新酒一样，看这枪托有多漂亮！卷曲的枫树是所有树木中最牢固、最漂亮的树种。我们就用这个长枪管来做新步枪的枪管。”

“我的祖父，选择在 1 月份，月牙儿较小的时候，去山上砍伐枫树，制作这个枪托。因为那个时候，枫树的树液还没有渗出来。”摩根说，“后来，这个家庭经历的发展，基本上是这样的。枪在传给我之前，它属于我的哥哥皮尔格林。不久之后，皮尔格林决定做一个和平主义者，像你的亲人们一样，所以枪就传给我了。”

摩根用余光瞥了一眼铁匠，但从他的表情来看，他发现铁匠在听到皮尔格林的名字时，并没有表现出他认识这个名字的任何的迹象。双管风箱输送着一股强大的气流，吹在锻造间那燃烧着焦炭和橡树木炭的火炉上。梵得雷特的蓝眼睛闪烁着快乐的光芒。他在享受再次制造枪支的美好过程。

当他在拆解那支老式滑膛枪的时候，约瑟夫的双手似乎不需要他的大脑来支配工作。仿佛多年以来的技艺和枪械制造的理论知识，已经完美地融入了他那强有力的双手中，他完全不会去想他在做什么，这种境界甚至胜过摩根举起他的枪开火时的思想境界。燃烧的煤和木炭散发着一股强烈的刺鼻气味。约瑟夫深深地将这种气味吸入体内，仿佛锻造间里的这种刺鼻的气味是输送给他的氧气。

在日常情况下，铁匠话并不多。这时，他一如平时慢慢地说道:“摩根，你知道吗？一个枪械匠是一个专业的铁匠。我亲手制作的卡宾枪，现在就在新英格兰的工厂里，正在用机械化的方法一件一件地复制出来，但这些机器，只是机械地模仿人的创作。机器制造的枪支永远不会真正成为你生命的一部分，但是，当你自己制造和组装枪支时，你会发现，枪支的每一个部分都变成了你自己生命的一部分。看到了吗？先用绞盘把铁皮压扁，然后制作扳机，把扳机塞到枪筒里，最后再作一些别的加工。如此，你的枪方可造好。”

他们花去了第一天中的大部分时间来拆卸旧滑膛枪，并浇铸熔化的自制钢铁锻造新枪的下枪管。这种新的枪管，重火力射击所达到的范围，使得摩根的机关炮在相形之下就像一个孩子的玩具枪。低枪管的半个形状，在型锻砧的沟槽中已铸成型。而枪管的另一半，也已在铁匠的凹形铁锤中成型。围绕着中心轴杆，把两个半成品合二为一，形成一根圆柱形的枪管。整个工序完成后，约瑟夫把中心轴杆从枪管中抽出来。在他猛推铁砧槽中的枪管时，他让摩根同时挥舞型铁锤进行敲打。铁锤发出来的声音，响亮地回荡在整座幽静的峡谷中，啷铛，啷铛，啷铛，啷铛……摩根在恍惚之中，觉得这种绵延不断的铁锤声和新做的枪管,就是他自己两条手臂的延伸。约瑟夫自制的漂亮型锻砧，有时也称作哑铁砧或野牛头，它的角是涡卷形的，还有六个五角星分布在 Algiz “ ψ ” 标记上。它的一端是锻造马蹄铁的尖角，另一端用来焊接马车轮子的平缓曲面。铁砧上还有几个穿孔的洞，是专为修整中心轴杆而用的。因此，在第一天，他们锻造好了下枪管。

第二天，约瑟夫向摩根这个徒弟示范了如何钻孔和重新铣削他的老式圆形滑膛枪枪管。他们运用一个特殊的机械装置,将这支老式枪管，安装在下枪管的上方。那个特殊的机械装置，是个炮管镗削装置，由铁匠本人发明，并获得了专利。该梵得雷特手摇式镗削装置，能够使滑轮紧贴在铰孔杆上，而铰孔杆本身则被拧入到摩根的滑膛枪枪口中。铰孔杆那圆锥形的工作端，能使枪管扩大到足够容纳一颗五毫米口径的子弹，从一个配套的弹夹中发射出去。他们花去了一天中的大部分时间，来精确地为滑膛枪枪管钻孔。和下面那支射击枪管一样，上枪管也有五十八英寸长。

第三天，梵得雷特向摩根展示了他新枪的枪管顶端是如何瞄准射击的。铁匠解释说，膛线的作用是通过这种蚀刻在枪管内部的螺旋槽，来引导子弹，使其向前运动并快速旋转，以保持子弹飞行的稳定性。“你必须明白，孩子，一颗子弹从你的旧滑膛枪的枪口射出后，它将开始不断向前翻滚，当距离超过六十或七十码之后，它就会慢慢下坠，最终产生偏差。这个枪管内部的螺旋槽，能使子弹非常有效地极速旋转，从而克服空气阻力，不断向前飞去，保证弹头稳定地向前飞行而不产生偏差。”

膛线冲子，是由一根嫩杨木枝与一根金属杆，紧缚在一起做成的圆柱杆，他们运用它在枪管内壁开辟出了一个铁匠称之为“缓慢扭曲”的槽。约瑟夫在金属杆的末端，用铜焊接了一个带有微型锯齿的切割按钮，那个微型锯齿是由锯条齿做成的。当铁匠通过控制杨树杆末端的手柄来帮助摩根转动杨树杆时，紧缚在树干上的金属杆和切割按钮精确地完成了一个五十八英寸的旋转。这一程序他们重复了五次，即在枪管内壁制作了五条膛线。这样，子弹穿过枪管发射出去之后，其运行速度将变得极快且方向准确。

铁匠称摩根的老式雷帽弹头“亨特”式滑膛枪为肯塔基滑膛步枪或猎枪。新枪的上枪管，所发射出来的带槽子弹，其性能的卓越程度，甚至要超过当时正在战争中应用于大屠杀的米尼耶子弹。第四天，约瑟夫嵌入了一个后膛装填的机械装置，首次向摩根展示了如何使用弓形钻这个众所周知最古老的工具，在机枪面板上钻螺丝孔的技术。起杠杆作用的把柄，所安装的机械装置，是将一块烧得又热又红的犁头铁，放入焦炭熔铁炉中，待其达到又白又热的状态时，再进行锻造成型的。将一件农具锻造成一件武器，这样具有讽刺意味的事情，还是不可避免地发生在了摩根身上，他现在正在做这样一件事。他要求约瑟夫在枪管的底部，添上一个弹簧座，这样他就可以将吉卜赛长刃匕首当作刺刀来用。铁匠勉强地为他这样做了。

第五天，他们将一个窥视孔焊接在顶部枪管的前端，而在另一端，则有一个用鼠尾锉尖做成的尖形物。锻造这个尖形物，需要将枪管一次、两次，至少三次反复地插入附近鳟鱼河的冰水中，这是必需的方式。之后，铁匠又向他展示了如何加固枫树枪托的艺术，如何用新的胡桃木做成前端的把手，以及如何克制自己一时冲动去做一件糊涂之事。正如一个真正的军人，他的心必须巩固到能抵抗各种愤怒或报复的情绪，能抵抗住任何怜悯敌人的感情，能抵抗住其他任何可能会出现在他生活和职责范围内的情感。

一天下午，约瑟夫离开家里，去兰开斯特城出售自己锻造的铁具，格蕾特尔则带着摩根去参观她在鳟鱼河附近的校舍。为了不引起路人的怀疑，格蕾特尔让摩根换上了她父亲的黑帽子和配套的黑色服装。再次回到校园里的感觉很奇怪。摩根坐在格蕾特尔旁边的小板凳上，这种小板凳都是专为小毛孩们制作的，宽度还不到摩根屁股的一半。他小心翼翼地坐在小板凳上，加上从上到下的一袭黑色装束，活像一只呱呱叫的乌鸦。格蕾特尔被他这种尴尬的样子逗乐了，但当他开始告诉她有关皮尔格林失踪的故事时，她听得很专心。最后摩根以一个提问结束了对故事的讲述。他问格蕾特尔，是否有这种可能，即皮尔格林在葛底斯堡战役之前或之后的某个时间里，与那个叫杰西·摩西的逃亡老黑人一起来过梵得雷特这个地方。

格蕾特尔说，据她所知，并没有听说过一个叫皮尔格林的年轻医生来过她父亲的住处。不过，大约在两个月前的一天晚上，一个神情非常紧张，手中还拖着个大袋子的老年黑人男子，曾出现在 Algiz。她不知道老乘客的名字，但在将他送往下一个地下站点之前，即去河流上游她的姑母布莱梅的住所之前，她的父亲将他隐藏在家好几天。摩根感觉他的心在坠落。很可能是杰西本人，而不是皮尔格林，将 Othila 符号刻在墙上。他问格蕾特尔，除了他和逃亡的地下乘客，是否还有其他人在 Algiz 歇宿过。她说，在刚刚过去的这个冬季里，一个来自新奥尔良的年轻、漂亮的克里奥耳女子，要去蒙特利尔拜访她的亲戚，后来被战争困在那里，在她试图返回路易斯安那州的途中，曾在锻造车间里住过一个晚上。格蕾特尔说，这个女子很怕被我们误认为是南部联盟的间谍。“她美得就像一个公主，”格雷特尔笑着说，“但我更喜欢将她看作一个间谍。”

“嗯，也许她就是间谍，”摩根说，“在这种时候，任何事情都是有可能发生的。”

“是的，”格蕾特尔说，“我知道，说出任何一个乘客、乘务员或站长的名字，这都是不允许的，但是为了证明你的想法和见解，有时也顾不了这么多了。摩根，我们甚至接纳过一个在 Algiz 寻求庇护的南部联盟伤兵。他的腿伤得非常严重，中弹的地方就在膝盖下面，父亲帮他拔出子弹，声音清晰得就像一声哨声，他来自亚拉巴马州，他的说话的样子是引发我们无尽欢笑的源泉。我们几乎听不懂这个可怜的家伙说的任何一个字，但是他长得很英俊，长着一双漂亮的黑色大眼睛，而且脸上总是挂着迷人的笑容。”

“后来他怎么样了？”摩根说。他有点嫉妒这个来自亚拉巴马州，长着一双漂亮大眼睛的士兵，他怀疑格蕾特尔故意让他嫉妒。

格蕾特尔笑了。“他和克里奥耳女子去了南方，”她说，“他同意带她回到新奥尔良。但我们都认为，事实上是他爱上了她。很长一段时间，我们取笑父亲经营了一个求爱站。”

格蕾特尔又笑了，但这次有点沮丧。“摩根，我开始的时候想，你有可能留在这里，成为我们中的一员，并快乐地生活。直到你告诉我你对你哥哥的伟大寻觅计划时，我才知道这是不可能的。现在我明白了，你必须找到他。”

“你是我遇到过的第一个认为他还活着的人，”摩根说，“不，是第二个，你和我的堂兄道尔顿都相信他还活着。”

“我认为他还活着。”格蕾特尔说着，站了起来，拉住了摩根的手。她的手在他的手中，感受到的是温暖和友好，但除此之外再没有其他感觉，实际上这也是他对她的感觉。像他这样生活杂乱无章的小伙子，应该有她这样一个理想的姐姐。几天以前，他一直很想将他的雪松饮水杯送给她。现在，按照奥古斯特·肖托的建议，他将为他所爱的那个人好好地珍藏它。当有一天，战争和有关战争的一切，都成为他生活中永远逝去的记忆时，他也许值得得到一个女人的爱，而且也能够去爱一个女人。

“皮尔格林还活着。”格蕾特尔再次说道。

“你有一个极强大的信仰，格蕾特尔·梵得雷特。”

“你也一样，摩根·金内森，你也有一个伟大的信念。这种强大的信念，不管是不是佛蒙特州的自由思想家，你都有强大的信仰。但是，”这时，她放声大笑起来，这笑声让摩根想起了她父亲那突然发出的笑，“我仍然认为，你戴上教友派弟兄的黑帽子，看上去会很帅气。”

第六天，摩根和约瑟夫·梵得雷特将那把枪的两支枪管，用软化化学溶液染成了蓝色。软化水，是用农舍雨桶里的水，掺入少量从北部兰开斯特采石场取来的青石粉末，再与便盆里晃动的“碱液”——摩根自己的尿液——混合而成的。约瑟夫用蜂蜡为枪管抛了光。已经做好的枪管，散发着蓝灰色的光泽，像故乡 11 月灰色天空映照下大湖泊的颜色。

那天下午，他们在一个模具中制造了很多铅弹，当子弹慢慢开始降温时，他们把子弹带到天然石桥上，然后站在石桥的一侧，将模具中的子弹倒出来，让它们落入下方远低于桥面的绿色池水中。这些正在往下飞落的子弹，似泪珠的细小的圆柱外形，最适合上枪管五毫米口径的膛线炮管。他们制作了一百发子弹。当摩根看着炽热的铅弹被倾倒出来并坠入下方的水池中，逐渐消退成细小的灰色斑点时，他想，这个魁梧而健壮的铁匠，此时若是一把将他举起，然后把他从石桥上扔下去，置他于死地，从而完全摆脱摩根这个对他美丽女儿求婚的外来者，是一件很容易的事情。但是，约瑟夫·梵得雷特不是杀手。摩根和小约瑟夫以及格蕾特尔，打着赤脚在黄绿色的水中跋涉，他们用脚趾在水中探索着椭圆形的子弹。

“我在每一颗子弹的尖端都加入了一滴银，”约瑟夫·梵得雷特微笑着说，“这样它对人的杀伤力就更强了，这你是知道的。”

第七天，作为枪械匠的约瑟夫·梵得雷特并没有休息。他和摩根穿越了从弹指山一直延伸至此的幽静的峡谷，来到了基列山的山顶上。基列山的小溪水从峡谷陡峭的一边飞落下来，在红色和黄色的砂岩之上，形成了一张滚滚不息的白色水帘。他们捡到了一颗去年冬天遗留在此的难闻的卷心白菜，还有一个软烂的橙色南瓜和一个二十盎司重的苹果。摩根在佛蒙特州家乡的母亲，会将这种苹果看作是最珍贵的良好品种保留下来。他们把那棵白菜放在一个凸出的悬崖上，把南瓜放置在一棵山胡桃树的树杈上。他们又将苹果串在一根柴枝的顶尖部位，然后将柴枝用力插入卷心白菜下面岩壁的裂缝之中。然后，他们穿过“雅各的天梯”往回走，回到了弹指山的山顶。从峡谷的这一边到对面，大约有五百多码的距离，卷心白菜，南瓜和苹果都清晰可见。铁匠趴在一块亮绿色的蔓虎刺树叶铺成的地毯上，他用枪瞄准前方进行观测，调整了一下窥视孔，用一个表面涂过油的光滑的刻痕，将一颗子弹压入弹膛，小心地瞄准目标，然后开火。白菜旁边的岩石，碎石飞溅。铁匠用一个小螺丝刀，再次修理了一下瞄准器，然后再次瞄准前方。步枪发出了一声响亮的爆破声，去年留下的那颗腐烂的卷心白菜，正巧裂成了两半，其中一半翻滚着坠落在瀑布上。约瑟夫站起来，把枪交给摩根。“现在轮到你来熟悉一下了。熟能生巧，实践可以使你的技术更完美。所以这需要不断的练习。枪已经足够准确无误了。现在一切都取决于枪后面的人，要有耐心。”

摩根用一只手举起步枪，然后开枪。在山胡桃树杈上的南瓜爆裂成数千个碎片。惊讶的铁匠看到，橘红色的硬壳碎片和黄色的南瓜瓤，溅在胡桃树的树干上和附近的月桂灌木丛中。当他在为自己锻造的枪感到惊奇不已时，枪法技巧极其精湛的摩根·金内森，再次让步枪发出一声响亮的声响，瞬间柴枝顶尖上的苹果也随之消失了。

枪声在峡谷中回荡，许久才逐渐平息下来。“这是一支非常棒的枪，”摩根说，“我希望我可以付给你钱买下它。”

“不用付钱了，”铁匠说，“我从来没有见过这样精彩的射击。”

“皮尔格林，我的哥哥，他的枪法比我还要好，不过那是他放弃射击之前的水平。”

约瑟夫笑颜舒展，而他丰富的表情中，却没有了赞誉的表达。“摩根，”铁匠说道，“我承认，我心底是多么希望能和你站在一起。自从花斑母牛被射杀，以及疯狂的子弹射向我的孩子们之后，我的愿望就是，希望我的祈祷能够得到上帝的宽恕。我的标志符号 Algiz，有两方面的意味。一个是保护他人，另一个是自我控制。所以，无论如何，我都会提醒自己要克制。我担心我的自我控制能力还远远不够完善。你还认为，我对我的妹妹的做法考虑不周吗？”

“是的。”

“好吧，我将会为彼此更好的相互理解而祈祷。与此同时，我能否为你提供一些忠告或建议？”

摩根点点头。

“从开始为你制造枪的那一刻到现在，你真正拥有了一支约瑟夫·梵得雷特式的步枪，这支枪配得上你的天资。它的使用年限，要超过其他同时代的枪支。它非常超值，我年轻的兄弟。我把这支枪命名为‘正义女神’。但是不到迫不得已的时候，不要轻易使用它。我认为你不用它射击的时候，远比你用它杀生的时候要重要得多。你记住我这句话了吗？”

“我真希望我能留下来，更好地了解你和你的教友派同胞们，”摩根说，“感谢你为我铸造了‘正义女神’。请替我向格蕾特尔说声再见，好吗？”

“好的。”铁匠说道，他说这两个字时，摩根觉得，他语气中带着一种遗憾和慰藉相交织的情感，而这种情感，也正是摩根自己此时的感觉。

当约瑟夫·梵得雷特伸手握住摩根的手时，那种感觉，就好像将手放进了一个男人紧握的老虎钳中一样。然后，摩根头也不回地向南走去。

摩根的靴子差不多要被磨破了。那鞋底是如此的薄，以至于露水都能让它湿透。至于鞋面，他们早已脱离了脚后跟的鞋底。他曾向约瑟夫·梵得雷特要过两根绳子，用绳子将它们绑在自己的脚上。也许过不了几天，他可能就要光着脚走路了。已经走了这么远的路，他相信他的鞋，可以坚持到他走完去葛底斯堡剩下的路程。他不相信他还会继续光着脚，虽然一年前，皮尔格林曾在信中写道，许多叛乱分子都是打着赤脚上战场的。皮尔格林来自康科德的作家朋友，H．D．梭罗先生，曾在他的著作中写道：“要关注需要衣服的事业。”但关于鞋子他没说什么。

摩根从一位德国教友那得知，葛底斯堡有一家做鞋的工厂。他仅剩下很少的一点钱，但他相信他可以为他们提供易货服务，来换得一双靴子，鞋袜到那天都重新订购。

在他离开梵得雷特地区后的那天上午，天空开始下起了雨。刚开始，轻柔地飘着毛毛细雨，但很快密集而猛烈的暴风雨直接斜打在摩根的脸上。他很高兴，他和约瑟夫花时间一起将“正义女神”蓝色。倾盆大雨持续了整个上午。刚收割过的干草地和长着嫩苗的稻田，还有绿叶树林，在从西边汹涌而来的雨水中变得模糊。

倾盆大雨，猛烈地敲打着地面上的一切。军队的一列列火车，在摩根走着的这条泥泞的红土路旁边的铁轨上驶过。但是，由于天气的原因，新兵们都挤在车厢里面。没有人向他射击，也没有人向在雨中凝望的黄牛射击；没有人向农户家的烟囱顶管开枪，更没有人朝草地上潮湿的蜂箱开枪。

一年前，反叛者已经遍布这个国家。在他们摧毁过的土地上，房屋和谷仓都被烧毁了，只留下被烧的漆黑的地基和残垣断壁，其他农场和建筑未受影响。摩根感觉到一种很奇怪的慰藉，他知道皮尔格林，曾经就在这些地方，同等对待地为北部和南部的士兵治病疗伤。在战前，皮尔格林曾在信中说到，在制鞋业的小镇上，有一所神学院。他说，他最大的愿望就是，有一天，摩根能够去大学上学，并研究某一个专业。现在，这条乡村公路就是摩根的大学，努力坚持就是他的专业。他行走了双倍的时间。葛底斯堡已经不远了。

经过一小块烟草地时，他摘了一片宽阔的绿色烟叶，用手指将它捻碎了。被揉碎的叶子散发出一阵醉人的气味。他把叶子的碎片放到舌头上，但马上又吐掉了，它的味道像苦艾。

神学院和它下面的村庄，有幸没有在战斗中被摧毁，虽然子弹已经嵌入到一些石头房子和店铺的墙壁上。斑驳陆离的砂岩，吸住了很多偏离方向的子弹，这些子弹就像是粘在墙上的泥块。鞋厂现在正忙于为北部的军队制作军靴。当摩根请求用一天的劳动换一双靴子时，在大门口的出勤计时员嘲笑他，并将他赶出了工厂的院子。他认为摩根肯定是一个逃避征兵的怯懦的黄毛小伙子。他的计划到此为止，就是要在葛底斯堡弄双鞋袜。

“金内森？你是说皮尔格林·金内森？这是一个很奇怪的名字，你以为我记得这个怪名字吗？”一个负责挖掘战场坟墓，并将墓中死者的尸骨移至山上的新公墓的军需官，拿着他的登记表查阅了一遍，“没有，在这沓名单里没有这个人，男孩。哦，也许在那沓登记表里，我记得那里好像有一个叫‘金内森’的名字。”

当军需官查看另一沓不同分类账簿中的花名册时，摩根屏住呼吸，他的心跳似乎就要停止。“他在这里，我的上帝，就是他。‘金内森，约翰。新纽约军第四十四届上校。1863 年 7 月 3 日受伤。1863 年 8 月 20 日转至埃尔迈拉。’迄今为止，这是我们这儿有记录的唯一一个金内森，男孩。也许你哥哥，他遗留下来的东西，能重新被发现，但对此我不敢下太多的赌注。我们在壕沟中发现他们时，有些人已经散发着腐臭味。我们几乎无法从灰色制服中分辨出穿着蓝色制服的我军将士，因为他们的衣服都被炮弹毁得面目全非、惨不忍睹。”

摩根不知道自己将被带往何方，他走下小山，朝着掘墓人走去。他在一群衣着华丽的参观战场的男女度假者旁边停留了片刻。有一个衣着和长相都很奇怪的小伙计，正在以极其自信的口吻向那群人发表演说。他穿着一件蓝色的夹克制服，头上戴着一顶神气十足的蓝色骑兵军官帽，帽子上还系着一根长长的鸵鸟羽毛。

“特洛伊战争的步兵们，不是因为这种强制的力量，才被一个紧挨着一个排列的。”这位演说者咏叹道。他的小脑袋低垂着，脖子细得几乎和一根芹菜茎差不多，而他的脑袋与脖子的中心位置也稍微有些偏离。“但是，我亲爱的朋友们，不要以为我向各位的报道，仅仅是站在一个历史学家的角度来说的。我的资格证书？我，一个联邦组织的间谍大师，是将军们在战场上的指挥顾问。一开始，当我们了解到弗吉尼亚人召集了七万部队向这里进军时，正是我向将军提了一个建议。我建议，在这种情况下我们首先必须占领高地。格兰特[1]对我说，‘加里克上校，问您一句话，先生。那座高高的圆顶山，是否是我们应坚守的最佳高地？’我说，‘是啊，对！奥德修斯’，——我总是这么叫他，用他那不错的罗马名字的希腊版本，这是我和他之间的小玩笑。——‘对啊，奥德修斯。那个大的圆顶山，是我们制胜应该坚守的一个极好的地方。’”

这时，一个装着一条木头假肢的过路人大笑起来。“刚才你提到的那位将军，在去年夏天这个战场的五百英里范围之内，并不存在。”他说，“我根本就不相信你。”

“你尽可一笑置之，先生，”这位演说者以一种受伤害的语调回答他，“当时，你在这里吗？或者，当听到我们连续开炮的声音从远处传来时，你正在费城[2]名门世家的上流人士之中，与他们一起狼狈地跳进马车中，逃到纽约州去吧？嗯，先生？嗯？”

小个子以做作的手势指向那片土地的上空，那不到一年前被枪炮击打成碎片之后的残破桃园。“从得克萨斯州来的长脚叛乱分子，在那个果园里狂轰滥炸，他们发出反抗的尖叫声。请问，你们想听听他们那无耻的叫喊声吗？”

围观者人数越聚越多，现在大概有三十多人，他们向这个此刻现在穿上了一件灰色上衣、戴着联盟军用帽的小矮人导游表示，他们非常希望听到反叛者的呼叫声。

“很好。”他说。他那火红的眼睛快速向四周扫视了一圈，然后突

① 指尤利西斯·格兰特，美国南北战争后期联邦军总司令。

② 费城，美国宾夕法尼亚州东南部城市。

然发出了一声尖厉的假声，并发疯似的冲向度假者，周围的度假者都在惊慌的混乱中四散逃开，唯独那位假肢男子，冲着演说家的脸笑了起来。

“但是，我们仍然坚守在我们的阵地上，善良的人们，”演说者接着说，“当南军士兵在那块著名的‘调皮鬼积木’大岩石下进军时，他们遭到了我军交叉火力的夹攻，像被赶进屠宰场的绵羊，他们被杀得片甲不留。啊——！啊——！我们听见了他们的惨叫声！啊——！”

“在他的士兵数量和武器数量都处于明显劣势的情况下，是什么使得那个在西点军校接受过严格训练的南方人，仍认为他能够攻下这两座山？”一位穿着佩斯利螺旋花纹背心的年轻人问道。

“为什么？因为他在不久前的几场战争中，也是在兵员和武器上都处于劣势的情况下，取得了一些阶段性的小胜利。以前他是以优越的战术打败了他的对手们，而这次他还是一成不变地将那种思维方式，运用到葛底斯堡战役中来。”

“胡说。他是因为没有了其他选择。这一切都是一种绝望的挣扎。”假肢男子喃喃地说。然而，那群人都被小矮人导游的演说迷住了，人群对诋毁演说者的人发出了一阵嘘声，让他保持沉默。

“咳，在那里，”这位自封的间谍大师继续说道，他脱掉了自己的灰色外套，重新换上了蓝色夹克，却忘了摘下他的联盟军帽，“那个小山头，由来自缅因州[①]的博学多才的教授统辖，他就像在塞莫皮莱[②]的列奥尼达[③]一样，一直坚守在山顶上，直到他和他的同伴们弹药耗尽。与此同时，叛军们的进攻之势也越来越猛烈。他们的进攻目标是什么呢？起码是要夺取我们的小山丘，并且包抄我们部队所在的另一个更大山丘的侧翼。当时，我正好及时赶到战场，建议那些缅因州人

---

① 缅因州，美国东北角的一个州。

② 塞莫皮莱，希腊东部一多岩石平原（古时曾是一山口）。

③ 利奥尼达（约前508—前480），古希腊斯巴达国王，斯巴达三百勇士的统率。

端着刺刀往下冲，尽管他们枪膛里并没有子弹。哦，好家伙！我们在剖他们的腹，从背后刺穿他们的身体，在我们面前驱赶他们，就像封建领主从神殿里驱赶牲口一样我们将他们赶到一个‘魔鬼圈’中，并在那里再次展开了全面的屠杀。阿耶！我们做到了。皮克，皮克，杀呀，刺啊。啊——！啊——！”

当这个小矮人大嚷大叫时，他同时似乎在直视着摩根。

“嗨，看这儿，先生，这是真的吗？”那位无所畏惧的独腿男子说道，“你怎么能在同一时间，出现在战场上的多个不同场所，并且还能做这么多事情？”

“嘘——！嘘——！”人们发出一阵起哄的嘘声，但小个子使劲地挥手，示意他们安静下来。“我想，我们当中有一个老爱唱反调的人，”他说，“我再问你，老玛土撒拉。你在吗？”

“我在，”那人说，“我告诉你，你说的都不对。你是个无耻的撒谎者。我可以当着你的面这样说。或许你是想捍卫你的荣誉，以此换来更多的收入？”

“我不屑于把自己的尊严降到如此之低。我不是个一瘸一拐走路的跛子。我也无法去证实。”

面对围观者的一片“嘘”声，那个独腿男子转动了一下他的木制鞋跟，然后“蹬蹬蹬”地走开了，演说者喊，在这之前，有一些游走在这片大地上的嘲弄者，他们嘲弄讲述真理的人，但讲述真理的人远比他们伟大。他接着说，他将带领众人到公墓中去，直接向人们展示战争的恐怖场面和战争所带来的可怕的战利品。在他说话的同时，公墓中的尸骨，正在被人移到山顶的新墓地中去。演说者一直喋喋不休地说个不停，根本不理会转移尸体的工人。他叫喊着说，敞开的墓穴所散发出来的难闻的恶臭味，比阿拉伯半岛所有的玫瑰精油的气味还要芳香，是的，战争浓郁的乳香。那个疯子爬进集体骸坑，举起一些骷髅头和已经褪色的蓝色及灰色的衣服，以及散落在墓穴中的像一支支白色粉笔一样的手指骨。

“一个六便士的硬币在自然条件下，可以保持七年时间。”他说道，“哈哈！不过，我担心这些可怜的家伙身无分文。哦，亲爱的朋友们，也许你们能在公墓里看到硬币。敌军发动了最后一次猛攻，他们连续不断地向山头冲上来，冲到我们加农炮的炮口之下。我们集中火力，密密麻麻的炮弹向他们扫射。但是，他们继续向我们冲过来。到最后，我的战友们，只有很少一部分人还有武器。我很遗憾地告诉大家各自逃命。是的，据我所知，他们有的已经逃走了，有的正在逃跑。不过，我还是惊喜地大喊道，‘这里有两个霰弹筒！孩子们。这里还有一枚为约翰尼留下的葡萄弹。’敌军正在一步步地逼近，现在只有三十步之遥了。不，只有二十步了。当他们到达距离我们十码远的地方时，我们像在特拉法尔加海战中的纳尔逊上将一样，向敌军喷射。我们之中，有没有今天下午从佛蒙特州来的旅客？有吗？穿着流苏夹克的那个高个小伙子，你是吗？那是非常必然的结果。在我的劝勉之下，第二十二届从佛蒙特州来的士兵，死死地坚守着阵地，他们像黑豹一般勇猛地战斗。我们的大炮，使得那些正在冲锋的南军士兵最终没能突破防线。这看起来似乎是一件很壮丽的事情。然而，看啊！这些可悲的骨头、破布和一些腐烂的肉体碎屑，就是这场战争所留下的全部。”

与游客恐惧的反应迥异，这个人却在陶醉般地抚弄着军服的碎片和小块的人骨，他对这些东西“呜呜啊啊”地说着什么，就好像正在和一个婴儿说话。人们用带有香味的手帕使劲捂住嘴巴和鼻子，一路呕吐着，跌跌撞撞退到山坡上去。正如命中注定的那样，南方军队的冲锋已经告一段落。

“等等，等等，亲爱的观光者们。”这个心理变态的恋尸者喊道。他把手伸进他的旅行袋，抽出一顶黑色的大礼帽和一串挂在绳上的假胡子。“请再多逗留一刻。你们还没有听到我的总督演说呢。‘八十——’噢，佛蒙特州的男孩。我的听众在哪里呢？他们到哪里去了？来吧，现在。让我们抛开他们，单独到‘杀戮圈’里去。”

在他们行走的路上，摩根的导游，现在又戴上了假胡子和大礼帽，他说：“你能为我保守一个秘密吗，男孩？我正在写一本书，一本关于这场伟大战役的书。”

摩根，对南北战争最血腥的战斗现场，那可怕的闹剧场面，感到震惊和恐惧。这个地方，就是他心爱的哥哥最后一次被人看到所在的地方，他不知道该说些什么。“我认为你已经写了许多书。”是他应付小个子导游的唯一语言。

那个疯子说：“为什么不，先生？但是，这与祈望有什么关系？任何傻瓜都会写书。关键需要的是时间，写书对其他条件的要求倒不是很多。我这本描写战争的书，将可以还原历史的本来面目，因为我的写作素材来源于现实生活，而不是取材于他人的书籍或第二手的报告材料。”

“你认识一个来自佛蒙特州名字叫金内森的陆军医护兵吗？”

“对这个人，我略微了解一点。所有的报道都说他是一个非常好的绅士。但是，还是让我们回到我的书的进展这个话题上来吧，因为我最喜欢谈论它。我在这里看到了这一切，并且我会像戏剧表演中那高尚的福丁布拉斯[①]一样去四处游走，带上我写的书，它将讲述这里所发生的一切。你熟悉那位不朽诗人[②]笔下那个老丹麦王子的人物形象吗？”

“是的，我熟悉。”

“你认为这个人物形象怎么样？”

“他出场的部分很精彩。在戏剧扮演的重要部分中，我会扮演邪恶的叔叔。”

“是的，但是，到那时就没有戏剧了，或只有一个很短的片段。你还记得波洛尼厄斯[③]在哪个地方一命归西的吗？”

---

① 福丁布拉斯，英国莎士比亚戏剧《哈姆雷特》中的挪威王子。

② 不朽诗人是指莎士比亚。

③ 波洛尼厄斯，莎士比亚悲剧《哈姆雷特》中的人物。

摩根还没来得及回答这个问题，斯特普托已从他的蓝色外衣中，抽出了一根寒光闪闪的长锥子，同时嘴里发出疯狂的嚎叫声，向他的目标受害者猛扑过去。摩根已经认出了他就是那个曾枪杀过孩子们的杀手，那一刻他早有防备。摩根径直向前快速迈了两小步，抓他个措手不及。斯特普托正要把锥子刺入摩根的脖子之时，他发现自己已被“正义女神”末端上的吉卜赛匕首刺穿了。摩根握着步枪，举起尖叫中的演说者，直直地朝一棵枯萎的桃树跑去。那恶魔像一只在大头针上蠕动的苍蝇。摩根用力将穿过那恶魔身体的匕首尖刺入一棵两年前还能结出香甜水果的枯树干。他站起身来，注视着斯特普托，这个恶魔仍然活着，双眼瞪着摩根。

“谁派你来的？”摩根问道。

他没有说话。

“谁派你来的？”摩根再次问道。

“哦，你不必烦躁，小伙子。他们会在你找到他们之前，先找到那个女孩和那块石头。”斯特普托说，“到那个时候，你偷来的所有东西，亲爱的黑鬼，那些所谓的站长，都将死得比我还惨！”好像是为了说明他的观点，斯特普托发出了最后一声痛苦而充满抗议的尖叫，然后死了。

摩根猛拉了一下枪托，但刺刀嵌入了被火烧焦的树干中，就像刺入石头之中的神剑。他用脚踩住斯特普托的胸部，用力往回拉。当掘墓者们从山上跑下来时，摩根正手握枪托，一圈又一圈地快速旋转“正义女神”，直到拔出这柄将这位总督的化身串在树干上的刺刀。

退回到凌乱的巨石之中，摩根将一颗子弹压入他的枪管弹膛里，左右挥舞着枪支，墓地工作人员看到了这一切，吓呆了。

“不要跟着我。”他说。

当他转过身来，开始向树林奔去时，他听到有人在尖叫，那尖叫的声音大于任何一个叛军的叫喊。摩根意识到这是他自己的声音。

第六章

Gebo

X

由于摩根曾向约翰叔叔承诺过，到达葛底斯堡后会给家人写信，所以他给亲人们写了一封信。信中告知家人，他在葛底斯堡没有发现皮尔格林的任何踪迹，现在，他认为他的兄弟可能被军方抓获，或者有可能为了避免被捕，而独自逃往南部。他说，他将很快到达敌人的后方防线。大概几个星期之后，他会想办法给家人写下一封信。

一个星期后，天空又下起了雨。刚开始，只是大滴的雨点飞溅在摩根耷下来的帽子上和他所行走的陡峭的山路上。后来，冰冷的雨水倾泻而下，将他淋成了一只落汤鸡。他回想起上次发烧的时候，留在大伊娃位于巴克伊特斯山上的蒸汽小屋里的情景。此时，感冒发烧再次侵袭，在他一直向南行走时，他几乎不能确定自己看到了什么，也不知道自己在想了些什么。河水中漂浮着一大片熟透的橘红色的野生大南瓜，它们顺着泛滥的褐色河水漂浮到一架长长的廊桥之下。这是南瓜洪涝，但是，现在距离南瓜丰收的季节还有三到四个月呢。当他步履维艰地行走在蓝岭北部山麓那寂静的山脊上时，他发现他已经没有了时间概念，现在可能是上午，也可能是傍晚时分；而且对于几个小时以前，他所经过的乡村，也没有任何清晰的记忆，是空旷的田野，林地，还是村镇的街道，他完全记不清。

他来到山脚下的一个小镇，路边的指示牌上写着“梅森或迪克森”。这个叫“梅森或迪克森”的村镇，坐落着几幢由漂亮的石头、红砖和装饰华丽的木头砌成的房屋，给人雄伟而庄严之感。然而，这个地方似乎很荒凉。在前面的村镇的公共绿地上有一台抽水机，但是当摩根试着压那把手时，一股白色的沙流从壶嘴倾泻出来。

在村镇的南面边缘，有一只陆龟正在从容地横穿大路。它的外观看起来像个四四方方的盒子。这只乌龟大约有一只餐盘那么大，外壳两边点缀着黄褐色和橙色混合的方格子图案的斑纹。这将是使他高烧消退的好汤，摩根想。乌龟停下，伸出皮质般的脖子，用它那平静的黑眼睛看着摩根，然后张嘴说话。“我的名字是皮尔格林，”它说，“我可以告诉你这个小镇的名字是怎样得来的，还可以告诉你去哪儿寻找和我同名的人，你的兄弟。但如果你把我吃了，我就不告诉你。”

“说说你的故事吧。”摩根说。

这只爬行动物，以善于讲故事的人那成熟老练的口吻，开始讲述它的故事。“你要知道，摩根，这个村镇住着两兄弟。他们的名字是梅森·亚历山大和迪克森·亚历山大。两人都是律师，并且也是很有学问的人。你看到那两幢隔街相望的雄伟的房子吗？那是亚历山大家族最初的家园。梅森住在我们右边那幢橙色砂岩砌成的意大利风格的房子，兄弟迪克森居住在对面希腊古典式建筑的白色大房子里。很好，在那时。随着时间的慢慢推移，他们的律师事务所，‘梅森和迪克森·亚历山大律师事务所’，蓬勃发展。然后，他们就开始吵架。”

“为了什么？”摩根问。

“为了一个命名。”

摩根盯着说话的乌龟。

“确实是为了这个，”它说，“确切地说，是为了给梅森或迪克森这个小镇取个什么名字。他们为此事争吵了四十多年的时间。在此期间，没有人知道这个地方叫什么，所以他们把它说成‘梅森或迪克森’。最后九十多岁的老人梅森·亚历山大，走到他步履蹒跚的兄弟跟前，将他一枪打倒在街上，一次性永远地解决了所有的争端。就在那天晚上，迪克森的年龄最大的儿子，七十三岁的小迪克森，枪杀了他的叔叔梅森。从那天起，他们的恩怨永无了结。这变成了纯粹的战争。摩根，从那时起延续了四代，每隔几年，就有一个亚历山大开枪或用刀刺杀另一个亚历山大。都是因为一个命名。我不会麻烦你了解残酷的详情。在当时，两个部族互相开枪，从那以后，其他任何在这个城市生活的人，也都感到不安全。‘梅森或迪克森’这个小村镇，已经连续十年是个空城了。”

“在斗争开始之前，他们为什么不互相妥协呢？他们为什么不把这个小镇叫做‘亚历山大’？”

“的确，为什么不这样命名呢？”

“难道他们之间的战争，在一定程度上是不可避免的吗？”

“至少有一方应该这样想。”

摩根又开始发烧。他需要找到一条溪水寒冷的小溪，或至少能找到一台抽水机，一台能涌出水而不是沙子的抽水机。他必须终止这种神秘的把戏——在一个名字古怪的废弃城镇，与一只爬行动物交谈。他对乌龟说道："你的寓言有什么寓意吗？"

“我不知道。”

“你不知道？像你这样夸夸其谈的家伙也会不知道吗？”

“我知道你应该在那个标志着‘Gebo’的地方，向那个漂亮的姑娘打听你的哥哥，”乌龟说，“我还知道，我喜欢成熟的红草莓。”

那只小动物继续穿越街道，逐渐从老梅森·亚历山大房屋外面的约翰逊草坪消失了。摩根向着前面高耸的大山走去。那天晚上，他的高烧降了下来。第二天早上，他怀疑，那个南瓜山洪、梅森或迪克森镇，还有与那只名叫皮尔格林的会说话的乌龟，以及乌龟给他的关于那个漂亮女孩和符文标志撩人心弦的暗示，是不是都是他自己想象出来的。

摩根穿过山谷和山岩褶皱区域，这里布满了各种妖娆盛开的杜鹃花，他继续向山上爬去。身旁大片金属颜色的杜鹃花，使他有些眩晕。这些色彩缤纷的鲜花，它们的指向是什么呢？自从离开佛蒙特州，他所看到的除了破坏和痛苦，别无其他。蓝岭这绚丽的春天，似乎是对人类所有努力的一种辛酸和苦涩的嘲笑，包括他这段寻兄之旅，原来只是一场徒劳，他走遍世界，只是在寻找一个很可能已经不再在世上的人。上帝也会嘲笑他出于一厢情愿的想法——那有点像上帝创造世界的方式。摩根没必要继续做这件身心都难耐的傻瓜的差事，而使自己蔑视和厌恶自己，这只会让上帝更加嘲笑自己。他可以在任何时候，自由地转身，并走回家。当然，对于皮尔格林，他在葛底斯堡已尽到了自己的责任，在那里他确实没有发现任何有价值的消息。至于用象征符号“X”和一个奇怪的洞穴入口图，标示在杰西的石头上的Gebo，摩根没有理由相信，他可以找到这个地方，更不知道他哥哥在那里的任何情况。他决定继续在蓝岭山山顶上的高地上搜寻，然后，如果他没有得到关于皮尔格林的任何消息，他将不再前进一步。

他爬到山峰的峰顶，发现有一处渗漏的水流从一块大岩石下涌出来。一棵树干扭曲的山毛榉树生长在岩石顶部的腐殖土层上，它暴露的根部伸到了巨石两旁的水中。他清除了去年飘落的尖尖的山毛榉叶，泉水很快就涌进岩石脚下的小洞里。他用奥古斯特·肖托送给他的雕刻着雪松的饮水杯，舀了满满一杯冰冷的泉水。茶叶颜色的水，尝起来有一种淡淡的山毛榉坚果的味道，泉水是如此的冰冷，以至于冷得他的前额疼痛。当他等待舀干的小洼地重新填满水时，他发现，在森林里那铺满树叶的地面上，有几只黑熊正在地面上捡食去年掉下的山毛榉果实。在这里的山上，摩根觉得有些像他刚开始时的老样子。自从那个朦胧的下午，他曾追随驼鹿远离家乡那边的山之后，他的麻烦就开始了。

这座向南延伸的山脉，正如它们的名字一样，呈现出湛蓝的颜色。佛蒙特州的山，很少呈现蓝色，也从来没有这样的阴凉处。它们最接近的地方在于，在薄雾缭绕的秋天的下午，都呈现出像摩根的眼珠一样的石板蓝色。刚刚流下来的渗水，汇集成了一条涓涓细流，它消失在绚烂的杜鹃花色彩中。在往西行远远不到十英里的范围内，摩根看到一条蜿蜒的波涛起伏的河流，他断定那就是谢南多厄河。

后来，他听到了狗叫声。它们正在摩根南行的这条道路几英里远的地方，向这边走来。摩根检查了一下他的步枪，以确保它各方面的情况正常,然后沿着山脊开始继续前行。从巨石中渗透出来的涓涓细流，朝着狗吠叫的方向流去。他沿着细流往前走，心里清楚地知道，他此时仍在南下，而不是北上。比不能抗拒地球引力本身更不能抗拒的是，某种牵动他心弦的东西，使他不得不这么做。他想，理由和决心到此为止。让上帝嘲笑他去吧。他的双脚听从它们自己的意愿。

他还没走多远，就听到一阵像是雪橇铃铛发出来的叮当响的声音从这条路上传过来。他走到一棵大树的背后，这种树摩根在老家金顿县从来没有见过。他躲在大树背后等待，想看看接下来将会发生什么。

一个人正朝他这个方向上山来。这是一个女孩，一个亭亭玉立的女孩。她的一双腿修长而纤细，裤子的颜色如刚发芽的樱桃树内部的颜色那样艳丽。她正迈着轻盈的脚步向前跑，当她沿途大踏步跑动时，挂在她脖子项圈上的铃铛发出叮当作响的声音。摩根两次越过她的肩头，往猎犬吠叫的方向望去。她穿着一件略显短小的衣服，衣服是金黄色的，像金凤花的颜色，齐肩的头发在阳光的照射下，闪耀着板栗的色泽。她看起来年龄和他差不多。她跑进了杜鹃花丛中，是的，她很漂亮——不只是漂亮，在各种粉红色、深金色、熔橙色和艳丽的胭脂红花丛的映衬下，显得更加可爱动人。然后，她像摩根脚下跟随的这条小水沟一样，消失了。

灌木丛像野生玫瑰花丛一样浓密。近距离耀眼的颜色不仅使摩根感到轻微的头晕目眩，而且它们似乎能使他嘴里产生一种刺激的铜质味。他跪下来，双手和膝盖着地，往山下爬行。他穿过像爪子一样撕扯着他的鲜花丛，沿着细水沟缓慢地爬行。他希望他不会遇到有幼崽需要保护的熊；在离熊窝如此近距离的地方，母熊将会把人撕得四肢分离、身首异处。在色彩绚烂的灌木丛中，他感到一股潮湿空气的强大气流。就像老家结冰的树林，森林里一片寒冷的区域，通常位于一条小溪旁的一棵高高耸立的阴森、灰暗的铁杉树下，经常会有一些恐怖的事情发生，如大屠杀或血腥的杀戮。就在前面，小水流经过一个悬空的石灰石悬崖之下，消失在摩根的视线之外。一股寒冷的气流持续地从小溪断流后的裂缝中冒出来。摩根意识到他找到了一个石灰穴，一个天然的地上烟囱。

佛蒙特州有几个洞穴。花岗岩的基岩太坚硬，以至于水流无法穿孔而过——它的倔强和坚韧就像佛蒙特州人自己的品格一样，阿加西教授曾这样和皮尔格林开玩笑。当摩根沿途跟随的细水沟流入在他两手和臀部旁边的烟囱时，那个洞穴散发着寒冷的气息，像他的父亲在家里做的冰窖。“你好，”他喊道，“我的名字叫摩根 · 金内森，我来自佛蒙特州的金顿县。我的意思是，我对你不会有任何伤害。如果有人在里面，你能回答我吗？”

“喂，你好，你好，你好，”他的声音在四周回荡，“你能回答吗，回答吗，回答吗？”当他俯身向前，去仔细听里面的回应时，他的脚没有踩稳脚下的碎石，身体失去了平衡。这些石头从他身下滚了出去，然后，摩根掉进了下面一个阴暗的地方。

“嗬，小伙子！你是什么兵种？你是从金顿县来的摩根·金内森吗？你难道不能保持直立的姿势走下这座小山吗？”

在闪烁的火炬光中，留着栗色头发的女孩，笑着向他走过来。她似乎被他不幸的闪失逗得很开心。当她弯腰察看他的眼睛的时候，缀在她脖子项圈上的铃铛发出轻柔的叮当声。

“我的枪！”

“别担心，你的枪好得很。你敲敲自己的脑袋，小孩。”

这个女孩端着一个锡杯给他喂水喝，她抱着他喝水时微微颤动的头。他要在后脑勺打一个漂亮的结。

“你不应该到这里来，来自金顿县的摩根·金内森。只有黑人们理应知道上帝的心。”

摩根又喝了一点水，“你叫什么名字？”

“老约翰·布朗，下次再问我，我会把你敲倒在地，除非你一开始就倒在地上。斯莱德尔是我的名字。斯莱德尔·克拉特若·丁威迪，因为我的祖母来自路易斯安那州的斯莱德尔。”

“我知道你是谁,斯莱德尔。我曾在一份报纸上读到过关于你的消息。”

“那是很早以前的事了！”

“这是真的，我读到过。在一篇通告里提到，奖赏五百美元，为让你返回到田纳西州。你的名字真的叫斯莱德尔？我以前从来不认识叫斯莱德尔的任何人。这是一个好名字。”

“这是一个愚蠢的名字。用一个小镇的名字，来为一个妙龄的年轻女子起名字，一切不过如此。你会喜欢自己的名字叫‘金顿县’吗？然后，你还不得不这样说，‘我的名字叫金顿县，我来自佛蒙特州的金顿县。’我的第二个名字更糟，叫克拉特若（Collateral[①]）。当我的名字被割裂开来念时，第二个名字就表示家族中旁系抚养的孩子。”

“这个山洞，你叫它什么名字？神之心？”

“你问的问题一大堆，摩根·金内森。难道你母亲没有教你问这么多问题是很不礼貌的吗？”

这个女孩和善地看着他。“喏，”她说，“坐起来。尝尝斯莱德尔做的鱼。鲶鱼，只有在这个洞穴下才有的鱼，它们像棉花一样白，像蝙蝠一样双目失明。你问这只飞鼠？我有一个用靴绳做成的吊袋，看见

---

① Collateral，英语中表示“抵押品”，“附属的”，“次要的”的意思。

了吗？看到这个小袋子了吗？我在小溪里捡了一个光滑、圆滚的石头放在里面，它在我的脑袋周围转动，像亲爱的小戴维。不过，我得时刻当心飞鼠先生，防止它直接飞进斯莱德尔的煎锅里。哎，这是一只母负鼠的后腿，男孩。母负鼠是这里最好吃的东西了。用负鼠自己身上的脂肪，煎炒出来的负鼠肉，是不错的益智食物。”

“这是什么？”摩根说，“是鸡吗？”

“鸡？在地下这个荒凉的洞穴中，斯莱德尔上哪儿去找一只鸡？这是极补的蛇，男孩。它可以让你像老奸巨猾的人一样狡猾、奸诈。”

他咬了一口蛇肉，味道相当不错。摩根闻到了一股清香，类似于生长在家乡大山上的常青树在春天新雨之后所散发出来的气息。也像他放在鱼篮里，为给鳟鱼保鲜的蕨类植物那芳香的气味。

摩根检查了一下“正义女神”，枪托的底部擦损了一点，除此之外，似乎没有受到什么损坏。他站起来，由于起来的速度太快，他的头像约瑟夫·梵得雷特的橘红色南瓜一样，有种瞬间爆裂的感觉。站稳后，他惊讶地发现那个女孩是如此之高，只比他矮两三英寸，他认为自己已经长得够高了，也许离开家乡后，还长高了一些。

“我需要上去，斯莱德尔。”

斯莱德尔摇了摇头。“你没有听见那些狗的叫声吗，男孩？在它们到来之前，我们需要进入洞穴更深处。”

他们沿着水流上方凸出来的岩石行走，斯莱德尔的松木结火炬，照亮了他们通道两旁那潮湿洞壁上的许多荒诞的图案。他们进入了一个广阔的洞穴，斯莱德尔点燃了固定在洞壁上的那些火把。摩根为这个地下画廊的巨大空间感到惊讶，它足可以容纳十个他父亲的干草仓库，而且还绰绰有余。

“你瞧，小孩，”斯莱德尔低声说，“上帝的心，Gebo。大约六千年前，当年迈的上帝，专注于创造星星、大海，以及所有在地上爬的和在天上飞的动物时，他第一次来到这里，试图伸出他的手。看到了吗？他创造了一切事物的影像。这个大房间就是他的犹太教堂。那边那块石头呢？形状是不是像一个箱子？这就是约柜[①]。不！你不要动它，它会像炸一条鲶鱼那样炸熟你的手。”

在火炬之光的照射下，约柜闪耀着地球上各种丰富多彩的色调——棕褐色，铁红色，土黄色，琥珀色。在它的一侧刻着象征符号“ X ”，它的读音是 Gebo。斯莱德尔将她的火炬举过头顶。“鱼的讲话，”她说，“看这里。”

在他们头顶的洞壁上，有一条橙色的原始鱼类的图案。“第一条鱼，”斯莱德尔说，“所有其他的鱼，都是以它为范本的。”

“这是一条什么鱼？”摩根问道。

“上帝之鱼，”斯莱德尔严肃地说。

“那是什么？”摩根指着一个高大的白得像雪一样的石笋问道，它看起来像一个回首望着他们的女人。

“罗得的妻子，”斯莱德尔说，“我的外祖父发现这个古老的洞穴是在五十年前。他给它命名为 Gebo，上帝之心。还有那些名称：约柜，上帝之鱼，罗得的妻子等等，都是我外祖父命名的。”

在“罗得的妻子”往前一点的地方，小溪流注入一个小湖泊中。一块突出的岩石，悬空在水面之上，形成了一个低矮的天花板。湖面之下，有一座令人惊叹的小城。有高耸的石塔楼、护墙、城垛和筑垒，有金碧辉煌的林荫大道，教堂的尖顶有数百英尺高，它的颜色有宝石红、艳蓝色、金色和翡翠绿。斯莱德尔笑着指向石头天花板。在火炬光的照射下，摩根

---

① 约柜是一个木制的柜子，里面放着刻了“十诫”的两块石头板子、一根摩西的哥哥亚伦曾经用过的手杖、一个用金子做成的罐子，里面装着以色列人在旷野漂流时期所吃的吗哪。约柜放在哪里，那个地方就代表有神同在。约柜在旧约时代以色列人的心目中，就是与神同在的象征。失落的约柜，是圣经史上最大的谜团之一。对于信徒们来说，约柜里装有上帝亲手书写的“十诫”，隐藏着上帝与人类的终极链接。《圣经》里也多处记载了它的巨大威力：诸如夷平高山，摧毁军队，灭绝城市等等。

看到，庄严的水下城市原来是天花板上无数五颜六色的钟乳石的倒影。

“自由钟就在前面。要见见它吗？”

湖泊旁坐落着一块像金顿山教堂钟楼那么大的石头，形状像个有一边塌陷的带凸缘的钟。“这是钟内部的裂纹。我可以想象，圣父亚伯拉罕释放我们的那天，这座钟被敲响时，震动是多么猛烈，它靠右的这边都被震裂了。当时，斯莱德尔·克拉特若·丁威迪只听见这个奴隶项圈上的铃声。”

“奴隶项圈是什么，斯莱德尔？”

“呵唷，男孩，奴隶项圈会发出叮叮当当的声音，所以，如果奴隶逃跑的话，奴隶捕手听到这个声音就知道她在哪里，然后把她抓回去。在这之前，我逃跑过三次。在第三次之后，主人给我戴上了这个项圈。我郑重发过誓，在我往后的余生中，决不摘下这个项圈。我每一分钟都不会忘记自由的意义。”

摩根仔细查看那座自由钟。在长裂纹旁边有一个刻痕，看起来像是一个符号，但不是他在杰西的石头看到的或从巨大的平衡砾石上看到的符号：“ᐊ”。

他用食指跟着这个象征符号的痕迹摹写了一遍。“这是什么意思，斯莱德尔？”

“意思是你问的问题太多，男孩。”

他看着她。

“它的意思是‘他们来了’。现在你随我来，快点。”

他们来了。杰西也说过“他们来了”这句话。谁来了？摩根很想问，但斯莱德尔已经对他产生了很大的怀疑。

他们冒险进入山洞更深处。摩根设想，如果斯莱德尔的火炬熄灭了，他们可以沿着这条小溪流折回，现在他被绊倒在一个天然石阶旁。他们爬下一级一级的石阶。斯莱德尔密切关注着他，看他是否需要帮助，但他似乎已从刚才的跌倒中恢复过来。“你看那里，男孩。水滴遍布在这些柱形物上。听见音乐了吗？像夜晚风吹柏树的声音？我把这些柱形物叫做‘上帝的管风琴’。这音乐也相当的动听。”

斯莱德尔用手指着远处，“你看那边。那个溪流变窄，大门紧闭的地方。看见老歌利亚[①]了吗？”

他们涉水而行，走进齐膝深的溪水中，穿过位于“上帝的管风琴”后的一个狭窄的峡谷，洞壁摩擦到了摩根的肩膀，使他不得不侧身前行。正前方从极高的洞顶悬垂下来一个巨大的武士造型的圆柱物。“你看，摩根·金内森，有巨人的胸甲。看到了吗？还有他伟大的投掷矛。”

小溪流从巨人的两腿之间流过，他张开的两腿，像摩根家里的插画本《古代世界奇观》里的罗得岛巨像一样。巨人被他头盔顶部的锥形顶尖悬挂在他们头顶的半空中。他们小心翼翼地从巨人下面穿过，随即来到了另一个地下湖泊。他们坐在一个多年以来冲刷下来的砾石上，并回头遥望那个在朦胧的光线中若隐若现的巨人。

当他们休息时，摩根对斯莱德尔讲述了他的一些经历。他告诉她，为了寻找自己的哥哥，他长期在南方长途跋涉。他描述了与萨巴蒂·泽比和来自巴格达的哈里发之间的相遇，讲述了他在西部大运河的冒险经历，还讲述了他是如何与大伊娃相遇，以及怎么遇见美国总统和鹊鸣的过程。

“那个不知羞耻的女孩多大年纪了？”斯莱德尔询问，“我是说那个鹊鸣。”

摩根怀疑她是嫉妒那个女孩。“哦，大约二十三岁吧，而且长得非常漂亮。”

“我怀疑她的年龄在十四岁左右，而且瘦得像根干柴，她就像长了胡子的雄山羊一样性欲旺盛，从她身上可能染上可怕的性病。”她假装不寒而栗。

“她只是一个小女孩，”摩根说，“我把她留在一个住在树上的女人

---

① 传说中的著名巨人之一。

那儿了。”

“你不会吧！现在斯莱德尔听到了这一切。”

当斯莱德尔向摩根讲述流经田纳西州的那条遥远而神秘的格雷斯河时，这两个洞穴里的逃亡者，将他们黑色和浅色的脑袋凑在了火炬光之下。斯莱德尔告诉摩根，她和她的小弟所罗门·丁威迪，都是在格蕾斯河畔的格雷斯种植园被抚养长大的；她的逃生路线是，穿过深山老林到达弗吉尼亚州和“上帝之心”（Gebo）这个地方。摩根也讲述了他是如何与斯特普托和先知进行小规模战斗的，并谈到他第一次战斗受伤后的恢复过程。他把“正义女神”放到他的膝盖上，并将枪口指向远离斯莱德尔的方向。他告诉她，在约瑟夫·梵得雷特的指导下，他用他祖父的老步枪和一些简单的农具锻造了这支步枪。他还描述了自己和约瑟夫是如何制造出米尼耶子弹的；以及最后把那些弹头镶着银的铅弹，带到一座高高耸立的叫做“雅各的天梯”的石桥上，趁热将它们从桥上扔到桥下的水池中去，通过这道工序使子弹最后成型。然后，他和格蕾特尔在远低于桥面的绿水池中，用脚指头触摸子弹。他还给她讲述了杰西·摩西的故事，但没有提到那个老奴隶的名字；还有他是如何伏击鲁狄，后来在葛底斯堡，是如何将斯特普托刺死在一棵枯萎的桃树上的。最后，他告诉她，在哈里发的帮助下，他是如何摧毁那个邪恶的外科医生的。

“这是一个很荒诞的故事，”当摩根讲完他的经历时，斯莱德尔气愤地说，“十条戒律你全部打破了，到处杀人，你还奸淫无助的幼女。你将不得不费很大的劲儿向圣彼得解释，你这个北方男孩。你使唤大象践踏百姓。在游历过程中，对那些在运河上的小孩和一个戴黑帽的年轻女教师着迷。你又一次彻头彻尾地统治了大卫，你还奴役这些长腿的巴斯希种族。”

“斯莱德尔，我没有对任何人着迷。听着，我想告诉你一些事情，一些重要的事情。当你到达加拿大，请直接去蒙特利尔，并找到奥古斯特·肖托，告诉他是摩根·金内森让你去的。他会帮助你。你应该立即离开这里。”

斯莱德尔皱起了眉头，好像正在被两个对立的思想撕扯。她拿出一个口琴，吹奏了《圣安妮的里尔舞》、《巴尤泰克的教堂》、《伊万杰琳的圆舞曲》。还吹奏了一曲《共和国战歌》，这首曲子是她来北方时，经过一条路标叫做“水葫芦路”的道路时听到的。在斯莱德尔停止吹奏之后的很长时间里，“上帝的管风琴”又将旋律的回声送回，像一万年前的里拉琴、塔波鼓和古钢琴弹奏出来的旋律，穿过洞穴里的许多巷道而传来的呼应和回响。触动心弦的音符，时起时落，让两位探险家如痴如醉。突然，斯莱德尔抓住摩根的胳膊。当音乐回声平息之时，他又听到了狗的叫声。

只听一阵嗜血的吼叫，一群跟踪猎犬，正从巨人两腿下面那宽广间距之间的一条狭窄水道游过来。斯莱德尔跳了起来，她掏出投石器，从生皮口袋里拿出一个石头，放在投石器的托架上，投石器托着石头在她的头顶四周飞旋，并飞快地将石头抛出，击中了为首那条猎犬的太阳穴。摩根往他步枪的弹膛里上了一颗子弹，并向前射击，打碎了第二条狗的颅骨。正当两个穿着工装外套、戴着高帽子的奴隶捕手，手持火炬直接出现在巨人下面时，咆哮的弹丸再次填满了枪膛。摩根再次射击，这次击中了石头巨人头盔顶部与洞顶相连的部位。巨大的钟乳石坍塌了。那里的通道被现在这堵石墙给堵住了，从洞底到石墙顶部有四十英尺的高度。

根据他猎人的敏锐感觉判断，摩根认为他们已经漫游到了下游，但是要更加深入到他的目的地，还需要几个小时。斯莱德尔的松木结快烧完了，她的烛光的供应越来越微弱。他们到了一个通道过于狭窄以至于几乎无法让他们通过的地方。另一个地方的洞穴通向中庭，这个中庭猛增的高度只能猜测出来。这些宽敞的大厅，通常有好几个走廊与之相通。摩根和斯莱德尔对小溪流的最终流向产生了不同的猜想。也许它最终会出现在一座山的山脚下，或不过是一些洞穴小溪流，完全流入地下含水层。而摩根能肯定的是他们必须继续下去,去找出答案,因为他们不能再沿着来时的路返回地面。

溪流的大小似乎保持着大致相同的尺度，六到八英尺宽，两到三英尺深。不知为什么，水流仍然从洞穴里的瓦砾中渗漏出来。如果他们能找到一条支流，也许他们还可以跟着支流回到地面。但是，他们没有发现支流。

当摩根在研究一座他想攀爬的山时，他几乎总是可以找到一条最快到达山顶的路线。聆听树林里的鸟儿歌唱，甚至是一只长脚猫头鹰的叫声，或是一只停栖在树木上的鹌鹑鸟发出的连续而有节奏的鼓乐声，虽然这种声音似乎是从东南西北四个方向同时传来，但他还是直接能步行到这只鸟出现的地方。只要让他扫一眼，他就可以说出一条小溪中，最大的鳟鱼在哪里。在一年最漆黑的夜晚，他本能地知道哪个方向是北方。而现在，在弗吉尼亚州领土之下，在这深深的石灰岩洞穴的中心地带，他感到十分无助。

“你在研究什么，男孩？”

“研究你呀。你确实很漂亮，斯莱德尔，你像一只小斑点狗一样漂亮。”

“太谄媚了，斯莱德尔竟使你想到了一条臭老狗。”

摩根笑了。她故意装作对他们现在的处境漠不关心。她正在勇敢地面对这一切，但他知道，她其实像他一样害怕。

“听着，斯莱德尔。我们要离开这里。我答应你。现在让我们稍作休息。然后，我们也许会有重大进展。我知道，这条小溪流的出口在山脚下，它可能正好流到一条江河里去。”

“如果我漂流时睡着了，怎么办？你答应我，不要离开斯莱德尔？”

“我决不会离开你的，斯莱德尔。”

他想起了杰西·摩西，曾被他抛弃在鲁狄和外科医生两人附近的枫糖营房中。

“摩根？你可以抱我吗？”

“我会的。”他说，然后过了很久，摩根也不清楚到底过了多长时间，他们在对方的怀抱中睡着了。他们醒来后，斯莱德尔点燃了她最后一根烛火。

“一个小时。”她说。

他们沿着溪流旁边一块突出的岩石前行，溪水围绕着狮子形状的岩石一分为二。“这是‘上帝的家猫’。”斯莱德尔说。

溪水越流越急，洞穴的地势急剧下降。他们可以听到前方瀑布低沉的水流声，又是一个狭窄的通道。现在他们涉入齐腰深的冰冷的水流中。斯莱德尔在前面领路，她尽量弯下腰来，手中的烛火触到了洞顶。“停止前进！”她叫道。

摩根潜入水中，在浪花中穿越，他用牙齿咬住滚烫的火烛，并开始下到瀑布后面那个凹进去的洞壁。垂直洞壁上有很多可怕的图形，并且洞壁上每一个狂野的构图还清晰可辨，这些富于启发性的壁画有洞穴熊、巨齿老虎、穿兽皮的男子，等等。他的脚触及光滑泥土的底部。他站在那里，对墙上的图像感到惊奇。图上有些男子在狩猎麋鹿，有些人在用矛刺水牛，还有一些人围坐在火堆周围。他明白，他已经来到了一个神圣不可侵犯的地方。对于古代与之具有相近血族关系的人来说，对于那些雕刻了鲸鱼和北极熊，以及雕刻了家乡山顶的平衡石上的神符的人来说，这个地方都是神圣不可侵犯的。他大声喊斯莱德尔跟着他下来。当她爬下来的时候，摩根用一只胳膊接住了她。他再次闻到了她炊烟的香气和第一个温暖春日里的树林散发的清香，还有佛蒙特州经过漫长冬季之后盛开的松香水花、野生薄荷花和苹果花的芳香。

他们手牵着手，在瀑布后面的洞穴房间里四处走动，好像在参观一个画廊的图片展览。图画中的男人和女人头发都很长。在一个图画中，一对年轻夫妇面对面坐着，像斯莱德尔和摩根一样手拉着手，好像正在举行婚礼仪式，男子戴着一副鹿角，女子挂着一个月桂花环。但是，最大的一个场景图画展示的是男子参加战争的场面，一些人正在向另一个人投掷矛。一名男子正准备粉碎一个举起大石头向他砸来的敌人的脑袋。另一个人，正在挖出牺牲者们的内脏，狼吞虎咽地吞食那些刚从体腔中掏出来、还带着体温的内脏。画中有一名男子，吊起一个婴儿的双腿，将其悬挂起来，用婴儿的脑袋撞击岩石，使其脑髓迸裂。还有一个男子，正在对一个女孩实施强暴。在战争笼罩的场面，有一个长着人身蛇尾老鹰头的神，体形是参加搏斗的人的许多倍。

“犹大！”斯莱德尔喊道。但摩根只是摇了摇头。往昔的先知是正确的。无论是 1864 年，还是一万年前，在太阳之下，并无新事，没有任何新事。

他们走出这个洞穴之中的洞穴，经过另一个湖泊旁的瀑布。湖泊的水有几英尺深，在微弱的烛光下显示出透明的绿色。在白色沙滩底部，摩根看到了一艘沉没的独木舟的轮廓。这是一艘保存完好的独木舟，一具石化了的男性骨架斜倚在独木舟的地板上。不知出于何种原因，摩根确定这个人，就是那个创造瀑布后面洞穴中壁画的画家。也许这个艺术家作为一个牺牲者留在了这里，也许他甚至是自己了结了自己的生命，因为他不忍心离开这个凝结了他无数心血、智慧和汗水的伟大创作的现场。

“我在格雷斯种植园的家里阅读过这本书。”斯莱德尔说道。当他们漂流到湖泊里的独木舟中，等待微弱的水流将他们从洞穴中送出去时，如果还有解脱的可能，那么这种可能就来自这样一个地方。起初斯莱德尔拒绝进入独木舟里，因为她害怕那具骨架。摩根用最后那根燃烧的烛火的末端，将男子的遗骨挑起来，藏进了一个不易被发现的图片画廊中。

“你是说《圣经》吗？”

“不，这本书叫做《汤姆叔叔的小屋》。我们的老主人阿诺·多米尼，如果一旦让他抓到我们在读这本书，他就会活活地把我们打得皮开肉绽。我讨厌它。”

“我读过它。我们全家人都读过它。它的故事情节不是那么准确吗？”

“不太准确。它应该反映残忍的老奴隶主西蒙·勒格里[①]摸进格雷斯地区的奴隶住所，阿诺·多米尼称之为繁殖牲畜棚，将他那卑鄙、淫秽的老公猪，伸进丽莎·哈里斯小姐的身体里，以繁殖更多的奴隶。刚刚过去的不久前，你把你的经历告诉了我，男孩。现在，我来告诉你我的经历。格雷斯山丘，位于广阔的田纳西州南部，这里的男奴隶主不只是研究如何种植棉花。不仅是如此，他还养了很多奴隶。斯莱德尔是幸运的。阿诺·多米尼让我当他的家庭女教师，教他的白人孩子说‘请’，‘先生’，‘谢谢’，‘夫人’。教他们背诵‘A、B、C……’，并帮他们擦拭雪白的屁股。你知道斯莱德尔中间的名字，是怎么得来的吗？Collateral（抵押品）？”

“我不知道。怎么得来的？”

“在我五岁之前，我是没有中间名的。在我五岁那一年，对于阿诺·多米尼自已来说，是一段糟糕的时期，首先是老象鼻虫，一批又一批地爬进棉花中；接下来，你知道，河流下游爆发了大洪灾。在这灾难中，我们的苦难还不算够多。斑疹伤寒又传染进了宿舍，有一半的人未能幸免于难。因此，老奴隶主把小斯莱德尔当作担保品抵押了，从而拿到了一笔在北方的一个奴隶买家的贷款。‘斯莱德尔，’他说，‘把那本记载了你名字的家庭圣经拿给我。’在那页标记着‘男奴和女奴’标

① 西蒙·勒格里，《汤姆叔叔的小屋》中的奴隶主。

题的页码上，在我的两个名字之间，他写下了‘Collateral’（抵押品）这个词。”

“你可以不用那个名字了，斯莱德尔。”

“是的，我可以不用它，但我还是打算用。就如我可以摘掉奴隶项圈，但我还是打算保留它一样。此外，我被人投了保险了。”

“被投保了？”

“你说得对。保险金额是两千美元。老丁威迪，也就是我们称作阿诺·多米尼的那个人，为我投了两千美元的保险。他也为我的外祖父和我的小弟普林斯·所罗门投了保险。我的外祖父为丁威迪家记账，并负责格雷斯种植园的所有账务管理书籍的工作。他被主人投了三千美元的保险。小普林斯·所罗门被投了一千美元。外祖父已教小所罗门管理书籍，因为所罗门是一个天生的奇才，他两点钟阅读圣经，三点钟的时候，就能将那些伟大的故事概要，在脑子里整理出来，他可以一字不漏地复述《孟菲斯公报》上‘奇妙的鲜为人知的事实’。这次之前的最后那次逃跑，我带着所罗门一起逃。丁威迪派追捕老手斯瓦格贝利带着猎狗在后面追捕我们，结果我们还没跑出十英里就被他们抓回去了，我们从来没有逃出过十英里。那之后，丁威迪为我打造了这个漂亮的奴隶项圈。同样，他们用烙铁在普林斯·所罗门的屁股上打上了一个烙印。”

“斯莱德尔，停一下。你刚才说的是什么意思？你的主人在你弟弟身体上打烙印？就像对待一头牛或一匹马那样？”

“是的，他们就是这样做的。我们的妈妈死于黑血病霍乱之后，他就是这样做的。如果妈妈还活着，他不敢这样做。阿诺·多米尼说，他给所罗门打上烙印，是为了更好地辨认他，以防他再次逃跑。我认为，他在小所罗门的屁股上打上烙印，纯粹是出自他卑鄙、邪恶的本性。更糟糕的是，他逼着我的外祖父亲自打烙印。他对外祖父说，如果他不用火红的烙铁烫小所罗门的话，他会把所罗门和斯莱德尔吊在一个竹笼子里，然后将我们活活饿死，就像对付其他逃跑的奴隶一样。他是多么的残忍啊。”

斯莱德尔停顿了一下。独木舟似乎在轻微地转动，好像某些轻微的水流在推动它。摩根可以感觉到这个女孩有点紧张。她也知道，他们是在移动，但移动的速度很慢。

斯莱德尔仍在停顿，当独木舟非常缓慢地漂流出那个洞穴中的画廊房时。最后她说："我的外祖父没有任何选择，摩根。他知道丁威迪的话是真的。丁威迪已经用那个竹笼子饿死了许多逃跑被抓回来的俘虏。外祖父不得不将炽热的铁块，按在小所罗门的身体上。然后，丁威迪还是把所罗门吊在那个笼子里，说他要在笼子里关他一个月，只给他吃面包和水。我的外祖父叫我想办法和找机会，并不要让人发现，一旦我们想出办法把所罗门从笼子里救出来后，我们三个人将一起逃跑。与此同时，外祖父叫我表面上仍保持一切如常。所以，我开始粉刷我们的小床和小屋内壁——这是黑血病霍乱发生之后我们经常做的事情。事情发生在晚上，关押所罗门的笼子，挂在河边的一棵柏树上。外祖父正在他的小菜园里工作，他的小菜园在旁边那座小木屋的下面。我独自一人待着——我以为这样。我在桌子上点燃了蜡烛。后来，步伐踉跄的丁威迪，像老罗得一样酩酊大醉地进来了。他'砰！'的一声关上了门，说：'斯莱德尔，现在正是你赚取留在这里的条件的时候了。放下石灰桶，脱掉你的工作服，到床垫上去，姑娘。我要让你从一个女孩变成一个女人。'"

"天哪，斯莱德尔。那你怎么办呢？"

"我像沼泽里的豹子一样，发出了一声尖叫，这就是我当时的反应。丁威迪抓住我的脖子，开始把我拖向玉米皮铺成的床垫。这时候，我的外祖父破门而入。他马上意识到发生了什么事情。他端起那个装了满满一大桶石灰的粉刷桶，朝丁威迪的脸上泼去。然后，他拉着我的手，我们立即就跑。我们经过了小菜园；经过了一片用树篱围起来的山梅花，它们在普降露水的黄昏后，散发着香甜的气息；穿过了丁威迪珍视的玫瑰苗圃，并沿着格雷斯河往上游的方向跑。我们跑进了莫卡辛沼泽地深处一个秘密的聚集地，那是奴隶们星期天做礼拜的地方。外祖父告诉我隐藏在那里，而他去将丁威迪的奴隶捕手引开，让那些捕手欢快地在他后面追逐；然后，过些天，我可以折回去，砸开竹笼子，救出所罗门，然后，我们一起在 Gebo 这里会面。"

斯莱德尔盯着摩根看了相当长一段时间。然后，她似乎作出了一个决定。她用指甲在洞穴的泥土地上画下了一个象征符号。"这是外祖父的标记，"她说，"Wunjo，意味着自由。外祖父告诉我，到自由钟上去寻找它。意思是让我和小所罗门,在这个洞穴里等他,他就在附近。"

摩根仔细研究斯莱德尔画下的标记，Wunjo。他皱起了眉头。自由钟上的那个标记与这个标记不一样。他在 Wunjo 的旁边写下了那座钟上的象征符号：ᐊ。

斯莱德尔深吸了一口气。"Wunjo 是颠倒的。"她犹豫了一下，然后说道："它意味着危险。"

摩根刚想说话，却被她打断了，她继续讲述她的经历。"在那片沼泽地里，外祖父离开了，我一个人留了下来。在莫卡辛沼泽地，男孩，在那里我学会了吃蛇，而且吃得很愉快。在那个地方我是靠吃蛇和其他可以用投石器杀掉的动物来维持的，有时候在晚上我的小表妹默西偷偷将一些东西带出来给我吃，而我始终都在试图想办法，将所罗门从树上的笼子里解救出来。但是，默西告诉我，丁威迪已经安排了一个警卫看守所罗门。他在用所罗门做诱饵，你看，要把斯莱德尔引诱出来，然后抓起来。所以，我估计我只能先单独一人先走了。我是前天到达这里的，并在钟的侧面发现了危险的信号。我知道他们正在追逐外祖父。钟上的标记，是他留下的警告，好让我根据信号继续逃亡，一直到加拿大，而不是在这里等他。是的，摩根，从田纳西州逃亡以来，经历了一路的惊险和颠沛，我已经筋疲力尽了。所以我决定在这里休息两天，然后，在今天深夜加紧赶路。我料想，我自己足够聪明，不会让他们抓到的——但是，今天早上，我差点儿就让他们抓到了。我在外面的草丛中，追逐一只兔子，无意间差点靠近了那些猎狗。”

现在，这条独木舟移动的速度更快了，但摩根几乎没有意识到。“斯莱德尔，”他说，“再告诉我一些关于你外祖父的事情。”

她想了一会儿。“好，除了管理丁威迪的种植园，外祖父还是一个雕刻匠。哦，是的。他是一个伟大的雕刻师，能雕刻出任何东西。外祖父可以用黄色的松树枝，削制出一个玩具娃娃，这个玩具娃娃看起来比真正的婴儿还要逼真。他雕刻的其他东西也是如此。老奴隶主并不知道，多年以来，我的外祖父一直在暗地里帮助奴隶逃往北部。不仅是丁威迪的奴隶，还有其他地方的奴隶，几百人。这就是为什么他自己没有尽快逃走的原因。他一直都在帮助其他人。每次丁威迪派外祖父去北部处理种植园的生意，也许这只是一个借口，外祖父都会借机暗中设立更多的站点，找更多的站长。”

摩根猛地吸了一口气。“什么，你外祖父的名字叫什么，斯莱德尔？”

“他的名字？他的名字叫杰西。但是，人们叫他——小心，男孩！继续坐着，你这样会把我们翻到水里去的。我刚才要说的是，我的外祖父在途中使用杰西·摩西这个名字，因为他帮助乡亲们到达希望之乡。”

杰西·摩西被吊死在花楸浆果树上。鲁狄也被步枪击穿，死于冬日的泥沼中。丁威迪在他的大庄园的奴隶小屋中眼睛失明。这些图像在摩根的大脑中掠过。大伊娃告诉他，Nauthiz，他的符号，意味着一切比他想象的要更艰难，并且每件事之间都是相互关联的。默西·约翰逊，不肯告诉金·乔治逃亡出走的女孩，她表姐的名字。现在，摩根知道那个表姐是谁了。

斯莱德尔最后一根蜡烛在闪着微光，然后渐渐熄灭了。古老的船只，漂流着穿过另一条看似很狭窄的通道。摩根举起手，洞穴的顶部正好在他脑袋的上方。“低头。”他叫道。然后接着说：“斯莱德尔。他不知怎么来到这里的。这个洞穴画家。他肯定不是坐着这条船，从这些瀑布的上游漂流下来的。如果他能进来，我们就可以出去。”

后来他们漂流到一个湖里，起初，那里的水流细微得几乎感觉不到，但水最终还是在流动，它轻轻地往前推动着他们。摩根还没有足够的勇气告诉斯莱德尔，关于她外祖父在佛蒙特州冬日树林中的悲惨命运。他告诉自己，她需要将思想和精力集中在到达加拿大的事情上。他告诉自己，如果把这个消息告诉她只会让她分心，使她觉得更加危险。他知道他在撒谎，他根本没有足够的勇气向她透露杰西发生了什么事，以及他自己参与事件过程的部分情节。

“那是什么？”斯莱德尔说。

“风，”摩根说，“不，是流动的水。”

前面有暗淡的光线。地下溪水急速向有光线的方向冲去。流水的噪音越来越大。当他们接近另一个瀑布时，摩根感到一股新鲜空气扑鼻而来，空气里充满了植物叶子和上千种绿色植物混合的香甜气息。

“跳，斯莱德尔。”他抓住她的手喊道。独木舟被掀翻了，从瀑布的浪尖喷射出去，往下坠落。摩根快速从水中爬到一个凸起的石头上，再将斯莱德尔从水中拉出来。他们下方不到十英尺的地方，在暮色中流淌着蔚蓝色河水的就是谢南多厄河。

那天晚上，他们一起在那条河里的一个深潭里游泳，后来，摩根在沙滩上燃起了一堆篝火，斯莱德尔再次请求他抱着她，她在他怀里的感觉很温暖，那醉人的香气又像金顿山上的松树、河水以及秋天的气息。不一会儿，他们进入了梦乡。当他们醒来时，他们互相亲吻对方，斯莱德尔的铃铛轻轻地响起。摩根说，她和她的整个名字都是他的，他拨动了几下即将熄灭的篝火，让篝火燃得再旺一些，因为他想看她,正如她也想看他一样。她是美丽的。摩根觉得自己好像又复活了，自从发现杰西死在树上以来，他一直感觉似乎活在地狱里一般。然后，他们在深入蓝岭山心脏地区的江河旁边做爱，不知过了多长时间，火渐渐熄灭。斯莱德尔奴隶项圈上的铃铛，就像一整架钟琴，一会儿在他上面叮当响，一会儿又在他下面发出悦耳的声音。他觉得，此时此刻生命的意义比他以往所想象的都更美好。斯莱德尔时而温柔，时而狂野；时而柔弱，时而坚定；时而安静，时而快乐；时而轻柔，时而热烈；时而大胆，时而羞涩。她已经是他生命中的一部分，而他也是她生命的一部分甚至是她的全部。她的铃铛像尖塔上的钟声，悦耳的声音一直持续到深夜。

黎明时分，他们再次在河水中嬉戏。斯莱德尔游到凹形岸的下面，摸出了一条她手臂那么长的活蹦乱跳的大鲶鱼。让摩根觉得好笑的是，当她换回她的黄色衣裙时，她让他把目光移开，不许他偷看。他们一起吃早餐，早餐是鲜美的鲶鱼，斯莱德尔说："啊，摩根·金内森，我想上帝会责备我们，因为我们打破了他的戒条。"

"我对此表示怀疑，"摩根说，他真正怀疑的是上帝的存在，"我杀了那两个奴隶捕手，虽然事实上我杀他们是为了自卫。"

"这不是我谈论的戒条，我说的是'汝不可奸淫。'"

摩根笑了。"那么，你是怎么遵循'汝不可奸淫'这个戒条的呢？"

他正想说，也许他们两个都会受到上帝的责备，而不是一个，她突然对他说："来自金顿山的摩根·金内森，现在你听我说。让我们回到Gebo好吗？回到'上帝之心'？我对自己许下了两个承诺。第一个承诺是：我是不会死的，如果还没有……"

"没有什么，斯莱德尔？"

"没有经历你刚才问的那件事。"

“但我们已经走出了洞穴。你不会死的。只要两天，你就可以到达北部属于奴隶的领土上去。最多只需要三天时间。”

她摇摇头。“不，先生。”

“不，先生？”

“不，先生。因为还有别的原因。还有一些事情，我没告诉你。当我躲藏在莫卡辛沼泽地里时，我的表妹，默西·约翰逊，也决定逃跑。默西和我约好了一起逃跑的，但我仍希望能把小所罗门从笼子里解救出来，带着他一起北逃。所以我告诉她，让她先走一步，我和所罗门会赶上她的。就在她逃离之前，默西告诉我两个消息，一个是好消息，一个是非常糟糕的坏消息。好消息是，那个带着猎狗追捕我的老贼，斯瓦格贝利，也就是那个追捕杰西的奴隶杀手，已经被穿蓝制服的人抓捕，并送到北方执行绞刑。坏消息是，丁威迪怀疑小所罗门知道我和杰西逃往哪儿去了。因此，他把关押小所罗门的竹笼子，从树上放下来，并威胁他说，最好把我和杰西的去处说出来，否则他会用大锡剪，剪断所罗门左手的无名指。小所罗门不为所动，所以老阿诺·多米尼就这样剪掉了所罗门左手的无名指。即使是这样，永不屈服的小男孩，仍然拒绝将斯莱德尔和杰西的任何踪迹告诉这个邪恶的人。因此，丁威迪再次拿起大锡剪，剪掉了所罗门右手的无名指。”

斯莱德尔此时泣不成声，但当摩根开口说话，并想伸手抱住她，以此来安慰她时，她举起手，再次摇摇头，呜咽着说：“我在山洞里给自己许下的第二个承诺。我承诺，如果我活着出去了，我会直接回到格雷斯种植园，千方百计将所罗门偷偷地救出来，然后带着他一起去北方。我要去南方，摩根。如果我能再与你旅行一段时间，我会非常感激。”

第七章

Kano

ᚲ

当摩根和斯莱德尔向南穿越群山之时，他脑中还有很多事情需要好好考虑。至今，他还没有向斯莱德尔出示过她外祖父杰西的那块神符石头，因为他不知道该如何告诉她她的外祖父已经死了，而且她外祖父的死，正是他的过错导致的。至于阿瑟·丁威迪，那个曾经试图强奸斯莱德尔的种植园的主人，摩根并不怀疑，他就是那个戴着可怕绿色护目镜的盲人男子阿诺·多米尼。他在斯莱德尔逃脱后，去了北部，从埃尔迈拉监狱救出了那几位罪行累累、被判处极刑的杀手，并将他们再次送入了蓄意谋杀的暴行之中，目的就是为了获取那块石头，并且抓捕斯莱德尔。但是，剩余的那两个逃犯到哪里去了呢？他们也许正趴在附近某个隐蔽的地方，静静地等候着他呢。如果真是这样的话，那么，摩根知道他们会像试图杀死自己那样，轻而易举地杀死斯莱德尔。

摩根陷入了一个又一个使他左右为难的困境中。他深知，他的任务是找到皮尔格林。然而，内心里某些东西，在驱使着他先去格雷斯种植园帮助斯莱德尔解救小普林斯·所罗门，他想也许这样能了解更多关于他哥哥的情况。在皮尔格林和杰西之间，可能存在某种联系吗？皮尔格林曾经是一名地下护送者。他是否可能沿着杰西曾经去北方的相同路线，经过一站又一站，一路南下呢？

摩根找借口说到路旁稠密的杜鹃花丛中撒尿，趁机取出那块石头，仔细地端详着。他沿着刻在光滑表面的图画，移动着食指，从一个符号注视到另一个符号。在离“上帝之心”的符号不远的东南方位，有一个符号“〈”刻在一所貌似柱形的牧师住宅旁边。也许那里的站长可以告诉他一些关于皮尔格林的消息。

时间过得真快，现在他和斯莱德尔正在朝着东南方向继续行走，在他们继续向前行进的途中，斯莱德尔向摩根吐露：有时候，对上帝的信仰，是她唯一的精神支柱。对摩根他自己来说，他是有生以来第一次理解他先辈们的宗教的力量。与斯莱德尔一样，他的那些先辈们，深深地相信上帝的存在。但是他自己，却有另外一种信念，就是相信他的哥哥，也相信凭自己的能力一定能找到哥哥。这两个信仰，很少源于外在显示的迹象，而更多的是来自内心的启示。曾经有过多少次，年老的表姑麦塔贝对他说，那些试图寻求一种迹象去支持他们信念的人，是邪恶的一代人。摩根心想，或许她说得对。

这时，他突然很想知道，他心目中的英雄约翰·布朗如果处在他现在的位置上，将会如何处理这些事情。布朗是一个有着伟大信念的人。也许他会继续坚持着，走到世界的尽头，那个狂热的老人似乎能够洞察一切，他的眼睛无比的犀利，仿佛能在你的身体上钻一个孔，直接钻入你的灵魂深处。如果布朗处于摩根现在的处境，他一定会找到皮尔格林，然后追查出阿瑟·丁威迪的下落，当他做到这一切时，上帝作证，他决不会有什么仁慈。

摩根现在光着双脚走路，斯莱德尔也是如此。从外表上看，他们俩与那些路途中遇到的山民，没有多大的区别。那些山民大部分也都光着脚丫走路，而且都穿着朴素的土布衣裳。摩根曾经在书上读到过，蓝岭山的大多数山地人，既没有人拥有奴隶，也没有人支持战争中的任何一方。男人和一些妇女们携带着武器，戴着宽边软帽，仅仅是为了遮挡炽烈的阳光和雨水的击打。“请问这里是不是有一座带柱形门廊的宅邸？”摩根和斯莱德尔不断地向路人打听。“柱形牧师住宅？”人们茫然地看着他，然后又急急忙忙地赶路。在所有被问的路人当中，只有一个头大得像蓝色南瓜的可怜的家伙，应答了他的问话。“它们，”他指着东边那六七个连绵起伏的山脊说道，“那边。”

“那边是哪里？”摩根问道。

“它们。”那个家伙说。他摇了摇他那个大脑袋，发出了一声恼怒的叹息。然后，他一手拉着摩根的袖子，另一只手拉着斯莱德尔的袖子，带着他们步履蹒跚地翻山越岭，越过山脊，穿过洼地和山谷，直到傍晚时分，他们来到了一个小山上。这个小山上，矗立着一幢非常大，也非常残破的房子。房子前面，有一条由几个巨大圆柱支撑着的门廊。

“它们。”那个大南瓜脑袋又说了一遍，他用手指向了那幢大房子。“它们是小山。”然后，他猛地转过身，沿着来时的路，一溜烟地跑回去了，把摩根和斯莱德尔留在山上。

曾经有一个时期，小山上的那幢带圆柱门廊的房子是一个大剧院。现在，它正在迅速陷入坍塌或毁坏的状态，触目所见，到处都是一片残垣断壁的景象。茂盛的藤蔓从门墙内攀爬出来，屋顶上的石板一片片地剥落下来，荒凉的砖路长满了杂草。房子后面低矮的小石桌已经崩塌了。门前的廊柱也已经露出明显的裂痕，大门挂在一条链条上，提示着人们，这里就是高顶露天门厅的入口。摩根和斯莱德尔绕着这幢房子走了一圈，然后站在一棵大橡树的后面，探察这个地方的景象和动静。

他们发现，在一个杂草丛生的花园里，坐落着一所孤零零的衰败的小木屋，这所只有一个单间的小木屋，甚至不如摩根将杰西抛弃在老家枫糖营房的那所木屋大。在小木屋那倾斜的门板上，依稀可以看到“钉子厂”这几个已经褪色的字迹，字迹旁边还有一个象征符号“<”。庭院中，有一个皮肤微黄的老年黑人，坐在一个自制的山胡桃旧摇椅中，他的胳膊和背倚靠在胡桃木藤条上。这个老人看起来又高又瘦，浅红色头发开始发白。他穿着一身也许曾经非常雅致而如今却显得有

些破旧的套装。上身是一件已经褪色的蓝色外套，虽然外套上的纽扣依然闪闪发光，但脖子周围的天鹅绒衣领，已经磨损严重。他里面穿的那件破旧起皱的衬衣早已泛黄，颜色就像他的皮肤那样，泛着一种难看的黄疸色。摩根注意到,他的眼睛混杂着乳白色的蓝色。摩根猜测，眼前这个老男人肯定是个瞎子。这个黑人的一只手上拿着一只半成品的鞋子。摇椅的旁边，有一张修鞋匠专用的长凳，长凳上面摆满了像他手上那只鞋子那样的半成品。

一位比那个瞎子还要黑的老妇女，正在一间侧面敞开的夏季厨房里忙活，她蹲在一个三脚架旁边，照看着茶壶下面的炉火。此时，炉火烧得正旺，茶壶在三脚架上轻轻地摇晃着，冒着水蒸气。夏季厨房与小木屋之间，隔着一条宽度适合小跑的通道。厨房的上方有一根弯曲的烟囱，烟囱朝着与小木屋相反的方向弯曲。一把自制的梯子，就斜倚在旁边的墙壁上。

“鬼！”斯莱德尔压低声音对摩根说，“那是来自远古时代的鬼，快跑！”

摩根却不这么认为,他小声地对斯莱德尔说:“他们不是鬼,你听！”

“最近我一直在思考，亲爱的，”那个鞋匠以受过教育之人的口吻说道，“我一直在思考，谁将会成为更加伟大的一代总统，让人永远铭记在心呢。是国父亚伯拉罕·林肯，还是我自己的父亲。”

那个老女人，从她的炉子旁边抬起头来应声道 :“亚伯拉罕国父。”说完，她又低头照顾炉子。

“我认为你说的一点儿也没错，最亲爱的，”鞋匠说，“我们的国父亚伯拉罕，解放了我们所有的人，而我的好父亲，并没有让我们任何一个人获得自由，甚至连我的母亲也没有，尽管她是我父亲一生之中最爱的人。”

“为什么不呢？让我们感到疑惑？”女人说，“他是一个启蒙者，不是吗？”

“是的，他的确是个启蒙者。但是，他也会像其他人那样脆弱。他的田地也需要耕种，他的烟叶也需要采摘，他的床铺也需要美丽的萨尔来温暖，他的钉子也需要一桶一桶地生产，然后再一桶一桶地出售，最后换来自己想看的书籍。我的父亲，他是个制作钉子的能工巧匠，这你是知道的。即使在最后的岁月中，他也仍然自己制作鞋子。他教会了我的一件有用的事情，就是如何做一双耐用的鞋子，如何把钉子打掉。”

“你，汤姆，”女人一边说话，一边搅拌她的食物，“晚餐准备好了。”摩根听到她这句话，感觉口水都要流出来了。

“说到晚饭，你应该目睹一下我父亲的几顿便餐，那场面绝对让你想象不到，”补鞋匠说，“他进餐的桌面上，摆满了各种高档的银餐具、法国瓷器和水晶器具。与他共坐一桌吃饭的，全是世界各国的特使和全权代表。他把驼鹿标本赠送给法国的皇室人员，使得他们对我们美国特产的稀有动物品种产生极深刻的印象。别指望他去执行这样一种慷慨的施舍行为，也无法去解放他的子民。即使那些跟他有关的事情，他也不能去做。因为他需要他们亲手劳动，这你是知道的。现在一切都变成了这个样子。”

鞋匠指着那幢豪宅的废墟以及那些颓败不堪的果园和花园。当那个老女人拨开火苗时，火花从用泥土和麦秆糊成的弯曲的烟囱里迸发出来，橘红色的火苗在夏日薄雾笼罩下的小山上，闪着光星。壁炉外面的一根圆木突然倒了下来，倒到烟囱上，迸出一阵火花，顷刻之间，整个烟囱都着火了。一束束火苗被风吹到小木屋的屋顶上，然后吹到摩根和斯莱德尔藏身的树上。一些火花随风飘舞，在空中不断地盘旋，一直向种植园的房子吹去。

摩根见势不妙，立即冲过庭院，在傍晚暮色的笼罩中，搬过那把自制梯子，将它斜靠在夏季厨房的墙壁上，爬上梯子，爬到远离墙壁的弯曲的烟囱上。他用背部紧靠着墙壁来支撑身体，两只光光的脚丫踩在正在燃烧的泥土和麦秆混合做成的砖块上，他使出浑身的力气，猛地向前一推，把烟囱撞倒了。烟囱上哗啦啦掉落下来的瓦砾和火花，溅落在他自己的身体上。

摩根将双臂抱在头前，护住双眼，然后从火焰中滚了出来。滚出火焰之后，他不顾身上的疼痛，又立即从地上跳起来，在骡子水槽里打了一桶水，去帮那个老女人扑灭小木屋房顶上的小团火苗。虽然斯莱德尔很怕鬼，但在这种紧急的情况下，似乎也忘记了对幽灵的恐惧，她提起一桶水，朝那栋大房子跑去，将满桶的水泼在一堆正在冒烟的破木板上，这些残断的破木板，曾经是走廊两侧的建筑木料。摩根的双脚已经被烟囱里的火焰烧伤了，但他仍冒着双手也被烧伤的危险，捡起种植园房子里正在燃烧的木板，使劲将它们扔到远处的院子里去。

当火全部被扑灭后，摩根提来一桶冷水，坐在小屋前的台阶上，将严重灼伤的双脚浸在冷水中。斯莱德尔在摩根旁边紧靠着他站着，她仍然对那两个来自远古时代的老年黑人保持着警惕心理。当那个老女人给他带来了猪油膏和浆果蜡时，摩根甚至还可以闻到他脚底皮肤烧焦的气味。

“我想你的双脚没有什么大问题，孩子。只是脚底的皮肤有点烧焦了。”老妇人一边说，一边在他的脚底上涂上那些混合物。“这种突然着火的倒霉怪事情，以前也曾经发生过两三次。有一次，我的整座房子几乎都烧着了。谢天谢地，总算又摆脱了一次火灾。”

那个老头儿不停地摇着他摇椅底部的摇杆。“这里曾经是阿尔伯马尔县最豪华的地方，”他说，“‘吾乃万王之王是也，盖世功业，敢叫天公折服！’这当然是珀西·比希·雪莱的叙事诗《奥西曼提斯》里面的诗句了。你要知道，雪莱是我父亲本人认识并且很佩服的一个诗人。我的父亲随时可以引述他的整首诗篇。尽管我连一个字母都不会读，但在我父亲的影响下，我也能背诵出他的一些诗歌。我父亲从来不教我看书认字，这你是知道的。尽管我连自己的名字都不会写，但我可以叙述出古希腊第一本书《伊利亚特》中的故事。我的父亲并不认为写字是我学东西必须的。相反,他很用心教我做鞋子。我们的标志,Kano,你知道,它就意味着机遇。就拿我来说吧,我的机遇就是有机会去做鞋子。把你那被烧伤的可怜的脚给我看看,小伙子,好让我给它量量尺寸。啊!你的理解能力很好。”

他轻声笑了,为他说出这样的俏皮话而感到愉悦,他转向斯莱德尔,又重复了一遍那句话。“你主人的理解能力很好。”

“他不是我的主人。”斯莱德尔急切而大声地作出澄清。

这位老人的视力,显然比摩根之前所猜想的要好得多。自从几个月以前,他和杰西·摩西一起出发前往加拿大以来,发生的事情总是出乎他之前的预料。

“请您对我的脚温柔一点,先生。我的这只脚和另外一只脚,还要载着我走四五百英里的路程呢。”

“你放心,你的脚很快就会痊愈的。我的好妻子知道古老乡村的所有治疗秘方。‘荼未尔’的治疗方法就很不错。现在,请你把另一只脚伸给我。有时两只脚的尺寸长短可以相差一寸。我打算使用橄榄木为你做靴子的后跟。我父亲从葡萄牙引进了黑橄榄树和绿橄榄树的品种在这里种植,但是这些树从来都没有长得很繁茂的时候。它们不太适应我们弗吉尼亚州的气候环境。因此,我们只用橄榄木来制作靴子的后跟和那些从事家务劳动的奴隶妇女穿的木屐。我自己制作大头钉,这门技艺也是我父亲教我的。我是否告诉过你,在制作大头钉方面,他是一个非常厉害的工匠。他是一个很能干的人,几乎什么事情都会做。他甚至试图去竞选总统。我的母亲穿着一件当时最流行的巴黎风格的精美礼服,与我的父亲一起访问了巴黎,在我父亲的首任妻子去世之后——我称那个女人为‘他的首任妻子’。他的确有而且只有一个妻子。我的母亲是我父亲首任妻子的同父异母的妹妹。这些我告诉过你吗?他的首任妻子死亡后,这位总统悲痛得几近疯狂。一日,他从我母亲的眼睛中看到了他死去的妻子的影子，于是，他将萨尔抱上了他的床，从此也深深地爱上了她。啊，好了，到最后所有的一切都归为一个结果，那就是他们三个人最后都长眠于亚伯拉罕的怀抱中。现在咱们应该唱《小鞋匠之歌》了，亲爱的。在我还是个小伙子的时候，我的父亲就教会了我这首歌。”

在鞋匠的带领之下，他的妻子与他一起合唱起了那首《小鞋匠之歌》，他们唱道：

我是一个自食其力的小鞋匠呀，下雨天我也工作呀。
我今天做完两双鞋子呀，一双是皮鞋呀，一双是布鞋呀。
敲打呀，哒喽哒嘟[1]。敲打呀，哒喽哒嘟。
敲打呀，哒喽哒嘟。萨尔，你会穿我做的鞋吗？

把我的固定锥递给我呀，我要用它钉住我的鞋底呀。
把我的缝纫针递给我呀，我要用它缝制我的皮革呀。
哦！我丢失了我的鞋匠蜡呀，
你说我该到哪里去找它呀？
这足以伤透我的心呀。
哦！它就在这里，萨尔，我已经找到它啦。

敲打呀，哒喽哒嘟。敲打呀，哒喽哒嘟。
敲打呀，哒喽哒嘟。萨尔，你会穿我做的鞋吗？

斯莱德尔转动着眼睛看着，她觉得他们好像是跌进了一所疯人院，但是摩根带着惊异的表情，看得很认真。看不出这些善良的人们身上有一丝的恶意，摩根从刻在他们木屋门上的标记 Kano “ < ”，可以猜想他们在生活中一定帮助过许多奴隶获取自由。然而，他们是否有可能告

① 鞋匠做鞋时的敲击声音。

诉他一些关于他哥哥的消息呢？皮尔格林为什么会来到这里，或者朝着南方走，而不是朝着北方第一站走呢？他按照他刚才的想法问了鞋匠。

“没有，先生，”鞋匠说，“我所认识的所有人当中，并没有一个叫皮尔格林的人曾经从我们这里经过，然后朝南走或者朝北走了。不过，我倒是见过很多像皮尔格林这样的人，他们跋涉在一条条漫长而艰难的道路上。去年夏天，我遇到一个一条腿的人，他在夜间骑着骡子向南行走。我相信他是一个分离论者[①]的逃兵，因为他的说话方式非常古怪。他说出的语言，就像南方腹地地区的人说的那种鸟语一样的方言。他在旅行时陷入了困境，所以我直接带领他走到Ansuz的标记那里，即‘两条蛇’那里。你知道，Ansuz表示‘信使’的意思。如果你去那里，‘两条蛇’将会告诉你一些你想知道的音信。那个一条腿的逃兵是与他的妹妹一起去的，他的妹妹是一个修女，她曾发过誓永远保持沉默。在这种兵荒马乱的年代，要想护送任何一个女人通过这些地方，都是一件非常危险的事情。他们两人骑在同一匹骡子上，而且一直都没有下来过。”

在那个鞋匠絮叨不止时，摩根私底下问了他关于“杰西的石头”的事情。标记Ansuz“ᚨ”，分布在这座小山西南方向的一个叫做“布恩的缝隙”的地区，在这个神符标记的旁边，还有两条相互交织在一起的蛇。鞋匠所说的那个一条腿的逃兵，是否就是那个叛军士兵？那个一条腿被约瑟夫·梵得雷特截肢的那个人，他正带着那个乔装打扮一番后的美丽的克里奥耳女人一路南下？事情的进展还不是很明晰。这一丁点的消息，与皮尔格林并没有明显的联系。然而，这是摩根现在所知道的唯一的信息。如果叛军逃兵是按照这条路线南下的话，也许他失踪的哥哥走的也是这条路线。

鞋匠的妻子把视线转向斯莱德尔。“你不是从北方来的吧，”她说，

① 分离论者，主张南方保持奴隶制度的各州从美国分离出来，单独成立一个国家。

“为什么要穿着这种罪恶深重的黄色礼服？为什么要留着一头乌黑滑亮的长头发，甩动你那像反舌鸟一样的发尾？你这样的装束，太容易吸引别人的注意力了，出众的女孩，你这样将很容易被抓回去，送回你出逃的地方。跟我来吧。”

这个老妇人，领着极不情愿的女孩走进了小木屋。与此同时，鞋匠将他知识渊博的谈话转到战争上去了。他摇着头说：“如果我的总统父亲，看到他的伟大共和国变成现在这个样子，会不会感到痛心呢，小伙子？但是这一切，都因为他未能解放他的奴隶。”

“你是怎么得出这个结论的，先生？”

“朋友，你想想，如果托马斯解放了他的人，其他领地上的杰出人物，也会解放他们的人，老弗吉尼亚州，就会与美联邦站在一起，就像一个好妻子忠于自己的丈夫那样。我们尊贵的将军，会接受亚伯拉罕国父指派给他们的神圣使命，在短短几个月的时间里，将叛军从地球上清扫一空。你愿意为我递送一些鞋子给首都的将军吗？虽然我不赞成他的事业，但一想到他手下那些可怜的士兵娃们光着脚丫行军的场面，我就于心不忍。我的一个住在国会山的同父异母的妹妹，她将会把四轮马车和骡子归还给我。”

摩根很难接受去里士满①为将军的士兵们送鞋子的想法。这会耽误他寻找皮尔格林的行程，更不用提这样做本身就会增加很多不确定的风险。他不希望援助自己的敌人，即使是以这样一种举手之劳的人道主义的方式。然而，他无法拒绝鞋匠的请求。摩根想，他的叔叔约翰曾经以他自己的名义写了一封信，给一个南方的将军，也许这个将军听说过一些关于他哥哥的消息，这种情况也是有可能的。甚至皮尔格林已经在葛底斯堡被俘，也是有可能的，在这种情况下，也许将军还可以帮助摩根找到他哥哥的下落。摩根想，下一站必须是里士满。去“布恩的缝隙”和 Ansuz 的计划将不得不再延迟，同样，收拾阿瑟·丁

① 南北战争时期，里士满市是南方“邦联”的首都。

威迪的计划也要再等等。但是摩根已经下定决心，他不会等得太久。

就在这时，鞋匠的妻子领着一个年轻的庄稼汉，从小木屋里走出来。这个庄稼汉，头上戴着个大草帽，下身穿着一条超大型号的农场工作裤，裤腰上缠着一根麻绳拧成的腰带，上身是一件像抹布一样脏的灰色长外套，下面穿着一双不合脚的粗硬的短鞋。摩根见斯莱德尔变成了这样一副模样，忍不住大笑起来。斯莱德尔恼怒地扯下头上的帽子，愤怒地往地上一扔，露出了头发剪得参差不齐显得极其难看的脑袋，她就像一个头上长了疥癣的人一样。斯莱德尔恼羞成怒，她一句话没说，举起拳头就朝摩根狂暴地捶打起来，直到筋疲力尽，没有力气再捶打了，才开始难过地哭泣起来。

“我这个样子太糟糕了，”她一边抽泣着一边说，“把斯莱德尔装扮成一个邋遢的稻草人，然后让所有人去讥笑她。”

说完，她又激动地冲向摩根，像一只小野猫一样去抓挠他。摩根一直试图抵御她的进攻，向斯莱德尔作出解释，并向她道歉，但斯莱德尔太疯狂，不给他解释的机会，直到他担心自己的眼睛被她抓伤，他才抓起她的一条腿和她那工作裤腰部的衣服，将她举起来，以并不是太温柔的动作，将斯莱德尔扔进了骡子的水槽里。

鞋匠庄重地点了点头。“这是一个值得好好珍惜的女人，孩子。”他说。

“这是一个好女人，她爱你爱得很深。”鞋匠的妻子也同意他的看法。“是啊，先生。你要好好珍惜她，小伙子。你听见了吗？”

鞋匠开始继续他的工作，他叫了一声他的妻子：“亲爱的，父亲留给我的那本书在哪里？你可以好心去帮我拿来吗？”

那个妇女叹了口气，摇了摇头，仿佛小山上与他们生命有关的一切，都像他们拥有一本书却无法读那样，荒谬且无意义。但是，过了一小会儿的时间，她走进小木屋，出来时手里拿着一卷用红色麻布包裹的书。鞋匠对摩根说：“也许你能读给我听，同时我为你制作靴子。”

摩根为自己手中能再次抱着一本书而感到无比的欢乐。鞋匠汤姆的妻子递给他的这本书，不禁让他想起了皮尔格林这些年来转给他的那些书籍和皮尔格林本人。这本书是尼古拉斯·比德尔撰写的《刘易斯和克拉克船长率领下的探险历史》，于1814年在费城出版。摩根捧着这本书，大声朗读了四十五分钟，鞋匠让他随身带上这本书，他说这本书对于一个文盲的制鞋匠来说，没有什么用处，但是也许可以激励摩根独自去西部探险，就像刘易斯船长和克拉克船长一样，去游览稀有的新奇景观，将战争和关于战争的一切邪恶之事从此都抛在身后。摩根感动得不住地点头。

黎明时分，需要他递送的鞋子已经准备好了，他和斯莱德尔坐在鞋匠为他们准备的用骡子拉的四轮车上，开始了他们去南部首都里士满的新旅程。鞋匠和他的妻子手挽着手，站在小山顶上的那座房屋前，为摩根和斯莱德尔送别。他们轻轻地向他们挥手告别，一起唱起了《小鞋匠之歌》："敲打呀，哒喽哒嘟。敲打呀，哒喽哒嘟。"

到中午的时候，不断有身穿灰色制服的士兵，从他们的四轮车旁边经过。摩根把他的枪藏到四轮车座位下面的一个储物箱里，以免引起他们的怀疑。看起来，摩根更像一个从乡下来的男孩，一个低地地区的男孩，坐在马车的帆布车棚下向镇里提供物资供应，身边带着一个高高瘦瘦的戴草帽的庄稼汉，为他提供帮助。从他们身旁经过的士兵，大部分都是赤着双脚，摩根感到自己想翻开他的鞋货箱，把那些鞋匠让他转送的鞋子分发给这些穿着破烂、举步维艰的男人们。道路两旁种满了烟草，满眼都是一片浓厚的蓝绿色，就像成熟的玉米一样，散发出阵阵芳香，也像新雨过后的佛蒙特香脂树所散发出来的那种香味。摩根注意到，那些士兵在使劲推动一架架加农炮和迫击炮，那一架架大炮将捍卫联盟的大本营，以免遭到联邦军队的袭击。趴在大炮旁边的士兵们，时不时停下来，顺手采摘一片烟叶放到嘴里咀嚼。

从昨天到现在，斯莱德尔始终没有和摩根说过一句话。他在想她会惩罚他多久呢。她任鞋匠的妻子用棉花把她的奴隶铃铛塞满，然后给她围上了一条奇怪的红色围巾，让这条围巾紧紧地包裹住了那些奴隶铃铛。摩根从未见过有哪个人像她那样的装扮。

一段时间之后，他们来到一条大河北岸的一个主峰上。他们看到一列列穿着蓝色制服的浩浩荡荡的部队，在远远的河对岸行军。和煦的春风从南方拂面而来。摩根闻到了空气中飘来的一股烤烟的气味，是从叛军首都的四十个烟草制造厂飘过来的。在不远的前方，隐约可见里士满的大型面粉制造厂和特里迪加尔的钢铁厂，星罗棋布地分布在沿江部署好的大炮附近。“撒旦自己的巢穴。”斯莱德尔喃喃自语地说道。

“嗯。”摩根说，他想起了哈里斯堡的那个小客栈，以及他在那里所目睹的一切。想起了一些妇女、儿童、老人在尤蒂卡救济院的房子里，被当作商品一样拍卖的场景。然而，尽管如此，他心里明白，他仍然有许多尚未走完的路程需要继续去旅行。摩根·金内森在快到达里士满的路途中，经过了几个砖窑厂、几个纺织工厂和一些锯木厂，经过了杜松子酒厂和啤酒酿酒厂，还经过了一个贫民救济院、一个监狱和一个火药库。他看到了铸造厂排放的滚滚黑烟，弥漫在特里迪加尔地区的上空。而现在，他几乎要被江河里那湍流所发出的震耳欲聋的咆哮声震得失去听觉。他，一个来自美国北部佛蒙特州山区的北方佬，一个坚决的废奴主义者，竟然乔装成一个赶着骡子、沿途贩卖鞋子的乡巴佬，在一个逃跑的奴隶的陪伴下，轻而易举地突破了美国南部联盟军的防线，进入了美国南部联盟的首都。想到这里，他觉得很可笑，嘴角露出了一丝稍纵即逝的微笑。

“嗬！你这该死的黄头骡子，那里没有臭屁股鳄鱼诱饵，我看你往哪儿走！”

摩根打了一个盹儿，鞋匠的骡子以其执拗的智慧，直接走到一个十字路口，挡在了一辆六只牛拉的轮式装载卡车前面，这辆卡车上装着好几架加农炮。一个士兵非常愤怒地冲他大叫起来。摩根勒紧了缰绳，但那骡子像长着翅膀的神马和苍蝇，一直向前冲，十字路口顿时乱成一片，只听见骡子的嘶叫声、马匹的怒吼声和士兵的咒骂声，直到斯莱德尔从摩根手中抢过缰绳，局势才有所好转。“好了，请听我说，骡子先生，”她喊道，“现在，你已经被一个了解你所有诡计和花招的人掌控了。现在，乖乖地给我过来吧。”她狂怒地猛拉骡子的缰绳。“来吧，先生！”她又大叫道，鞋匠的骡子，在斯莱德尔的引导下，从一片混乱中脱身出来，那些公牛继续拉着大炮前进。这一切都没有引起街道上其他人丝毫的注意。

斯莱德尔巧妙地控制缰绳。“我了解骡子，”她说，“自始至终它们都是一群无赖。不过，尽管如此，它们有一点是好的。”

“是什么呢？”摩根问道，听到斯莱德尔再次开口对他说话，摩根感到极其宽慰和如释重负。

“它们不能繁殖更多的骡子，”斯莱德尔说，“由于它们太懒惰了，所以上帝让它们不能生育。继续笑吧，男孩。你这样嘲笑斯莱德尔，挑逗去南部途中遇到的所有漂亮女孩，小心上帝也让你不能生育，我们想看看，那个时候你还能不能笑得出来。”

“斯莱德尔，我相信你是在嫉妒。”

她用胳膊肘朝他猛戳了一下。“这和嫉妒没有关系，”她说，“下次你若是忘了今天的教训，再嘲笑斯莱德尔的话，我不会再让你有下次了。”

将军的家位于国会大厦与河流之间的位置。在将军家房子的大门口，站着一个笑嘻嘻的个头偏矮的陆军中士和一个体形巨大的家伙，这个家伙身高足有六个半英尺高，他头上戴着一个显得不太协调的灰色小克皮帽。

“先生，我这有一封信要交给将军，”摩根对那位陆军中士说，“还有，我是来递送鞋子的。”他试着用在路上听到的南方士兵那种柔和的音调来说话，但是除了他那传入耳朵时故意降低了很多粗野韵味的北方佬的口音之外，他尖锐的嗓音中还带着一种口音，皮尔格林也曾说过，这种尖锐的音调，就像一把扁斧经过研磨之后的刀刃给人的感觉。

中士拔出他的左轮手枪，将枪口对准了摩根。“我们这里有个北方佬，下士，”他说，“我相信，我们已经抓获了一个北方佬和他的一个黑奴。男孩，请交出你所谓的信件，我们会让将军来取走它。”

“放松点，男孩。”斯莱德尔说着，收紧了骡子的缰绳。摩根不知道她是在对骡子说话，还是对他自己说话。

“我接到的命令是要亲手将信件交给将军。这封信是约翰·金内森上校写给将军的。他曾和将军一起在老墨西哥当过兵。”

“嗯，将军是不会在家见北方佬的，小北佬。将军他曾经和约翰·金内森上校去过老墨西哥。是不是啊，曼恩下士？”

那个佩戴着下士军衔V形肩章标志的巨人，他的制服外套的扣子是解开的，因为他的胸膛太厚实，以至于任何一件普通的衣服都无法完全将它包裹住，他胸膛上的浓密的黑色毛发，从他里面穿着的那件背心破烂的洞口露出来。他盯着摩根看的眼神，就像看到一条正在绕道横穿马路的蛇一样，试图作出决定，是否要杀了他，杀他招致的麻烦是否值得。

“这位曼恩下士，我们称他为山人，从不多说，”中士说，“你也许就知道，山人曼恩下士，是一个注重行动的人。先搏斗，再衡量，是曼恩下士的座右铭。曼恩下士，”笑嘻嘻的中士压低了他的声音，好像要传达一个重要的秘密，“他是里士满市最能搏斗的一个人。”

这时，正好有一群喝醉酒的士兵打着赤脚，吹着口哨，沿着街道踉踉跄跄地向他们走来。当走到将军的房子前时，他们也停住脚步，站在摩根和那两名警卫人员之间看热闹。

“为了它，我要和你搏斗。我是说你的信，”曼恩山人用雷鸣般的声音说道，“随你用尽一切办法，获胜的一方将带这封信去见将军。”

这些话，摩根早就想说出来了，因此正合他意。他从四轮车座骑上一跃而起，首先发出袭击，往里士满市这个最能搏斗的人胸脯上给了一脚。鞋匠汤姆给他做的鞋尖处包上了半圈铁的新牛皮靴子，砰的一声，重重地击打在曼恩山人的身体上。那个巨人不为所动，他打开手指两手握起拳头，高高举到头顶，然后猛击在摩根的脖子上。

“这一招是‘德克萨斯两步’！”一个士兵喊道，“我在曼恩山人身上押一个银车轮。”

那群看热闹的乌合之众，立即围了上来，在搏斗现场的四周，围成了一个大圆圈。摩根再次站稳之后，与对手沿着顺时针方向盘旋。他采取声东击西的战术，右手在对手面前虚晃几下，佯装攻击，同时迅速出动左拳，以迅雷不及掩耳之势，连续三次击打在那个山人的脸上。血液从这位下士的鼻子里流出来，但是，他仍握紧拳头，朝摩根的腹部猛击一拳，摩根趔趄着撞到了旁边拴在马车上的骡子身上。受了惊吓的骡子，拉着装载着鞋子的马车，沿着街道疾驰起来，斯莱德尔紧紧拽住缰绳，并呵斥着制止正在奔跑的骡子。

“这是在干吗？”一个声音从远处传过来，“这一切究竟是怎么回事啊？我的妻子生病了，我还有一个二十分钟的会议要召开，试图挽救邦联的激进分子，而你们这些男人，把我的院子变成了布莱克·费尔博览会的现场。你们在这做什么，男孩们？你们要杀死这个年轻人吗？”

“我相信他们可能有这个打算，先生。”摩根说着，蹒跚地站起来，并向将军敬了一个礼。摩根想，这个看起来有点疲惫却有着指挥官那威严的嗓音、留着灰白短胡须的中老年男子，必定就是将军了。“我相信他们有想杀我的打算。但是，现在他们还没有完全打败我。”

这个时候，将军笑了。“嗯，”他说，“我相信，根据自己近年来的经验，可以清楚地知道你的意思。就在这里说说你的重要事情吧，孩子。请尽量简短一些。中士，去接回这个小伙子的旅行车。骡子可以拴起来，但不要拴得太远。”

“约翰·金内森这个名字对于你来说，有没有什么特别的意味，将军？”

“是的，当然。”

“我这儿有一封给你的信，是金内森上校写给你的。”

将军用疲倦的双眼看着摩根。“进来，孩子，”他说，“收到我的朋友金内森上校的来信，我感到很荣幸。年轻人，下一次你如果决定去对付一个体形比你大两倍的家伙的话，你尽管与他进行近距离的格斗。当他打开他的拳头的时候，你抓住他的大拇指，并且立即将他的手指弄弯曲，直到他哭爹喊娘。”

“如果他没有反应呢？”

“嗯，继续弄弯，直到你听到它们断裂的声音。然后，他就会乖乖听你的话了。这是我在西点军校学到的一个真正有用的招数。现在你也知道这个技巧了。”

将军的书房安排在一个可以俯瞰河流的小房间里。那里摆满了一排排关于战争和研究战争的书籍。这些书籍，有些是用拉丁语写的，有些是用希腊语写的。一张弗吉尼亚州多米宁地区的大型地图和一张主要战役的军用作战地图，平铺在将军那平顶的橡木办公桌上，将军用水笔在地图上标上了一些黑色的墨迹。除此之外，桌上还放了一本《新约全书》和一卷恺撒的《高卢战记》，还有一张用早期银板照相法拍摄下来的照片，这张照片用相框包好了。根据摩根的判断，照片上的风景，是将军阿灵顿地区老家种植园的风景。办公桌前放着一把直背椅。将军示意摩根坐下。摩根双手将叔叔的来信举过办公桌，递给对面的将军。当将军看到自己的名字被老朋友亲手写在信封上时，摩根看到将军脸上的表情立刻变得兴奋和喜悦起来。将军看信的速度很快。然后，他抬起头来看着摩根。

"金内森上校请求我帮助你安全通过多米宁地区，助你顺利到达田纳西州和北卡罗来纳州。"他笑着说，"约翰上校——我作为他的朋友，以前常叫他约翰书虫——无论是过去还是现在，他都是一个战斗警官，也是一个非常好的有学问的人。他曾和我一起在西点军校接受过军事培训。他只有一点不好。"将军又笑了笑。他说："就是废寝忘食地阅读。我相信这是卡图卢斯[1]。他说你是他的侄子，而且你有一些事情将要告诉我。你能快点将它告诉我吗？"

摩根尽量简要地讲述了他长途跋涉一路南行的经历，以及他要这样做的理由。将军认真地听摩根开始讲述，虽然他中途并没有打断摩根的话，但当摩根在叙述他的特殊经历时，将军的脸部表情传达出了越来越浓厚的兴趣。摩根讲完所有经历之后，他向将军出示了杰西的符文石头。

"这是一个非常有趣的手工艺品，"将军说，"这些奇怪的象征符号——在我们家也有一个，它被刻在老家的柴棚上，他们很欢迎逃亡的人在那留宿。我们假装不知道他们的存在，当然，事实上我们是知道的。就在这里。看起来像是这个标志。"他在石头上，指出了神符"↑"。"我的父亲不知道该怎么称呼它，但他说，他认为这个符号意味着勇士。"

将军咧嘴苦笑了一下，摇了摇头。"就我来说，恐怕这不是一个实际上的非常准确的证明。真正的勇士似乎是顽强的伊利诺伊州的军事负责人，我的对手。当我们在这说话时，他正准备给予我们伟大的试验最后一击。"

"你把奴隶制度叫做伟大的试验？"

"我不是这个意思。我所说的伟大实验，是指我们独立的试验。就像我们先辈们的《独立宣言》一样。但是，还是返回到你失踪的哥哥

① 卡图卢斯，古罗马诗人。

这个话题上来吧。孩子,如果我目前没有较为迫切的军务需要处理的话,我会亲自帮你追捕这些恶魔。我会以追捕约翰·布朗的方式追捕到他们,然后把他们吊起来，比以往任何一个被我们吊起的可怜的疯狂魔鬼吊得还要高。但上帝保佑你，孩子，你不能为了报复而超越法律的限度。”

“我不求上帝的祝福或他的帮助，哪怕是他最微小的一点介入。这与上帝无关。这是我和阿瑟·丁威迪之间的事情。更何况我还要寻找我的兄弟。请问你能给我安全通行证以确保我更顺利地完成我的使命吗？”

将军看看摩根，又看看他手中奇怪而古老的椭圆形遗物，然后视线穿过窗口，俯瞰着窗外的河流。他认为，相较于这个佛蒙特州的男孩对正义的错误追求，他以前所犯下的错误，简直微不足道。一年前，他没有听从朗斯特里特[①]的话，他说那座山丘不可能，不可能，不能被攻取……但是，今天他不会再次列举出他的失误，来折磨自己。

“孩子，我至今还记得，我听说你哥哥，那位外科医生，在葛底斯堡的‘杀戮圈’中，他不仅为自己的伤员，还为我方伤员提供相当棒的医疗服务。他使自己陷入了两方交战的火力之中。但即使他有幸活了下来，我也几乎无法相信，为什么他后来要到南方来？”

摩根耸耸肩。“我哥哥是一个和平主义者。要找一个没有战争的地方,去哪里好呢？他不能北上。如果北上,他会被人当作逃兵而被枪毙。”

“你有什么证据，证明他没有死在葛底斯堡？”

“他没有死在那里，我料想。”

“你怎么知道，孩子？”

“将军，你认为耶稣基督会死而复活吗？”

“我认为会。”

“你的证据在哪里？”

“为什么，这一切都在我们身边。证据就在我们上帝和救世主的爱

① 美国南北战争中南方邦联部队将军。

的普遍精神之中。”

“那我有个问题要问你。无论是在你们的美利坚邦联国，还是在我们的美利坚合众国，你最近看到了其中任何一方，显示了丝毫什么样的爱的普遍精神了吗？”

“我信仰的烙印来自我的心灵。”将军说道。

“就是这样。”摩根说。

将军叹了一口气。他从他的办公桌抽屉中，取出一张纸、一个墨水瓶和一支笔。他在纸上写了一些字，然后把它递给了摩根。这是一张给他和他的黑人奴仆提供的北部人的安全通行证。这不是摩根本来想要的，但在紧要关头它也许可以帮助他，将军也明知摩根会用它来做什么，这张通行证也将由摩根决定如何用它。

就在这时，他们听到街上一阵骚乱。原来是中士警卫和斯莱德尔牵着鞋匠的骡子和马车回来了。“在四轮马车里，有一些靴子，是一个怀有善意的人送给你的士兵们穿的，”摩根说，“当然，还有我的一些物品在上面。骡子和马车送到国会山的这个地址去。”他借将军的钢笔，在一张小纸片上写下了鞋匠的妹妹在国会山的地址。

将军点点头。从他办公桌的另一个抽屉里，拿出了一个指南针，他把指南针放在摩根的手上。指南针的背面，刻着他名字的三个单词首字母的缩写。下面有一行字写着“好男人当然总是真男人”。摩根暗暗地想，类似这样值得怀疑的推理，在将军办公桌上那本小本《新约全书》和其他不胜枚举的圣约书上，到处都是，而这一行仅仅是一个例子。但是，当他接过将军的指南针时，他还是很有礼貌地点头，并保持缄默。将军合上了摩根托着指南针的那只手的手指。“把它放进你的口袋里。”他说。

“让我们再走一会儿，”将军提出建议，“如果你愿意，我们到下面的河边去走走吧。我很有决心，而且你，”他微笑着，“你也必须得有决心。你被曼恩下士打得不轻啊。下一次，请记住，直接冲上去，揪住他的——”

“大拇指。”摩根说着，扭动着他自己的手指。

他们来到了户外，当斯莱德尔从四轮马车的车厢里，拿出摩根的机关炮手枪和“正义女神”步枪，将武器默默地递给摩根之时，将军扬起了他那灰白的眉毛。在去河边的路上他们经过了一家烟草制造厂。“永远不要使用烟草，孩子，”将军说，“我从来不用烟草，而且我为我的这个做法感到骄傲。烟草业是一个不道德的行业。”

然后又说：“你与曼恩下士战斗时就像一只老虎。嗯，这也是我的战争风格。”

“你最好争取去说服弗吉尼亚州的多米宁地区加入联盟。”

斯莱德尔一直没精打采地跟在他们后面，一只手不停地捂着直打哈欠的嘴巴。

“你们佛蒙特州人说话都非常坦率，直截了当。”将军说。

他们坐在江河护堤草地边沿的一个木制长椅上。斯莱德尔就站在他们旁边。“也许你说得对，”将军承认，“我们谁也没有想到过战争会变成”——他挥手指着这个备战中的城市与士兵们，河上从封锁线逃回的兵士和海军的铁船——“变成现在这个样子。孩子，有时，一个人需要知道什么时候应该说‘够了’这个字。谢尔曼已经到了佐治亚洲，并且精心准备将南方联盟一分为二。谢里登在这里，也就是在弗吉尼亚州，大肆宣扬该隐[1]。我的一个与我一起并肩作战的最要好的将军，他对上帝如此的虔诚，他拒绝在周日这一天开枪战斗，却意外地被他自己手下的士兵从背后开枪袭击。在这之后的第一场战役和所有的战斗中，频繁的战斗，就像武装暴徒之间的流血冲突。人数以我的对手们死两个我军死一个的比例，在迅速地消亡，摩根。然而，他仍没有撤退的意思。我们究竟为什么会永无休止地战斗下去呢？”

---

① 该隐，亚当与妻子夏娃所生的两个儿子之一，后来该隐因为嫉妒弟弟亚伯，而把亚伯杀害，后受上帝惩罚，成为吸血鬼。

“就像他说的一样，弗吉尼亚州应该立场坚定地站到北方这一边。”斯莱德尔说。

“真是好主人，”将军惊叫道，他的视线从摩根那里转向斯莱德尔，然后又移回到摩根这里，“我知道为什么佛蒙特州仍然自称共和国，即使你的仆人在这说话也是直言不讳。”

“此外，”摩根匆忙说道，并用警告的眼神看了斯莱德尔一眼，“我的观点仍然存在。如果你们和你们的联邦推选出新的总统，这一切敌对的行动，都将使得战争在很漫长的一段时间内不能结束。”

“孩子，你应该遵从法律。在这里，请答应我，如果你度过了这一切幸存下来，你会借助法律行事。”

“这一点，我会考虑的。”

“你也许听说过这个问题，当然，”将军说道，“就是关于我们要持续这场战争的原因。在某个星期天的休战日，一个来自北部马萨诸塞州的男孩，隔着这条河流，向对岸呼喊，他呼喊着问对岸一个身穿灰色军服的男孩，问他为什么要来打仗。那个南部男孩回答说：‘为什么？因为你到这里来了。’或许这就是我能给你的最好答案。”

“嗯，我到这里来，将军，我到这里来的部分原因是，因为一个叫做阿瑟·丁威迪的魔鬼，派另一个魔鬼到那里去，”摩根指着北面的方向，“到北方去杀害了一个由我负责护送的男子。”

“孩子，我求求你，如果你觉得你必须坚持下去，那么你应该限制一下你的使命，去寻找你的兄弟。”

摩根说：“感谢你给了我这张安全通行证，还有你的指南针，谢谢！”

将军伸出了他的手。他们沉重地紧握着对方的手。摩根用食指扶了扶他的宽边软帽的帽檐，然后，他和斯莱德尔开始沿着河流，朝通往南边的大桥走去。

“孩子。”

摩根停住脚步，转过半个身子。

“孩子，我要说的是：我并不在乎在你眼中我将成为一个罪人，也不会在乎我将会遭到你的追捕。”

摩根犹豫了几秒钟，然后严肃地回答道：“不，先生，你不会的。”

第八章

Ansuz

ᚨ

在地势较高的坎伯兰县，正是炎热的夏季，下着闷热的雷阵雨。正当摩根和斯莱德尔赶到一片黑压压的墓地时，天色暗了下来。据那天下午他们遇到的那个老人说，在战争早期，有两个挑起冲突的巡逻员被当地的山民消灭了，山民们抢夺了他们的所有财产，然后草草地把他们就地浅埋在山腰上。山脚有根松木，上面潦草地写着“保持通道”。滂沱大雨冲刷到斜坡的底部，形成了一条小溪。就在那个地方，摩根用毛毯遮盖住自己和斯莱德尔的头部、肩膀和背部，倚靠着松木警告牌，在这里宿营过夜。

斯莱德尔坚称这一带会闹鬼，不过她似乎对这种迹象的出现感到兴奋。她用一种神秘的语气惟妙惟肖地模仿将军的声音：“孩子，你应该按照法律办事。”然后她又模仿那个被称作山人的曼恩下士说道：“为了它，我要和你搏斗，随你用尽一切办法。”她告诉摩根，他脸上与曼恩下士搏斗时留下的擦伤，现在仍然肿得很严重，把英俊漂亮的脸孔都损伤了。摩根很想知道，连一点无关紧要的玩笑都不能开，不许他取笑她的斯莱德尔，在她作为女性的眼光看来，他现在这样的外表在她眼中是如何被她接受的。他想和她再做一次爱，但他的全身已经湿透，像一条浸泡在水里的鳕鱼；因为遭受了山人曼恩下士的殴打，他感到全身无比的疼痛，仿佛是被一整队行军队伍刚刚踩踏过一样，全身都快散架了。他太累了，睡得像死人一样，直到天亮才苏醒过来。

等他们一觉醒来时，发现自己已被浓密的大雾笼罩。很快倾盆大雨落了下来。当他们开始上山时，他们看到，一条穿着蓝色衣服的手臂，从红黏土山坡上伸出来。他们所经过的地方出现越来越多的坟墓。“我跟你说什么来着，小伙子？”斯莱德尔说，“清算的日子到了。加百利[①]天使想和你说话呢，来自金顿山县的摩根·金内森。”

有些尸体身穿灰色的衣服，有些尸体身穿蓝色的衣服。不管生前是仇敌还是同伙，现在都只能给山洪冲刷，从山上滚落下来，他们只能和洪水做垂死的拥抱，被冲到山脚下。摩根现在不知道该怎么办。也许他应该把那些令人不安的尸体拖到高地上，但是他又害怕这些尸体会让他染上疾病。他束手无策，只得站在那里，静静地发呆。他们走上山坡，随着整个山坡从背后退去，山上冒出越来越多的死者。一副副令人毛骨悚然的骨头，好像是在跳舞，好像手持汤匙在欢快地跳着方形舞[②]。有些死者的尸首，似乎像一群乌合之众，争先恐后地奔跑着冲下山坡。其中有一个可怜的士兵，骸骨上仅仅包着一层破布，被挂在一棵木瓜树上，这棵树的根部已经被从河岸上拔起来。有一个头盖骨像一只保龄球一样，迅速地滚下山坡，头盖骨在水流的冲刷中泛着绿色的光。这个头盖骨像桌球台上的桌球碰撞另一个桌球，撞翻了另一个头盖骨，跳跃着滚到他们的脚下。斯莱德尔吓得尖叫起来。摩根不假思索地给了那东西一脚，它立即腾空而起，在空中画下了一条弧线，最后掉进流水中。

过了没多久，雨停了，太阳出来了。上午十点左右，他们闻到一股烟草的气味。“有人在这附近喝着威士忌酒呢。”斯莱德尔小声地说。不久，他们看到一个约摸十四五岁的小男孩，小男孩身上穿着一件破

---

① 《圣经》中传达天主信息的天使。

② 方形舞是美国一种舞蹈动作。

旧的男式工装裤。他好像正一颠一簸地浮动着穿过月桂树丛，与斯莱德尔和摩根齐步前进。

眼下他们发现，这个男孩正骑着一头猪，出现在这条他们走着的狭窄的雪橇道上，他正赶着猪向他们走来。那是一只个头很大、皮肤黝黑、背脊狭夹、长着长牙的猪。这只猪用它那双火热的小眼睛，死死地盯着眼前的摩根，摩根觉得眼前这只动物，仿佛要将他吞噬。

“你们是谁？”男孩说，“你们的身体好像很虚弱？”

头上戴着草帽的斯莱德尔笑着说：“你说的没错。”

摩根说：“我是来自佛蒙特州金顿山县的摩根·金内森。我正在寻找我的哥哥皮尔格林。”

“你们先在这坚持一会儿吧。”男孩说道。他抓住坐骑的耳朵，使猪走回到月桂树丛里，然后消失了。摩根和斯莱德尔坐在道路旁边的一块蓝色石头上等待。他们仍然可以闻到烟味。

“那个骑猪的男孩是一个鬼魂，”斯莱德尔说，“我告诉你，这一带的山脉，经常都有神鬼出没，摩根。”

她叫摩根的名字时，发音有些不自然，就好像他的名字本来就是两个词，“摩——根”。这再次激起了他想要她的欲望，以至于他都不知道自己要说什么。他十分肯定，她知道这一点，并因为他的苦恼而在心里感到高兴。

一段时间过去了，大概是半小时左右吧。那个男孩又悄无声息地出现在月桂树下。这一次他没有骑黑猪，而是徒步过来的。男孩向他们招了招手，说道：“你们跟我来吧”。

他们好不容易地穿过了一片矮树丛，然后来到一条需一步步小心翼翼地穿过的小溪流，他们沿着溪流往山腰上走，来到了一片空地上，看到那儿有两块巨石，中间稳固地悬置着一个洗濯盆，一个男人站在那个洗濯盆里。在洗濯盆的下面，有一堆新鲜的绿色杜松子灌木正在慢慢熏烧，烟雾缭绕。他们在洗濯盆的边缘上，看到了符文标志“ᚦ”，这个标记念作“Ansuz”，它是用明亮的赭石漆涂在浴盆上的。浴盆中的男子，除了头上戴着一顶宽边软帽之外，全身一丝不挂。他正在将一根手杖雕刻成两条蛇交织在一起的形状。他的胳膊和大腿，被蒸腾得如秋天里的枫叶一般绯红，他看起来似乎不太高兴。

“‘两条蛇’男子，正在用韦克罗斯[①]地区特有的叶面闪着光泽的三叶植物浸泡身体。”男孩向他们解释道，“现在，他不得不自己把身体里的毒液吸出来。”

“说得对，他说的没错，”“两条蛇”男子说道，“这种绿色的杜松子灌木燃烧得很慢，通常就能把毒液逼出来。你们看，它已经让我的身体红润起来了。这样，我就会慢慢好起来，随着毒液的完全排出，我就会如获新生。用绿色杜松子灌木，进行烟熏，绿色的烟雾会杀死常春藤的毒液，就像用一把锤子将它们锤死了一样。”

“你怎么染上这种病的？”摩根说。

“哦，有一次我去捕蛇，那天我正围绕着一棵月桂树寻找一个响尾蛇洞。在我发现它之前，这家伙就毫不犹豫地猛咬了我一口。”

“你想用响尾蛇做什么？”

“这还用问吗，我当然是想拿它们去卖呀。你以为我还会想拿他们去做别的事情？就在昨天，我赶着红骡子，拉着四轮马车，装上了十二条剧毒的大蛇，将这些蛇卖给了一个毒蛇传教士。他说，他想在海恩霍勒地区建造一座霍勒人自己的教堂，并把那些海恩人赶走。我说，祝你好运！海恩人是，他们没那么容易被赶走。”

斯莱德尔意味深长地看了摩根一眼。

“哦，那你是如何赶走他们的？”摩根问道。

“在海恩霍勒吗？不可能。那是他们的地盘。你们知道在这个浴缸里，除我的身体之外还有什么？还有什么东西在这样的热水中慢慢地炖？”

---

① 韦克罗斯，地名，属于美国佐治亚州的一部分。

“花生，”摩根还没答，“两条蛇”男子就说了，然后又接着说，“我的三表弟雷恩·佩蒂伯恩，他曾两次搬到低地，他种的花生。我就在这里煮它们，从日出煮到日落。当把它们煮好时，那味道真是芳香四溢。”

他对那个男孩点了点头，男孩用一个自制的勺子舀了一勺带壳的花生，倒在摩根的手上，这些花生还冒着腾腾的热气。然后，他又给斯莱德尔舀了一勺。摩根拿起一只花生放到嘴里，嘎扎嘎扎地咀嚼起来。

斯莱德尔大叫。

“耶稣周围有七个人，”“两条蛇”男子说，“你必须首先剥去它的外壳。花生的果肉就在壳里边。你们坐下来吧，坐下来，陌生人，坐下来慢慢享用。”

摩根坐在一根栗色的圆木上，这根圆木放在这片打扫干净的黏土空地上，他大声地咀嚼着花生，同时，用一只眼斜视着旁边那头虎视眈眈的野猪，他根本不信任这头野猪，怕它突然冲上来攻击他，所以始终对它保持着警惕。斯莱德尔就站在他身旁津津有味地吃着花生。他们尝到了咸香的味道，这种味道让他想起了在老家的时候，每当冬天的风从加拿大山区呼啸而来时，他的母亲会把玉米放在金属线织成的小篮子里，然后搁在火上烤，那烤出来的玉米香味，有点像这花生的味道。他对着身边这个正在蒸熏的红皮肤男子点了点头，表示对他馈赠美食的感激之情。

“你们是从哪里来的？”“两条蛇”男子说着，将身子慢慢转动着，以便全面吸收蒸汽的药效。

“佛蒙特州。”摩根回答道。

“佛蒙特州，”他说，“我从来没有听说过佛蒙特这个地方。”

摩根向北面的方向指了指。他想起了洁白如雪的爆米花，想起了飘舞在家乡大山上的新雪。

那个男孩说：“‘两条蛇’说，如果他一天卖不出一根拐杖，那就是很糟糕的一天。”

“哈哈，‘两条蛇’常常一整天都卖不出一根拐杖，所以他经常会遇到糟糕的一天。”正在蒸熏的“两条蛇”承认。

“你有没有将拐杖卖给过一个来自北方的高个子医生？”摩根问道。

“你是说当医生的人吗？”“两条蛇”男子问道。

摩根点了点头。他可以感觉到自己的心跳得很快。

“一个很高的医生，比你还要高那么一点点？”

摩根再次点了点头。

“那种爱探索的家伙？脑子里填满了医学上的问题？”

“是的。”

“你说，他是一个北方佬。说话时，就像你一样鼻音很重。深色的头发，还有一双黑色的眼睛，对吗？”

摩根又一次点了点头。

“两条蛇”男子摇了摇头，“在我们这一带从没见过长得这个样子的男孩。”

“没有见到过这样的人。”他身边的男孩也表示同意。

“你们就在我们这儿住几天吧，朋友，我会告诉你我所知道的一切。”“两条蛇”男子说。

“你能知道什么呢？”斯莱德尔问道。

“哎，我知道的可多了，比如，我知道如何用大量的烈酒为一个肺炎病人泡澡，把传染病毒从他们的肺部驱除出来。我知道所有治疗标志‘Ansuz’下的古老植物的医用方法。我知道蛇可以入药治病。你把一条发出嘎吱声的响尾蛇捻成粉末，就可以用它来减缓产妇分娩的疼痛。响尾蛇的毒液和火药，都可以用来治疗水肿。鹿皮鞋毒液对于治疗心脏病具有强大的疗效。如果你患上很严重的疾病，需要用猛药才能治愈。为什么蛇是神医一样的动物呢？因为它是我们这一带最狡猾的小家伙，如果我们知道如何利用这种蛇所特有的精明和智慧，就对我们大有益处了。响尾蛇的咬伤可以用来治愈忧郁症，永远不会再有绝望的情绪，永远也不会有伤心欲绝的时刻。”

不会有绝望或心碎的病人，摩根想。今天上午早些时候，他和斯莱德尔，在雪橇道旁边的岩石上，看到一些正在石头上晒太阳的蛇，从这些蛇的尺寸来推测，他只能同意“两条蛇”男子的观点，就是他这个绅士的治疗，可以治愈任何人的疾病，并且让他永久不会复发。

“那么，你们会让这种蛇咬伤自己哪个地方呢？”

“一般说来是脚踝的外侧。这样他们就可能不能再走路了，但是他们的整个身体并没有大碍。所有处在失去爱人的悲痛中或者处于悲观绝望的危险期的人，他们被蛇咬了之后，消极的情绪就会在瞬间烟消云散。”

“我认为这确实有可能。你还知道其他的什么治疗方法吗？”

“我还知道，绿色的杜松子熏烧出来的烟雾可以吸去常春藤的毒液。将光溜溜的榆树皮煮沸当茶喝，可以治疗痢疾。在制作咸香的花生时，五十磅的花生，要加入十五磅的粗白盐。我知道在哪里可以捕获到大蛇。当你知道有多少乡亲需要它们时，你一定会觉得惊讶。就在此时，有一条蛇已经爬到你左脚的靴子上了。”

摩根低头往脚下一看，一条在金顿山难得一见的黄褐色的蛇，正在他的靴子上缓慢地游动。这条蛇突然停了下来，它抬起头，向上盯着摩根，快速轻弹着分叉的舌头。

“这是我的大雅拉繁殖出来的铜斑头蛇，它的名字叫做哈利 · 西格彭，”“两条蛇”男子说，“老哈利是一条非常了不起的蛇。它体内存储的毒液，足可以杀死一头身体健壮的大公牛。现在，你别紧张，身体不要动，男孩。哈利不会对北方佬有什么举动的。不会，他不会对你怎么样。”

这条名叫哈利·西格彭的蛇，非常从容地在摩根的靴子上蜿蜒游走，每移动一小段距离，它就会抬起头来，看摩根一眼。的确，哈利看起来对北方佬没有兴趣，不愿意对摩根下手。

“把你手里正在雕刻的那根棍子扔给我，”斯莱德尔对“两条蛇”男子说道，“哈利先生即将遭受惨败。”

“我吹口哨叫我那头猪来，”骑猪男孩说，“老加拉蒂勒会在瞬间把它吃掉。”

“不，你别动它！哈利是我最好的饲养动物。北方男孩，你别动，一旦你的身体稍微动一下，哈利兄弟就会在瞬间对你发起攻击。”

“那我该怎么办？”摩根为难地问道。

“我正在想对策。”

哈利兄弟，将它那能让人致命的小脑袋，放在它盘卷在一起的褐色与淡黄色相间的身体上，一眼不眨地监视着不敢动弹的摩根。摩根看着斯莱德尔。“我该怎么办？”他大声地喊道。

“你会打滚吗？”她说。

“什么？”

“你能不能像茶壶一样，倒在地上向后翻滚，同时把你的脚提起来？”

“我估计可以吧。”

“那就做吧，一定要快，要以你一生中最快的速度来完成这个动作。”

摩根倒地向后翻滚，他的靴子朝上，头朝下，双脚提起来了。“朱比洛！”骑猪男孩大喊一声呐喊，伸出一根棍子，猛地将哈利·西格彭挑到了半空中，并顺势将它击落进他事先准备好的捕蛇袋中，然后将袋口扎起来。总而言之，这是一个非常惊心动魄的过程。

男孩冲着摩根咧嘴一笑，说道：“你想骑我的猪吗？来吧。试试骑着它的感觉。”

“去吧，”“两条蛇”男子说，“在这个世界上，从来没有一个人可以说，他可以拒绝一头名叫加拉蒂勒的猪。”

摩根靠近黑猪加拉蒂勒狭尖的背脊。他小心翼翼地提起一条腿放在猪的背脊上，然后让自己的屁股坐了上去，这只猪迈着庄严的步伐，开始在那块空地上绕圈。摩根举起两条长腿，使自己的腿不与猪的两侧接触，以免因此而拖住猪前进的脚步。他们围着这块空地转了两圈。摩根没有想到，当他在那天早上醒来时，会亲眼目睹一个连队士兵的骸骨形如复活，他也没有想到，他可以骑上一头野公猪。然后，斯莱德尔也和他一起骑上了这头公猪。

“这是一头很棒的猪，”摩根回过头去对那个男孩说，“感谢你送给我这个坐骑。”

“是的，先生，”男孩说，“它很容易骑上去，而且还会拉雪橇。我肯定不会为了一点钱财屠宰它。”

“鞋匠汤姆，在标有 Kano 那个标记的地方对我说，你会给我一个消息，”摩根对正在烟熏的“两条蛇”男子说道，“他说 Ansuz 是‘使者’的意思。”

“布拉什阿伯圣洁。”“两条蛇”男子说。

“请原谅，可以再说一遍吗？”

“你会在布拉什阿伯圣洁教堂里发现毒蛇传教士。他知道你会来。他说，你想知道的一切，他都会告诉你。你必须经过海恩霍勒地区才能到达那里。你要蹚着溪水往上游走。另外还有一件事情。”

“什么事情？”摩根说。

“在海恩霍勒地区的北部，你们将会走到一个叫做达加兹的地方。那里是默伦琴人[①]的地盘。他们在那里有一个谷物磨坊，磨坊旁边高高的悬崖上，还有一架风车和一架水车。磨坊主和他的女人，还有他们家的绿眼睛姑娘，全身像面粉一样苍白。他们会请求你停下来歇息，在那里留宿一晚，但你决不能吃他们的面包，不管你饥饿的感觉多么强烈。即使是一丁点面包屑，你也不能吃。你也不能接受磨坊主的女儿对你表达的任何好感，不能让她引诱你，尽管她可能会这么做。”

① 默伦琴人（Melungeon People），美国田纳西州东部阿巴拉契亚山脉的深肤色人，为印第安人、白人和黑人的混血后裔。

摩根面朝着“两条蛇”男子和那个骑猪男孩的方向，摸了摸他的帽子。斯莱德尔抓紧了黑猪加拉蒂勒头上的鬃毛。然后他们沿着小溪往上走，继续他们的旅程。

摩根以前从未见过这种情况，当他们沿着小溪往上游行走时，发现溪流的水流量在大幅度地增加。当他们往更高处走去时，河水越来越深，但是河面并没有变得更窄。在靠近“两条蛇”男子那个地方的河段，河水只没过了他们的脚踝；后来，溪水又上升到他们的小腿部位；再后来，已经淹没了他们的膝盖。此外，溪水也似乎越来越冷，他们感到刺骨的河水，像是从他们的脚内部穿过一样。在高耸的白色悬崖下，狭窄的河面上，他们来到一个石砌的谷物磨坊前，这个磨坊里安装了一个水道和一部没有转动的水车。磨坊里有两个磨盘，就像一架巨型马车的车轮那么大。附近有一座房子，屋顶的木板是用杉木做的，磨坊的旁边还有一座用固定的木篷建造起来的风车。风车底部的石头上，有人在上面刻下了符文标记“ᛞ”。

“您好，磨坊主。”摩根叫道。

磨坊主出现在杉木做的房子门口，全身都是白色粉末，伴随着嘎吱作响的声音，他邀请他们进屋。

斯莱德尔用手拉了拉旁边的摩根，提醒道：“你不要跨过那道门槛。”

摩根仔细地打量着磨坊主。他的脸部被白色的面粉覆盖着，透过那层面粉，能隐约看到橄榄色的皮肤。他一头黑色卷发与白色的面粉混在一起，像是戴了一顶假发。磨坊主再次向他招手，让他进屋去，他听从了磨坊主的招呼，走进了屋内。虽然壁炉里跃动着一束束樱桃红的火焰，但这所房子给人的感觉仍然是冰冷的。屋内摆着一张简陋的桌子，桌子旁边摆着两张粗糙的长凳。一条弯曲的阶梯，通向一间阁楼上的卧室。磨坊主的妻子和女儿出来了，她们都是橄榄色的肌肤，绿色的眼睛。她们的手、胳膊和面孔都覆盖着一层面粉。飘散下来的面粉也在桌子、长凳和粗木料做成的地板上铺了一层。在壁炉旁边搭建了一个炉子，面包就放在炉子上面烤着。这些面包闻起来很香。

“斯莱德尔正在房子外面等着你呢，男孩，”斯莱德尔在庭院里大声喊道，“你的嘴巴千万不要打那些面包的主意，也务必与那个绿眼睛姑娘保持距离。”

摩根走回到壁炉旁边。尽管火焰在搁放在铁制柴架上的圆木之间上下猛烈跳动，烧得特别旺盛，但是火焰所散发出来的热量很微弱。当那个女人打开烤箱，拿出一个面包，放在一个木制长船桨上时，散发出来香味简直是太诱人了。摩根一眼不眨地盯着这些金黄色的面包，嘴馋得差点流口水；女孩用渴望和迷醉的眼神凝视着他。

“来吧。”磨坊主说道，他再次向摩根招了招手。他招手时，显得有些迟缓而不灵便，有些古怪，似乎他的手臂是硬的一样，仿佛他在用一种古老的巫术，把摩根拉到他的身边。摩根坐在桌旁一动不动，把磨坊主的妻子放在他面前的散发着酵母香的面包放入他的背袋。

“我并不想刺探什么消息，先生，”他说，“但我无意中注意到，您又有水车又有风车。我觉得只需要其中的一个，或者另一个，就足以驱动您的磨石吧。”

“哦，朋友，”磨坊主缓缓地说道，“干旱时，水就断流了，但是风也许会刮起来。或者有的时候风突然停下来了，这时候，光靠风车是不能驱动我的磨石的。这个时候，小溪里的水可能又多起来了，那么我的水车就派上用场了。”

“我注意到，小溪里的水这些天涨得越来越快，我们就是沿着这条小溪上来的。”

“啊。”磨坊主应声说道。

这时，屋外突然一阵强风吹来，大雨有力地击打着屋门。“摩根，”

斯莱德尔喊道，“在他们对你施展巫术之前，你赶紧出来吧。你的双手千万别碰那个姑娘。”

磨坊主的妻子头斜靠着背后的门，用一种充满恳求的眼神看着摩根。身边那个女孩此刻也一眼不眨地凝视着他,同时不停地在舔着嘴唇。“带一些面包走吧,这是生活必备品呀。”她一边说一边切下一大块面包。蜂蜜色的面包散发出一阵阵令人陶醉的香味，摩根再也无力抵制它的诱惑。这时摩根全身疲惫不堪，双脚发软，不由自主地跟着那个女孩走到磨坊里。在磨坊里，女孩引导他坐到一张上面放了睡袍的奢华的床铺上。她像一位公主一样，将她那冰冷的双手伸向摩根。当摩根伸手接过她的手时，她狂热地抓住他的手，深情地看着他，然后，像幽灵一样默默地穿过石头地板，走出门外。

一会儿,斯莱德尔跑过来。“走吧,”她用非常急促的声音说道,“我们必须离开这个鬼地方。”

摩根冥冥之中觉得皮尔格林肯定来过这里，也许就是近几天他刚来过。一阵面包的香味，从他的背袋里散发出来。但是“两条蛇”男子曾警告过他不能吃面包，也不能接受女孩的恩惠。摩根迈开步子绕着房子走了一圈，房子的横梁和驱动磨石的轮轴隐隐出现在他的眼前。这时，一阵强烈的疲惫感突然向他袭来。他走到房子的外面，用冷水扑洒到脸上。在水道处，他看到绿眼睛姑娘赤裸着身子，在苍白的月光下沐浴。虽然那个“美丽幽怨的姑娘”完全浸泡在水中，但她的脸和手，仍然像溪流上方那白色的悬崖一样白。她正在向摩根招手，让他和她一起去沐浴，她用手和胳膊在空中缓缓地划着圆弧的招手动作，像她父亲曾经对摩根做过的招手动作一样。他退回到磨坊中，围着磨石绕了一圈又一圈。斯莱德尔现在已经疲倦得不行了,她躺倒在长袍上，深深地沉浸在迷魂的睡梦之中。

不一会儿起风了。高悬在空中的风车木桨开始自动旋转起来。水车也开始转起来了，水车的桨叶拍打着水，发出啪哒啪哒的声音，就像人群里发出来的鼓掌声，轮子的齿轮发出一阵阵刺耳的声音，石头轮互相碾压，使磨房产生了振动。那个没穿衣服的姑娘出现在朦胧的月光下，她再次用她那冰冷的双手，紧紧地抓住摩根的手。当她发现摩根很害怕她时，她润了润嘴唇，然后说道："请抱抱我，摩根，我的身体需要再次被温暖。"但他知道，他不能屈从于他的欲望，不能与她躺在一块，也不能吃她的面包，与她一起入睡。

"他是深色的，但你是浅色的。"她喃喃地说。虽然，摩根并不太明白她的意思，但她的话让他感觉到寒气冰冷到了骨髓里。他冥冥之中觉得，他不能在这里向他们询问他的哥哥的情况，也不能向坎伯地区这些苍白的亡魂提到皮尔格林的名字。

过了一会儿，女孩走了，她从那裸露的雪白肩膀上回过头，投射出哀怨的目光，她长长的黑发，波涛似的飘在身后。风停下来了。那个石头上的风车木桨，已停止转动。水车也停止了"啪哒啪哒"的转动声，磨坊里的机器也安静了下来。天色渐渐亮了起来，对面的群山之上，露出了一丝光亮，阳光挣扎着穿过浓厚阴霾的云层，将光亮洒向大地。摩根好不容易才把斯莱德尔唤醒了。他们走到了磨坊外面，摩根把他的肩袋扛到肩上，把机关炮和步枪检查了一遍又一遍。他再也没有回过头去看一眼那个磨坊或那所房子，他沿着白色悬崖下的小溪边前行，斯莱德尔像梦游一样跟在他的身后。眼下，那条小河像火鸡尾巴一样从几个冷泉中流淌出来。那些冷泉，分布在海恩顶部那片光秃秃的区域。往西面方向看，是横贯在他们面前的"布恩的缝隙"，就像他们曾经经过的许多山脉一样。向东南方向望去，能看见大雾山那烟雾缭绕的群峰，那里就是沙康内奇。

今天上午，摩根口袋里的那块面包，看起来和闻起来与其他任何一块面包都没有什么区别。他又感觉到了饥饿，他在想，现在吃这块面包是否安全，但他还是控制住了自己，没有去吃那块面包。斯莱德尔已经差不多恢复了知觉。走了一段时间后，他们来到另一条雪橇道上。

在前面的一片空地上，一个白胡子齐腰长的老人，正在一只黑色的铁锅里，煎着一块熏肉，铁锅下面燃起了一堆柴火，火苗很微弱。旁边有一间板栗树皮做成的棚屋。

“我饿了。”那个隐士说道。他一边说，一边用分叉的树枝将熏肉翻过来煎。“给我点儿吃的。”

摩根把手伸进肩袋，拿出磨坊主的女儿给他的那个面包，他把面包掰成了两半。隐士看起来像是一个用干柴棒做成的人一样，干瘦而弱不禁风，但他一把夺过面包，将面包在浅底煎锅里的熏肉上蘸了点油，然后塞进嘴里，吞了下去。

“喂，剩下的那些，”隐士提出一个要求，“也赶紧给我吧。”

摩根也已经饿得不行了，他感到自己的身体非常虚弱。但他仍然将剩下的那半块面包递给了隐士。这个老人又狼吞虎咽地低头吃起来，这回他吃到的是一个高跟鞋的后跟，他气愤地把它扔进了火里。

“这东西你是从哪里弄来的？”他问道。

摩根意识到他指的是面包。“是磨坊主送给我的。”

“我早猜到是他给你的，”隐士说，“全家都是白色的吧？他们向你招手，就像加百利在对你召唤一样？那个姑娘的手，像 1 月下旬的水那样冰冷吧？”

“是的。”

“你那天晚上也是在磨坊里过夜的吗？”

“是的。”

“磨坊的风车开始转起来了吗？”

“那风车的确转起来了。”

“水车是不是也转起来了？”

摩根点了点头。

“这一切都没有发生过。”隐士说。

“当然发生过。”

“那是不可能的，就在去年，一群无赖北佬把他们一家三口都杀了——那个男人，他的妻子和他们家那位绿眼睛的姑娘——并且把他们三个吊在磨坊的风车上，最后把所有的东西都付之一炬了。”

听到这里，斯莱德尔不由自主地倒抽了一口气。

“既然如此，那你怎么解释那个面包呢？”摩根说。

“什么面包？”隐士说着，走进了他的树皮棚屋里，再也没见他出来。

他们继续往前走，朝着荒野的坎伯地区前进，攀越了一系列名叫“撒旦楼梯”的山脊。摩根从来没有梦见过这样的群山。他家乡的山，往往只有一个南北走向的主山脉，山脉延绵的长度，也只有一百到一百五十英里左右。这个地方，有许多徐缓走势的山麓和山脊等着他们去翻越。蓝岭山山峰的高度迅速上升，这些群山就像一个个壁垒和屏障一样横亘在他们面前。位于弗吉尼亚州多米宁地区南部的那些群峰，像一群魔鬼一样挡住了他们的去路，这些山岭都被许多深深的海湾阻隔开来了。整个向四面八方蔓延开来的群山，就像大海上翻腾起伏的波涛一样。一股股溪流沿着陡峭的山壁顺流而下，“哗哗”作响。那个山坡是如此的陡峭，以至于当他们在艰难地攀爬时，如果不小心向前跌倒，在他们倒在斜坡上之前，就会往下落回一英尺的距离。他们来到一个尖塔形岩石下面的凹地上，那里有一大堆残破的弹药箱和破烂的加农炮，这些东西凌乱地堆砌在一起，它们堆起来的高度，甚至远远超过了石头尖塔的顶端。

他们停下来喝了几口冰凉的溪水。“你是个好人，摩根，不管你知不知道，”斯莱德尔说，“你送食物给那个老魔鬼，你把你最后一个面包给了他。麻烦的是，你这人太认真了。你甚至不知道，如何去享受上帝为你安排的这个世界的伟大乐趣。”她用手掌在他们刚刚喝过水的小水池上嬉闹地拍打着，水花飞溅起来，冰凉的水溅到摩根受过伤的脸上。

摩根露齿一笑。但是现在，他已经把食物给了那个粗鲁的隐士。

他想知道，他是否会因为自己的善举而得到命运之神的青睐。他的母亲告诉他，任何乞丐如果向你索要食物，或者求你用马车搭他一程，或者夜间请求在你的家里过夜，都可能是我们的主伪装起来的。他记得母亲说过，如果你帮助一个需要帮助的陌生人你就会交上好运。他的父母曾经对每一个来到金顿山需要帮助的陌生人，伸出过援助之手，但他们最终没有交上多少好运。他们的一个儿子已经在战争中失踪，另一个儿子至今还在外面孤身漂泊。

在他们前面的月桂树丛中，有一块林间空地，旁边长着一棵很粗大的没有结果实的黑果树，浆果仍然是绿色的。然后是一片由红色和黄色苔藓覆盖着的光洁的地面。之后他们看见一个在山顶上的小湖泊，旁边有一间石头房子。一个早已不再年轻的女人，神色严肃地坐在房子的屋顶上，正在用一个小铜环望远镜看他们。

“大娘，我们今天已经走过了一段很长的路程，”摩根说，“但是目前还有一块地方没有去过。我们要去一个叫做布拉什阿伯山脊的地方，去向一个牧师打听，在哪里可以找到我失踪很久的哥哥。能不能麻烦您给我们点儿吃的东西？”

“你看我这里像是一个路边的货摊吗？你们还是走吧。你们这些北方的无赖，这片土地上，哪怕是一点点有用的东西，都让你们给偷走了。”

摩根向四周各个方向环视了一会儿。他发现，如果战争并没有打响的话，这里将是一个非常不错的居住地。与此同时，那个穿着寡妇装的女人，从梯子上走了下来。她对摩根喊道：“你进来吧。我也许能给你找到吃的，也许找不到什么吃的。把你的枪支放在外面，我不许你把枪带进屋里。”

他走近这所房子，发现房子的石头门槛上刻了一个符号“ᓬ”。摩根并不感到惊讶。这个远离城镇奴隶捕手的偏远山区，是奴隶逃亡地下护送站的一个完美的落脚点。

他和斯莱德尔不得不把头低下来，走进这所房子。这所房子只有一间屋子，屋子的壁炉里正在烧着煤块。在被烟熏黑的栋梁裸露的末尾部分，悬挂着各种小鼠和田鼠。一个水壶在火炉的支架上晃荡。她从水壶里舀了一些汤递给他们，他们没有问面前这个女人水壶里炖的是什么食物，她也没有主动告诉他们。那个女人对两个来访者打手势，让他们坐在一张矮石桌旁边的石凳上。当摩根和斯莱德尔大口地喝着汤时，她只是看着他们，并没有说话。

“你能给我讲一个故事吗？”她说，“我渴望在这里能听到一个新奇的故事。”

“他们准备炮轰里士满。”

“他们可以互相炮击对方，把我们这些人都当作炮灰。北方的人做了炮灰，南方的人也做了炮灰。给我讲一个故事。”

“一个男孩的哥哥，在战斗中走失了。他不远千里，跋千山涉万水，就是为了找到他的哥哥。”

那个女人点了点头。摩根认为，她一定会问故事中的小男孩是否已经找到他的哥哥。然后，他就可以向她打听，她是否见过皮尔格林。但是她没有这样问，而是这样对他说：“你再给我讲一个故事吧。”

摩根想了一会儿，答道：“我们碰见了一个磨坊主和他的妻子、女儿，他们一家三口都是棕黑色的皮肤，但是他们全身都覆盖着一层很白的面粉。”

“哦，默伦琴人。他们是葡萄牙人的后裔，是很久很久以前从里斯本逃到美国来的信奉基督教的摩尔人。他们当时逃到这里来，是为了躲避宗教迫害。他们的祖先在乘船去往卡罗来纳的海上遇难了。随着时间的流逝，他们把自己转移到这些被人遗弃的山上。在这里，他们安下家来了。他们也帮助过那些离家出走的逃亡奴隶。我母亲是其中之一，还有我前夫的外祖父。我从来都听不懂他们的隐语。这不是你在跟我讲故事，而是我在给你讲故事。还要喝汤吗？”

“你的丈夫已经死了吗？”斯莱德尔说，“很抱歉。”

“在我心里，他已经死了。你遇见过一个妖魔一样的老家伙吗，他留着一把花白的胡子，在这条雪橇道往下一点的地方？”

“我们遇到了一个隐居的人。”摩根说。

“他其实不是隐士，而是我的丈夫。在我心里，他已经死了，虽然我经常通过这个铜望远镜，看到他在那里进进出出。我活着，就是为了刁难他。你们出来，到我的场地来吧。我要给你们看一件有趣的东西。”那个老女人说道。

他们来到了房子外面，那个女人对着下面的山谷调了一下她那个古老的小望远镜镜筒，然后把它递给摩根。透过望远镜的玻璃，他看到了那个隐士，面向山上这座石头房子，跪在地上，双手紧扣像是在祈祷。摩根把望远镜递给斯莱德尔。

“他恳求我答应带他回家，”那个女人说，“我最确定的一件事情，就是在这七十年以来，他至少有七次这样。自从他变得无用，并且那棕黑色皮肤的女人不再来了之后，每天看他跪在那里向我乞怜，是我的主要消遣。”

摩根再一次看着隐士，说道：“我还以为他是耶稣基督伪装成的人呢。”

“他更像是犹大。两年前，我抓住了他和磨坊主的妻子在一起鬼混，就把他撵出了家门。现在我用我的葡萄牙祖先的航海望远镜，整天盯着他。他对我来说，已经死了，就像被谢里登的无赖士兵们杀害了磨坊主和他的家人一样。”

当那个老女人披露实情之时，斯莱德尔频频点头表示赞同，并向摩根投以意味深长的一瞥。

“那个隐士，也就是你的前夫，告诉我一个故事，”摩根说，“他说，那群无赖把磨坊主一家人挂在风车上，然后把那个地方全部烧毁了。”

“在他生命中的某个时期，他会说真话。你把望远镜向下调可看到更远一点的地方，朝着他们称之为海恩霍勒的溪谷看看吧。不，再朝前一点。你发现了什么呢？”

“我看见一片树林。更加茂密的树林。还有就是一条水光闪烁的小溪。那个地方，看起来有点像一个……”

他说到这里，突然停下来。他透过望远镜的镜片看到的是砌在石头堆上的谷物磨坊，那个磨坊旁边是一个已经烧毁的风车、水道和水车。那里曾经被火烧过，但已经是一段时间之前的。现在，那一片被火烧得发黑的屋基，已经被新长出的藤蔓包围了。他把望远镜还给那个老女人，她苦笑着说：“下一步你将会告诉我，你在那个磨坊里睡了一晚，并且磨坊旁边的风帆开始旋转，那个女孩请求你在床上温暖她冰冷的身体。哦，好多个像你这样的男孩子从这里经过，都讲了这样的故事。有一个联盟的男孩，手里拿着一根木棍，上面雕刻着两条蛇的形状，他用那根棍子来做拐杖，还有一个叫唤的传教士，手里推着一辆装着毒蛇的货车。对于在海恩霍勒发生的一切，都找不到一个确切的解释，孩子。你们没有对她撒谎吧，是吧？那个姑娘。还是你吃了他们的面包？”

摩根摇了摇头。

“无论如何，你都会说没有，就像我已故的丈夫那样。”那个老女人看了摩根一眼，那目光就像她所居住的那片暴露在风中的光秃秃的土地那样荒凉乏味。“小伙子，”她说，“我把这个望远镜给你。也许它可以挽救你的生命。但是，如果你要冒险去布拉什阿伯山脊地带，可能就救不了你的命。霍乱已经夺走了那个地区一半人的生命，在它完全消退之前，其余一半人的灵魂也将被夺去。对于你来说，”她转过脸来，对斯莱德尔说道，“你的乔装打扮可以蒙混过关，但是你的步态，透露出一种骄傲的、品质高雅的女人气质，也就是那种昂首挺胸、扭动屁股的步态。在充满危险的交往中，你必须学会拖着脚步走路，学会扭打的粗鲁动作，学会随地吐痰，你必须让你的脚趾变脏，就像一个没出息的年轻人那样。你也不要大胆地看陌生人。与别人目光对视时要避开眼睛，仿佛你是个非常害羞的人。你就按照我说的这样做。你们两个人是谁我并不想知道，但要尽量小心避过布拉什阿伯的瘟疫，因为你们去那个地方与你们会染上瘟疫，这两件事其实就是同一回事。如果你们现在就去那里旅行，我敢保证，就是去送死。”

当他们冒险进山后，摩根就开始借着火光给斯莱德尔念鞋匠汤姆送给他的那本历险奇书，有时是斯莱德尔念给他听，他们就这样一路上了解刘易斯船长和克拉克船长令人难以置信的勇闯太平洋的神奇旅程。摩根告诉斯莱德尔，汤姆给他提议之后，他有一个极其强烈的渴望，就是想在找到皮尔格林之后，再去西部，那样他就能够看到那两位船长曾经看到过的灿烂美景。斯莱德尔嘲笑他这种想法，她说如果提顿苏族人[①]和黑足人[②]听到他的话，一定会很高兴，他的长长的金发，将能够把他们的头发簪子装饰得更加漂亮，但如果他真的会去闯荡太平洋，然后回到家里来的话，给她带回一头强壮的野牛，这样她就可以用这头野牛帮她在加拿大拉货，她打算在那里嫁给一个有钱的人，成为一个贵妇人，过上体面的生活。就这样，时间过得很快，这两个恋人兼同伴，在他们向南长途跋涉并且走向不确定的未来的途中，一直在编织着自己的梦想。那个未来是如此的不确定，以至于他们不切实际的幻想，似乎比现实的可能性还要真实，那个现实的可能性就是，皮尔格林可能已经死了，斯莱德尔的弟弟所罗门也死了，并且在任何时刻，就连他们自己，都有可能会被丁威迪所派来的疯狂的侍从所枪杀。

自从他们上次遇到幽灵般的默伦琴人之后，摩根等着斯莱德尔提醒他，说她曾经告诉过他，坎伯地区是一个鬼魂出没的幽灵之地。但斯莱德尔没有说那个话题，而是问了他另外一个问题，她说，上帝给

① 提顿苏族人，原居住在大平原地区的不同美洲印第安部落的一个支系。

② 黑脚族人，北美印第安人中的一个种族，居住在落基山脉以东。

予人类这么多，把世界上所有的瑰宝都摆在人们面前，并且让所有的人类都能够去爱和被爱，但是，人类怎么会如此坚决地摒弃这些伟大的礼物呢？这是为什么？她问他是否认为世上的撒旦真的威力无比，可以控制一切，他已经使地球上所有的男人和女人腐化堕落，让他们有史以来的所有成就都毁于一旦。

“如果我这么想，”摩根告诉她，“我会像追杀那些我和你提到过的杀手一样，追杀撒旦。”

“你就这样做吧，我没意见，”斯莱德尔表示同意，接着说，“最好把你的时间花在寻找皮尔格林这件事情上，同时也请你花点时间把在格雷斯的小所罗门解救出来。”她狡猾地看了他一眼，接着又说道，“也许，甚至让斯莱德尔成为一个诚实正直的女人。”

听到这里，摩根笑了。他说：“斯莱德尔，你是我所知道的人中最诚实的女人。说起人类，我想和你讲讲我曾经读到过的一本书。”

“该不是那本愚蠢的《汤姆叔叔的小屋》吧。我已经告诉你我对那本书的看法了。其中的故事还是不错的，我猜想。”

“没有，我这次要讲的这本书，是我哥哥特意从大学里寄给我的。它的名字叫做《物种起源》，是查尔斯·达尔文先生写的。”摩根说道。

当他们继续前进时，斯莱德尔不时练习拖着脚走路的姿势，就像一个没有出息的年轻人一样。摩根向他大致描述了达尔文在书中关于生存和进化的思想。他不确定斯莱德尔有没有在听他讲，她现在正在模仿骡子走路时那种僵硬的步态，正在怪诞地飘浮着走动，让摩根突然想起了上次磨坊主家的那个绿眼睛姑娘——她幽怨地请求他，“抱抱我，摩根！”

然而，那天晚上，当他们对坐在营火旁边，享受着斯莱德尔用她的投石器杀死的一只幼小的汤姆火鸡时，她眼睛直直地看着他，说道：“那简直是彻头彻尾的一派胡言，男孩。”

“你说什么？”

“就是你说的那本查尔斯·达尔文先生写的书呀。我一直在想着你说的那些东西，我觉得那没有一点儿的道理。现在你可以听听斯莱德尔的观点。如果说，人类生来就是为了生存，为什么我们要在过去三年里在这场战争中互相残杀，杀死五十万甚至更多的人呢？为什么我们要在自己的孩子身上打上烙印？为什么要与磨坊主的女人一起逃跑呢？这一切听起来不像是适者生存的例子。这听起来倒像是，有史以来最坏的一群坏蛋在处心积虑地毁灭这些物种。并且，这还不是全部。这就是从猩猩那里演变而来的想法吗？为什么，这是更加愚蠢的想法。那些类人猿曾经做过什么？我们要指责他们，为我们自己找理由？难道那些巨猿也会杀死五十万他们的同胞吗？不，先生。我从未听说过那种事情。它们会把小猿的手指活活地切断吗？我想它们从不会这样做。”

“我觉得达尔文认为，所有的猿和人都源于一个共同的……”摩根试图作出澄清，但被斯莱德尔打断了。

“我并不在乎他是怎么认为的，男孩。我会告诉你，我是怎么认为的。说起物种，我相信人类差不多是上帝创造的物种中最糟糕的一个物种。这个物种挑起战争，并且互相奴役，迫害我们的孩子，然后对那些温柔的猿猴横加指责。从来没有一个物种是如此残害同胞的，摩根。我们生来邪恶，因为我们自己选择了成为邪恶的物种，撒旦其实只是起到了一点点推波助澜的作用。这就是为什么我们必须依靠我们的亲爱的主，我们的耶稣基督，来拯救我们。”

斯莱德尔停顿了一下。她那热烈的信仰，让她看起来比以前更美丽。摩根真的很希望能与她分享她的信仰。他伸出手握住她的手，在火光中，他看着她的脸。如果他不相信上帝，他至少可以相信眼前这个美丽而高贵的年轻女子。

“我对你刚才所说的前半部分表示同意，”他说，“我们的确是一个非常令人遗憾的物种。但我一直在想一些事情，斯莱德尔。你没有提到你的父亲。当丁威迪向所罗门身上打上烙印并且强迫你时，你的父亲在哪里呢？当丁威迪要用锡剪切掉小所罗门的手指时，你的父亲又在哪里呢？”

“他就在那里。”斯莱德尔说。

“你父亲就在那里？他不去阻止丁威迪作恶吗？”

这个问题再次让斯莱德尔尴尬不已。沉默了一会儿，她用一种毫无感情的口吻说道：“丁威迪就是我父亲，摩根，他也是所罗门的父亲。”

摩根·金内森听到这里，不知该说什么才好，他只在极少的情况下才会如此地无话可说。现在，一时间他真不知道该说些什么。在他的脑海中掠过一幕幕画面，想着斯莱德尔的亲生父亲正在企图强奸她，残害自己的亲生儿子，那个还不知道这个世界的邪恶有多深的小神童所罗门。如果他没有遭遇到鲁狄，没有遭遇到外科医生，也没有遭遇到疯狂的斯特普托，他也不会相信这一切的邪恶可能发生在这个世界上。

“对不起，斯莱德尔，”他最后说道，“我真的很抱歉。但是你需要知道的一点是，不管这个世界多么的邪恶，你仍然是我遇到过的最好的人。当这一切都过去以后，”他用手背指向北方，就是那条他们来时的路，那条他迄今为止，亲眼所见所有邪恶的道路——“当这一切都过去以后。我没有想到我可能会爱上一个人。但是，我爱了。我爱你。”

“哦，摩根，”斯莱德尔说着，她哭了，“不，不，不。”

“是的。你必须相信我。”

“我相信你，”斯莱德尔说，“但是你不能，你不能爱上我。你并不知道我究竟是谁。”

“可是我知道我爱你这一件事情。”

她继续摇头。“你不了解我，”她说，“我不是你知道的最好的人，摩根，相反，我是最坏的人。是斯莱德尔·克拉特若·丁威迪？斯莱德尔·犹大·丁威迪，更贴切。”

尽管摩根自己忍不住笑了，但斯莱德尔说：“在小木屋里的那个晚上，就是与丁威迪在一起的那个晚上，就是在我发出尖叫声，我的外祖父跑过来之前，你知道吗？”

摩根确信他知道她想告诉他什么事情。他把手指放到她的嘴唇上，不让她说下去。他说：“我不关心那天晚上发生的事情，斯莱德尔。那次完全不是你的错，你也没有办法。”

“可是并不像你想的那样。我原本可以逃脱的。在我的外祖父砸门跑进来之前，摩根，我恳求着。我恳求老丁威迪不要奸污我。我拼命地呼唤着我死去的妈妈，求她来保护我。他笑着告诉我，我的妈妈已在地里面腐烂了。我甚至告诉他，我身上有黑血霍乱，如果他碰到我，他肯定会得霍乱而死。”

“我说的也是这个，斯莱德尔，我已经说过了，你并没有什么罪过。”

“也许这件事情不是罪过，但是我接下来的所作所为就是罪过了。为了保全我自己，摩根，我告诉丁威迪，我的外祖父有一块石头，在我们家祖辈代代相传了好几百年。当年在我们非洲的祖先那里，有几个像你这样长着浅色头发的人乘着有雕刻的船来到我们家，把一块石头送给了我们的祖先。在石头的一面，有一些奇怪的字母，字迹很模糊。在石头的另一面，我的外祖父杰西，在上面雕刻上一幅奴隶向北逃生的路线图。我告诉丁威迪，小所罗门对那幅路线图烂熟于心。我告诉丁威迪，如果放了我，我会帮助他让小所罗门来给他画一幅。但是老丁威迪那天喝得烂醉如泥，像疯了一样。他说他很快就能向小所罗门要到那块石头，但是首先得把我从一个少女变成一个女人。然后我发出了一阵高声的尖叫，这时，我的外祖父冲了进来。摩根，你难道不明白吗？我为丁威迪切断所罗门的手指，感到深深的自责，我应该受到谴责，但那个好孩子，仍然没有说出任何他所知道的事情。”

说着，她开始抽泣起来，全身发抖。摩根连忙把她搂在怀里，说道："斯莱德尔，我正在做着同样的事情。你和你的外祖父杰西打算带着小所罗门逃跑的那天晚上，你只是想争取一些时间，不是出卖任何人。现在你听我说。我会告诉你一些比你刚才告诉我的更糟糕一千倍的事情。一些关于我自己的事情。你能不能停止哭泣，然后听我说？"

没等她回答，摩根说："你还记得我在洞里告诉你的那些事吗？就是关于那个由我负责护送到加拿大的可怜的黑人男子？也就是那个被鲁狄开枪打死，然后吊起来的那个老人？"

她点了点头，咬着她的下唇。

"他的名字叫杰西，斯莱德尔。他的全名是杰西·摩西。那人就是你的外祖父。他给了我一块上面刻着神符的石头，他把石头放在我的口袋里，防止那些凶手得到它。当我想到我那样把他一个人留在小屋子里时，我同意你刚才对人类评价时所说的每一句话，因为我自己就是造物主所创造的最坏的人。对不起，斯莱德尔。我不应该向你隐瞒这件事情。"

在火光中，他把那块上面刻着神符的石头掏了出来，摩根看到泪水在她的脸上不断滑落下来。他不断地向她探过去，让她打他，就像她在鞋匠汤姆家里他嘲笑了她时她对他所做的那样，但她只是默默地哭，她把他外祖父的刻着神符的石头放在手心，翻过来又翻过去仔细地端详着，抚摸了一遍又一遍。然后她递回给摩根，摇了摇头。过了一会儿，她说："这一切我都知道了，摩根。当我们在洞穴里时，我就对此深有怀疑。"然后，她那流着眼泪的脸，露出了一丝笑容。"你现在能听一些好消息吗？停止指责你自己，你不应当为那件事情责备自己那么久，听我说事情的另一面好吗？"

摩根看着火光里的女孩。她伸出手，把他那双粗糙的手握在她那双柔软而温暖的手里。"摩根，"她说，"这是全部人的另外一面。对于整个人类来说，对于我们个人来说的一面。这个世界上存在我的外祖父对我们的人民以及对自由的爱。也存在你对你哥哥的爱，还有我对我的弟弟小所罗门的爱，以及上帝对我们大家的爱，尽管我们每个人，爱的方式和程度有所不同。”她看着他们紧握在一起的手，然后看看他，继续说道：“还有我们之间的爱。我爱你，摩根，我也知道你爱我。”

他们面前的篝火越来越小，最后熄灭了。在那块长着高高的松树和栎树的不太常见的旷野之中，他们又一次做爱。在他们这一次的激情中，充满了对彼此的尊重，深厚的感情和了解，多方面的结合，使得他们更完美地结合在一起。但是，到了最后，当他们都躺在对方的手臂中，篝火余烬也灭了，他们的周围又回到一片漆黑之中时，斯莱德尔说：“摩根，我必须再告诉你一件事情。我知道你心里一直想，明天在布拉什阿伯地带，杀死那个邪恶的牧师，就是那个自称先知的人。但是我要说，不是为我，而是为你自己，不要杀害他。”

“斯莱德尔，如果我不杀他，他会杀了我，并且把你和杰西的石头带到丁威迪面前。其他人，其他许多人，也将被那个丁威迪杀害。”

斯莱德尔跳起来，对奄奄一息的余烬吹了几口气，那些余烬顷刻之间发出了亮光。“把那块石头投到火里去，”她说，“你已经在心里深深地记住它了，摩根，你已经不再需要它了。”

“可是我还需要它。”

一阵晚风吹过树梢。从树梢上传来几声在金顿山也听到过但叫不出名字的鸟的叫声。

“我需要它把那些人引出来，”摩根说道，“不仅是丁威迪，还有另外两个。一个就是先知，另一个你叫他为斯瓦格贝利的，也就是金·乔治。对不起，斯莱德尔。”

“我也对不起你了。”她说。就在那一刻，他担心他已经失去了她。

这是充满哀痛的一天。布拉什阿伯山脊地区的乡亲们在为死于霍乱的人们举行集体葬礼。葬礼就要开始的时候，一个四处飘荡最近来到这个地区的幽灵，坐着骡子拉的货车，来到哀悼屋子的前面。他全身穿着黑色的服装，他的脸和手一样，都是黄色的，就像围在他的脖子上那条六英尺长的嘶嘶作响的响尾蛇那么黄，他把这条蛇称为“黄疸天使”。任何时候，都没有人敢走近他。他从骡子马车上爬了下来，高喊着，从车里拖出一个巨大的胡桃树做的大型衣橱。这就是他的蛇柜，他使出力气把那个蛇柜搬到教堂里，并把它放到布经台上，那里的老牧师嘴里念念有词，在为那些死去的人祈祷。

“你，给我滚开，亚伯！”先知大声地尖叫道，将那个体弱的老教士推下来，推到下面长凳上坐着的那些丧失亲人的民众中间。“我和我手下的使徒给你们带来巨大的安慰。我们来复活你的亡灵。是啊，我再说一遍，唤起你的亡灵。Bobobalabah，Jabalabah[①]。”

先知弗洛伊德高昂着头走下来，走到这古老乡村教堂的过道上，嘴里喃喃自语，他将“黄疸天使”抛到满脸悲痛的集会人群中。然后他将“黄疸天使”拿出来，弗洛伊德邀请人们，无论活着的还是死去的人们，都到他的周围来。当黄色的毒液从这条爬行动物的尖牙里渗出来时，他把这种致人死亡的毒液比作迦南人婚礼上的第一杯甜美的葡萄酒，将他自己比作一个驱走疾病和死亡的仁慈的酿酒人。

就在这个时候，一个戴着宽边软帽、穿着一件镶有流苏的夹克的高个子男孩走进教堂。当陌生人向前走来时，弗洛伊德右手挥舞起一把大型的马上手枪。那条蛇稳稳地缠在他的左臂，它扁平的头和一只脚，以及身体的前半部分，都高高地抬起来了，蛇分泌的毒液正滴到圣杯里。

“过来，男孩，把那块黑奴的石头和你身边那个黑人荡妇给我送上来。我会告诉你，在哪里可以找到你那失散的兄弟，”先知尖叫道，“但是首先，在耶和华的房子里，把你的帽子摘下来，因为站在你面前的，是上帝。”

“当我在主耶和华面前，我还会摘下帽子，我还要问他一两个问题。

① 这是祈祷的两句颂词。

你是那个被人称作弗洛伊德的人吗？”

“我是我所是。”先知回答道，他把手枪指向摩根，拉回击铁。

“原谅我吧，蛇兄弟。”摩根说着，用“正义女神”下面的那根枪管，直接对准面前这个疯子和他的蛇开火，弗洛伊德中枪身亡，“扑通”一声倒在地上，心脏部位留下了一个有摩根的拳头那么大的洞，他倒下时，撞到旁边的蛇柜，蛇柜随之倒在他的身上。一条红皮的铜斑蛇游出来，后面跟着一条不到一英尺长如一根雪茄烟大的响尾蛇。越来越多的毒蛇涌出柜子，仿佛是从先知自己身上爬出来似的。“黄疸天使”虽然没有领头，却纷纷爬进了死者的棺材里。摩根转身退到过道上，然后走出教堂。

摩根从凉亭下面那个摇晃的搁板桌上钩下一片潮湿的葡萄叶，葡萄叶包着一块面包和火腿，他在另外一片叶子上包了两只煮熟的鸡蛋和一只烤鸡腿，并把这两样东西放进他的背袋里。斯莱德尔亲眼目睹，摩根枪杀弗洛伊德先知，并目睹了大量毒蛇涌现的场景，在一旁惊恐无比。在空空的装蛇的马车旁边站着一个戴着一顶大草帽的黑人小男孩，正在用一片梓树叶做成的扇子，把先知的那头骡子上的苍蝇赶走，似乎全然忘却了刚才发生的那场轩然大波，忘记了教堂里爬了一地的蛇，忘记了那些被玷污的死者和那些送葬者的尖叫声。

摩根将那头红骡子从马车上解下来，骑到红骡子的背上。然后，他示意斯莱德尔也爬上来。那个男孩一直看着他。“今天是我的生日，”孩子告诉他，“今天是 7 月 22 日，我今天七岁了。”他对摩根露齿而笑道，“这是我难得的美好的生日！”

“生日快乐。”摩根说。他轻弹着他的最后一枚银元，把它抛给了小男孩。这个孩子用他的嘴巴接住了硬币。他把这枚硬币拿出来，仔细地端详了一会儿。然后，他把它放回到他的舌头下面。

摩根和斯莱德尔骑着骡子沿着山脊走着。在小山脚下，一根空心原木的树枝横在道路上。他勒住骡子的缰绳并跳了下来。当他将手伸向斯莱德尔时，她摇了摇头，仿佛她不能忍受和他的身体有任何接触，她想自己下来，无需他的帮助。她继续瞪着他，仿佛她从来没有见过他一样。

“是什么意思，斯莱德尔？”摩根说，“你不认为我可以帮助你拯救所罗门吗？”

“噢，孩子，”她说，“你曾经是怎样拯救自己的？你将如何停止这一切可怕的杀戮？”

“快走吧，现在。”摩根对骡子说道，拍了一下它的臀部。

然后，他回头看着斯莱德尔。“我不知道，”他说，“我并不确定我可以停止，我也不能确定我想停止。”

那只没有人骑的骡子在满是尘土的大道上走着，摩根和斯莱德尔步入水中，然后开始走向小溪旁边那条岔道，岔道旁边开满了鲜艳的橙色的水仙花。摩根想起了驱赶苍蝇的小男孩。“今天是我的生日，7月22日。”这让他想起自己的生日，7月19日，已经到了，但是也过去了。不知不觉中，他已经十八岁了。他已经是成年人了。

第九章

Berkana

ᛒ

士兵摩根·金内森就这样一刻不停地走着。他唯一知道的，就是继续往前走。他相信，只要他不停地走下去，按照将军送给他的指南针，从西南方位向南方走去，他就能到达自己的目的地，即使他并不确定那个地方在哪里。当他到达那个目的地时，他将会知道那就是他要去的地方，因为他的哥哥就在那里。

摩根以这样一种在心里默念的方式，开始对自己讲述这段旅程。他也不知道自己为什么会这样。此时，他和斯莱德尔正站在“布恩的缝隙”顶峰上的一条小道的岔口。这个岔口在一个种植鸦片的木屋附近。此时正值罂粟花盛开的时节，美丽的罂粟花环绕着那间小木屋，妖娆地绽放。这个岔路口的其中一条岔道，通向东南方向。沿着小路向那个方向望去，可以看到高高的沙康内奇山的模糊的轮廓。他相信他的哥哥可能就在那座山里。另一个方向的岔道，是一条狭窄的雪橇小道，这条小道向西南方向延伸，一直通向田纳西的低地地区，也就是格雷斯河和丁威迪的种植园。摩根把手伸进背袋，掏出了将军送给他的指南针。可惜的是，他的指南针这时也爱莫能助了，指针不断地向北摇摆，这个指针似乎已经习惯这样做了。

“碰到麻烦了吗？”一位老鸦片种植者在小木屋上俯瞰着眼前这片

壮丽的美景。他说道：“你的麻烦，是不是很难决定该走哪条路？”

摩根抬起头来，回答道：“我担心无论我选择哪条路，都会有无数的麻烦接踵而至。”

就在几天前，当他杀死先知弗洛伊德时，斯莱德尔或许还有什么话要说。现在她只是默默地举目远眺，并不想说什么话了。

“你看这里，”种植者说道，他肩上也搭着一个像摩根那样的帆布背包，“我是一个老人，我曾经也患得患失地设想过，自己会遇到你所谓的一大堆麻烦，但其中有很多麻烦从未发生。”

“我想，有些麻烦还是有的。”摩根说。

那个老人张开双臂，朝着南方连绵的群山，远远地做出拥抱的姿势。“看啊，这些山峰和山凹叫做‘撒旦的困惑’。它们大概有一百英里宽，所有这些山峰和山坳都布满了可怕的小山谷，就像这样，像这样，像这样到处都是。”当他每一次说“这样”这个词时，这个鸦片种植者都要合起手，然后又张开并打着响指，暗示着研究那些连绵不绝的“撒旦的困惑”毫无希望。“更要紧的是，每一处都会有麻烦。因为那些地方聚集着一个民族，那个民族的人，将会以最快的速度，谋杀你，就像谋杀他们的邻居们一样，也会近距离杀死你，就像疯狂地谋杀他们一个有血缘关系的亲戚一样，只因他们和那个亲戚发生了争吵。在那些山谷里，谋杀就像家常便饭。我的弟弟在十八岁那年，被自己刚过门才两个小时的妻子杀害了。他的妻子之所以要这么做，是因为在他俩的婚礼上，她无意中看到他跟她的妹妹说话。当时，他和她的妹妹只是在闲聊，消磨时间。但是嫉妒的怒火瞬间淹没了她，她当场就枪杀了自己的丈夫。那年，他的妻子才刚满十四岁。”

他们站在老人的小木屋旁边，一阵微风吹过，罂粟花欢快地向他们点头。“近段时间以来，鸦片的需求量越来越大，”摩根转移话题，“你种植这么多鸦片，一定可以获得很丰厚的报酬吧。”

“我种植鸦片没有获取任何报酬。我将自己提炼出来的鸦片，一半送给北方人，另一半送给南方人，但从来没有得到过一分钱的回报。我这样做，算是对和平而不是对战争作出一点微薄的贡献吧。我这个行将就木之人，内心里渴望着和平，这儿。”这个老种植者，把手伸到自己的口袋中，掏出来一个小袋子，袋子的外形很像士兵的烟草袋。在这个小袋子上，有一个用红色细线简单地刺绣成的符号“ П ”。袋子里有十二个跟普通的黏土弹珠那么大的褐色小球。这个老人一个又一个地把这些小球放回到他的那个小袋子中。他一边装着小球，一边叫着这些小球的名字。“马太、马可……雅各、约翰……最后一个是犹大。孩子，把这些东西带在身上，好好使用它们。巧妙地使用它们。它们将为你带来更多的和平和慰藉，比这个令人悲伤的世界上的所有宗教带来的都多。”

摩根突然想与世间一切的邪恶同归于尽。如果事实正如他所认为的那样，他的哥哥就在那个大雾山之中只走了三四天的话，他就会沿着左侧的岔道走下去，向东南方向去寻找他的哥哥。斯莱德尔可以选择跟他一起走，也可以选择不跟他走。但他的双脚，他那双令他讨厌的不停行走着的脚，使他选择了那条向西一直通向格雷斯种植园的小道。他知道，无论他最终能否找到皮尔格林，唯有解决掉丁威迪，帮助斯莱德尔解救出她的弟弟，任务才能算完成。他已下过决心，而且这个决心也是他为这个世界留下的所有确定的事情。斯莱德尔在他的身边默默地走着，缄默无言，就像他们周围那片寂静的森林。

夏季就这样慢慢流逝。摩根和斯莱德尔穿越“撒旦的困惑”时，既没有遇到任何结世仇的山民，也没有在他们之间的激烈交火中被困。摩根相信，这一切都会让那个年老的鸦片种植者大失所望。一天早上，他们在一片密集的森林残迹附近的小道上经过时，发现这一带的森林被严重地烧毁。这片森林显然是刚刚被烧过没多久，因为那些被烧焦的树木，仍在冒着袅袅的黑烟。伴着那一股股随风舞动的黑烟，眼前这一片被烧焦的景象，看上去有点像旧世界一个画家笔下的恐怖地狱。远处的一些树木还在燃烧，眼前横七竖八地陈列着被枪杀的士兵那些烧焦的遗骸。这些士兵曾经在森林里进行过激烈的交火，最终在倒下来的地方被烧成了灰烬。斯莱德尔不愿看那些士兵的遗骸。大多数时候，她也不再讲话了。自从摩根在布拉什阿伯礼拜堂杀死了先知弗洛伊德之后，他们再也没有做过爱。有几次当她有需要不得不和他说话时，她也不看他。

一天傍晚，正当夜幕降临之际，他们来到一个双间小木屋旁。从小木屋的一个房间里，传出来一阵可怕的尖叫声，就像一个女人分娩那样撕心裂肺。房间里放着一具用稻草垫铺的棺材，里边躺着一个满头白发的老妇人。小屋的门上刻着一个象征符号"ᛒ"和另一个单词"Berkana"。

"谁在这里？"那个老女人，呻吟着大声喊道。

"我是来自佛蒙特州金顿山的摩根·金内森。"摩根随声应道。

"摩根·金内森，请抓住我的手，因为我的人生旅程很快就要结束了。"

他走过去，跪在那个老女人旁边，拉着她的手，她死死地抓住他的手，不断地呻吟。

"老奶奶，您哪儿疼呢？"斯莱德尔说，"我去为你打点水来，好吗？"

"不，不用打水。我疼的不是肉体，而是我的灵魂。亲爱的孩子们，你们一定要原谅我。哦，哦，哦！我带着我这颗污秽的心苟活了六十年，我生不如死，请你们一定要原谅我。"

"老奶奶，我不是神父，我原谅你也没用。"

"你们必须原谅我。"

"我不知道该说什么了。"

"你该说，'我原谅你，费尔·苏珊。'"

费尔·苏珊紧紧地抓着摩根的手。她的手越抓越紧，仿佛她希望自己的人生能延续得更长一点，又仿佛她要把摩根带到另一个世界与她做伴。到现在他看到的死亡已经够多了，他知道她只能在世界上停留最后几分钟。这时，她说："听着，孩子。我比你还年轻的时候，是这深山一带远近闻名的美女。那时的我美名远扬，人人都知道这里有一个美丽的姑娘叫费尔·苏珊。我深深地爱着我那年轻的情人，但是他后来和另一个女人结婚了。这件事情让我心如刀割，痛不欲生。一天晚上，我偷偷地爬上山，来到他们居住的小木屋里，发现我的情敌正在酣睡，就在她睡觉那个房间里的桌子上，放着一把切肉刀，就好像是那个有角的魔鬼自己放在那里的。我一把抓过切肉刀，狠狠地刺向了她的心窝。天呐！孩子，你能原谅我吗？"

听完这个故事，摩根的心里一团乱麻，一时理不出头绪。然而他这样一个如千万人一样在追杀其他一些人——虽然是一些邪恶的人——的人，怎么能原谅别人呢？他能原谅谁呢？只有上帝有那样的能耐，如果上帝存在的话，他也没见上帝宽恕过谁。但是摩根感到他的心被苏珊紧紧地抓住了，因此尽管他相信，他这样一种亵渎神明的行为肯定会受到诅咒，他还是对她说道："苏珊，我原谅你！"

"噢！"她呻吟着说，"我还有很多罪孽需要得到宽恕。"

还有很多罪孽！摩根现在不敢相信，自己还可以承受更多的罪孽——他自己的罪孽，就足以让十个人承受了。更糟糕的是，斯莱德尔正在热切地看着他。他确信，他已经没有机会得到她的尊重了，但他实在无法忍受自己再有这种亵渎神灵的想法。他真想拿一把切肉刀砍掉她的手，或者砍掉自己的手，正像她拿着那把切肉刀刺向那个可怜无辜的新娘的心窝那样，他怀疑如果自己这样做，是否真的能够拯救费尔·苏珊。

"如果我告诉你其余的经历，你能原谅我吗，孩子？我的一生罪恶滔天，罄竹难书。我的遗憾和悔恨，多得让我实在无法启齿。我本来以为，在‘Berkana’标记的地方，帮助可怜的黑人逃亡者，或许能让我的精神稍微得到一些宽慰。但是，我从未感到宽慰过。‘Berkana’意味着重生。对于费尔·苏珊来说，已经没有重生之日了。”

“你在这里帮助过多少逃亡的人，苏珊？”

“大概有数百名吧。然而，这样做也从来没有解除我片刻的痛苦。你现在能再原谅我一次吗？”

“我能，”摩根忍住对自己的轻蔑，对她说道，“我原谅你，苏珊。但是你不要告诉我其余的经历，你没有必要对我袒露一切。”

就在这时，她又大声地呻吟了一次。“我必须这样做。在我犯下残忍的罪行之后，司法长官立即着手追查这个案子，他们逮捕了我原先的情人，宣称他要对那桩谋杀案负责。尽管对方使尽任何招数，他始终坚称自己是清白无辜的，但是他们在帕切德科恩法院的大楼里审判他，最终宣称他是有罪的，他们把他吊死在一个高大的绞刑架上让全世界都看到。我曾经想到过自首，我仍然想去坦白走向绞刑架。直到他们要行绞刑的那一刻，我仍然想去坦白。可是到最后，我未能保持那种坚定，我下不了坦白罪行的决心。这么多年以来，我从未和别人讲过这些事情。你能原谅我吗？”

“我可以，”摩根说，“我可以原谅你。”

“真的太感谢你了，”女子叹了口气说，“太感谢你了。我现在还要请你帮个忙。我想让你在我身边再坐一小会儿，直到我走完我的人生之旅。然后你把费尔·苏珊的尸体，放在修格·福克旁边，把她放在她可怜的爱人身边，让她与那个被处以绞刑的无辜的爱人长眠在一起。他被埋葬在外面一棵浆果树下面篱笆围着的墓地里。那里放着一个小石头，是被谋杀的妻子的亲人专门设置的一个标记，石头上雕刻着类似魔鬼骷髅的图案。答应我，孩子。你还欠着我一个承诺呢，原谅我。”

老妇人临终前这样的托付，超出了摩根的预料。他犹豫不决，是否要答应她，把她安葬在那个遭受不公正处决的男人旁边。最重要的是，他不愿意再推迟他的旅行计划。哪怕是一个小时，他再也耽误不起了。但是她苦苦地哀求他，她那样地恐惧自己死亡后的孤独，她也如此害怕死后还要与她心爱的男人分离。摩根被老妇人的临终恳求所打动，他顾不上旅行会因此而再次被推迟，最后，摩根说道：“好的，苏珊，我答应你。”

“庭院里有一把铁锹，还有一个雪橇，等我死后，你用雪橇把我拉出去埋葬。”苏珊说道。然后，她躺回到了她那狭窄的棺材中，摩根猜测这副棺材是她亲手为自己做的。过了一会儿，她气若游丝，神情渐渐暗淡下去，最终带着一丝平和和满足的神色，离开了人世。斯莱德尔在架柱支撑着的桌板上点燃了一盏油灯。在微弱的灯光下，摩根意识到，这块桌板实际上就是棺材的盖子。他在想“费尔·苏珊”该姓什么。

摩根无力去看斯莱德尔的眼睛，他把棺材盖子盖上，然后，将棺材搬到了外面的庭院里。在庭院里，他找到了那把铲子和一个手扶的雪橇，他把棺材搁到雪橇上，从干把岔道上把棺材拉到埋葬地。在栅栏外面的灌木丛林里，他看到一块和他的拳头一样大的石头。这块石头上，雕刻着一个可怕的魔鬼的小头颅。他捡起了这块石头，把它放在自己的背袋里，心里想，这块石头适合他为阿瑟·丁威迪挖掘坟墓时用。借着天空中挂着的那轮残月的光亮，他完成了埋葬苏珊的任务。令他感到惊讶的是，斯莱德尔这回很卖力地帮助他，与他轮流使用铲子掘土。她时不时地会对摩根投来若有所思的一瞥，但一直沉默无言。当他们完成工作后，斯莱德尔跪在这座新坟旁，带着抑郁的心情背诵主祷文，她特别要主耶稣原谅人们的罪过。

横亘在摩根和斯莱德尔之间的隔阂，似乎仍然那么深不可测，就像那个把苏珊和她曾经钟爱的人永远分离的那个隔阂一样。

他们走到一块平坦的甘蔗地上，前面是一块更加平坦的稻田，河岸边、树丛里那些粗壮的树干，似乎植根于身后那一潭黑色的积水。这些大树的树枝上挂满了苔藓，就像上次看到的那些灰头土脸的士兵身上穿着的破烂衣服。在战争开始时，他们是一个个生龙活虎的年轻小伙子，但是现在不再年轻了，脸上长满了胡须。看着眼前这一片光怪陆离的景象，摩根心里局促不安。就像愁眉苦脸的路得，刚踏上一块陌生的土地时一样，心里充满了苦恼。他在想，住在这里的人们，是否会觉得佛蒙特州是一片异乡。

一天早上醒来，摩根发现，斯莱德尔在他身旁轻声地哭泣。她告诉摩根，她做了一个梦，梦见丁威迪把小所罗门放在一个竹笼子里，将他活活饿死了。就在那个小竹笼子里，他虐杀了许多逃亡的奴隶。那天晚上，摩根问她，如果他们能够从格雷斯种植园里解救出小所罗门，她会计划怎么做。她告诉他，在莫卡辛巴尤地区的边缘地带，她曾经藏在一艘蓝色的小渔船里，侥幸躲过一难。最初，斯莱德尔的计划是带着小所罗门，沿着田纳西河向北逃离，随后从俄亥俄州上岸，再逃到伊利诺伊州，然后他们从那里步行到加拿大，过上自由的生活。不过，最近，她开始想，如果他能答应在找到皮尔格林之后，带着他们一起去北方，那么她和小所罗门在逃亡过程中就会更加安全。这是在他杀死了先知弗洛伊德之后，摩根第一次感觉到，他和斯莱德尔之间，可能还存在一些希望，然而是个很渺茫的希望。

他们开始听到从亚瑟·丁威迪的格雷斯种植园传来的可怕的消息。有人说，种植园里最近爆发了大规模的奴隶起义，现在的种植园已经变成了关押昔日奴隶主的监狱。巡逻队在那片土地上驰骋肆虐，不时地对当地的人们施加暴行。在这里，也就是在田纳西州的这块低地上，这似乎是在已经发生的那场大战争中打起了一场小战争。那些武装起来的派别，把那些如潮水般涌向北方的难民们当作捕杀的猎物。这些难民与武装派别之间陷入了无休止的战斗之中，整个社会一片混乱。

在这种时期出门旅行，那是非常危险的，尤其是在晚上。

河岸附近有一个叫做希洛的地方。在这一带，就在两三年前，曾经发生过一场可怕的战斗。他们来到那里时，一群顽童，其中年龄最大的也不过十二岁，从一艘被烧毁的轮船上一窝蜂地涌过来，用石块和棍棒攻击摩根和斯莱德尔，直到摩根发出警告，如果继续这样他将朝他们头上开枪，他们的胡闹才停止。那帮野孩子似乎饿得不行了，摩根身上也拿不出什么东西给他们吃，而只能给他们发出致命的警告，让他们与自己保持距离。在下一个小镇，他听说轮船里的孩子来自孟菲斯的孤儿院。他们是怎么来到这里，并在这里形成游击队，到附近的农村劫掠食物、胡作非为的，没有人知道。斯莱德尔无奈地摇了摇她那个被剪去头发的脑袋。“我为整个人类而哭泣，”她说，“这样的动乱年代，发生的这些事情，摩根，让我们为整个人类而哭泣。”

这是数周以来她第一次叫了他的名字。考虑到她的情绪，他只能表示同意。

格雷斯种植园？广场上斜靠在河边码头上一根生了苔藓的树杆上的老人，用手指向南方。外界传闻联邦炮艇现在甚至在田纳西组装起来，要走水路攻打种植园。如果摩根希望看到它，他最好尽快行动。谢尔曼已下令对种植园发动猛攻，臭名昭著的格雷斯的任何一块砖头，都将会被炮弹轰炸得四处飞溅。

然而，当他们到达后，发现那个地方的情况并不是摩根所料想的。他们也看到，在这颠倒的岁月里，这个北方和南方的共同目标没有任何一个地方看似被肆意毁坏。他原本以为，一个发展了几百年的文明，除了混乱，已找不到任何东西。但是，在广阔的道路旁高大粗壮的白橡树和山毛榉之间，从格雷斯河大堤的道路向前延伸，那些用高耸的白色石灰岩支柱建成的闪闪发亮的大厦，看起来是一番平静和祥和的景象，远离不到十英里外的恐怖和痛苦。这个地带一直向前延伸，沿着河口两旁，先是大片的稻子，然后是一大片的甘蔗，再然后是一大片一望无垠的棉花，土地上财富非常丰富，这是大自然的慷慨好施，或许就是一片富有灵性的布满绿洲的土地。摩根是多么的喜爱树木呀。这些树木庄重、高大、婀娜多姿，从大房子那一头开始，沿着前方宽敞的平原一直向前延伸，形成一个无比广阔的天然花园。有些树他记得名字，许多树他不知道叫什么名字。

种植园的房子，就像金顿山县的法院大楼那么大，形状像一艘轮船。它用三块甲板装饰而成，上面布满了华丽的姜饼卷轴制品，在它的顶端装饰了一个类似航站楼那样的炮塔。在门廊的地板上，铺着压碎的红色贝壳。摩根独自一人沿着这块地板往前走，而斯莱德尔正在河边等他。这样一座大楼，乍看上去并不像一个发生过叛乱的地方。这是一处相当美丽的建筑，摩根很想把它当成一座学堂，在这里安心地念法律，或者静下心来写一部关于他的长途跋涉的回忆录，斯莱德尔曾坐在这个四周用玻璃围着的高高的操舵室里，对着她的一半黑人一半白人血统的同父异母的弟弟妹妹读瓦尔特·司各特爵士的作品。

这时，他想起了阿瑟·丁威迪，他大步跨越粉红色的贝壳地毯，拿起了黄铜门环敲起门来，那门环的形状像一个穿着一身制服的黑人儿童。尽管来自佛蒙特州的摩根·金内森知道这里没有奴隶——不管是儿童奴隶还是成人奴隶——会被获准经过格雷斯大厦的门前。他大声地敲了三次大门。他已经把他的“正义女神”步枪交给了斯莱德尔，让她保护好自己。鲁狄的双管枪，已上好子弹，伺机待发，挂在他脖子上的鹿皮夹克里面。他要用这些东西来杀死阿瑟·丁威迪。虽然他确信，斯莱德尔知道他的意图，此刻的她，已经没有表示反对的意思，不是因为她改变了对他的一切邪恶杀害的想法，而是她知道，如果他们有任何抢救小所罗门的机会，她必须让摩根见机行事。对于摩根来说，他已经准备好把那个种植园的主人迅速地处理掉，就像他当初处理挡住他去路缠绕在一起的蛇那样。这将结束一切，他相信。这一切将结束，这样他就可以毫无挂念地去寻找皮尔格林了。

一个约莫七八岁的黑人小孩打开了那扇大门。展现在摩根面前的是一座豪华雄伟的庄园大厅，大厅还有一座富丽堂皇的螺旋楼梯。这个小男孩穿着一身管家常穿的那种西装，戴着一顶高高的红色头巾。“怎么了，先生，”他说，“非常高兴认识您。欢迎，欢迎您来到‘格雷斯之城号’豪华海船。请问您叫什么名字，先生？”

摩根把自己的名字告诉面前这个小男孩。摩根注意到孩子每只手上的无名指都不见了。他头上猩红的头巾有一英尺高。“我是小所罗门，”孩子用世界上最漫不经心的语气说道，“金内森先生，请您过来。您的‘格雷斯之城’之旅就要在这个大会厅里开始了。这个大厅是阿瑟·丁威迪一世先生在他 1763 年构思这所房子时设计的。阿瑟·丁威迪一世先生是目前这个阿瑟·丁威迪先生的曾祖父。不用脱鞋，先生，就穿着它吧。许多乔治·华盛顿身边的有势力的人曾穿着靴子跨进这个门参观，然后回到乔治·华盛顿那里，这里的主人丁威迪先生是这位将军的玄外甥。”

小普林斯·所罗门手心向上，朝着旋转的楼梯做出一个优雅的手势，他对摩根说道：“我们马上就要参观第二层了，但先让我们来看看第一层的特等客舱吧。镶衬在大宴会厅的这些画像，是丁威迪的先辈们和他们的纯种赛马。这是波尼·苏格兰，这是易洛魁，这是杰克皇帝。大厅的烟色，是阿瑟·丁威迪一世选定的，用来加强和突出这些画像。那边大门上的红宝石色扇形窗，是黄金薄片与阿克熔玻璃混合在一起做成的。这里的木制品都是黄杨树，先生。在阿瑟·丁威迪一世先生那个年代，我们这一带盛产黄杨树。这是把原木纵向锯成四开，是为了给核桃或橡木一个外表。”

摩根听到从河的下游传来大炮声，但是这个富有贵族派头的孩子完全顾不上大炮的声音，他穿着一双耀眼的男管家鞋子，颇有风度地走在黄杨树地板上，引导摩根进入了一个双层的大客厅。在这里，他又用优雅的语调说道："这是双子客厅，金内森先生，淡蓝色的墙壁和光鲜亮丽的天花板，装饰有托马斯·齐本德尔的椅子和长沙发椅。那块金边的高大的窗间壁镜子，装裱着一个枝形吊灯。这现代化的煤气吊灯，是为了方便起见，最近才安装上去的。挂在佐治亚大理石壁炉架上方的是阿瑟·丁威迪先生的画像，是由著名的萨凡纳艺术家李维林·曲特先生在1848年完成的。"

在那幅全景油画上，斯莱德尔的父亲穿着一套骑马的装备。他还很年轻，看上去并不像一个残酷的人。

"现在的阿瑟·丁威迪先生在哪里？"摩根问道。

小普林斯·所罗门把一个手指放到嘴唇上。"你现在走这条路去看船上的图书馆好吗，金内森？就像客厅一样，它拥有一个十四英尺高的天花板。橡木书柜做在墙上，节约了空间。鸟眼枫树断层式书架和写字台是丁威迪一世先生专配给图书馆的。门上面的栗色赛丝绸，是在我们一度被称为美利坚合众国——不过，我担心不会合众了——里最早注册的赛丝绸。现在我们将参观马厩和广场。"所罗门用他那双残损的手半掩着嘴，用一种旁白式的，就像播放器里播送着的独白，对摩根低声耳语道："帮助我那可怜的爸爸，金内森先生。"

"什么？"摩根说，"帮助谁？"

这名男孩迅速地做了个示意他别出声的手势。除了遥远的大炮声音，这里仍然安静而温暖。摩根感觉到好像他和所罗门正在被大宴会厅墙壁上的丁威迪祖先监视着。他再也不想在这间不同寻常的大轮船房子里记录自己的经历了，他感到他更像是在一个陵墓里而不是在庄园里，就像是人生中的一座壮丽的坟墓，就像他远在北方的麦塔贝尔表姑的纺织厂那样，一直以人类的肉体贸易来维持着，很快，当那些不远处的炮艇抵达后，这一切都会完蛋。

下游的炮艇似乎越来越近。窗玻璃被炮击声震得发抖。"好吧，好，"

所罗门说，“在部队到达前，我只能带你游览我们的广场和户外建筑。”接着他又说道：“在两个星期前，老斯瓦格贝利骑马赶到这里，他把爸爸挂在一个笼子里。”

讲到这里，他叙述的节奏回到了他刚才说话时那种韵律中。“金内森先生，你喜欢玫瑰吗？过来吧，我们拥有在全联邦南部最美的玫瑰园。你得看看我们的无刺喜马拉雅以及独特的格雷斯殖民地的黑美人。你知道，真正的黑玫瑰是闻所未闻的，你知道，阿瑟先生家的玫瑰在两个星期前绽开了，就在‘君主统治’开始之前开放的。”

“‘君主统治’？”

“就是那个让人害怕的金·乔治[①]。来吧，先生。看看我们那稀有的黑玫瑰吧。阿瑟先生也正在用杂交方法培育一种开蓝花的玫瑰呢。它可能也开了呢。”

傍晚的阴影悄悄地洒在修剪过的地面上，小普林斯·所罗门带摩根来到玫瑰园，向他展示他那有培植头脑的父亲种植的许多新奇的植物。他带领摩根经过一片植物园，里边种植了许多从非洲和南美洲引进的外来树木，然后带着摩根走过一条小路，来到一条黑色的河流前。他们看到在几棵桉树前，有一台蒸汽动力轧棉机在隆隆作响。附近的柏树上挂着一个竹笼，竹笼里关着一个年老的白人。他身穿一件肮脏的种植园主西装，戴着一副绿色护目镜。十二名黑人男子在第十三个人的指引下，在树底下举办了一个法庭，摩根猜测那些黑人男子是这个种植园主家从前的奴隶。那第十三个人，是一个身材魁梧的黑人，上身穿着一件罩袍，戴着一顶大礼帽。这个巨人的鼻子似乎最近被弄伤了。他站在一辆烟草车的背后，在他的身旁，一把闪闪发光的银色步枪，拴在烟草车基座上，枪上有一个曲柄把手和通风枪管，枪口直指向关在笼子里的男子。

那个戴着丝绸大礼帽的巨人，以一种非常严肃的口气审问道：“阿

① 金·乔治英文名原为King George，King为国王之意。

瑟·丁威迪，你是否在禁止从老非洲向美国进口奴隶的法律通过之后，还继续偷偷从事奴隶买卖和奴役黑人的事？”笼子里的人拒绝回答，于是审讯者跪在银枪的旁边，开始扣动扳机，子弹“砰砰”地齐射到旁边那棵柏树的树枝上。那个囚犯抓住竹笼的竹竿，没有表示出任何的退缩。“不承认是吗？！”法官用一种沉闷的声音说道，“公民斯托克，你上庭作证。阿瑟·贝德福德·丁威迪，也就是阿诺·多米尼，是否培殖并且贩卖过两千名奴隶，其中有男子，有妇女，也有儿童？”

“他的确这样做了，公民乔治。”

“他是否曾经下令谋杀大约三十五个逃跑的奴隶？”

“他的确这样做了。”

“我再问你一次，阿瑟·丁威迪先生，你是否——？”

“我想我不必回答你的问题，我也不打算回答，”作为被关在竹笼子里的一个饥饿的人，阿瑟·丁威迪仍用一种尽可能保持尊严的语气说道，“李先生[①]马上就会过来，然后，我的绅士，我们将会看到我们要看到的。”

公民乔治又用那把加特林枪开了一枪。然后，他向公民斯托克点了点头，斯托克在隆隆的蒸汽轧棉机上点燃一堆火，发出一阵烈焰。摩根隐藏在桉树后，听到河边传来了枪声。炮艇马上就要到来了。公民斯托克剥光腰上的衣服，光着上身。他穿着一条背带裤，红色的背带，被咔嗒作响的轧棉机上的炉火照得通红，他冷笑着。

“陪审员们，现在我们来表决，根据我们所了解的来表决，投下你的石头，白色的石头表示无罪释放，黑色的石头表示罪恶深重，根据我们所了解的来表决。”金·乔治说。

“救救他！”所罗门在摩根的耳边低声说，“救救我爸爸。”

在暮色之中，一个戴着草帽的身材秀颀的人，从河边的树丛里偷偷溜出来，悄悄地溜到桉树边。斯莱德尔在摩根旁边向他靠近过来，把“正

---

① 指美国南北战争中美国南方邦联的总司令罗伯特·爱德华·李。

义女神”步枪猛塞到他的手里。“所罗门，”斯莱德尔低声说，“哦，所罗门。我是你的姐姐。我是斯莱德尔。我是来救你的。”

这个男孩茫然地看着她。当她拥抱他时，他没有认出她，他直直地站在那里，呆呆地看着她。

“所罗门，我把头发剪掉了，”她低声说，“不过，我还是斯莱德尔。过来吧，马上过来。我身边这个人和我，来救你来了。”

“救救爸爸。”小男孩说，他用手指着在柏树上的笼子里挣扎的丁威迪。

斯莱德尔摇了摇头。她对摩根说：“我找到蓝色的小船了。就在我和外祖父逃跑那天晚上所在的那个地方。”

斯瓦格贝利走下马车，把他那顶高大的帽子脱下来。他挨个地从陪审员身前走过，每个陪审员都往帽子里投下了石头。斯瓦格贝利把他的帽子放在蒸汽轧棉机上，在火光中他把那些石头倒到他的手上，石头嘎吱嘎吱地落在他的手里。每一块都是黑石头，一块块黑曜石。他大步走回笼子跟前，站在笼子下面，手里拿着帽子，放在胸前。

“阿瑟·贝德福德·丁威迪，你犯有强奸、抢劫和掠夺罪。你在过去的四十年里，在你的格雷斯种植园里，不断地奴役你手下的人们。在迦特的土地上，你卖掉自己的亲生孩子、侄女和侄子。你用这架轧棉机轧棉花，你也用这架轧棉机轧死手下的人。因此，我要宣判你，你也要被你自己的这台轧棉机轧死。”

“你以为我会在乎你的威胁吗？”丁威迪打了个响指，对他们大声叱骂，“我丝毫也不在乎你说那些。在我们说话的同时，李将军就要抵达这里了。你没听到他的船声吗？到时候，我会再次抽打你们所有这些人，把你们打得体无完肤、跪地求饶。即使我看不到你，我仍然可以鞭打你。”

“我们这就去用轧棉机把老丁威迪轧死。”斯托克说。

“不要！”小所罗门尖叫道。

摩根从桉树后面走出来。“你们这些人，把笼子放下来，让他出来，快点儿把他放出来。”

陪审员向后趔趄，把系在笼子顶部的绳索解开。绳子一直往下垂大概有十英尺，降到地面。笼子打开了，笼子里的那个衣衫褴褛的前种植园主被放了出来。

金·乔治笑了，他向摩根走来，他那双粗壮的大手一会儿张开，一会儿抓拢，一副要抓住摩根的脖子把他掐死的样子。当斯瓦格贝利向他扑过来时，他抓住斯瓦格贝利巨大的大拇指，一只手抓一个，把两只大拇指死死地向巨人的手腕反向压，那两只大拇指就像火柴一样被摩根从第二个指关节折断了。斯瓦格贝利痛苦地大叫，倒在地上打滚。

“快解救丁威迪先生。”摩根对陪审员请求道。

“哦，在桉树那边的人，你最好还是听我们的，”公民斯托克说，“他们都说丁威迪是魔鬼，是杀人犯。他曾经把数以百计的儿童送去邦达，把那些试图逃跑的人全部杀死了。”

“我知道他所做过的事情，帮助他站起来。”

其中一人冲过去，帮助丁威迪站立起来。

“这里发生什么事了？”从河的方向突然传来一声带鼻音的声音。“为什么这么晚了轧棉机还在开动？”公民斯托克跳到马车底座上，旋转加特林机枪朝着丁威迪的方向疯狂扫射，并开始摇动手柄，对柏树下面那一块土地发出一阵疯狂的扫射。一枚子弹击中了轧棉机的锅炉，锅炉立刻像过热的轮船发动机，滚烫的开水向四周迸溅，溅到一些陪审员和阿瑟·丁威迪身上。斯托克仍在继续射击，那些烫伤的陪审员们发出阵阵尖叫，急忙跳到河中，让河水缓解烫伤的疼痛。丁威迪全身严重烧伤，发出阵阵尖叫，摩根抓住他背后的衣服，把他拖入甘蔗地。斯莱德尔和小所罗门紧随其后。河面上飞过一团火焰，小所罗门不断地发出哀鸣声，在火焰的光亮中，迎面而来的蓝衣士兵，纷纷朝水中那些无助的人开枪。有人发现了加特林机枪。在一阵阵的枪击中，河里那些无助的奴隶们全都被射死了。士兵们一边高声欢呼，一边向河里任何有一点动静的地方射击。坐在烟草马车上的人发出一声胜利的欢呼，用那架可怕的加林特枪对着甘蔗地拼命地扫射，一阵一阵的子弹朝着摩根、斯莱德尔和小所罗门的方向飞来。

一团火焰落在甘蔗地里，甘蔗地立即燃烧了起来。摩根把丁威迪甩过自己的肩膀，拖着他往前逃。斯莱德尔抓住所罗门的手。他们奔跑着，子弹像雨点一样死死地跟在他们的脚后跟。透过面前这片火光，摩根看见了一群老鼠、麝鼠、兔子、蛇，还有一只行动迟缓的乌龟，死命地和它们一起逃窜。“枪毙我，枪毙我，我是一个死人。”丁威迪大声地尖叫道。话音刚落，又传来机关枪的一阵齐射，火焰向这边喷来，向着他们身边蔓延过来。一只鹿向这边跳跃过来。很小的老鼠也蹦着跳过。所罗门发出一阵阵哀号声，摩根拖着那个在他背上不断发出尖叫的人，就是他曾经发誓要杀死的人踉踉跄跄地前进，此时他背上的这个人，轻得就像一根干燥的木棒。而在六个月前，摩根还在经营着陷丝，帮他父亲挤牛奶。

“是不是我爸爸马上就要死了？”

“他被枪击中了，并且伤得相当严重。”摩根说。斯莱德尔的弟弟听到这句话，伤心地哭了起来。摩根深受感动，但同时感到很愤怒，因为这个孩子竟然为一个让自己终身残废的人伤心哭泣。他们来到莫卡辛沼泽地，斯莱德尔的划艇就隐藏在那里的甘蔗丛中。在河下游一英里的地方，那些蓝衣士兵正疯狂地焚烧着种植园。

“看在上帝的分上，你杀了我吧，”丁威迪乞求道，“你最好让他们把我吊起来，再把我轧死吧。”

“你派人杀了杰西，”摩根说，“然后你又派人追杀我，就为了他的这块石头。你为什么要这样做？”

“他们偷走了我的财产，”丁威迪说，“就是你所谓的地下交通站站长和向导员。我希望他们得到公正的惩罚。”

“我的哥哥在哪里？”摩根说，“皮尔格林在哪里？”

这是很长时间的一段射击，但是令摩根大为惊讶的是，丁威迪说道：“问问奥康纳路夫梯吧。”

“谁？”

“我要喝水。”丁威迪恳求。

摩根从水壶里取了一点水喂给丁威迪喝。他的手在干粮袋里碰到一点东西，那是路上遇到的那个种植罂粟的男子送给他的鸦片球。他把一颗鸦片球放到丁威迪的嘴里，就像一个牧师进行涂油仪式。

这时，丁威迪呻吟了一声。

“爸爸。”所罗门叫道。

“来，到我身边来，孩子。”丁威迪一边说，一边伸出手向那个男孩的手摸索过去，“你能原谅你的父亲吗，他把你可怜的手指砍断吗？哦，孩子。你能原谅我吗？”

“是的，我能原谅你，爸爸，我能原谅你。只要你不死。”

“听着，所罗门。你必须与这个北方佬一起走，按照他说的去做。他会把你照顾好。是吧，小北佬？”

“我会照顾好他的。此外我还想问的是，我在哪里可以找到奥康纳路夫梯？”

“给我鸦片，我再告诉你。”

摩根一个接一个为面前这个垂死之人喂食鸦片球，此刻的斯莱德尔正在安慰她那心地善良的小弟弟，安慰这个记忆力超强的小弟弟。月亮已经从遥远的东方地平线慢慢地升起来了，一轮圆月挂在天际，就像佛蒙特州的奶酪那样金黄灿灿。

“你会找到他的。”丁威迪开始说话了。他说话时有点难受，说不出来。摩根已经急不可耐，他发疯似的把杰西的石头放到丁威迪的手中。

“告诉我，”他说，“看在上帝的分上，告诉我，在这块石头上，哪里可以找到奥康纳路夫梯。”

在他的疯狂的焦急之中，摩根忘记了这个垂死的瞎子丁威迪已经没有力气告诉他哪里可以找到奥康纳路夫梯。然而，这个戴着绿色护目镜的奄奄一息之人，用手抓住那个自己曾经长期对之垂涎的遗物，就像古时候的蒂雷西亚斯[①]一样，用他的手指从石头的顶端摸到底部。然后，他下巴和眼睛直直地对着天上那轮皎洁的明月，眼神一片茫然。鸦片产生作用了，丁威迪一命归西。看在所罗门的分上，摩根合上他的眼皮，把“正义女神”上长长的弹药筒对着他的两只眼皮上。他从石头上移开丁威迪的手指。在一片苍茫的月光下，看到上面写的名字是加特林堡。

“就是那儿了，”斯莱德尔说，“就是那儿，我们能找到摩根失散的哥哥了。那儿就是加特林堡。你帮我救了所罗门。现在，斯莱德尔打算帮助你去寻找皮尔格林。”

摩根摇了摇头。他知道，摆在他面前的那个地方会发生什么事情，只能靠他自己一个人走，没有人能陪他去那个地方。

“我将与你在一起。”斯莱德尔说。

“你不能和我在一起。”摩根的语气很坚决。

摩根把他带的木雕雪松饮水杯拿出来，说道：“这是我送给你的礼物，斯莱德尔。请你把这个东西送给加拿大蒙特利尔的奥古斯特·肖托。”

“你要杀死奥康纳路夫梯？”所罗门说道。摩根把斯莱德尔送到小船上，把所罗门放到船头，坐在她的对面。

“我要去埋葬你的父亲。”摩根说，他拍了拍孩子的头，然后把船推到河里。他并没有太多的希望他们能获得自由。如果他们能到达田纳西河，他都会觉得惊诧，更不用说能到达加拿大并获得自由了。但

---

① 在希腊神话中，蒂雷西亚斯（希腊语 Τειρεσα，也为Teiresias音译）是底比斯的一位盲人先知，传说他有著名的千里眼，并且历经七年转化为一个女人。

他知道这是他们最好的机会，在这样的机会里，如果有任何一个人能够幸获自由，那么斯莱德尔就能获得。当他们消失在树林子里时，摩根大声喊了一声她的名字。他似乎听到她在回叫他，但在种植园房子上空那令人恐怖的爆炸声中，他不是很确定。从这些联邦士兵的秩序听起来，他们正在炸毁格雷斯城。房子上方的天空成为一片红色，就像一朵初绽的玫瑰。他把一根柏木枝的一端削尖，用这根木棍在河边挖了一个浅坑，然后把阿瑟·丁威迪的身体放到坑里，在上面盖上一些树叶。这是他所能为这个男人做的一切。他想起了他的背袋里放着的雕刻着魔鬼头的那块石头，但是看在所罗门的分上，同时也看在斯莱德尔的分上，他决心让它们继续留在他的口袋里。然后，他再次开始启程，一路向东，向加特林堡和大雾山走去。此时的他，竟不知道自己哭了。

第十章

Isa

】

"一个北方的小伙子，名字叫皮尔格林？哦，现在啊，我可以告诉你，我们加特林堡的北方人太多了，在那些北方人把威尔·托马斯和他的红种人印第安人赶出小镇之后。我不记得其中是否有一个名叫皮尔格林的人。他是乘坐'五月花号'①来的吗？"说完最后一句，那位见多识广的松焦油人，为自己讲了一个愚蠢的笑话咯咯地笑了。这个时节，对于他来说是相当清闲的。因为在这样的初秋季节，松树上的树液还没怎么流渗出来，这样他就有充足的空闲时间，悠闲地坐在小屋门前那走廊里的藤椅上，享受他的闲暇好时光。他扬起双手，朝着门前那条土路指去，道路的两旁分布着二十来座木制房子，这些房子构成了田纳西州的加特林堡小镇，村子尽头躺着一头肿起来的小牛尸体。"你知道的，这里不是里士满或亚特兰大的市中心。我从来都不知道小威尔为什么要在这个地方战斗。难道是为了这里的二三十个简陋的棚屋，以及棚屋里摆着的那些不上档次的玉米而战斗？这里的一切，真的不值得打一场仗。真的不值得那个人打他的那场仗。"

摩根踮起脚后跟，蹲在松焦油人的前院，听着他说话。这个人一直在说话时，他也只能听他说了。

---

① "五月花号"(Mayflower)，指英国第一艘移民船，在英、美历史上具有重要影响。

“那你觉得，托马斯现在在什么地方？”当眼前这个健谈的人，终于停下来吸一口气时，摩根赶紧问道。

“哦，他就躺在上面那。”

“在上面那边？”

松焦油男子挥着他的手背，指着远方山岭那模糊的轮廓，那个模糊的轮廓一直延伸到加特林堡以西的蓝岭。“就在那里，”他说，“他们在大雾山里。他们叫那个地方为沙康内奇。但是，你要冒险去那个地方吗，孩子？哦，不，你千万别去。即便那些切诺基人没有把你的头颅取下来，那些在苏葛兰等待战斗的露宿者也会伏击你。如果那些露宿者没有将你打倒，那么奥康纳路夫梯本人，也会用绳子把你吊起来的。不，先生，年轻的男孩，在大雾山，他们一看见你就会立即杀了你。奥康纳路夫梯是最坏的家伙。他的脖子上缠满了响尾蛇，他把蛇当作他的领带，老路夫梯先生也是如此。”

“为什么他会取这么一个古怪的名字呢？”

“这是根据他不去杀人时隐居的那座山命名的。在卡洛里尼一带，那算是一座很高的山。”

“在这一带，哪座山峰是最高的，并且也是最具备荒野特征的？”

“我告诉你，那肯定是大祖母山了。如果你确切地知道从这里朝哪个地方看，你最好远离它，在你脑子里想象你看到了它就行了。”

摩根没有想象他看到那座山——实际上他已经看到了那座山，那座山朦胧却确切地存在，像一个巨大的开叉的楔子一样直插云霄。他在想，就是那里，那里就是皮尔格林会去的地方。他再次上路了，沿着街道前进。他经过一个男孩的身边，这个男孩在不断地用棍子戳着死去的小牛头上玻璃般的眼睛。他经过一个穿着方格花布衣服的女人身边，这个女人在门廊上晾衣服。他朝远方望去，前面就是蓝色的大雾山。一片金黄的色彩，在他身后小村庄的上空，逐渐退去。他从佛蒙特州出发，一步步走向加特林堡。去那个地方不算什么。因为他知道，寻找他哥哥皮尔格林不是一步就能到达的。加特林堡也只是另一个摇摇欲坠饱受战争推残的地方。他走在那条路上，道路两旁有一些高大的树木，旁边是一条从山麓流下来的小河。这两个星期以来，他告别了斯莱德尔，就开始加速一直往前赶路，他通过了莫卡辛沼泽地，走上去加特林堡之路。每次从睡梦中醒来，他都会强烈地意识到，斯莱德尔已不在身旁。她在大声地叫唤着他什么呢？她真的大声地叫唤过他吗？他一边想，一边继续往前走。

摩根·金内森带着十二分的决心踏上他的加特林堡之旅，此时他感到疲惫不堪。他身心俱疲，然而大祖母山仍然还在很远的地方。自从离家以来，他第一次心中涌起对孤独的恐慌，不敢去看在黑暗的森林里面有什么东西。他改变了往山上去的方向，斜向地沿山腰走，直到往山下奔腾的小溪的流水声越来越远，消失在一片沉寂之中。他拿出将军送给他的指南针，测看到远处有两个高高耸立的岩石塔。在昏暗的暮色之中，这两座岩石塔，就像一座房子的大烟囱，高高地耸立着，刺向苍穹。他继续前行，穿过一片橡树园，在树丛中，他看到一个熊用鼻子拱出的小窝。很快，夜晚已经来临，他将不得不停下来歇脚，因为他不能像熊一样，在漆黑的夜晚仍继续活动。

停下来休息的想法还在他的脑海中盘旋的时候，摩根隐约闻到了一股炊烟的气味。那烟味似乎是从一个狭窄的山坳里飘过来的，这个山坳，沿着山坡一路延伸，一直延伸到山脚下的一个山沟里。他向那片山坡凝视了片刻。不管这个山区居民的住地，可能会充满多少危险，他都必须冒险前去。因为，皮尔格林作为一名来自北方的医生，如果他最近从那个地方经过的话，那里的居民肯定会知道的。摩根小心谨慎地蹚过了从月桂树下穿过的小溪。那种燃烧木柴的炊烟味越来越浓。他闻到了烹肉的香味。风吹拂着他的脸，他横过峡谷，在他的面前突然出现了一个豁口，那就是高山另一侧下面的一个圆形山谷。在数百英尺以下的山谷中，一些小木屋，像一个个黑色的巨石一样，零星地散落在小溪附近的土地上。他仔细地闻着吹拂到他脸上来的微风，也许那些人会在这里留下一些气味。他像一条猎犬一样，细致地嗅着周围的气息。摩根把步枪从头上取下来，然后重新挂到背上。在这样的山区里走路，不适合携带这样一些装备，而且让一把枪处于整装待发的状态也毫无必要。他开始朝那些小木屋走去。当走到离那个小村庄不远的地方时，他听到了一阵歌声。一个妇女正坐在一根圆木上，在黑暗中大声地唱着歌儿，歌声里略带着一种生涩：

五月这个月，五月里的一切，
绿色的萌芽正在隆起。
这些嫩芽在生长，直到美丽的鸟儿选择配偶，
而巴巴利选择她心爱的威廉。

眼前这个妇女所唱的歌谣，多少有点儿像摩根的母亲曾经给他唱过的歌，歌声中饱含着一种悲情，他们家附近的男人、女人和孩子们，都聚到他们家小屋的门前，来聆听歌声。那些男人们都戴着黑色的帽子，扛着长管猎枪。摩根那时就很想知道，他们睡觉时是不是也戴着帽子，旁边放着枪，猎枪像妻子一样陪伴着他们入睡。

威尔在镇里寄出了一封信，
信寄到了巴巴利·艾伦的住处，
信里说，那边有一个生病的年轻人，他派人来请她去看病，
希望她过去看望他。

摩根脑子里闪过一个想法。他没有唱歌天赋。他从来都没有学过

怎么唱歌，皮尔格林也曾经因为摩根没有音乐细胞，而善意地嘲笑过他，就像嘲笑他的严肃气质一样。不过，这是一首摩根所熟知的歌。如果这些人把这一种用鼻音发出的似哭的调子叫做唱歌的话，他相信自己也可以唱歌。歌声继续飘过来："巴巴利冷落了威廉，他病倒在床。"

哦，妈妈，哦，妈妈，你来给我铺床，
把我的床铺得又窄又长。

于是摩根开始用颤音唱着同样的旋律：

亲爱的威廉，他今天为我而死，
明天我会为他而死。

女子又开始唱了。那些男人伸出长臂，拿起比他们的手臂还要长的山炮。摩根没想到要躲起来。也许这将引来一阵扫射。他开始走下山坡，以一种近似刚才那个女人的调子唱着：

他们在老教堂的院子里，埋藏了亲爱的威廉，
巴巴利在他的身旁，和他紧紧地在一起。

他停下来，希望，希望。是的，下面的女人那颤抖的声音又传来了，在充满露珠的暮色之中，她的歌声很细腻，很低沉：

在亲爱的威廉的墓冢上长出了一朵红红的，红红的玫瑰
巴巴利·艾伦的是荆棘。

摩根这时一边走路，一边和她对唱着这首庄严的叙事曲：

他们长呀长，他们长到教堂顶部那么高
他们再也不能继续往上长了。

这名妇女对唱的声音，充满了颤音和深切的悲痛：

他们紧紧地依偎在一起，在一对恋人结里，
玫瑰挂在荆棘上。

摩根不再唱下去了，他走进那个女人打扫得很干净的前院，与她打招呼："晚上好，太太。"

歌手站了起来，她那铜红色的头发垂落到她的脸颊上，大大的眼睛就像一枚新铸出的银币，闪着银白色的光。她穿着布袋装连衣裙，像一个简朴的少女一般。摩根可以看出，她过去是一个美丽的女子，现在风韵依然。

"夜幕也向你袭来了，我的孩子威廉。"

她的那句"孩子威廉"的话中，带着一种讽刺和幽默的暗示。在她眼里表现出来的讽刺和幽默的暗示，比她在语气中表现出来的还更明显。她声音尖锐，声音中透着权威。这时，住在附近木房子里的男子，拿起枪来对着摩根。她从纤细的腰间，伸出手掌，做了一个简短而果断的手势，男子的枪管即刻就移开了。至于她究竟是那个拿着步枪之人的母亲，还是这个家族族长，摩根也不清楚，他只知道他现在正处于她暂时的保护之下。

"你找到了夜里落脚的地方了吗？"

"还没找到。"

"那你是否出身高贵而不喜欢喝粥呢？"

"我喜欢喝粥。"

“那么请把你的武器全部放在房子的墙上再走进来，欢迎你敢于冒险来到我的小屋。然后你在灯光下给我们讲讲你的经历，我们将围坐在你的身边，听你讲述。然后我们再决定该如何处理你。来吧，现在请你喝粥。在苏葛兰没有人敢动你的武器。但我的确希望，你的射击水平比你的唱歌水平要高，我这样说丝毫没有冒犯的意思，你实在不懂得怎样满怀柔情地唱歌。”

他踏进走廊，把他的枪靠在小屋的墙壁上。摩根注意到，在妇女家的门上，深深地铭刻着一个符号“ 」”。屋子里面的窗户被黑色的绉丝覆盖着，这个家庭里好像最近有人死了。他大口地喝着粥，这个粥的做法也不过是先把燕麦捣碎，然后再加上几勺粗蜜糖搅拌在一起，目的是给粥增加一点甜味，然后再加一些水，用小火慢慢地熬上几个小时。

那些男人在屋子外面生起了一堆火，他们在篝火旁边围坐下来。摩根坐在篝火旁的一根圆木上，火焰的光芒映照在他黝黑的脸上和稀疏的小胡子上。他那灰色的眼睛炯炯有神，仿佛在告诉别人，他一直坚持着始终不渝的宗旨。还有些男子和男孩一直站在小屋旁边，对他那支“正义女神”和他的散弹流露出羡慕的神色。美丽的女族长已经承诺，因此没有人敢去触摸摩根的武器。如果他冒犯这些人，他们可能果断地朝他开枪。他们不会有人从他那里偷走这些武器。

“为什么你到我们这里来，还带着武器？是什么将你吸引到‘萨尔坦地狱’这里来的？”那名刚才掉转枪头对着他的男子问道。那个男子的语言，摩根听起来有点吃力，不知道他在说什么，在对方发出“这里（here）”和“萨尔坦地狱”时，那个音节听起来的确很优雅，“here”发成了“he-ear”；“萨尔坦地狱”一定是指这些小屋构成的社区的名字。

“我是来寻找我哥哥的。”

也许他们也很难听懂他这样说的话。沉默了一小段时间，那个唱歌的女人说道：“他是来向我们打听他的亲属的。”她好像是把摩根刚才说的话，用他们自己的语言翻译了一遍。

“他是谁呀，巴巴利？他是怎么称呼他哥哥的？”那个拿着步枪的男子问道。

“我哥哥的名字是皮尔格林 · 金内森。我的名字是摩根 · 金内森。我哥哥是联邦军队的一名医生。”

“他要打听的亲属是一个医生，”银白色眼睛的女人说，“名字叫做皮尔格林。”

“金内森。”

“亲属（kin）—儿子(son)。那就是亲属的儿子了。那他就是来寻找亲属的。”那个男子这样解释道。

“你是从什么地方来的？”

“你从哪里来的，孩子？”

“我是从佛蒙特州来的。”

“我不知道佛蒙特州是哪里。”

“在遥远的北方。”

“哦，他是从北方大陆来的。”

“是在皮奇古特山那边吗？还是康普尔楼台？还是布罗省台柱那边？你是说哪里的北边？”

“比那儿还远，”妇女说，“那个地方远隔千里，那是只有擅长奔跑的人才能去的地方。”

“是老祖母山峰的另一边吗？是卡罗来纳？”

阴影里的老人，开口说道：“当我还是一个小伙子时，我下山到了卡罗来纳。在一座工厂里找了一份工作。那是一个砖瓦厂。第二天，我就赶紧回家了。”

“为什么赶紧回家了，长老？”巴巴利深情地说，“为什么你这么急着回家？”

“为什么，巴巴利，我对那里的饮用水很不习惯。一点儿都不像我们这里的水那么甘甜。它的味道像在金属品里泡过的一样。就是这样，我第二天就直接回家了。”

“这孩子是从比卡罗来纳还远的地方来的。把你的经历告诉我们吧，摩根·金内森。把你打听你哥哥的下落的所有经过都告诉我们，你不要有任何隐瞒。如果你在路途中遇到了年轻的姑娘,却又伤心地离开她，告诉我们那方面的事情。因为我们对悲惨的爱情故事的喜爱，胜于对任何其他事情的喜爱。”

摩根俯身靠近篝火，火堆里的山核桃树枝燃烧得噼啪作响，熊熊的旺火，将附近浓浓的夜色照得清晰明亮。他曾经给斯莱德尔讲过他的经历，也给南方将军讲过一些他的经历。现在，他要给这些山区的人们讲这些经历。

“你慢慢讲吧，”那个妇女说，“对于你的说话方式，我们听起来觉得古怪，有点儿吃力。你从嘴里说出来的声音好像是从你的鼻子里发出来的一样，就像我们唱歌时的那种方式，你现在这样说话，我们听起来觉得很粗鲁。但最重要的是你要一五一十毫无保留地讲出来，因为在这样一个寒冷的夜晚，我们最爱听的是长故事。你也不要给我们讲神话传说,那种故事我们不爱听,你要给我们讲真实发生的历史故事。如果你离开你所说的佛蒙特州，撇下你那心爱的姑娘，你务必要对我们讲讲你和她之间的故事。当你的故事讲完了，如果我们喜欢听你的故事，并且也因此喜欢上你的话，那么我们就可能帮助你一起寻找你的亲属。如果我们不爱听你的故事，这对你来说是一件很糟糕的事情。请你开始讲吧。”

摩根开始讲述。他告诉他们，他发现杰西被绞死在树上，他还讲了他想在沼泽地里用枪射杀鲁狄。但在那个时候，铜颜色头发女人站了出来，让他先停顿一下，并把那些男子叫到他们的小屋里，把他们的妇女和孩子也叫过来。因为她不想让“萨尔坦地狱”艾伦家族的任何人错过这么好听的故事。那些妇女都站出来了，手上抱着她们用被子包裹着的婴儿。她们还把那些刚学会走路的小孩、那些走起路来东倒西歪的儿童和学龄前男孩，以及那些从未上过学的女孩，也都叫过来了。巴巴利为了让他们好好地听摩根讲他的经历，又叫他从头开始讲了一遍。摩根叙述他是如何遇到吉卜赛老人的大象的，他们中没有一个儿童，也极少有成年人听说过这种动物。他讲述了他在运河旁边与鹊鸣的冒险经历，以及他与斯特普托和先知在驶过教友派兄弟地盘上的军队火车上发生的战斗。他还说，他在里士满遇见了一个南方的将军，他怀疑身边这些人从未听说过他的名字。当他叙述他在格雷斯种植园里是如何残忍地弄碎斯瓦格贝利的大拇指从而将他打败了时，他们低声细语表示赞同。当他把这些经历都讲完时，所有人都那么安静。这时，巴巴利对其他妇女说道："把那些小孩子们叫去睡觉吧。"然后，妇女们将她们在熟睡中的婴儿和刚学走路的孩子抱去睡觉了，她们也离开了。

这时，一个十六岁的男孩对摩根说，"我是巴巴利·艾伦的儿子，我叫诺亚·艾伦。两个星期前的一个夜晚，我带着我的蓝猎犬追赶一只熊，从荒凉的小河追到尖顶山时，看见一个步履蹒跚的老太太，从大祖母山赶回她在破壶山的家。有一个年轻的医生，曾经帮助她治愈了她的水肿病。那个医生自己制作了一些药水，并且向她传授自制这种药水的方法。他并没有收她的钱，拒绝了她的金属硬币。她说，他是从北部地区来的。他们把他称为'老祖母山大夫'。但是我不敢保证，他就是你要找的亲属，因为那个老太太说，他与一个年轻漂亮的姑娘结婚了，有了一段幸福的婚姻。"

"我很乐意看看那个年轻的妻子。"艾伦家族的长老高声笑着说道。

"我相信那件事情，但是你会怀疑，长老。"另一个人说。

"这个长老一生取了八个妻子，死了五个，他和这些妻子一共生了三十个孩子。"巴巴利自豪地说。

"明天我还乐意再娶一个，"长老说，"如果有人愿意跟我。"

“你是一个循规蹈矩的亚伯拉罕，那么一大把年纪了还要生孩子，爷爷，”有一个人说，“你已经度过了多少个冬天了？”

“我已经度过了九十五个冬天了。就在上个月，我有八个儿子被谢尔顿一家枪杀，有一个儿子被奥康纳路夫梯枪杀，那就是我的孩子奎尔。也就是巴巴利家的男人。”

摩根转向巴巴利，问道：“奥康纳路夫梯打死了你的丈夫？”

“是的，”她说，“奎尔在火焰河寻找人参时，被路夫梯和他手下的那些恶魔吊了起来。他们试图让他说出我们的家在哪里。哦，他们把他折磨得痛苦不堪、死去活来，但奎尔一个字也不说。就这样，路夫梯最终向他开了枪。”

巴巴利站了起来，她的头发是火中余烬的那种颜色。“你们都起来吧，通通都去床上睡觉，”她对整个家族说，“到明天，你们中的一些人必须爬上皮革马裤山，去谢尔顿月桂树下警告谢尔顿的人，说路夫梯离他们很近了。”

“为什么要这样做呢，巴巴利夫人？谢尔顿的人，不是跟我们结下血海深仇的敌人吗？”

“还有更多的原因。如果奥康纳路夫梯杀死他们家的男人，那就不会剩下几个人让我们家的儿子杀死了。你们要警告他们。至于路夫梯，我会以我心爱的丈夫奎尔·艾伦那永垂不朽的灵魂向你担保，他必须被我们处理掉。现在大伙儿去睡觉。你，”她转过来对摩根说，“在篝火旁边等一会儿吧。”

过了几分钟后，巴巴利又出现了，手里拿着两个干净的麻袋和一枚珍珠灰肥皂，还有一件新的白色亚麻衬衫，亚麻内裤，朴素的灰色裤子，还有一双好毛袜子。她命令他脱掉身上破烂的衣裳，把它们扔到木材堆里烧了。摩根在美丽的巴巴利面前，不好意思裸露自己的身体，但她用她那特有的沙哑的声音笑着说，她很清楚地知道摩根的心思，因为她有一个儿子，年龄和摩根差不多，还有一个儿子比摩根大一岁，另外两人比摩根大得多，这几个孩子和她的男人奎尔一起，都被路夫梯手下的人杀死了。她令摩根立即脱下衣服，不然的话，她将把她那不太文雅的手放到他身上，亲手把他的衣服剥光。是的，而且她会很喜欢完成这项任务。就这样，摩根把他的旧衣服扔到了火堆上，露出了赤裸裸的身体走来走去，身上只穿着靴子，走到大山黑暗处的溪水中。巴巴利让他直接走到一个很深的水池里，这个水池里的水是从一个石灰石的水槽里倾泻下来的。巴巴利没有走开，她迈着长腿，大步地走向水池，将干净的衣服和麻袋扔在沙滩上，把亚麻和羊毛织成的裙子拉往头顶，然后脱去。然后，她也直接走进水池里，水漫到了她的腰部，她的长头发在身后飘动。巴巴利直接站在小河的银白色的瀑布里，用眼神向他召唤。她的眼睛，在月光里就像落下的河水那样，是那种银白色。摩根被那妇人的美丽所吸引，他克制着自己，内心仍然很愉快，他解开了自己的靴子。自从他在鞋匠和他的妻子居住的那座小山上脱下鞋子之后，这是他第一次脱下他的靴子，尽管他的旧袜子已经成为破布了，就像一块橡皮膏一样紧紧地黏着他的脚。巴巴利用肥皂擦着身子，把水浇到她那可爱的肩膀、乳房和头发上，她忽然又潜入瀑布中冲洗身体。山涧冰冷的水，顺势而下，泼打在摩根身上，他急促地呼吸。她用力抓住他的手臂，他以前从来没有这样感受过一个女人。她拿起肥皂开始在他身上用力地涂上泡沫，丝毫没有顾及到他的羞涩，仿佛摩根是她自己的孩子，她在帮自己的孩子洗澡一样。从瀑布倾泻而下的冷水浸透了他的头部和背部。凉意使得他足够清醒，没有去拥抱这个蓝雾山的身材高大、面容可爱的女歌手。不久，她用肥皂擦洗他全身，然后用清水把他冲洗干净，甚至把粘在他脚上的污垢也冲洗得干干净净。她开始冲洗自己的头和长头发，在大山里的月光下，那瀑布般的秀发，就像闪闪发光的黑金一样，然后，巴巴利握住他的头，放到瀑布之下，用她那音乐家的长长的手指，把他好几周在路上带来的尘土、油脂和汗水都冲洗得一干二净。最后，巴巴利把他带到了水池旁边的干沙堆上，把一个麻袋扔给他，让他用作毛巾擦拭自己的身体，然后把绣花麻纱衬衫、内裤和结实的麻毛织成的长裤给他，再递给他一双羊毛长筒袜，那是她用自己放养的绵羊身上剪下的羊毛织成的。摩根重新穿戴一新。

这些衣服对他来说还是有点儿宽松，但还是比较舒适。她让他脱掉靴子，放在小屋前的栗色圆木上，然后，她又把他带到内屋去，用一根小蜡烛从壁炉里的煤块中引来火种，点燃了一盏摇摆不定的贝蒂灯。她让他坐在曾吃过加入蜜糖的燕麦粥的那张搁板桌前。眼前有一个玻璃罐子，里面装着黏稠的液状食物。“慢慢享用吧，”她吩咐道，“这是用爷爷最好的玉米熬成的。”

摩根摇了摇头。“我没有食欲，你还是吩咐任务给我做吧。”

“你今天晚上必须完成一项不同寻常的任务，”她说，“那就是把这罐玉米羹喝了。”

摩根端起眼前的玉米羹，呷了一口，刚开始那一刻，他不能说话呼吸，甚至对粥的味道也没有什么明显的感觉，慢慢地，他感到有一团闪耀的火焰，在他的喉咙和胸部蔓延，美味的温暖传遍全身。他再次端起罐子，玉米羹上腾起的一股热气，让他的头有点儿眩晕。他又喝了一口，喘了一口气，就像他曾在高寒山区的冷水中，淋浴他那赤裸的身体时一样。他能感觉到，就像是喝下一杯威士忌，他的手臂和腿变得又热又麻，慢慢地失去知觉，甚至他的手指也没有知觉。就这一个晚上来说，他已经没有那么多心思顾及他的使命了。她与他隔桌而坐，她那黑色的头发湿漉漉的，在灯光之下，呈现出一片暗红色。巴巴利取出一把葫芦小提琴，这把小提琴是用土拨鼠的羊肠线将葫芦串起来制作而成的。摩根发现在这把琴的脖子上刻有一个符号“　」”。她用那梦幻般的天籁之音，发出声部的最高音歌唱，歌声中带着哀泣的声调，“巴巴利·艾伦！”她开始唱起来了：

现在，红头发巴巴利有一个名叫奎尔的好男人。
奥康纳路夫梯找到他，把他杀死了。
她生下两个小孩，名字叫做阿伯和劳特，
没想到路夫梯又把他们杀了。
当铅制的子弹穿过
她的丈夫和她儿子的身体时，也把可怜的巴巴利杀死了。

巴巴利·艾伦把她的小提琴放下来，擦干了眼泪，站了起来。她从一个餐具柜子里，取出一把很长的雕刻餐刀。“你用哪只手开枪？”她说。

摩根指了指右手。

“把另一只手伸出来。”

摩根照她说的伸出了另一只手。这时，她以迅雷不及掩耳之势把整个动作完成了——她用雕刻刀在他的左手手掌中切开一道口子，接着又在她自己的手掌中切开了一道口子，然后把她自己流血的手按在他的手掌上，两只手掌紧紧地合在一起。一共花去不到五秒钟的时间。“现在，”她说，“你发誓吧。在你的灵魂深处发誓，找到你亲爱的哥哥后，你们俩会杀死路夫梯。”

这时他有点儿犹豫了，但是她狂风暴雨般地对他说道：“现在就必须发誓，不然我就撕裂你的喉咙，像撕裂一只猪的喉咙一样。快点发誓！”

摩根只能照她说的做了，然后她把他的手包扎起来，并在炉子旁边，为他收拾出了一块睡觉的地方。在凌晨到来前的短短几个小时里，她唱了她自己创作的新民谣《流浪少年摩根之歌》。

摩根小伙从遥远的北方高地流浪而来，
就是为了找寻那些恶人。

因为那些恶人杀害黑人杰西，而杰西是他的朋友。
摩根小伙来到丧偶的巴巴利·艾伦身边，
而那个巴巴利，生活中充满了失败，
他发誓报复杀死她的男人的人。
她拿着她的刀片，勇敢地让年轻的摩根成为艾伦的亲属。
现在，流浪小伙子，向前，向前，
去杀死奥康纳路夫梯和他那些恶魔，
就是他们杀死了你的艾伦家族的亲属。

不知过了多久，摩根感到巴巴利猛烈地摇晃着他，反复叫着他的名字。他睁开了眼睛。黎明马上就要到来，他起床动身的时间就要到了，因为他曾发誓要杀死那个邪恶的路夫梯。路夫梯给巴巴利·艾伦全家带来了严重的伤害，他还要去寻找他的哥哥皮尔格林，如果皮尔格林能够被找到的话。然后，摩根·金内森的战争才算是结束了，他可以回到北方，尽管他不能预知自己是否会去找斯莱德尔。

巴巴利起床已有很长一段时间了，她在为摩根和她的儿子诺亚准备加糖的燕麦片粥。他的儿子，身上背着一支长长的山炮。巴巴利用猪油擦拭了摩根的靴子，她取出一根木头清洁棒，这根清洁棒曾经属于她已经死去的亲爱的奎尔。巴巴利在清洁棒上缠上破布，然后将它放在樟脑油中蘸了蘸，细心地为摩根擦拭了他的“正义女神”，为了确保其致命性，还在上面擦拭了茄科植物的有毒红色浆果。她把摩根那顶经水淋热晒后像他的靴子一样黑的宽边软帽刷干净，然后再往帽子里撒上少许山区里的玫瑰水。男孩诺亚静静地在一旁看着，他把自己的长枪擦拭得锃亮，并不时快速地瞥摩根一眼，摩根不知道他心里在想些什么。

在曙光中，巴巴利的面容看起来有些憔悴不堪。她叫了一声：“诺亚。”

“怎么，妈妈。”

“现在，摩根是我们的亲属了。他有权利和义务杀掉奥康纳路夫梯。对他来说，杀人是一件轻车熟路的事，对于这件事情他非常了解，正如你知道野生动物的行走路线，你也知道在地上微小的鲜艳的植物，你还知道带领那些可怜的黑人逃跑者通过这些山一样。你要引导他去驻扎在月桂树那个地方的路夫梯那儿，然后你离开，让他去完成他的事情。”

诺亚动了动嘴唇，皱了皱眉头。

“现在就出发，”巴巴利说道，“愿我们的救世主祝福你，愿他的光亮普照你这个神圣的事业,摩根·金内森。你去了把他们杀光一个都不留，记住这一点。如果你听到了号角声，响一声表示集合，响两声表示疾病或事故，响三声表示有严重危险。”

“那我哥哥怎么办？”摩根问道。

“你爬上大祖母山找他，”巴巴利说，“到了山上，你再打听那个一条腿的人。也许他可以帮助你。但是你要见到他，就必须首先冒险经过奥康纳路夫梯的地盘，杀死那些恶魔。真心祝愿耶稣基督与你同在，并且保佑你的枪法万无一失。”

“我还有一个问题，”摩根问道，“你门上的标记是从哪里来的？还有你的提琴上的标记又是从哪儿来的？”

“爷爷刻在那里的，他认为这样做，‘复仇天使’就不会对他进行报复而从这忽略而过。”巴巴利逗他。

“我的标志是 Nauthiz。”摩根说完，用手指在面前的桌上写出这个符号。

巴巴利望着他，说道:“我们的标志是 Isa，据我所知，它的意思是冰。寒冷退去之后的温暖。它又意指从这个邪恶的世界撤出。是许多年前有一个黑人把这个符号给我们家奎尔的。好了，现在就出发。”

正当摩根和诺亚爬上小屋后面的陡峭山坡时，他们听到了一连串用葫芦制成的小提琴的声音和巴巴利的歌声，歌声能从蓝色的沙康内奇的一头传到另一头。

流浪汉摩根小伙，从寒冷的北方千里迢迢赶来，
去追捕那些恶魔……

“你再讲一遍，”当歌曲的声音慢慢平息后，诺亚说道，“说说你是怎样杀死那个邪恶的巨人鲁狄的。真希望当时我能在那里给你帮助。”

摩根对一脸无辜的男孩微笑着。眼前的诺亚让他想起短短几个月之前的自己。一个男孩，在佛蒙特州的白雪皑皑的沼泽地里追猎一只驼鹿，那么年轻，那么自信。

“我们省点儿力气爬山吧，”摩根建议道，“夜幕降临之前，可能还会有更多经历告诉你。”

“可是我一路上都和你同行呀，”诺亚说道，“我并不在乎母亲说的话。我打算为自己的亲人报仇。我很荣幸能成为你的助手。”诺亚的眼睛中似乎透露出一丝狡猾的神色，接着他又补充说，“现在，我们是亲人了。”

“为你的父亲和母亲。”摩根说。

“嘿，”诺亚说道，“我会的。我将为我的父亲奎尔·艾伦出口气，我还要为我那些被凶手杀害的兄弟们出口气。实际上，在你的长途跋涉中，我不会成为你的负担，因为你需要的帮助比我多。”

“嗯，”摩根笑了，“就因为这样，我的旅行的确需要帮助。你们家这边的群山就像一个有规则的中国字谜，诺亚。你们这里，没有一个好人为我带路，我可能会调转方向，中午之前再回到加特林堡。”摩根把将军给他的指南针掏出来，对诺亚说道：“我这个工具在这里没有任何作用，就是一只指针停止走动的手表，纯粹是个多余的摆设。”

诺亚看着摩根手里的指南针，他显然从未见过这种玩意儿，于是说道："这是一只什么样的时钟？"

"这是一个指南针。"

"什么？这是一只指南针手表？"

摩根告诉他指南针是怎么用的，当诺亚发现指针向北方摇摆时，他往后跳了一下。

"这里的文字是什么意思？"

"这行文字说，好男人的方向总是对的。这是一个好男人给我的。"

"是你爸爸吗？"

"不是，虽然我的父亲也是一个好人，但世上还有很多好人。"摩根告诉诺亚，是谁给了他这枚指南针的。他向他展示指南针背上刻的座右铭下面的首字母。诺亚点了点头，他之前显然从未听说过这个名字。

他们一起往上攀登着，朝着奥康纳路夫梯的营地进发，虽然摩根不知道这名男子究竟是谁或是什么样子。他无法想象，那个杀人不眨眼的奥康纳路夫梯，与丁威迪或者与皮尔格林，又或者是他自己有什么关系。他似乎感到路夫梯比丁威迪更可能是埃尔迈拉监狱越狱事件的策划者，更像是凶杀杰西的人，更像是想方设法要找到那块刻着符号的石头的人。没有什么区别。如果不出意外的话，他相信，他能够在日落之前，让奥康纳路夫梯的尸体颓败地躺在森林地上，然后他将会爬上大祖母山，找到巴巴利所说的那个一条腿的人。

虽然摩根有一种与生俱来的方向感，仿佛他的头部安装有一枚指南针，就像大雁一样，从来不会迷失方向，但他那天与艾伦长途跋涉走的路就算一英里他也很难绕得回去。在半个小时的时间里，每一个河湾和小溪都会分裂成十余个洞穴和小溪。一个特别陡峭的圆顶小山，它的名字叫做阿康尼贝尔山，他们花了整整两个小时左右才绕出去。

到了中午，他们停下来，坐在位于高处的一个寒冷山口处的泉水边的通风口休息。夹杂着鬼哭狼嚎般恐怖声音的山风，呼啸着向他们灌过来。然而，就在他们解决了口渴的问题后，诺亚突然抓住了摩根的胳膊。

“谢尔顿人！”那个男孩说，“你会没事的，但如果让他们看见我，他们会杀了我。”他指着上山的路，“我会在前面那丛蓬乱的杂草堆后等你。你警告他们，路夫梯会对他们下手。”

诺亚刚消失在附近的树林中，就见六七个全副武装的男子出现在路上，他们像摩根那样戴着黑色软帽子。他们走成一个纵列，其中在最前面带队的个头最高的那个人，他的枪管末端绑了一块白色的亚麻布。摩根没有听到他们到来的脚步声。他不知道，诺亚是怎么觉察到这伙人的。那个带队的男子向摩根点了点头，摩根也向他点了点头。其他人一个个用眼睛的余光打量着他，他们有的直接将嘴凑到泉水中去喝水，有的用雕刻木杯舀着水喝，还有的用双手捧起来喝。摩根可以看出，这些人非常羡慕他背着的步枪，又不想表现得太明显。

等他们喝完水，摩根把自己的名字以及他正在寻找他的哥哥的事情告诉他们。他还告诉他们皮尔格林的名字。那个估计比摩根还要高三四英寸的最高个，对着摩根说道：“为什么你来到我们之间，还要带着武器呢？是打算杀死你哥哥吗？难道他抢走了你的心上人？是你们两兄弟发生内讧了吗？”

摩根摇了摇头，简要地告诉那个男人，他为什么携带“正义女神”和双管机关枪。当他叙述杀死鲁狄·图的经历时，一名男子摘下他的帽子，朝天举起一只手。另一个人蹲在地上，拿着一根小棒在泉水旁的沙地上，写着什么东西。

在他的故事结束之后，那些男人陷入了沉默之中。然后，高个子说道：“他不是红头艾伦，这是肯定的。”他向摩根伸出手。“我的名字是基思·万斯·谢尔顿。你是否看到自称艾伦的那些恶棍呢？我们举着休战的旗子，想暂时与他们和好，共同联手对抗更大的敌人。”

“休战的旗子？”

高个子男子向那裹着白布条的枪杆点了点头，“我们知道，奥康纳路夫梯把艾伦的男人奎尔杀了，还杀死了他的两个年轻的儿子。路夫梯还杀死了我的哥哥德里斯科尔·谢尔顿和他的儿子，他们还强奸幼女，我那仅仅十二岁的侄女罗莎·谢尔顿不幸被他们蹂躏。我们打算加入艾伦的队伍，一起去消灭路夫梯。至于和那个红头母狼巴巴利以及她的狼群家族之间的恩怨，我们以后再了结。”

“路夫梯他们那一伙人现在在哪里？”

“我们也不能确定。两天前，他们爬上了巴尔笛·多姆山，来到韦德·皮尔雷家女眷和孩子们的住处，以最残暴的方式虐待这些妇女和孩子。路夫梯残忍地折磨她们，目的是让他们说出韦德在洛尔斯山某个洞穴的藏身之处。他们把韦德家的女人慢慢地吊在半空中，把她们折磨得死去活来，然后让他们招供。然而这些女人始终守口如瓶。他们甚至还杀害了韦德家的一两个婴儿。韦德家族的人从未说过一句话。”

“路夫梯手下有多少人？”

“十五到二十个左右吧。他们都是从监狱和疯人院里出来的社会败类，甚至让国家军队来判决他们也不为过。一些联盟军队里的痞子也加入了他们的行列。在撒旦魔鬼的所有成员中，路夫梯无疑是最邪恶的一个。他身高六英尺半，蓄着黑色胡须，头的下半边留着长长的黑发，头顶上光秃秃的，就像一枚鹅蛋。他的脖子上挂满了响尾蛇。他随身携带着一支布法罗牌步枪，犹如马太、马可、路加和约翰的信徒那样真实。当他将那双萎靡的小眼睛转向你的时候，就意味着对你宣判了死刑。”

“你们一定是受尽了奥康纳路夫梯和他手下那些人的杀戮和折磨，才会想到参加艾伦的队伍，联手与那群恶魔较量。”

“就在两周前，他手下的人，还残忍地杀害我们在韦恩斯维尔的十六个亲属。这些死者中，有经历过八十个春秋的老爷爷，也有不到十五岁的男孩。那些恶魔挖了一条浅沟，把他们扔进去，其中有些人还在痉挛和挣扎。他们用鹤嘴锄很快就把他们掩埋了。一个男人拍着手在他们的坟墓上跳着‘朱巴舞’[1]。当屠杀正在惨烈进行时，奥康纳路夫梯还在兴致勃勃地弹奏着他的竖琴。他们都像疯狂的扫罗把矛刺向年轻的大卫一样，都疯了。”

“等把这群恶魔驱逐出山区之后，你们和艾伦家族的人打算做什么？”

“我们将继续互相攻击。如果我在雪橇路上抓到巴巴利，我将亲自把她奸了。她是个有一副高音嗓子的女人，我很乐意与她在谷壳床垫上做那种事。难道她不会像野猫一样在床上嚎叫吗！”

从月桂树上空飞来一颗炸弹。一朵红色的“玫瑰”在基思·万斯·谢尔顿的前额中间绽放了。额头的伤口像一朵开得很绚丽的花，那个高个子的男人向后倒下了。

“这里有伏击！”谢尔顿家族中有人大喊，“快到月桂树丛里！”

他们一时间全部都跑开，跑进密密的月桂树叶下。基思·万斯·谢尔顿额头的鲜血喷涌流出，摩根跑上山坡。隐蔽在一个橙色巨石后面的男孩诺亚·艾伦正跪在地上，他正在往他那支长长的山炮中装弹药。摩根能够闻到空气中浓浓的火药味。

“他再也不能那样说我妈妈了，”诺亚尖叫道，“他永远也没有机会了。”

摩根猛地拉住他的脚，把他的身体拖到了山坡上。“你这残忍的小傻瓜。”摩根咬牙切齿地说出一句话。

“他铁定主意要奸污我的妈妈，那个黑恶棍。”

“他打算和你妈妈联合起来，对付那个杀了你的父亲和哥哥的人。”

“你走开。剩下的让我去对付。”

“听我说，诺亚。这些人现在将直接进入‘萨尔坦地狱’，让你们

---

① 朱巴舞，美国南部农场黑人的一种舞蹈。

家族的人措手不及，并且只要他们可以做到，就会毫不留情地杀死他们。然后他们会回到这里来，把你也杀了。你可以径直穿过那个陡峭的山丘吗，就是那个阿康尼贝尔山，伏击那些去‘萨尔坦地狱’的人？”

“我的目标是跟踪他们，只要有机会，就一个个把他们干掉。”

“不，他们会把你打趴下。他们会首先把你干掉。你到阿康尼贝尔那个鞍形的山上去，就是那条你告诉过我可以让人上天堂，也可以让人下地狱的地方。那是一夫当关，万夫莫开。你以最快的速度，把你的妈妈、哥哥及叔叔和其他人全部带出苏葛兰。把他们带到加特林堡去。如果你真的去尾随谢尔顿他们，他们会杀了你和你们全家族的人。”

诺亚浑身都在颤抖。摩根把手伸进他的口袋里，掏出了将军的那个指南针。“你是个男子汉，诺亚。你像你的父亲奎尔 · 艾伦一样。你要这样做，真的，正如这个指南针的背面的格言所说的一样。留着它，让它随时提醒你自己你是谁。现在请赶紧跑，你亲爱的妈妈的生命，在很大程度上都依赖于你的速度。跑吧！”

摩根把指南针放到诺亚的手掌中，然后把男孩的手掌合上。他使他的身体做了一个九十度的大转弯，面朝阿康尼贝尔山的方向，那个男孩以蹲伏的步态向前疾行，看上去像是在凹凸不平的地面上滑行，而不像是在往上行走。摩根对诺亚有一种兄弟般的感情，尽管他觉得诺亚有点儿鲁莽，但他希望他一切顺利。他知道，如果不是巴巴利·艾伦想方设法送他离开那个家族，他恐怕活不过这个星期。他知道自己现在也成了一个被追杀的目标，被谢尔顿家族追杀，而且很可能会被他们视为同谋者。

他用黄铜望远镜，观测到了大祖母山的顶峰，估计到那里还有五十英里的山路。他开始跑起来，用从皮尔格林那里学来的像柴夫一样的大步慢跑的方式走路，从日出到日落一刻不停地走着，即使是在陡峭的山壁上，他一天下来也要走三十英里的山路。他不时地走到路边，伸出手来摘下一片月桂树叶子，看看叶子那苍白色的背面，踢一脚几英寸之远的石头，露出一小块新鲜的土块，或者用他的靴子在地面上划出摩擦的痕迹。尽管他曾告诉年轻的诺亚，他并不可以肯定，谢尔顿家族余下的那些人将会对“萨尔坦地狱”进行打击。相反，他们可能会跟踪他，尤其是如果他留下足够多的标记，让他们确信，有两个或更多的人，基思 · 万斯 · 谢尔顿的枪手、摩根，也许还有第三方的游击者，从这条路上走过。如果他们开始接近他，他不得不爬上圆形山丘，只要他们靠近自己，就用自己的步枪射击他们。他的脑际再一次浮现出红玫瑰在基思 · 万斯 · 谢尔顿的额头绽开的一幕。他加快了速度，以更加敏捷的步伐向前奔去。

当摩根行至半山腰时，他决定与基思 · 万斯 · 谢尔顿打一场突然袭击的游击战。如果前一天晚上他未曾接近艾伦，那么今天诺亚 · 艾伦就不会与他在一起了，他也就不会去伏击谢尔顿家族的首领了。然而，他并没有要求诺亚为他带路，也并不是完全自愿地为死在奥康纳路夫梯手下的诺亚的父亲和他的哥哥们报仇。每一件事都是有联系的。Nauthiz 意味着一切都比你想象的更困难，并且任何事情都是相互联系的。正如伊娃曾经预言的那样，自从他离开佛蒙特州之后，所发生过的一切事情，似乎都以某种方式发生着联系，而他只是所有这些复杂关系中的一个小小的要素。但这种种错综复杂的联系，最终的用意何在呢？

在一个小土丘的顶部，他停下脚步，转身俯视身后的山谷，没有发现被跟踪的迹象。他向南横跨过峡谷，走到阿康尼贝尔山那光秃秃的山顶上。他拿起望远镜，想起了送他望远镜的那个女人，她生活的意义就是刁难她那不忠的丈夫。摩根此时用她送给自己的铜制望远镜，看到了远处诺亚 · 艾伦弱小的身影，那身影的轮廓看起来就像一只蹦跳的雄獐。

此时，似乎没有人在跟踪他，他很可能会及时抵达“达萨尔坦地狱”，去警告那些将要到来的谢尔顿家族成员。向北望去，摩根可以相当清楚地辨认出那座奇高的山峰，那若隐若现的大祖母山峰，尽管视线有点模糊，但仍然能够看见它那深蓝色的山影。这里最近刚下过一场雨，倾盆而下的雨水把山上的空气清洗得更加清晰明亮。现在的天气，感觉更像是在春天的早晨，而不是在初秋的下午。

在一座小石山，北边往下大概五百英尺的地方，摩根依稀走过的这条山路开了叉。一条岔道继续向北，直达祖母山；另一条岔道一直向西方延伸，好像刚刚有很多人走过。他根据路面情况推测，当天一大早，曾有六七名光着脚的男子，从那条满是泥泞的小道上经过。那些人可能都是基思·万斯·谢尔顿家族的成员。但在最后的一个小时内，又出现了另一伙队伍更为庞大的男人，他们当中大多数都穿着平头钉靴子，还有两个人骑马。他们沿着这条山路，一直向谢尔顿家族的月桂树方向前进。摩根抬起头，向西斜望过去。他远远地听到了从那边传来的一声绵长而刺耳的号角声。一会儿，又响起了一声，然后他又再次听到了一声，这是一种低沉的轰鸣声，像是在一个暴风雨的夜晚，狂风剧烈地吹过松树的声音，又像是一阵山洪冲下山坡的剧烈声响，还像是从远处传来的火车的汽笛声。接着，北方也传来了三声持续很长时间的回应的喇叭声。然后从各个方向几英里范围内的各个海湾、各个峡谷和洞穴，传来一阵又一阵回响。过一会儿，又传来一阵阵回响，这种回响一共出现三次，每一次间隔大约半分钟。当山里的号角一齐发出低沉的嗡嗡声，那笼罩在密不透风的森林上方的朦胧的、发蓝的天空，似乎也随着这种不祥的乐声一起颤抖。巴巴利说什么来着？她说过，一声号角意味着大家要集合起来，如果是两声号角，意味着有人患病或受伤，需要去请医生或者是巫婆，如果是三声号角，并且是持续和反复的，那么就意味着危险已经来临。这点，摩根心里一清二楚，毫不怀疑。奥康纳路夫梯和他手下那些杀手已经开始行动了。他从远处眺望着大祖母山，巴巴利曾经说过，那个一条腿的男人，也许能告诉他关于皮尔格林的消息。最多还有一天他就可以找到他，并且现在路夫梯正在谢尔顿的月桂树那里，他完全可以自由地通过路夫梯的地盘。然而，他曾经答应过巴巴利·艾伦，说他一定会杀死路夫梯的。现在他怎能袖手旁观，让路夫梯去伤害谢尔顿？绝不可能！摩根开始再次奔跑——离开通向大祖母山的那条道路，奔向谢尔顿的月桂树。

他相信，他唯一的机会就是到达高地去俯瞰谢尔顿的住处，但没有诺亚引导他，他不知道谢尔顿住处的确切位置，也不知道是否能从某个制高点看到谢尔顿的地盘。他沿着刚才那伙人行走过的痕迹前进，道路在接近悬崖边缘地区时，急剧向下弯曲，并向下延伸至一条小溪里。好在这条小溪并不宽，他一步就跃过去了。但是走到这里，所有的行走踪迹突然消失了。他看到溅落在岩石上的溪水还没有完全干，稠密的喇叭藤已经被人踢掉，月桂树叶也被破坏并掉落，通过这番景象来推测，他相信奥康纳路夫梯和他的杀手，已经沿着这条小河向上游前进。摩根开始沿着小溪向上跑去。他进入了一个大山之间的裂口中，脚下翘起的岩石非常光滑，一不小心，很容易摔倒。在前面大概五十码的地方，有一个路夫梯的哨兵，头戴一顶臭鼬皮帽子，帽子上留着一条黑白相间的条纹尾巴，垂到一只耳朵边，他从一块大圆石后面步出，举起一支埃菲尔德式步枪，朝摩根开枪。子弹从摩根太阳穴旁边一英寸处的空气中穿过，击中了他右边悬崖上的一棵松树。这时，摩根以极快的速度，毫不犹豫地从肩膀上取下步枪，迅速地把子弹推上膛，用肩膀抵住枪托，向那个哨兵发射出一枚五毫米口径的子弹，击穿了那个哨兵的胸部。这个哨兵中弹后，跌倒在小溪里。摩根走过去，把他当作踏脚石，踩着他的尸体过了河。过了一会儿，他来到了一块空地上。

一个嘴角蓄着胡子、身材高大的男人，骑在骡子上指挥着杀手们围捕谢尔顿月桂树下的妇女、儿童和老人们，并想尽一切办法折磨他们，逼着他们说出家族里的男人的下落。一根绞索套在一个老妇人的脖子上，她正在被人慢慢地挂在一棵橡树枝上，双脚逐渐与地面悬空。一个头戴一顶饰有羽毛帽子的男人，正提着一个凄惨啼哭的婴儿的小腿，像扣篮一样，将他倒栽在小溪里。一个已经死去的山里孩子倒在地上，他大概十二三岁的年纪，头部中弹，身旁静静地躺着一支猎枪。孩子们在高高的杂草和周围花园的灌木丛中被追赶。一个半秃头的穿着一件长防尘外套的狙击手，正在向那些逃跑的人们射击。他每射击一次都会脱下头上的帽子拍打大腿，并大声呐喊。另一个杀手此刻正在强奸一个看起来还不到十岁的女孩。他是摩根射杀的第二个杀掠者，摩根射出的一枚子弹，打中了这个强奸犯的脖子。他的下一个目标是那个大喊大叫的秃头狙击手。他估计对方的距离大概在六百码处，三百五十英尺高度。他瞄准了那个狙击手的头部，将子弹射入那个人的内脏，并看着他在苔藓地上痛苦地翻滚，活像一只长着坚硬外壳的正在翻筋斗的金龟子。

单枪匹马与十五个甚至二十个敌人展开一场战斗，这显然并不是摩根想要的，尽管他并不为自己的安全担心，也不是贪生怕死之人。他再次开枪，将那个蓄着胡须的男子射下骡子，摩根判断那个人就是奥康纳路夫梯。他向那个正要将婴儿淹死在小溪中的男人开了一枪，子弹正好击中对方的太阳穴。婴儿从那个男子手里掉下来，落在小溪旁边的沙草中，他希望这个婴儿安然无恙。那些刽子手，吓得跑进了树林里，但没有跑远。摩根快速地从子弹带中取出子弹，塞进“正义女神”的枪膛里，因为他根本没有闲暇重新装满八颗子弹。他快速地从子弹袋里取出三枚四英寸长的射弹，咬在两齿之间，以方便取用。这三枚子弹，就像三支闪闪发光的雪茄一样。他一个接着一个，把这些子弹插在他的枪杆里，快速地朝着那些试图逃跑的男人射击。他的每一枪都很准。

骡子拖着一只脚被马镫套住的受伤的奥康纳路夫梯，绕着草甸一圈圈地疾驰打转。那个之前被人慢慢吊起来的女人，正带着她初学走路的幼童，向一间小木屋爬去。正当骡子咆哮着向他们飞奔过去的时候，摩根射出一颗子弹，这头骡子顷刻间像一个布做的动物玩偶，轰然倒在了地上。奥康纳路夫梯从马镫上挣脱出来，像一阵风一般飞奔起来，他钻进了小屋旁边的一块玉米地里，不见了。那个不到一周前，曾经将死人切成碎片的鹤嘴锄男人，正将那把凶残的器具，举到那个正在爬行的女人的头顶，如果一锄下去她的头就会砸得粉碎。摩根朝他开了一枪，子弹准确地穿过了他的心脏。在路夫梯刚刚逃匿而去的玉米地里，传来了一阵沙沙声。摩根迅速端起他的“正义女神”，向那边瞄准，扣动了扳机。

那块草坪静静地躺在初秋的阳光下。摩根快步地走向那块玉米地，但根本没有看到路夫梯的踪迹。他看到的是那个幼童的尸体，他一动不动地躺在一个破碎不堪的稻草人背后，双手仍死死地抱着那个南瓜头稻草人的大腿，仿佛那个稻草人就是他的妈妈。摩根·金内森受到恶毒、狡猾的奥康纳路夫梯的愚弄，竟在无意之中开枪打死了一个孩子！

摩根断定，大祖母山就是他所要寻找的那座山，诺亚曾经告诉他，那里有个山里医生。此刻，他距那座山大概还有二十英里的路程。也许还不止这么远，路程的长短取决于他与大祖母山之间有多少座山脊和洼地。他已经为自己身体肋骨处的枪伤止了血——在那场战斗结束之前，他甚至都没有意识到自己受了伤——他从河边大石头上拣来潮湿的苔藓，又将一只黄黑相间的蜘蛛结成的漂亮的蜘蛛网扯下来，将这些东西捂在伤口上。他又从奎尔·艾伦的衬衫底部，扯下两根长条布块，把伤口包扎起来。他感到伤口周围有一阵难以忍受的剧烈疼痛。同时他心里仍无法摆脱那令人震颤的一幕，所带给他的自责情绪：那个可怜的死去的孩子，仍然死死地抱着稻草人的腿。他知道自己将永远被诅咒，不是被麦塔贝所说的愤怒的耶和华的诅咒，而是被自己的良心诅咒。奥康纳路夫梯仍然活在这片土地上。也许这个恶魔已经向东走，走向那座以他自己的名字命名的大山。摩根用双手捧起一把溪水，扑洒在前额上。他继续往前走，他知道他必须尽快找到那个大山里的医生。

傍晚时分。一段时间里，摩根偶尔会模糊地意识到，他正在攀登一个陡峭的山坡。眼前，一幢小屋坐落在一块草坪上。当摩根向这个小屋走近时，他看到了印在门上的符号“ᛟ”。他迈步走到小木屋的门前，就在他准备敲门的那一刹那，门突然开了。眼前是一个只有一条腿的留着黑色短胡子的高个子男人。他倚靠在一根雕刻成双蛇缠绕图案的拐棍上，问道：“什么事？”同时也看到了摩根身上的枪伤，惊讶地叫道：“我的上帝！小伙子，你受伤了。进来吧，让我……”

“皮尔格林！”摩根喊道，他伸开双臂，说着就倒在了他哥哥的怀里。不省人事了。

第十一章

Othila

“我认识你。”摩根说。

“是的，摩根，我也希望你认识我。”姑娘微笑着说。她那乌黑的头发垂落在那张漂亮的瓜子脸周围，黑亮的眼睛显得非常平和，脸上洋溢着很开心的神色，正如摩根看到皮尔格林和她都还活着而无比开心一样。

姑娘大概猜到了他的想法，她用温和的语气说道：“不，摩根。一切没有你想象的那么简单。等你身体进一步恢复后，我会慢慢和你讲的。而且你的身体也一定会好起来的。我们从你的身体里取出了子弹，然后很利索地把伤口重新缝合起来了，就像缝一只圣诞鹅一样。哦，摩根。你这个傻小子，竟然敢一个人冒险独闯这一带的群山。但是，我们真的 tresheureux[①]，能在这里遇见你。”

他躺在通风的小房间里的一张床上，阳光穿过闯开的大门，落在床上的棉被上。一串串草药悬挂在他头顶的椽子上。一台石制的壁炉横放在房间里。床和门之间放着一张桌子，桌子上堆放着各种草药和树根，还有一些蓝色和绿色的小瓶子。他能闻到薄荷油的气味，还有各种各样野生薄荷、苦薄荷的味道，也许还有一些艾菊。这个年轻姑

① tresheureux，法语：很高兴。

娘一边说话，一边用一块冷毛巾擦拭着他的额头和脸，他感觉到身体极为虚弱，这种感觉超过他曾经记得的任何感觉。尽管如此，他的烧已经退了，他相信他现在还活着。体内的子弹已经取出来了，他就像一只圣诞鹅一样，被重新缝合起来。他很难想到的是，眼前这位可爱的年轻姑娘曼侬·泰堡，皮尔格林的未婚妻，就是一年多以前，在金顿山县的一块沼泽地里离家出走、差点儿送命的那个人。此时，她看上去似乎已有身孕了。

“我以为我们都死了。”他说。

“我可不这样想，摩根。”曼侬的眼睛里露出欣喜的神色，语气中略带戏谑的意味。“你能不能把头转动一下？不对，转到另一边。我指的是另一个方向，而不是另一个脑袋。我希望你只有一个脑袋呀。再转动一点。”

透过左边的玻璃窗，他看到了一个穿着深色西装，戴着深色帽子的一条腿的男人，一瘸一拐地向这边走来，他身后的背景是延绵的群山。这个男子使用的是手工做的拐杖，外形像两条纠缠在一起的蛇。他的身体在拐杖上摇晃着，那条单腿轻快地跳着向前迈着步子。当他走近小屋时，传来了一声洪亮的问话。摩根知道，地球上再也没有任何声音比这更熟悉的了。“那个年轻的懒汉，醒了吗？”

“他醒了。”曼侬回答道。那个一条腿的男人，情不自禁地欢呼起来。然后，他在摩根的视线中消失了片刻。一会儿，他在阳光的照耀下，摇摆着身体疾步走进门，并高喊着摩根的名字。

“摩根·金内森！”他紧紧抓住摩根的手，大喊一声。“你这个小家伙。你一路这么远走过来，历经千辛万苦，就是为了让自己被枪打伤吗？在弗吉尼亚，这可是轻而易举就会发生的事情。看吧。这就是我从你的肋骨处费力夹出来的子弹，你这个小混蛋。你去哪儿了？几个月前，我就料到你会来。你又长高了六英寸！你遇到老杰西了吗？”

摩根努力想把自己的头抬高一点，离开枕头，但他唯一能做的，就是把他的胳膊举起来，拥抱他的哥哥。

这一次，他醒来的时候，他知道他还活着，他知道曼侬也活着，皮尔格林还活着，尽管在途中的某个地方，他的哥哥失去了一条腿。

曼侬喂他喝了一些汤和茶。然后，在曼侬的协助下，皮尔格林动作敏捷而娴熟地为摩根更换绷带。当曼侬用棉花条再一次帮摩根包扎伤口的时候，她的动作看起来就像皮尔格林那样娴熟。曼侬对摩根解释说，皮尔格林一直都在将自己的技术，包括外科手术，传授给自己的妻子。她现在的医术，比以前他在医学院的大部分同学都更精湛，而且肯定超过了他曾经遇到过的几乎所有的军医。皮尔格林充满自信地向摩根解释，脸洋溢着迷人的魅力，他说，自打从那个战场步行离开后，他一直向北走，打算回到金顿县，因为曼侬在那里等着他。回去之后，他就可以与她一起穿越边界，去加拿大行医。当他走到约瑟夫·梵特雷特的住所时，他意识到早在葛底斯堡战役时留下的伤口已经受到了感染。他摆出一名业已受伤的联邦军队的医生副官的样子，叫铁匠把他的腿锯掉。在他伤口恢复期间，他在铁匠铺的墙上刻下了一个读作 Othila 的符号“ᛟ”。他当时秘密地写信给曼侬。曼侬假装在沼泽地里走失，之后她乘火车南下，经过多个驿站，踏上了去宾夕法尼亚州寻找皮尔格林的漫漫旅途。两个人走到一起后，皮尔格林将自己乔扮成一个南部士兵，让曼侬乔扮成她的妹妹，夫妇俩曾经在摩根也访问过的许多地下交通站歇过脚，这些交通站包括鞋匠汤姆、“两条蛇”男子和幽灵般的默伦琴人的站点。然后冒险往南方旅行，穿过加特林堡以北的原始森林，就是皮尔格林曾经和他的教授度过一个学术假期的森林。就在那里，在大祖母山上，有一间佃农废弃的小木屋，皮尔格林利用这间小木屋建起了他的医疗所。一路逃难的杰西·摩西曾是他接待的第一批病人之一，这个老人是被巴巴利·艾伦带过来的。他曾经治愈了杰西由疟疾导致的发烧。在继续向北前行之前，杰西将一个 Othila 的标志“ᛟ”，漆在小屋的门上，然后又刻在他的符石上。

这是一段传奇的经历，但是不如斯莱德尔的经历那样令人吃惊，甚至也许不如摩根自己的经历那么令人惊叹。摩根还没有把他的经历告诉皮尔格林和曼侬，有些事情，他害怕向人披露出来。“我有一些重要的事情要告诉你。”如果他当初停下来，听杰西把他想说的话说完，他可能就会避免在过去几个月里发生的许多事情和遭受的苦难了。不过，这没有关系。如果像大伊娃告诉他的那样，Othila 意味着分离，那么他与皮尔格林长期的分离终于走到了尽头。

随后几天，皮尔格林和曼侬没有强求摩根说出他的事迹，而是让他在古老的牧羊场上散步，以恢复体力。她的这些小羊羔是几个月前从巴巴利手上购买的一群新品种的羊羔，小羊羔就在这个牧场上放养。当摩根第一次开始他的探索时，他认为，他必须依靠自己个人的力量，而且，世界上每个男人和女人都必须靠自己。现在他意识到，如果没有他人的帮助，他永远也不会到达加特林堡和这些南部的山脉，更不用说在这一带存活下来了。就像他祖先那样——他们在自己房子的门楣上刻下这样的话：“住在道路尽头的房子里的人，都是人类的朋友。”——他与相当多的人交上了朋友——鹊鸣、鞋匠汤姆、逃亡奴隶摩西·约翰逊、斯莱德尔、小所罗门、梵特雷特一家，还有其他一些人。但是与他所获得的帮助相比，他给予别人的帮助是微不足道的。如果这个世界上还存在某种罪大恶极，并且无法用语言来形容的邪恶，那么是否也同样存在斯莱德尔曾经说过的那种伟大的仁慈和爱？然而，摩根不记得他是否对一个个曾经帮助过他的人表示过感谢。

与哥哥和曼侬在一起，时间过得真快！一如既往的还是深秋的季节。没有关于奥康纳路夫梯的任何消息，摩根开始放松警惕了。他喜欢坐在牧羊场里，在温暖的阳光下阅读皮尔格林的书籍。梭罗对科德角的著述，爱默生论自力更生的著作，弥尔顿和莎士比亚对人性中善恶的论述，这些著作他看了不少。他在大祖母山，看完了刘易斯船长和克拉克船长的旅程。尽管他仍然渴望到密苏里河的上游去看看，渴望看看那个大分水岭和太平洋，但他还是一头钻进了那本厚厚的旧的法律书里，这是布莱克斯通的《英格兰法释义》。当皮尔格林把即席地方执法官当作他的第二职业时，他有时会去向这本书咨询。这本大书成为摩根的天然磁石，深深地吸引着他。到目前为止，摩根被那位戴假发的老法学家布莱克斯通，对侵权法、遗嘱附录的乏味而又严谨的阐述所深深地吸引，也被那些他从未听说过的一些法律名词所吸引，摩根深深地迷恋于这个法学家了。摩根认为：布莱克斯通为他指出了各种领域令人欣慰的可能性，在这个领域里，像“公正”这样的规则，是在有着高高的天花板的房间中制定出来的，因而并不完美，因为这种公正规则的制定，不是由人们当下的激情来支配，而是由法律来支配，这些法律就像山脉里最古老的松树根那样，时代久远，根深蒂固。摩根佩服布莱克斯通对苛刻的济贫法和野蛮的游戏规则进行的猛烈抨击，尽管这些东西对他本人也许没什么用。他整整花了几个上午和几个下午的时间，聚精会神地阅读完了这本古旧的巨著，并在晚上和他的哥哥讨论他所阅读的内容。

每天白天，皮尔格林就骑着一匹温和的老马去给周边的人看病。这匹老马是他帮助谢尔顿家族一个难产的妇女接生之后，这个家族送给他的。皮尔格林说，谢尔顿和艾伦家族的那些没有被奥康纳路夫梯杀害的男人们在诺亚·艾伦伏击基思·万斯·谢尔顿的那天晚上，确实发生了一场惨烈的枪战，双方势均力敌，交战至只剩下最后一个人。他不知道艾伦·巴巴利是死是活，虽然她的歌《流浪少年摩根之歌》已经在苏葛兰的其余人之间流行开来了。他们甚至还在这首歌后面添加了一些词：

他在谢尔顿家族那里对付那些恶魔，
一个人杀死了三十个人。
他干掉了奥康纳路夫梯，

用他那奇特的步枪。

皮尔格林并没有询问摩根那伟大的奥德修斯式的英雄事迹，曼侬也没有询问。皮尔格林写信给他们的父母，告诉他们，两个儿子都安然无恙。曼侬也写信给她的家人说她与皮尔格林在一起过得很好。等孩子出生后——现在这个孩子随时都可能生下来——她会再次写信给家人，希望这个小外孙能够调和她因为嫁给一个自由思想新教徒而与家人产生的矛盾。她和皮尔格林最近决定为自己的孩子起名字，如果是个男孩的话，就叫摩根。这使得摩根清醒地意识到，他必定不能在欺骗的前提下，与皮尔格林和曼侬一起长期生活下去。他们必须知道他是谁，他又是什么样的人。

9 月的一个温暖的夜晚，他们小家庭的三个成员，一起坐在小屋的门槛上，眺望着远在一百英里之外的群山，摩根给他们讲述了他的经历。在这个世界上能有这么善于倾听的人，算得上是一个稀奇的事情。这两个钟爱的挚友，他们能够连续听着他讲两个小时的故事，并且中途没有打断一次，即使当他讲到在杰西 · 摩西有机会告诉他，皮尔格林还活着，并且与曼侬一起住在加特林堡附近的山上之前，他离开杰西去追驼鹿时,他们仍然没有插一句话。这真是一件难得的事情。但是，当摩根告诉他们,他在玉米地里开枪打死一个孩子时,曼侬抓着他的手，摇了摇头。这时，皮尔格林终于说话了。

“你没有杀死那个小孩，摩根。”

“没有？”摩根感到惊讶。

“摩根 · 金内森，”皮尔格林说道，“你听我说。那个怪物，是叫奥康纳路夫梯吧，他有一个最邪恶的诡计，就是利用人体当盾牌。我最近去谢尔顿月桂树下访问时，听到那个死亡的孩子的祖母描述了当时的情景：当她瞥见恶魔奥康纳路夫梯钻进玉米地里时，就拿起她自己那支老式的打野猪的滑膛枪，装上弹药朝他开火。但是那个恶魔却抱过那个孩子，将他挡在自己身前。那个小孩被她奶奶的大号铅弹击中。而你的步枪子弹，则击中了奥康纳路夫梯。”

如果事实的确如此的话，摩根感到一丝怪异的安慰。这种感情已经超出了正常的人类感情的范围。曼侬抓住他的手，就是要给他一点安慰，她要让他知道，这个世界上还是有一点美好的东西。对于他自己来说，也许不可能有任何希望或救赎了。早在坎伯的时候，斯莱德尔就认识到这一点了。

第二天早晨，当摩根来到桌前吃早餐时，皮尔格林像过去那样搂着他弟弟的肩膀。在他们小时候,皮尔格林就经常这样搂着摩根的肩膀，一起走在山间的道路上，这时候，皮尔格林就会耐心地告诉他各种鸟类和野花的名字以及相关的知识，会告诉他沿着河流可以在什么地方巧妙而机智地捕获到一只水獭，还告诉他，他们的祖父是如何沿着圣劳伦斯河顺流而下，找到一枚丢失的印章，并像珍视爱犬一样把它视为自己的同伴。有一些故事，比如印章的故事，教授那体型巨大的长着长牙的毛茸茸的大象，在漂浮的冰墙边沿徘徊的故事，这些故事听起来都有些荒诞，摩根也不知道皮尔格林仅仅是在叙述事实呢，还是在编造故事。

“你们今天能与我一起爬上那座山吗？”皮尔格林问道。

摩根用询问的眼光看着曼侬，期待她的回答。

“我独自留在家里更好，”她说，“男娃一直在踢我的肚子——我敢肯定，他就是摩根（男性胎儿），因为他踢我时的动作很用力，好像很愤怒，可能是为了一个心爱的小女孩吧——还有整整一个星期就可以看到他的模样了。去吧，摩根和皮尔格林。你们在山上郊游的午餐已经准备好了。冷烤豆子，还有我自己用小石炉烘烤的面包。小摩根，”她拍拍自己的肚子说道，“我很安全，也很满足。你就和你的兄弟好好地过一天吧，皮尔格林。他快好了，你知道。很快他就要回到北部山区，开始他的新生活了。我看到那里有一个美丽的姑娘在等候着他。”

曼侬恶作剧般地眨了眨黑色的眼睛，摩根的心似乎要碎成两半了，但他什么也没说。

山路上，兄弟俩在阳光下自由自在地畅谈，就像他们在家里一样。摩根把自己近来的一些困惑与皮尔格林分享，就是关于他心中的英雄约翰·布朗的暴力行为。在他现在看来，这个人无非就是一个杀人凶手，就像他自己一样。他谈到他南下路上遇到的各个站点的地下护送员和站长，以及刻在他们住所上的奇怪字符。每一个站点的地下工作者似乎都有不同的理由来帮助那些逃亡者抵达加拿大，在某些情况下，这些理由与他们对奴隶制度的痛恨或对普世自由的向往没有多大关系。他问皮尔格林，这些“地下铁路”的山区分支，是否是杰西建立的。皮尔格林说他也这样认为，不过，对于符石的起源，他不太确定。他猜想，与斯莱德尔曾对摩根讲过的古老神话一样，它是从杰西的非洲祖先开始，一代一代传下来。至于他们是如何得到这件遗物的，目前尚不可知。与家乡那块雕刻着相似字符的巨大的平衡砾石一样，杰西的符石在今后很长的时间里，很可能会留下一段神秘的故事。

“听我说，兄弟，”皮尔格林拄着他的双头蛇拐棍，像一只单腿青蛙一样，跳动着向山上前行，“我与曼侬很恩爱——她是无与伦比的，的确无与伦比。她很快就能赐予我一个儿子或女儿了，这个孩子也是无与伦比的。我也即将成为一个无与伦比的父亲，而你也即将成为一个无与伦比的老叔。你能确信这点吗？”

摩根不能确信。

当他们穿梭在十二英尺高的月桂树林，浓密的黑莓灌木丛，和一片片齐腰高的越橘树林时，他们选择行走的游戏路径，变得越来越陡峭。皮尔格林看到他热爱的这片山区，热血沸腾，无比激动。“曼侬是我最珍爱的妻子，但我爱上了这片土地，兄弟。她嘲笑我，说这山里的一切都是我的情妇。小溪旁那摇曳的深红色的花朵，还有那盛开的山茱萸，那动作敏捷而又亲切的黑蛇，这一切都是我的至爱。”

“接下来为什么不让我相信你是生活在伊甸园里呢，哥哥？”摩根说，“尽管艾伦家族一个从苏葛兰来的渔民曾告诉我，他曾到北卡罗来纳州居住过——你会认为他的事迹就像范迪门斯地岛一样荒诞——但是第二天就回家了，因为饮用水太难喝了。”他朝着东部方向看过去，接着说，“天哪，皮尔格林，那座不断攀升的高峰是什么山呀？”

“那是奥康纳路夫梯山，弟弟。有一条狭窄小路可以通到山顶。据说居住在那里的人，是第一批最古老的山区威士忌酒制造者，他们反抗税法，在洞穴附近建起了坚不可摧的堡垒。一个无赖，从联邦税务官员那里缴获了一门加农炮，并且把它架在奥康纳路夫梯山的山峰上。现在进入那座高峰的唯一通道就是一架摇晃的绳索桥。我没有去过那里，但我打算去，既然那个用自己的名字为这座山命名的疯子已经死了。”

他们坐在祖母山的岩石顶上，吃着曼侬为他们准备好的香喷喷的午餐，看着远处绵绵的群山，群山中有无数条被树木和灌木丛掩映的溪流，在蓝色的薄雾中若隐若现，它们在远处那座高地上蜿蜒流动。所以很难判断远处的山峰是真实的山，还是空中浮动的云朵，抑或是海市蜃楼。它和摩根所看到过的景观一样可爱。

“你说我们的朋友，约瑟夫·梵得雷特给你做了一把步枪，你将它命名为‘正义女神’，我尤其被你讲的这段经历打动了，”皮尔格林说道，“你隔着大峡谷，开枪击中了对面山峰上一个橙色的大南瓜，这真是一个精彩的瞬间。我能够在脑海中想象它被子弹击裂那一瞬间的样子。”

“嗯，你也可以击中它，皮尔格林。过去，你的手只要一接触到枪，就能发挥出一种魔力。我希望你现在仍然有那种魔力。”

“生活总会和我们开玩笑，摩根。我射击的天赋是与生俱来的，但是我最近四五年都没有开过枪。我以后也不打算再碰枪了。”

“哥哥，”摩根说，“你说你已经和曼侬结了婚，而这些山脉又是你的情妇。我想知道的是，曼侬是你唯一的心上人吗？”

皮尔格林哈哈大笑起来：“是的，摩根。我和曼侬从小青梅竹马，从童年到现在，她一直都是我最心爱的人。除了她，从来没有任何女孩在我的生活中出现过，很幸运的是，她不会嫉妒我对这些山的深厚感情，只要我每天都回家和她在一起。”

在他哥哥如此坦白的鼓舞下，摩根说：“皮尔格林，我必须告诉你，在我到南方来的路途中，遇到一个女孩，她偷了我的心。”

皮尔格林似乎一点也不惊讶。“她是谁，你这个小崽子，你？”他猜测道，“她一定是某个富有的种植园主的女儿，毫无疑问，她有着甜美的声音，还有一双漂亮的黑眼睛。”

摩根摇了摇头，说道：“她不是这样的。告诉你吧，她是一个逃亡的奴隶。昨晚我们和曼侬聊天的时候提到过她。她的名字叫斯莱德尔·克拉特若·丁威迪。她是杰西·摩西的外孙女。我们的关系很亲密。”

皮尔格林点了点头，什么也没有说。

“你在为我感到痛心吗，哥哥？就因为我爱上了一个黑人女子？”

“不是的，摩根。你做了任何的年轻人都很可能做的事情。我只是奇怪，你为什么没有把斯莱德尔带到这里来，这样等着战争结束后，你可以带着斯莱德尔与我和曼侬一起去沙康内奇。”

“她与她的弟弟，那个小神童，去了北方。我把住在蒙特利尔市的奥古斯特·肖托介绍给她了。至于我们之间，我指的是我和斯莱德尔，她是一个非常虔诚的的基督教徒。她知道我在追杀那些杀手，认为不对。我害怕现在或未来，我都没有希望与她相爱了。”

“摩根，像许多蓝色制服和灰色制服的士兵一样，你只是做了那些你该做的事情。至于未来，比远处逐渐消失在天际的高峰还要深不可测，它们已经超出了我们的视线范围。没有人知道未来会怎样。甚至连斯莱德尔的朋友耶稣也不知道。当时间向未来发展时，他错误地认为地球上神的王国即将到来，并且坚信这一天一定会在他有生之年到来。听我说，摩根。让未来顺其自然地自我展现吧，我能向你保证，未来一定会很好地展现。感谢你对我的信任，并且与我分享你的秘密的爱情故事。我会为你保密。现在，弟弟，轮到我告诉你，为什么我会辞去在宾夕法尼亚州外科医生的职位。然后我们永远也不再讨论关于战争的一切了。”

已经把那段生活抛在脑后的皮尔格林，以一种恍若隔世般的神情和轻缓的语调，开始讲述在战争期间，他所实施过的许多手术中所碰到的问题。做一个医生可能做的手术，包括处理脑部、胸部和腹部的枪伤，这些部位受伤几乎都是致命的。身体四分之一的截肢就可能导致死亡。肢体截肢越往上，风险就越大。皮尔格林说他自己一直算比较幸运，因为他的伤口在膝盖下方。他说，如果伤口再往上三英寸，他就没有机会像今天这样和摩根说话了。

皮尔格林稍停片刻，晃了晃脑袋。然后继续讲他的经历。一年前的7月，葛底斯堡的战斗打得非常激烈，特别是在“小麦田”和“魔鬼窝”的战斗，米德要求一批医疗志愿者在那些必争之地成立一个医疗前哨站。头裹白色旗帜，手戴白色臂章的皮尔格林，在高度密集的枪炮火力攻击中，匍匐着爬进“杀戮圈”。他用战场止血带和紧急绷带，第一次对四十多名身受重伤的联邦和联盟士兵提供了救援。战场上斗争的惨烈程度，胜过皮尔格林所目睹或想象过的任何场景。让他记忆深刻的是，有六个联邦救治队员，用两根加农炮管拼起了一辆临时“救护车”，他们在皮尔格林的指导下，将受伤者抬上了用粗木板和炮管搭起来的“救护车”上，然后以双倍的速度返回远在一英里之外的山顶上的帐篷医院。战场上硝烟弥漫，皮尔格林唯一可以看清的就是救护队员们正在奔跑着前进的小腿。在他们从“魔鬼窝”撤离之前，救护队中有两个成员中弹身亡。其余四个人，也未能把他们的伤者送上陡峭的山坡。不久，“救护车”的把手从半山坡上滚落下来。

皮尔格林刚刚从一个南方军官的左肩取出一枚子弹。这是一枚联邦军队的子弹，它从军官下巴的右侧打入，并斜向穿过了这个军人的脖子，但没有把他颈部的静脉切断。皮尔格林血淋淋的拇指和食指还捏着刚刚取出来的子弹，就急匆匆地赶去援助其他救护队员。他抓住担架前端伸出来的木把手，令其余四个队员跟在后面，他开始拉动那辆载着蓝制服和灰制服伤员的临时救护车，向山顶上走去，他艰难地穿梭在四面八方飞来的枪林弹雨中。伤者的尖叫声伴随着连续不断的枪声，震耳欲聋的炮火声，以及令人恐惧的呻吟声，如同百万只鹌鹑或野鸽同时起飞所造成的气势。一个救护人员倒下了。不到一会儿，又倒下一个。也许是某种超人的力量，让皮尔格林坚持撑到了最后。然后，他再次不顾一切地奔跑起来。他首先想到的是，还有更多的人需要得到他的援助。他想也许应该换个姿势，从后往前推。但是，当他扭过头越过肩膀往后看时，他看到自己拉的救护车其实早已荡然无存了。他刚才营救的伤员，他们的尸体碎块散落在远处朦胧的烟雾中，玫瑰般血红色的薄雾，像瘟疫一样笼罩着皮尔格林。皮尔格林疯狂地奔跑，尖叫，但他无法听到自己尖叫的声音。他一直向前跑，直到跑不动为止。当他再也跑不动的时候，他才意识到自己被子弹击中了，受伤部位在小腿。他的脸颊、双手、头发，以及裹在头上的白旗子，他所有的衣服和靴子，还有仍被他死死抓在手中的“救护车”断木把，所有的一切都沾满了鲜血。他开始哭泣。然后，他开始大笑。仍然紧紧抓住那血淋淋的木把手——这是他唯一能做的事——他一瘸一拐地回到战场上，开始行走。一年零几个月之后，他在美国田纳西州和北卡罗来纳州边境一个荒野的山顶上，告诉摩根，皮尔格林·金内森医生从战争中走过来了。

两兄弟并排坐在一起俯视旷野，阵阵微风拂面吹过。皮尔格林用双头蛇拐杖包着铁皮的那端轻击着岩石。

“惊心动魄。”摩根说。

“是的，”皮尔格林回答，“我们彼此都亲身经历了一场战争，摩根。我们也都承受了巨大的创伤，不管是外在身体的创伤还是内在心灵的创伤。我想，我们都需要花很长一段时间来恢复，事情就是这样。与此同时，让我们好好享受这个共同度过的秋日，两个好兄弟、好朋友在山上的快乐时光。我们庆幸战争和它的邪恶还没有到达，也不容易到达大祖母山。在这里，我们远离战争和战争所带来的邪恶。你看，我带了渔线和渔钩。山中起伏的褶皱下隐藏着无数条小溪，这些小溪流沿着山腰一直往下流到山脚下。小溪里有数不清的鳟鱼，就像我们家乡的鳟鱼那样漂亮。我们去砍两根竹竿做钓竿，晚上回家让曼侬用我们钓的活蹦乱跳的鳟鱼做一顿丰盛的晚餐，就像我们以前在老家一样。对于我们今天下午的这个运动，你还有什么要说的？我敢打赌，我抓住的鱼绝对是你的两倍，谁要是成为那个不体面的输家，就罚他把钓到的鱼处理干净。”

“赌就赌，”摩根说，“在钓鱼方面你从没胜过我，哥哥。你今天也不会。这方面我比你厉害。”

“你不能光说，你要证明给我看，”皮尔格林笑着说，“来吧，年轻的风流浪子，你。让我们看看谁是金内森家庭里的鳟鱼高手，是你，还是你只有一条腿的哥哥。”

秋日午后的阳光倾斜着照在佃农小屋四周的牧羊场上，并穿过打开的大门，照在曼侬身上。曼侬正坐在一张板栗树做成的桌子旁敲山核桃。这些核桃是她前一天捡来的，准备为皮尔格林和摩根做一顿美味的蛋糕羹，她可以想象他们闻到香甜的蛋糕羹时那惊喜的表情。她手拿槌棒，在橡树木墩上把每一个核桃敲碎，然后用皮尔格林的手术用的不锈钢放血针，从核桃中挑出一些果肉来。她一边干活，一边对自己肚子里的胎儿哼唱着一首名为“L’eglise à Ste. Anne”的曲子。以前，在校舍野宴上，她和皮尔格林喜欢随着这首曲子快步跳舞，而曼侬的父亲，老泰堡，手里拿着一把自制的小提琴，在讲台上拉着这首曲子，双脚随着音乐的旋律在地板上打着拍子。

曼侬拥有一副优雅的好嗓音，轻柔而又圆润，她以极为自然的音调大声地哼唱着这首古老的曲子，悦耳的歌声从大门传出，穿越了整个牧场，歌声在牧场上空回荡。在牧场上，她的棕白色斑纹的奶牛正在低头吃草，小绵羊躺在领头羊的视线范围内，领头羊站在一个土丘的阴影下，而在那个土丘上，长着曼侬最近种植的水仙。她随时保持着警惕，目的是为了提防可怕的野猪，在它们领头的带领下，在光天化日之下来践踏她的水仙和马铃薯。摩根把他的枪“正义女神”留给了她，来对付那些前来掠夺的野猪。

她听到从牧场尽头的山核桃林，传来了一阵与她刚才所哼的曲子一样的乐声。也许是山区的某个吟游诗人，或者是巴巴利·艾伦，正从下面的小峡谷走来，那乐器演奏出来的优美的旋律成为曼侬歌声的伴奏。曼侬想，这是齐特琴。这乐器的声音很欢快，小而清晰的伴奏音和长弦音，在绿野上空回荡，曼侬的脚趾也情不自禁地随着音乐的节奏，轻轻地敲击着地面。音乐是令人陶醉的，即使是牧场上的领头羊，也静静地站在那里，带头低首静听。曼侬无法使她的脚趾停下来，就像她不能让自己的心脏停止跳动一样。琴声听起来像森林树尖上的风声——当地山里人把这种风叫做核桃风——又像 9 月的夜晚从半山腰落下的哗哗的溪水声。音乐有丝绸般的质地，就像秋天本身罕见的金色，似乎带有一种香水的微妙气味，像皮尔格林给她带回家的那些羞涩的山花，像春季的美女和树林里的海葵。曼侬的脚趾越点越快，敲坚果的锤子放在木墩上，她陶醉地闭上了双眼，并扬起一只手，拢了拢她那乌黑的头发，发出了轻微的喘息声，这曲音乐让她想起了皮尔格林为她朗诵的诗歌《圣艾格尼丝》。

当她睁开眼睛的时候，她看见，有一个东西正从牧羊场上走过来，起初她错认为那是她曾在老家一本旧图画书的彩色页面上看到过的一只训练有素的马戏熊。当那只熊靠近时，羊羔们惊恐地咩咩叫着逃向山坡。但是仔细一看，那不是熊，而是一个人，他裹在一张熊皮里，正在弹奏着一种曼侬从未见过的齐特琴。扁平的木制的琴弦挂在他的脖子上，木琴正好垂在他的腹部，像一个架子似的。他用全身的活力与生机弹奏着音乐，身体摇摇晃晃地一路走来。他硕大的脑袋低到了熊皮的胃部，包括他的耳朵也几乎耷到了木琴上。然后他的头突然径直向后抬起来，仿佛完全翻过来一般。不过之前总是径直向前走的，而现在却开始迈着摇曳的舞步慢慢地向这边移动，他正跳着哥萨克风格的劲舞，表演着各种复杂的形象，这些舞蹈来源于远古时代，那时，男人们往往披着兽皮在月光下跳这种舞蹈。他慢慢地靠近，越来越大声地敲击着他的乐器，直到空旷的荒野上都回荡着乐声。曼侬油亮的黑色皮鞋，不由自主地轻轻地跳起了舞蹈。她伸手拿起摩根的步枪，脚下像踩了弹簧一样，突然从桌子前站起来，在不经意之间，将桌上的碗、坚果、核仁和核壳，掀倒在刨平的粗木板上。她担心，这种噪音会吓着腹中的婴儿。孩子的安危是她唯一关心的。她拉开那把大枪的枪膛，将一枚子弹放了进去，按照摩根教过她的那样把枪举到肩前，向那边开了一枪。子弹擦过板栗木门框，将门框撕下了一块裂片。

熊人走到门口，对曼侬咧嘴一笑，曼侬摆动扳机再次向他开了一枪。那个男人的左手一扬，琴锤猛烈地敲击在桌子的边缘，并向壁炉反弹而去。他系着一条响尾蛇领带。在秋日阳光照射出的那种灿烂颜色的映衬下，他敏捷地跨入了大门，并停住了他那只正在弹奏《波巴的撤退》这曲音乐的手。整个小屋里充斥着一种令人作呕的硫黄味。这个庞然大物用右手扯掉了身上的熊皮，并在空中抖动了几下，熊皮荡漾起黑色的波纹，就像没有亮光的夜晚之中闪过的一道亮光。作为一名老斗士，他很快将危险转移到替代品上。他拿起一个三角叉，把熊皮支起来掩护自己。曼侬高高地举起了枪，把枪管砸在他的头上。他踉踉跄跄走了几步，仿佛快要跌倒的样子。可是这时她意外地踩到一颗山核桃坚果滑倒在地上。奥康纳路夫梯进行几次佯攻之后，把熊皮猛地掷到曼侬的头上，伴随着胜利的吼叫，这个狡猾的家伙很快就征服了这个怀孕的女子。

摩根在鳟鱼竞赛的赌注中输了。他仅仅抓了三十一条鳟鱼，而他的哥哥皮尔格林却抓了七十八条。他记得皮尔格林曾说过，他与小溪之间有某种联系，这种联系的方式就像他与狩猎和枪支的联系方式一样，是通过一种深深的魔幻般的亲和力而实现的。这种魔力即使是摩根也并不拥有。看着他哥哥拄着拐杖在布满大石头的河床里行走，他的杆端在河底不断地移动，而他装鱼的口袋像一个磁铁一样吸引着小溪里的鳟鱼。摩根意识到，当他为了追踪野兽或人的痕迹而学会如何看懂树木、小溪和大山时，皮尔格林却因为它们本身而喜爱它们。这就是兄弟俩的区别所在。

这些宝石般的鱼儿太小了，只有三四英寸长，他们决定回到佃农的小屋后再清理它们。摩根赌输了，受到的惩罚是扛装午餐来的袋子。如今这个袋子里装满了鱼，因为吸了水变得非常潮湿。皮尔格林拄着蛇形拐杖，单脚跳着前进。两兄弟在河里跋涉前进，河水漫到他们的腰部。皮尔格林的手臂亲切地抱着摩根的肩膀。他们又捕鱼，又跋山涉水，身体已经有些疲惫了。但是两兄弟在一起仍然非常开心。他们一边擦着脸上的汗水，沿着河水并排走着，有点像两头已经行走厌倦了的骡子。他们两个有说有笑，互相揶揄，仿佛整个世界的丰富宝藏展开在他们面前。

“不，弟弟，”皮尔格林说，他默许摩根支撑住他更多的体重，“如果我是你，尽管我知道我不是你，我不会为我与谁结婚而烦恼，仅仅是因为……”

皮尔格林的话被远处小屋方向传来的第一声枪响打断了，枪声在整个幽谷里回响。摩根立即知道那是他的“正义女神”的枪响。在沙康内奇地区没有别的枪会发出像他的步枪那种声音。他把装鱼的袋子扔在地上，滑滑的小鳟鱼就像许多珍贵的鱼宝石一样，在绿色青苔上闪闪发光。他开始奔跑，把猎枪从脖子上摘下来握在手中，以免奔跑时反弹到他的脸上。他全然不顾身上的伤口带来的疼痛，在一个污水坑里奔跑，全然不顾自己的腿或踝关节可能发生断裂的危险。他就像从山腰上坠落下来一样，或者像一只跳跃的雄鹿受到附近猎犬的包抄一样，朝着目标奋不顾身地狂奔而去。皮尔格林拄着双头蛇拐棍跟在摩根后面，像一名撑竿运动员一样尽他最大的努力前进。摩根身上的伤口开始流血，他以最快的速度全力冲刺到牧羊场，此时正是太阳西下之际。那明晃晃的阳光直射到山坡上，深红色的光线就像一个探照灯一样，照亮了佃农的小屋。门仍然是打开的，从侧柱上迸裂的碎片，如一把匕首散落在前院。摩根扒开野外的杂草，步入一块空地，脚下一滑，地上是一摊泛着微光的暗红色的血液。小屋的地板也滴落着令人感到恐惧的血液。地板旁边那张栗木板桌子的一条腿已经折断了，散落的山核桃和核桃壳，就像去了壳的蜜蜂残体一样。地板旁边的那支壁炉拨火棒上，钉着一张从皮尔格林的杂志上撕下来的破纸。这张还沾着血液的破纸上，潦草地写着这样的话：

“带上你手上那块黑奴的石头来交换这个女人。你忠实的仆人奥康纳路夫梯，也就是鲁狄·图。”

第十二章

Nauthiz

ᚾ

在沉沉的暮色中，摩根和皮尔格林穿过空旷地，沿着地上的斑斑血迹上山。路边的小石堆在黄昏的余晖下闪闪发光，散发出的一束束亮光打破了周围的昏暗，有的看起来像弹丸，有的小如针头，有的如一枚硬币般大小。摩根弯下腰来，把手指伸进一个荡漾着黑色液体的大泥坑里，这里的水，现在已经凝结成了一种带有黏性的胶状物。他用手指沾了一点这种黑色液体，放到嘴里舔了一下，他尝到了一股浓浓的血腥味。他希望这是鲁狄的。

"我们要找一些松树枝来点火把，然后继续跟着他。"皮尔格林说。

摩根摇了摇头，说道："这正是他所希望的。他会趁机出其不意地袭击我们。在晚上尾随他进入森林，这对我们没有什么好处。他会躺在路边的月桂树下，突然开枪把我们杀了。除了等到天亮，我们没有别的选择。"

"那么就让他把石头拿走吧，"皮尔格林说，"为了曼侬我们可以把石头给他。然后，我们再袭击他，把石头拿回来。"

摩根已经转过身来，开始向木屋走去。他并没有停下迈着大步的脚，然后回头甩下一句话："他的本意是要把她和孩子一起带走。"

皮尔格林直冲到摩根面前，抓住摩根的肩膀，仿佛想要把摩根摔倒在地。他说道："你这样说是什么意思，小伙子？"他又接着喊道，"天啊！你这样说是什么意思？”

这是摩根第一次听到皮尔格林提高嗓门用愤怒的声音跟自己说话，但他怀疑皮尔格林是真的感到害怕了，害怕失去妻子和孩子，他没有打算作进一步解释。

“我的意思是，我们将在明天找到他们。把石头给他没有问题。但还有一个把曼侬救回来的办法，也是唯一的办法。我们必须杀死鲁狄·图。我们必须杀死鲁狄·图，现在要找到一个杀死他的办法。”

两个高大的男人在黄昏中面对面地站着，其中的一个男人靠一条腿和一根拐棍站着。

“哥哥，”摩根说，“你必须作好放下你的教友会教徒的信仰的打算。否则，我想单独行动，靠埋伏来争取一次胜算的机会。”

“弟弟，我不能放下我的信仰。它是我的安身立命之本。不过，我保证尽我一切力量来帮助你，完成那些必须做的事情，并且不会干涉你做事情。我必须和你一起去。我认为，我们应该现在出发。”

“皮尔格林·金内森，”摩根说，“你是我所认识的最好的也是最聪明的人。但是，做这种事情需要不同类型的知识。就是我所拥有的这种。我们必须按照我的方式来行事。鲁狄也许会听到明天早上的鸡鸣，如果他住得离谷仓院子足够近的话。那就让他听好了，因为过了今晚，他永远也不会听到公鸡报晓了。”

黎明的曙光照耀在沙康内奇高峰上，山顶笼罩在深秋的浓浓的迷雾之中。数以百计的河流在千回百转的山谷之间流淌。高高的山峰耸立在旭日照耀下的粉红色的天空中。那个残忍的怪物在一个岔道口停下来，其中一条路通向大祖母山的顶部，而另一条岔道则往东从山的北面延伸至美利坚拱顶山和奥康纳路夫梯山。整个晚上，曼侬的手和脚都被奥康纳路夫梯的熊皮约束住了，那个怪兽坐在星空下，监视着蜿蜒曲折的山路。他的追兵并没有到来。今天，他们应当会发现他的行踪，但鲁狄已经到达了他的防御堡垒。这个古老的封锁要塞，只有通过一架摇摆不定的绳索桥才能到达，他完全不用担心被捕。他打算，一旦婴儿出生，他们将带着那块石头北上，途中杀害地下交通站站长和导路员，应该不会因为粗心大意而失手。对于鲁狄·图来说，他在这一带因为奥康纳路夫梯这个名字而知名，他是一个很有个性并且也自认为是一个很有良知的人。他一直非常信守诺言，从来不会落下任何一件工作。他还打算对已经死了的丁威迪信守诺言，除掉大山中那些帮助黑奴逃跑的人，这也是丁威迪和耶稣让他做的。

该是把年轻的姑娘唤醒的时候了。鲁狄用手温柔地弹奏起唤醒姑娘的曲子，并用甜美的嗓音唱起了歌儿。

早上好，早上好，我漂亮的小妞。
我所歌唱的小姑娘。噢，洛尔，他说，
你不能嫁给我吗？她回答，我现在年纪太小了。
你越是年纪小，就越适合我，
就越是适合当我的新娘。
因为我想在婚礼那天对你说，
在我死之前，我终于结婚了。

当她睁开眼睛，那个怪兽温柔地对她笑了，为了抚慰她的心灵，让她知道自己是安全的，他又将歌谣重唱了一遍。他告诉姑娘，让她不用害怕。鲁狄左边的袖子垂落到一边，但他似乎没有注意到。他用那双温和的手松开她脚上的束缚，好像他们之间有着深厚的感情。他单纯地做着这一切，用他那双巨大的熊掌。她感到胎动，感谢上帝！腹中的婴儿使劲地踢着她。她发出小声的呻吟，他的那颗大脑袋斜靠在她隆起的腹部上，微笑着点点头，仿佛要亲自确认一些他所知道的事情。然后，他把右手举到空中，赞美地高喊道："和撒那！孩子很快就要出来了。男人的儿子马上就要到来了。啊，我将和你结婚，然后把你和你的宝贝弄得双目失明，我们三人像地下的鼹鼠一样生活在洞穴里。你将被称为玛利亚，你腹中的男孩则起名叫以马利[1]，美国的救世主。他的时代就要到来了，我的姑娘。"

虽然这只怪物看起来很诚恳，但从他的声音中仍可以听出一种可怕的嘲笑意味，他在这种疯狂的情绪中继续给她喂一些干燥的玉米饼碎屑，还强行用水壶喂她喝了一些水。"我将让你多看到一天的光明，我的童贞女王，"他说，"好好看看这个世界上的邪恶，你将永远不会看到邪恶了，你也没有必要看到这些了。"

当摩根和皮尔格林准备向奥康纳路夫梯的根据地出发时，这个怪人声称要杀死他们两个，他再次将曼侬的双手绑在身后。曼侬把衣服口袋里那根皮尔格林的手术放血刀，当成了她最后的希望。这个疯子用一只手击打着他的扬琴，他那明亮的噪音穿过峡谷和山崖，他开口唱道：

第一次，我见到一个年轻的女妖，她正在梳理头发。

她说，她见到年轻的摩根在高耸的悬崖之间。

他一会儿呵呵呵地叫着，一会儿像老鼠一样吱吱吱地闹着，离开的时候汪汪汪地叫着。

第二次，我见到一个同伙人，他手里拿着枪。

他说，正当年轻的摩根向山下跑去时，他开了枪。

他一会儿呵呵呵，一会像梭织一样啼啼啼，离开时像猫一样喵喵喵。

① 基督教《圣经》中先知以赛亚及圣徒马太等对耶稣基督的别称，意为：上帝与我们同在。

第三次，我见到的是一只乌龟，它正在泥泞中缓缓爬行。

他说，它看见了可怜的皮尔格林，被洪水冲跑了。

伴随着噢噢的声音，然后是像老鼠一样吱吱吱，最后又像鳖一样高声地呱呱叫。

伴随着喀喀的声音，然后像谷仓里的老鼠一样吱吱吱地叫，最后鳖一样喵喵喵地叫着。

曼侬的手指在背后活动。如果她能把衣服卷起来，取到放在她口袋里的东西，她就能获得自由。那个唱着可怕的杀戮歌、带着一只乌龟的疯子，像死人一样毫无察觉。

在东方拂晓之前，他们已经开始为出发作准备了。摩根打着灯笼，检查了一遍他的武器。皮尔格林拿了一些帮助妇女分娩的亚麻绷带和草药，放在他的医疗袋中。摩根仍然为他的“正义女神”准备了四十枚直径为五毫米的白银弹头子弹。当第一缕金黄色的曙光，出现在东方美利坚拱顶山和奥康纳路夫梯山的上空时，摩根和皮尔格林沿着他们前一天走的路线启程了。昨天的血液已经干涸，变成了地上一块干枯的黑蕈。

“摩根？”

“嗯，哥哥？”

“你说这个恶魔，他会轻易伤害她吗？”

“不会的，”摩根撒谎说道，“他太希望得到那块石头了。”

当他们爬到半山腰的斜坡时，月桂树、阔叶林和常绿树的叶子已经染上了破晓的颜色。皮尔格林说：“路夫梯没有努力将我们甩掉。他一定受到严重打击，肯定是致命一击，我敢保证。”

“他希望我们跟着他，”摩根说，“他找到了一个可以袭击我们的地方。”

在半山腰上，那里的小径分叉了，一条岔路向大祖母山的顶峰延伸，另一条岔道向下通向美利坚拱顶山和康奥纳路夫梯山之间的大峡谷。他们转向东方，走到洛斯特里弗地区。远处整个大峡谷都处于薄雾弥漫之中。奥康纳路夫梯山赫然耸立在前方，其巨大的悬崖下面，就是深不可测的山谷。在稍低于山顶的地方，还有一片城墙，上面有一个黑色的窥视孔，就像一个巨物的眼睛一样，俯视着整个大峡谷。皮尔格林说，这是独眼巨人波吕斐摩斯的瞳孔，封锁者在洞穴中建立他们的巢穴时，搬运了一架大炮到堡垒上，以在山谷中捍卫自己，反对任何试图阻止他们制造威士忌酒的人。

摩根用望远镜观察了距离洞穴四百英尺左右的石峰。尖峰的山顶与洞穴之间由一座由木板铺底的吊索桥连接起来。这座桥被一个手持精准步枪的男子占领，他的据点看上去像直布罗陀海峡那样坚不可摧。不过，还是有办法干掉鲁狄，救出曼侬的。一场战斗计划正在士兵摩根·金内森的心里酝酿着。

正如摩根通过葡萄牙望远镜看到的，那个封锁者的洞穴并不是一个真正的山洞，而是山峰钩形悬崖下面的一个自然形成的凹陷。鲁狄装出绅士的样子帮助曼侬攀爬通向顶峰的隘路，并穿过那座高达一千英尺的吊索桥，向他的堡垒走去。在那里，他逼着她到那个带环的螺栓那里去，这个环形螺栓与生锈的大炮链在一起，大炮仍然威风凛凛地面临着山谷，犹如准备击退前来收税的人一样。上午，鲁狄射杀了两只肥胖的灰松鼠和一只松鸡。随着太阳从西边的山，也就是大祖母山徐徐落下，气温也随之下降。那个体贴的吟游诗人将他的熊皮盖在她的肩膀上，并将他那可怕的头凑到她的黑发上。她低头看着陡峭的岩壁。就在栏杆的下方，有一个小喷泉，那里长满了各种蕨类植物和苔藓，泉水从山边汩汩流出。

“我们将燃起一堆温暖的篝火，把那些松鼠和松鸡烤熟，味道一定很鲜美，”鲁狄说，“这是专门为你做的，我最亲爱的甜心，你一定要吃好，保证自己和小宝贝的健康。”

那个疯子穿着一件胸前是蓝色背后是灰色的外衣，曼侬看见，他那之前被熊皮包裹住的肥大的裤子，一条裤腿是灰色的，另一条是蓝色的，每条裤腿的两侧都有一条金色的条纹。因为他个人的愚蠢行为，鲁狄使自己成为那场战争活生生的笑料。

曼侬低头俯视，看见那涌出的泉水，流向远处那郁郁葱葱的树木丛中。那些树木现在开始转向秋季的颜色，她认得出那是深红色和橙色的枫树，还有灰紫色的黄桦木。溪水流过红色的岩石，流进了一个深蓝色的小湖泊。鲁狄跳过那条水流汩汩的泉水，欢腾雀跃、手舞足蹈。他在栏杆边低下头，掏出他那硕大的生殖器，像一匹公马一样，在太阳的余晖下撒尿。他开心地尖叫起来，尿液在空中形成一个弧形，与泉水交融在一起。“让我们一起欣赏歌曲《休先生》，”那个山歌手大声唱道，“我用优美的五音歌唱，我的旋律千变万化，在黑暗的洞穴里，在阿勒·索耶夫人面前，展示我美妙的歌喉。”他开始锤着他的扬琴，在山谷里咆哮：

在皮尔格林的脚下埋葬他的蛇杖，在他的头下埋葬他的木肢。
当摩根小伙呼唤他时，祈求能告诉他，皮尔格林已经死了。

“你现在是安全的，姑娘。”当鲁狄用从阿肯色州带来的短匕首，剖开松鼠和松鸡时，这样说道。他在冰冷的泉水中，把它们彻底地洗净，然后洗干净了自己的手，并擦干了，他表示，如果要求他当晚提供这些食物给以马利，他还会把这些东西放进平底锅中，用加热的水再洗一次。他告诉曼侬，叫她不要烦恼，在让她和小孩双目失明之前，他会唱小曲儿哄他们入睡。他把小平底锅搁到火上，将水烧开，然后将那把准备让曼侬双目失明的匕首的一端放到水里去消毒。他命令她现在再好好看看这个世界，不久之后，除了糟糕的回忆，她将没有机会看到这一切了，也看不到这个世界的一切残暴了。他哄她说，他在斗殴中，一只只眼睛爆裂了，很快就好了，让人吃惊的是，这样不会带来一点痛苦。

在熊皮外衣的掩盖下，曼侬将已被绑住的双手，伸进衣服侧面的口袋中，用指尖轻轻拉出皮尔格林的那把手术刀的金属壳套。她摸到了刀背上的小槽，打开它，非常仔细地把它转过来，以免割伤自己，当那野兽正在准备他的晚餐时，她开始割断绑住她手腕的绳索。

哦，鲁狄·图现在精神抖擞。他一边忙于做自己的晚餐，一边哼唱着《流浪少年摩根之歌》的零碎片段。他用“黄孩子”卡宾枪在练习射击，他只用一只胳膊把枪，在节奏连续而快速地射击中，一千英尺以外的一个池塘中，一只正在岩石下捕捉小龙虾的浣熊似乎也有了感觉；在两英里外，在离一个石烟囱两英寸处的狭尖的山脊上，在山顶几百英尺之上天空的上升气流中，一只猎鹰正迎风翱翔。任何情况下，他似乎都在瞄准目标，他用肩膀顶住卡宾枪，迅速开火。他用匕首尖端清理大拇指指甲缝里的尘垢，以免在挖曼侬的眼睛时，造成感染。然后，他像个水手一样抓住吊桥的绳索，导致吊桥上跨越深渊的横木发出碰撞的声音，并产生回音，这也导致吊桥剧烈地摇晃起来。鲁狄唱着《再见，宝贝白颊鸟》，他说老桥会成为他这个大宝贝的摇篮。落日在浩瀚无垠的红彤彤的天空的映衬下，定格在祖母山的峰顶上。曼侬感觉到一根绳索松开了，然后另一根也松开了。她揉了揉手腕，让被绳索阻死的血液流通。“很快就没事了。”她在心里默默地对孩子说，“你是安全的。你是安全的。”

摩根和皮尔格林在最后一小时攀登上了峰顶，他们的视线穿过搭在独眼巨人波吕斐摩斯的瞳孔上的吊桥和岩石护栏。悬崖的洞穴就在五百多英尺以外的地方，他们看不见在壁垒后面的鲁狄或曼侬。

摩根站在狭窄的岩石上，他让自己站稳，将“正义女神”的下枪管，搁在皮尔格林的肩膀上，目标瞄准了护墙。吊桥在不停地摇晃，他的目光也跟着游移晃动。摩根尽力使自己站稳，但尽管如此，他身上的伤痛已经发作了，皮尔格林肩膀上的枪管也开始晃动起来。

“把步枪给我。”皮尔格林说。

“在让我双目失明之前，”曼侬对鲁狄说道，“请你再为我唱一遍你的《休先生》。”鲁狄笑了。他拿起扬琴，开始弹奏他唱过的那首古老的民谣，曲子的声音像瀑布一般倾泻到那被夕阳染成血红色的溪谷中。

她抓住休先生锤子般的手，
把他麻醉在墙边。
她把他麻醉在一口又大又深的井里，
那里没有人能听到他的呼喊。
她将小刀插入他的心脏，
红色的鲜血滴到地上。

曼侬发出了一声颤抖的尖叫，弹跳着扑向怪兽，她死死地抓住皮尔格林那把放血刀的刀柄，直刺向这头“公牛”的脖子。他尖叫着，她把刀拔出来，然后又刺了进去。他滚到做饭的火上去了，双脚一倾斜，放血刀从他的左耳突出，一股股血液从他的脖子和耳朵上喷薄而出，流到石壁上。他举着那把匕首声嘶力竭地扑向她。

曼侬，穿着熊皮，拿起一颗加农炮的炮弹，笨拙地攀爬到栏杆上。鲁狄，穿着一件蓝灰相间的外衣，也踉踉跄跄地扒在栏杆上。

“杀死他，看在上帝的分上，向他开枪。”摩根看着对面的曼侬，对皮尔格林大叫道。他能感觉到皮尔格林这时正在犹豫不决，他把步枪架在摩根的肩膀，枪口不断地晃动，一会儿对着那个穿着熊皮的人，一会儿又对着那个满身污血的人。

“对着那个熊人开枪，看在耶稣的分上，”摩根叫道，“向那只熊开枪。”

枪口在两个目标之间不停地转换。鲁狄放下匕首，拿起步枪对他们开火。摩根已不能确定那个穿着熊皮的人是不是鲁狄了。他疯狂地拿起默伦琴人送给他的那架古式的望远镜，向对面望去。“那个拿枪的人就是！”他说，“向拿枪的人射击。”

摩根的耳旁，响起了一声剧烈的爆破声。一个新的红色印记像一朵花一样，开在鲁狄的罩衫上，再往左一点，就是他的心脏了。鲁狄扒在栏杆上，受伤了，但仍然站得很稳。他把步枪枪管举起来，又向这边开了一枪，在摩根的双耳边发出一声微弱的爆裂声。与此同时，穿着熊皮的曼侬，将十六磅重的炮弹高高举上头顶，朝鲁狄那光秃秃的脑袋使劲砸下去，鲁狄被砸得头晕目眩，他再次跌倒在栏杆上。

曼侬通过吊索桥朝他们走来，在猛烈的大风之中，这座桥左右摇晃得厉害。她右手死死地抓住桥上的绳索，用左手捂着腹部，好像是在保护腹中的胎儿。摩根朝她跑过去。他先后两次靠近剧烈摇晃的桥的边缘。在半途中，摩根迎接到了她，他用一只胳膊环抱着她，用另一只手抓住绳索，帮助她跨越这道天堑。然后，他把曼侬送到皮尔格林身边。皮尔格林此时正坐在地上，双手按在胸前，血液从他的指缝间涌出来，形成一股不可阻挡的河流。曼侬看到这个情景，不禁尖叫起来。她从吊桥上跳下来，紧紧地抱着皮尔格林，一遍遍呼喊着他的名字。

“皮尔格林！”摩根呼喊道。皮尔格林摇摇头，“不要再杀人了，弟弟。”

“皮尔格林！”摩根又叫了一声。

皮尔格林拉住曼侬的手。“不要再杀人了。”他气若游丝地重复道。

然后黯然地离开了这个世界。

“不！”摩根喊道，“不！不！不！”他的眼泪喷涌而出，尖叫声中伴着悲痛和愤怒。摩根转身朝剧烈晃动的桥对面走去。鲁狄从他的堡垒中出来了，鲜血从胸部涌出，流到他那蓝灰相间的衬衫上，他脖子上那光秃秃的头也在流血，皮尔格林的那把外科放血刀，仍然从他的耳朵里突出来。

“你的那个黑人准新娘呢？”鲁狄问摩根，“这所有的麻烦最初不都是因她而起的吗？”

“她在你永远找不到她的地方。”摩根回答道。

“啊，”鲁狄说，“我的追捕时代就要结束了，我的朋友摩根，一切都很好。这一次你对我的做法是对的。你最后一次对我做的也是正确的。”他伸出他血腥的爪子，接着说道，“来，小伙子。我向你伸出友谊之手，对你表示祝贺。至少，我们一定程度上是朋友。”

风渐渐停息了，黄昏时刻已经来临。摩根左手抓住吊桥的绳索，站在高悬在深渊上空的吊桥的中间，举着两个枪管对准了鲁狄的头。“为什么？”他说，“你为什么不直接冲着我来？为什么你要到这里来？”

“首先你必须向我许下一个承诺，摩根·金内森。‘噢，乡下青年发誓他会对这个马里恩公正相待……’我再也不唱歌了，摩根先生。我的音乐全部消失。你发誓将会信守对我的承诺，我会告诉你为什么我要到这些山里来。”

“如果你不立刻说出来，我发誓会让你肩上的脑袋开花。”

“摩根，对我来说，你更像我的一个儿子。我无法不爱你，你是我的第七个儿子。‘这是事实，鲁狄·图是第七个儿子[1]的儿子。他和他的儿子摩根靠冒烟的枪来生活。’你承诺吧，小伙子。”

“你想要我作出什么承诺？”

“承诺你会杀了我，如果我告诉你我为什么来这里。”鲁狄摇晃着站在四英尺之外的吊桥上说。

不要再杀人了，兄弟，不要再杀人了。皮尔格林临死前的话在他的耳边响起。

“无论如何你很快就会死的。”摩根说。

“我想死在你的手上。向我承诺你会杀了我，我会告诉你为什么。”

不要再杀人了。

“我杀人的时代已经结束了。”摩根说。

“你还不明白吗，亲爱的儿子？”鲁狄说，“你是有资格取我性命的唯一的人。只有你可以理解这句话。你把自己交给报复和惩罚，我们俩有一样的追求。噢，摩根，”他以那种尖锐的声音高喊道，但仍然能从中听出某种可怕的讽刺意味，“你不能在我最需要你的时候抛弃我，因为你就是我。”

“不！”

“告诉我，你与我的差别在哪里？你说不出来，因为你就是我。”

不要再杀人了。

摩根转过身去，跨过桥梁，开始往回走。

“我到这里来，是因为我知道这是你的目的地，摩根·金内森。而且我坚信你一定会来。”

摩根转过脸来看着鲁狄，鲁狄发出一阵轻笑声，接着说：“我想在你眼前对你哥哥做点事情。为了捕获你，还有他的那个女人。这些就是你要的为什么。”

---

① 第七个儿子：《圣经》之中，大卫的父亲耶西共有八个儿子，大卫排行最末，但大卫有一哥哥早夭，所以，《圣经》中以第七个儿子指代大卫。

在暮色中那蓝色远峰的轮廓下，摩根扣动了枪的扳机。然后他用力将枪向远处扔出去，摩根转过身来，向曼侬走去，鲁狄发出最后一声惨叫，像一只巨大的受了重伤的蓝灰色的大鸟，跌至下面的山谷。

天气突然变得很冷，尽管曼侬说过，之后仍会有一段温暖的日子，山里人称这种天气为秋季返暖，这样的天气总是出现在第一次霜冻之后。葬礼上，她穿着一件蓝色的裙子，原来凸起的腹部已经恢复平坦。摩根身穿皮尔格林的深色西装，西装的肩膀对他来说太大了，裤腿也长了一英寸。

棺材放在摩根前一天挖好的墓穴旁边的两条木马凳上。曼侬抱着孩子站在旁边。四周很安静。爱唱歌的黑蟋蟀和红腿蚱蜢，被霜冻封锁在土壤中。鸟儿也不见了，或者它们在，但保持着沉默。这是一个无风的下午。牧羊草甸下细小的溪流，因为离这很远，而听不到潺潺的水声。即使是曼侬的羊，这一刻也默不作声，它们安静地站在小山坡上，围着那在春天才盛开的水仙花。领头的公羊用那双黄色的眼睛目睹着葬礼的整个过程。摩根怀疑，那只领头羊已经感受到皮尔格林的离去，尽管它从来不会说话。

摩根站在墓穴旁边，手中拿着一本他很多年来一直拒绝接受的书。这本书还是合起来的，因为送葬者在陆陆续续地抵达墓穴旁。一些人穿着自己的葬礼服，因为他们没有其他更合适的衣服了。皮尔格林的死讯像野火一样迅速传开，数以百计的人们来了，摩根猜测其中有好几个人住在三四十英里之外的大祖母山深处。他们都曾经是皮尔格林帮助或治愈过的病人，还有他们的孩子以及他治疗过的老人。这些男人、妇女和孩子们，静静地站在山坡上的坟墓前默哀，就像那群很久以前他们的救世主在高处为他们布道的人们。

“我们不会在皮尔格林的葬礼上大哭，摩根。”曼侬在前一天晚上对他说。自从孩子出生后，她开始说“我们”而不是“我”。现在，她已证明她和她的儿子小摩根，在葬礼上显示出了该有的礼貌。在葬礼上将没有严厉的指责和让人顶礼膜拜的上帝，没有对普遍不公正的长篇大论，没有提到该死的战争给人类带来的罪恶。摩根看了她一会儿，然后点点头。

屋子前那块牧羊的草地上，已经站满了山民，少数幸存的艾伦家族成员和谢尔顿家族成员面对面地站着，还有一些主张南北统一的人和一些主张分离的人，以及从遥远的苏葛兰和加特林堡来的家庭成员。树林的边缘，还出现了一群人，五六个身穿灰色军服的切诺基人，没有人见过他们，他们是从威尔·托马斯的部队来的。摩根想起了鲁狄的坟墓，就在东边三十英里的地方。他没有在那个坟墓上作任何的标记，他把那块埋葬在“费尔·苏珊”的爱人墓旁刻着魔鬼头颅的石头，与那个邪恶的怪物埋在一起。

摩根开口说话了。他尖锐的声音，就像一阵卷着落叶的秋风，吹遍草地上的每一个角落。“皮尔格林·金内森热爱这里的大山，”他说，“他爱这里的季节，这里高大的树林，这里的小溪、鸟类和沙康内奇山里所有的动物。他爱那些接受过他治疗的人们，而最重要的是，他深深地热爱他的家人。他的妻子曼侬·金内森，将继续留在你们中间，继续皮尔格林未竟的事业。你们要珍惜她和她的孩子，就像你们当初珍惜皮尔格林一样。”

摩根环顾四周那些正在倾听的人们。他接着说：“皮尔格林不是通常意义上的一名信徒。他是佛蒙特州一位自由思想家，直到生命的最后一刻，他都在做一个真正的自己。但是在他读过的所有书籍中，这句话是他最喜欢的。”他打开曼侬的《圣经》，大声朗读道：“保佑那些温顺谦和的人们，因为他们是天国子民。保佑那些经受苦难的人们，因为他们需要安慰。保佑那些谦恭的人士……保佑那些和平的缔造者，因为他们必定被称为神的孩子。”摩根的嘴唇翕动着，他最后在无声之中吐出了一个词——“阿门！”——结束了这场讲话。曼侬只是含着眼泪对他点点头。

其他人都没有说话。没有人承诺和平，也没有人要和朋友或者敌人握手。这样做并不是这些人的处事方式。但是他们一个一个从皮尔格林封了盖的木棺材前走过，有些伸出手来，摸了摸棺材；有些人摸了摸曼侬或她的孩子小摩根。然后他们慢慢消失在山林之中。曼侬和婴儿与皮尔格林单独待了一段时间，然后摩根把棺材放低，装进了坟墓中。

桌上的食物十个人都吃不完。有火腿、熏肉、浆果馅饼，一些玉米面包，一小木桶的野生蜂蜜，甚至还有一些白面包，一壶威士忌酒。晚饭后，摩根和曼侬在佃农的小屋里聊天。摩根在壁炉里生了一堆火，驱散空气中的寒冷。正如对送葬者所说的那样，曼侬将留在沙康内奇。皮尔格林曾经为病人做过的大部分事情，她都会做了。她还会从皮尔格林留下的医学书里学习。

他们聊天时，曼侬把婴儿抱在怀里。她谈到自己和皮尔格林初恋时在金顿山漫步时的情景，早在皮尔格林在哈佛大学念书，后来又去苏格兰深造时，他们就私订了终身。她谈到家人反对他们谈到结婚时，他们感到很震惊。她还告诉他皮尔格林后来是怎么受伤的，又是怎么退出战争的。他提出了他们重新在一起并去南方的大胆计划。熟睡中的婴儿发出一种小猫叫似的鼾声。“嘘，摩根。”曼侬示意摩根保持安静，双手将孩子抱得更紧。

摩根在炉边敲开了另一个山核桃。曼侬告诉他，她已经将布莱克斯通的《英格兰法释义》装进了他的挎包里，他不应该忽视任何研究它的机会。不久，由于肚子饥饿，婴儿开始啼哭了。摩根把他的毯子铺在山坡上，坐了下来，就坐在他哥哥最后休息的地方的旁边。

黎明的曙光笼罩着大祖母山。在晨雾之中，紫色的山脉慢慢地清晰起来。摩根沿着牧场的小径，走上了下山的道路。那只黄眼睛的领头羊，站在石头后面向他张望。曼依抱着婴儿站在门槛上，为摩根送行。在即将进入树林时，摩根调转身来，扶了扶他的帽檐，然后转身走进树林，踏上了他的北归之路。

尾　声

在金顿县的法院，人们可以看到，位于法庭门廊里面，摆放着一个玻璃柜子,柜子里陈列着一件奇特的纪念品。它就是一块古老的石头，石头上面雕刻着一些图画和一些奇怪的符号。在这块古老的石头下面，立着一块铜制的纪念牌，牌匾上面写着这样几行大字：

杰西的石头

首席大法官摩根·金内森
从美国最高法院退休后
将它赠送给
金顿县和佛蒙特州的公民们
以纪念他亲爱的哥哥皮尔格林
在加拿大蒙特利尔市的斯莱德尔·克拉特若·肖托夫人
以及杰西·摩西
和在杰西帮助下走向自由之乡的地下护送站的过客们

图书在版编目（CIP）数据

杰西的石头 /（美）莫谢尔著；李智微译. — 南京：译林出版社，2014.5

书名原文：Walking to gatlinburg

ISBN 978-7-5447-4478-2

Ⅰ.①杰… Ⅱ.①莫… ②李… Ⅲ.①长篇小说－美国－现代 Ⅳ.①I712.45

中国版本图书馆CIP数据核字（2013）第224010号

书　　名　杰西的石头
作　　者　〔美国〕H. F. 莫谢尔
责任编辑　王振华
特约编辑　王正磊
出版发行　凤凰出版传媒股份有限公司
　　　　　　译林出版社
出版社地址　南京市湖南路1号A楼，邮编：210009
电子信箱　yilin@yilin.com
出版社网址　http://www.yilin.com
印　　刷　三河市祥达印刷包装有限公司
开　　本　960×640毫米　1/16
印　　张　19.5
字　　数　248千字
版　　次　2014年5月第1版　2014年5月第1次印刷
书　　号　ISBN 978-7-5447-4478-2
定　　价　32.80元

译林版图书若有印装错误可向承印厂调换